KB275483

바우돌리노

바우돌리노

움베르토 에코 장편소설 | 이현경 옮김

BAUDOLINO
by UMBERTO ECO

이 책은 실로 꿰매어 제본하는 정통적인 사철 방식으로 만들어졌습니다.
사철 방식으로 제본된 책은 오랫동안 보관해도 손상되지 않습니다.

에마누엘레에게

차례

21
바우돌리노와 비잔틴의 달콤함

카타바테 수도원은 폐허였다. 그래서 모두들 아무도 살지 않는 곳으로 생각했다. 하지만 지층에는 아직도 몇 개의 독방이 있었다. 또 책이 없기는 했지만 예전에 도서관이었던 곳은 일종의 식당으로 변해 있었다. 여기서 조시모스는 두세 명 정도의 복사들과 함께 살았다. 그들이 수도사로서 어떤 활동을 하는지는 하느님밖에 모르는 일이었다. 바우돌리노와 그의 친구들이 인질과 함께 다시 밖으로 나왔을 때 복사들은 잠을 자고 있었다. 다음날 아침이 밝았을 때 알게 된 일이지만 복사들은 취하도록 방탕하게 먹고 마셨던 것이다. 그들은 도서관에서 자는 게 좋겠다고 판단했다. 조시모스는 땅바닥에 누워 불안한 잠을 잤다. 이제 그의 수호 천사가 되어 버린 키오트와 압둘이 그의 양옆에 누워 있었다.

아침이 되자 모두들 식탁 주위에 앉았다. 조시모스는 결론을 말하라는 재촉을 받았다.

「그러니까……」 조시모스가 말했다. 「코스마스의 지도는 부콜레온 궁에, 내가 아는 장소에 있다네. 그곳은 나만 들어갈 수 있지. 오늘 밤 늦게 그곳에 가도록 하세나.」

「조시모스,」 바우돌리노가 말했다. 「너는 결론을 이야기하지 않고 질질 끌고 있어. 그러지 말고 그 지도가 어떻게 그려져 있는지 내게 설명을 해봐.」

「그거야 간단하지. 안 그런가?」 조시모스가 양피지와 펜을 잡으면서 말했다. 「진정한 신앙을 따르는 모든 기독교도들은 온 세상이 『성서』에서 말하듯이 감실처럼 만들어졌다는 사실에 동의해야 한다고 자네에게 말했었지. 이제 자네들은 내가 말하는 것을 받아들여야 하네. 감실의 아래쪽에는 열두 개의 빵과 열두 개의 과일이 놓여 있는 테이블이 있네. 각각 1년 12달을 위한 것이지. 테이블 주위 사방에 대양을 상징하는 말발굽이 있다네. 그리고 말발굽 주위에는 한 뼘 넓이의 틀이 하나 있는데 피안의 땅을 상징한다네. 그 동쪽에 지상 낙원이 있지. 하늘은 둥근 천장으로 표현되었네. 이 천장은 대지의 끝에 완전히 기대져 있지. 하지만 천장과 바닥 사이에는 하늘의 베일이 드리워져 있어. 그 베일 저편에 어느 날 단하루 마주하게 될 하늘 세계가 있다네. 사실 이사야가 말한 대로 하느님은 땅 위에, 그곳에서 메뚜기들처럼 살고 있는 사람들 위에 앉아 있는 그분이네. 얇은 베일처럼 하늘을 펼쳤고 천막처럼 세워 놓으셨던 그분이시네. 시편의 지은이는 천막처럼 하늘을 펼친 그분을 찬미한다네. 그리고 모세는 그 베일 밑의 남쪽에 넓은 땅 모두를 밝히는 촛대를 놓아두었고 그 촛대 밑에 일곱 개의 등불을 놓았네. 일주일의 7일과 하늘의 모든 별을 의미하기 위해서이지.」

「하지만 너는 지금 감실이 어떻게 생겼는지 설명하고 있는 것이지,」 바우돌리노가 말했다. 「우주가 어떻게 생겼는지를 말하고 있는 게 아니야.」

「우주는 감실처럼 생겼어. 그러니까 내가 자네에게 감실이 어떻게 생겼는지를 설명했다면 우주가 어떻게 생겼는지를 설명한 것이나 마찬가지라네. 이렇게 간단한 사실을 왜 이해하지 못하는 거지? 보게나……」 그러더니 그는 바우돌리노에게 그림을 하나 그려서 보여 주었다.

그것은 우주의 형태였다. 둥근 지붕이 있는 신전과 똑같은 형태의 우주였다. 그 지붕의 윗부분은 하늘의 베일 때문에 우리의 눈에는 보이지 않았다. 그 밑으로는 거주 공간, 더 정확히 말하면 우리가 사는 땅이 모두 펼쳐져 있었다. 하지만 평평한 게 아니라 대양 위에 놓여 있었고 대양이 그 땅을 에워싸고 있었다. 땅은 미미할 정도의 경사가 지기 시작해서 계속 극북 쪽으로 서쪽으로 높아져 갔다. 서쪽에는 우리 눈에는 다 보이지도 않을 정도로 그렇게 높은 산이 서 있었다. 그 산의 꼭대기는 구름 속에 숨어 있었다. 천사들이 움직이는 태양과 달은 — 비, 지진, 그리고 다른 모든 대기 현상들도 다 천사들의 움직임 덕택이다 — 아침이면 동쪽에서 시작해서 바로 산 앞쪽을 지나 남쪽으로 가면서 온 세상을 비춰 준다. 저녁에 태양은 서쪽으로 다시 올라가서 산 뒤로 사라짐으로써 우리에게 해가 진다는 인상을 준다. 그렇게 해서 우리 쪽에 밤이 찾아오면 산 너머는 낮이 된다. 하지만 그 낮을 본 사람은 한 사람도 없다. 산 너머 쪽은 사막이어서 아무도 그곳에 살지 않기 때문이다.

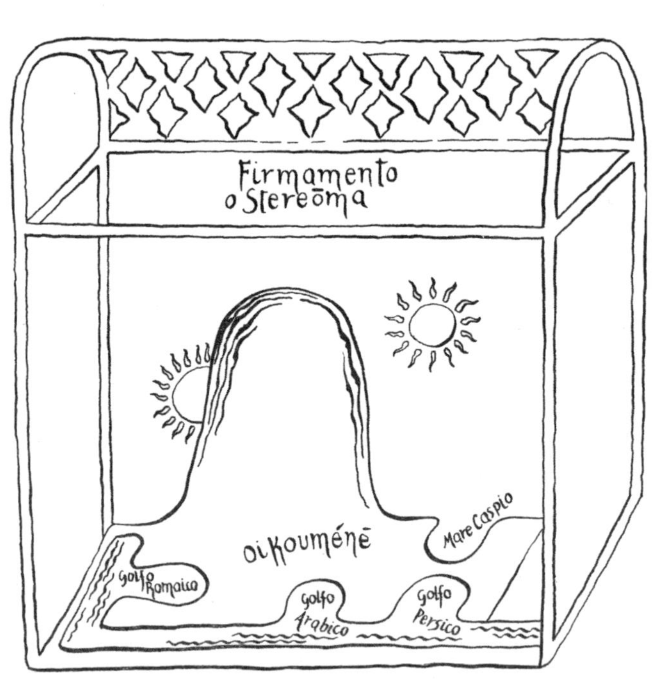

Firmamento
o Stereōma
oikouméné
Mare Caspio
Golfo Romaico
Golfo Arabico
Golfo Persico

「그러면 우리가 이 그림을 가지고 요한 사제의 땅을 찾아가야 한다는 건가?」 바우돌리노가 물었다. 「조시모스, 계약은 제대로 된 지도와 네 목숨을 바꾸는 것이었다는 사실을 명심하도록 해. 만약 지도가 틀리다면 계약은 바뀌는 거다.」

「진정하게, 진정하게. 감실을 있는 그대로 표현하자면 우리의 기술로는 감실의 벽과 산에 가려져 있는 모든 것을 보여 줄 수 없기 때문에 코스마스는 다른 지도를 그렸지. 그 지도는 우리가 하늘을 날면서 높은 곳에서 땅을 바라본 것 같은, 아니 어쩌면 천사들이 본 것일지도 모를 모습을 보여 준다네. 부콜레온 궁에 보관되어 있는 그 지도는 대양의 틀 속에 포함된, 우리가 알고 있는 땅의 위치를 보여 주고 있지. 그리고 노아의 대홍수 이전에 사람들이 살았던 대양 저 너머의 땅도 보여 준다네. 하지만 노아 이후에는 아무도 그곳에 가 본 사람이 없지.」

「다시 한번 말하는데……」 바우돌리노가 험상궂은 얼굴을 하면서 말했다. 「우리에게 보여 줄 수 없는 것들에 대해서 말할 생각이라면……」

「그렇지만 이것들은 여기 내 눈앞에 있듯이, 직접 본 것일세, 그리고 곧 자네들도 보게 될 거야.」

수척해지고 동정심을 불러일으킬 정도로 멍이 든 데다가 상처투성이인 그 얼굴과 자기만 알고 있는 것들 때문에 빛이 나는 그 눈으로 인해 조시모스는 자신을 믿지 못하는 사람까지도 설득시킬 수 있었다. 그게 그의 힘이었다고 바우돌리노가 니케타스에게 말했다. 그런 식으로 조시모스는 바우돌리노를 한번 속였고 지금 또 그를 속이고 있었다. 그리고 앞으로도 몇 년 간 바우돌리노를 더 속이게 될 것이다. 조시모스는 코스마스의 감실로 일식과 월식을 어떻게 설명할 수 있는지를 분명하게 밝히고 싶어할 정도로 확신에 차 있었다. 하지만 바우돌리노는 일식과 월식에 관심이 없었다. 그를 설득시킨 것은 어쩌면 진짜 지도를 가지고 정말 사제를 찾으러 갈 수 있을지도 모른다는 사실이었다.「좋아.」바우돌리노가 말했다.「저녁까지 기다려 보도록 하지.」

조시모스는 복사들 중 한 사람에게 야채와 과일을 가져오게 했다. 다른 것은 없냐고 묻는 시인에게 이렇게 대답했다.「일정 수준으로 절제된 소박한 음식은 수도사를 불사(不死)의 항구로 금방 데려가 줄 거요.」시인은 그에게 지옥에나 떨어지라고 말했다. 그러다가 조시모스가 아주 맛있게 식사를 하는 것을 보고 그의 야채 밑에 뭐가 있는지 가서 보았다. 그리고 그의 복사들이 그의 야채 밑에, 오로지 그만을 위해서 기름진 커다란 양고기 조각들을 숨겨 놓은 것을 발견했다. 두말할 나위도 없이 시인은 접시를 바꾸었다.

그들이 그렇게 하루가 지나가기를 기다리고 있을 때 복사 한 사람이 너무 놀라 두 눈이 휘둥그레진 채 식당으로 들어와 지금 벌어지고 있는 일을 보고했다. 지난밤, 의식이 끝나자마자 스테파노스 하기오크리스토포리테스가 무장병 한 소대를 이끌고 페리블렙토스 수도원인지 성모 수도원인지 하는 곳 근처에 있는 이사키오스 앙겔로스의 집으로 향했다는 것이다. 하기오크리스토포리테스는 큰 소리로 적의 이름을 부르며 밖으로 나오라고 명령했다. 뿐만 아니라 부하들에게 문을 부수고 이사키오스의 수염을 잡아 고개를 숙이게 해서는 밖으로 끌고 나오라고 외쳤다. 그러자 공론이 그것을 원하는 것인지 확실히 알지 못하는 데다가 두려움에 사로잡혀 있던 이사키오스는, 할 수 있는 일을 모두 시도해 보기로 마음먹었다. 그는 정원에서 말을 탔다. 그리고 거의 알몸으로, 겨우 허리까지밖에 오지 않는 두 가지 색깔의 망토를 두른 우스꽝스러운 차림으로 검을 빼들고 갑자기 밖으로 달려나가 불시에 적을 공격해 버렸다. 하기오크리스토포리테스가 제대로 검을 뺄 시간도 없이 이사키오스가 일격을 가해 그의 머리를 둘로 갈라놓고 말았다. 그러고 나자 이사키오스는 이제 머리가 두 개가 되어 버린 적의 칼잡이들에게로 돌아섰다. 그 중 한 놈의 귀를 잘라 버리자 다른 녀석들은 공포에 질려 달아나 버리고 말았다.

황제의 신임을 받은 사람을 죽였다는 것은 최고의 범죄 행위였다. 그래서 극단적인 해결책이 필요했다. 이사키오스는 살인자들을 보호해 주게 되어 있는 소피아 성당의 전통에 도움을 청함으로써 백성을 다루는 데 뛰어난 직관을 보였다. 그리고 큰 소리로 자신이 저지른 범죄에 대한 용서를 구했다. 그는 걸치고 있던 얼마 안 되는 옷가지를 다 찢어 버리고 수염들을 다 뽑았다. 아직도 피가 흐르는 검을 보여 주었다. 그리고 자비를 청하는 동안 살해된 자의 실책들을 상기시키면서 자신이 범죄를 저지른 것은 목숨을 지키기 위한 정당방위였다는 것을 알렸다.

「마음에 들지 않는 이야기로군.」 조시모스가 말했다. 그는 자신의 재수 없는 보호자가 느닷없이 죽었다는 소식에 당황해 하고 있었다. 그 후 계속해서 들려오는 소식들은 그의 마음에 더 들지 않았다. 이사키오스는 요하네스 두카스 같은 유명한 인물들과 소피아 성당에서 만났다. 이사키오스는 시시각각 불어나는 군중들에게 계속 열변을 토했다. 저녁 무렵이 되자 어마어마한 수의 시민들이 이사키오스를 보호해 주기 위해 그와 함께 신전으로 들어갔다. 누군가가 이 독재자를 끝장낼 필요가 있다고 소곤거리기 시작했다.

강령술사인 조시모스가 확언했듯이 이사키오스가 오래전부터 공격을 준비해 왔든, 아니면 그가 자신의 적들의 잘못된 행보를 교묘하게 이용했든 이제 안드로니코스의 왕좌가 흔들리게 되었다는 것은 분명한 사실이었다. 또한 그러한 상황에서 왕궁으로 들어가려고 애쓴다는 것이 미친 짓이라는 것도 마찬가지로 분명해졌다. 그곳은 금방이라도 공개 도살장이 될 수 있는 곳이었다. 카타바테에서 사건을 지켜보자는데 모두 동의했다.

다음날 아침 시민의 반 정도가 거리로 몰려나와 큰 소리로 안드로니코스를 체포하고 이사키오스를 황제로 선출하라고 요구했다. 시민들은 감옥을 습격해서 독재자와 귀족 가문에게 죄 없이 희생당한 많은 사람들을 풀어 주었다. 풀려 난 사람들은 곧 폭동에 가담했다. 하지만 이제 폭동이라기보다는 반란이, 혁명이, 권력의 탈취가 되어 버렸다. 시민들은 무장을 하고 거리를 돌아다녔다. 어떤 사람은 검을 들고 갑옷을 입었고, 곤봉과 몽둥이를 든 사람들도 있었다. 그 중에는 제국에서 고위직에 있던 사람들도 많았는데, 그들은 다른 군주를 선택할 순간에 이르렀다고 판단했기 때문이다. 그들은 성당의 중앙 제단에 걸려 있던 콘스탄티누스 대제의 왕관을 내려서 이사키오스의 머리에 씌워 주었다.

전투적이 된 군중들은 성당에서 자리를 옮겨 황제의 궁을 공격했다. 안드로니코스는 켄테나리온이라고 불리는 가장 높은 탑에서 화살을 쏘면서 필사적으로 저항을 해보았다. 하지만 그는 백성들의 격렬한 공격에 굴복해야만 했다. 들리는 말에 따르면 그는 목에서 십자고상(十字苦像)을 잡아떼 내고 자줏빛 신발을 벗고 머리에는 야만인들처럼 뾰족 모자를 쓰고 아내와 열렬히 사랑하는 창녀 마라픽테를 데리고 부콜레온의 미궁들을 지나서 자신의 배 위에 오른 것 같았다. 이사키오스는 당당히 왕궁으로 들어갔다. 군중들은 도시를 공격했다. 조폐국을, 사람들이 부르는 대로라면 황금 세탁소를 공격했고 병기고로 들어갔다. 그들은 왕궁의 교회들을 약탈하면서 성상(聖像)의 장식품들을 떼내어 갔다.

이제 조시모스는 무슨 소리를 들을 때마다 점점 더 떨었다. 안드로니코스에게 협력했었다는 게 밝혀지는 사람은 사형시켜 버린다고들 말했기 때문이었다. 한편 바우돌리노와 그 친구들은 바로 그 무렵 위협을 무릅쓰고 부콜레온 궁의 복도로 들어가는 건 타당치 않다고 생각했다. 그렇게 해서 먹고 마시는 것 이외에는 달리 아무것도 하지 않으면서 우리의 친구들은 다시 카타바테에서 며칠을 더 보내게 되었다.

그러다가 이사키오스가 부콜레온 궁에서 도시의 북쪽 끝에 있는 블라케르나이 궁으로 옮겨 갔다는 것을 알게 되었다. 이 때문에 부콜레온은 이제 그다지 경비가 심하지 않을 것이며 (그리고 더 이상 약탈할 게 없기 때문이었다) 아주 한산할 것 같았다. 바로 그날 안드로니코스가 흑해 해변에서 붙잡혀서 이사키오스의 앞으로 끌려왔다. 궁정인들은 안드로니코스의 뺨을 때리고 수염을 뽑고 이를 뽑고 머리를 깎아 버린 다음 오른손을 자르고 감옥에 처넣었다.

사람들이 도시 구석구석에서 기쁨의 춤을 추기 시작했고 잔치가 시작되었다는 소식이 전해지자 바우돌리노는 그 혼란을 이용해 위험을 무릅쓰고 부콜레온 쪽으로 가보기로 결정했다. 조시모스는 누군가가 자기를 알아볼 수 있다고 말했다. 그러나 우리의 친구들은 걱정할 것 없다며 그를 안심시켰다. 모든 도구들을 자유롭게 이용해서 그의 머리카락과 수염을 모두 밀어 버렸다. 그러는 동안 조시모스는 수도사로서의 존엄함을 상징하는 머리카락과 수염을 잃어버린다는 굴욕을 참으면서 눈물을 흘렸다. 사실 털이 하나도 없이 달걀같이 되자 조시모스는 전혀 딴 사람 같았다. 턱이 없이 윗입술만 너무 툭 튀어나왔고 두 귀는 개의 귀처럼 뾰족했다. 그래서 바우돌리노는 조시모스가 지금까지 시간을 허비하게 만들었던 그 염병할 수도사가 아니라 알레산드리아의 길거리에서 처녀들에게 음탕한 소리를 해대는 멍텅구리 치키니시오와 아주 닮았다고 말했다. 너무 불쌍해 보이지 않게 하려고 얼굴에 화장품을 발랐다. 그렇게 하고 보니 그는 남색가 같아 보였다. 롬바르디아에서는 그런 사람이 보이면 아이들이 시끄럽게 떠들어대며 쫓아다니기도 하고 썩은 과일을 던지기도 하지만 콘스탄티노플에서는 매일 볼 수 있는 모습이었다. 흰 치즈나 리코타 치즈를 팔러 다니는 사람처럼 차리고 알레산드리아를 돌아다니는 거나 마찬가지야, 바우돌리노가 말했다.

그들은 도시를 가로질러 갔다. 그러다가 부스럼 딱지가 앉은 낙타 위에 쇠사슬로 묶여 있는 안드로니코스를 보았다. 그는 자기가 타고 앉은 낙타보다 더 털이 없었으며 거의 벌거벗은 상태로 잘려 나간 오른손의 손목에는 피 묻은 헝겊 조각이 더럽게 달라붙어 있었고 여윈 뺨 위에도 피가 말라붙어 있었다. 방금 눈 한쪽을 뽑아 버렸기 때문이었다. 안드로니코스 주위에는 오랫동안 귀족과 전제 군주의 것이었던 그 도시의 시민들 중 가장 가난한 사람들, 그러니까 소시지 만드는 사람, 무두질하는 사람, 그리고 온갖 선술집의 술고래들이 봄날 말똥 위에 모여드는 파리 떼처럼 모여서 안드로니코스의 머리를 몽둥이로 때리고 황소의 똥을 콧구멍 속에 집어넣고 황소의 오줌에 적신 헝겊을 그의 얼굴에 갖다 짓누르고 다리에 꼬챙이를 꽂았다. 그들보다 온건한 사람들은 그를 미친 개라거나 발정난 암캐새끼라고 부르면서 돌멩이를 던졌다. 사창가의 창문에서 어떤 창녀가 끓는 냄비의 물을 그에서 쏟아 부었다. 그러다가 그 군중들의 분노가 점점 더 커지자 사람들은 그를 낙타에서 끌어내려서 로물루스와 레무스에게 젖을 먹이는 늑대상 근처에 있는 기둥 두 개에 두 다리를 매달았다.

안드로니코스는 자신을 죽이려는 사람들보다 훨씬 훌륭하게 처신했다. 그는 이렇게 중얼거리기만 했다. 「키리에 엘레이손, 키리에 엘레이손.」 그리고 이미 망가진 쇠사슬을 왜 부수느냐고 물었다. 그렇게 매달린 채로 아직 그의 몸에 남아 있던 얼마 안 되는 옷가지가 벗겨졌다. 검을 든 한 남자가 그의 성기를 정확하게 잘라 버렸다. 또 다른 사람이 그의 입에 검을 넣어 내장이 있는 곳까지 찔렀다. 그사이 다른 사람이 항문에서 위쪽으로 꼬챙이를 찔러 넣었다. 그곳에는 신월도를 가진 라틴 인들도 있었는데 그들은 안드로니코스의 주위에서 춤을 추듯이 움직이면서 칼을 내리쳐서 그의 몸을 모두 잘게 잘라 버렸다. 안드로니코스가 몇 년 전 자신들의 종족에게 어떤 짓을 했는지를 똑똑히 보았으므로 그들이야말로 복수를 할 권리가 있는 유일한 사람들일 수 있었다. 아직도 그 불행한 남자에게는 잘려 나간 오른손을 입으로 가져갈 만한 힘이 남아 있었다. 마치 계속 몸에서 빠져나가고 있는 피를 보충하기 위해 자기 피라도 마시려는 것 같았다. 그러다가 결국은 숨을 거두었다.

우리의 친구들은 그런 광경을 보지 않고 부콜레온에 가보려고 애를 썼다. 그런데 왕궁 근처에 이르렀을 때 그곳에 들어가는 게 불가능하다는 것을 알게 되었다. 수없는 약탈에 진절머리가 난 이사키오스가 벌써 그곳에 수비대를 주둔시킨 것이었다. 그래서 그 수비벽을 넘어가려는 사람은 그 자리에서 처형되었다.

「자네가 직접 가게, 조시모스.」 바우돌리노가 말했다. 「간단한 일이야. 들어가서 지도를 가져와 우리에게 주면 돼.」

「만약 저자들이 내 목을 자르면?」

「가지 않으면 우리가 네 목을 자를 테다.」

「궁전 안에 지도가 있다면 내 희생이 의미 있는 게 되겠지. 하지만, 사실대로 말하면 지도는 저 안에 없어.」

바우돌리노는 어떻게 그렇게 뻔뻔스러울 수 있는지 이해할 수 없다는 듯이 그를 쳐다보았다. 「오,」 바우돌리노가 으르렁거리듯 소리쳤다. 「이제 드디어 진실을 말할 테냐? 지금까지 왜 계속 거짓말을 한 거지?」

「시간을 벌어 보려고 한 거네. 시간을 번다는 게 잘못은 아니지 않나. 완벽한 수도사에게 죄라면 시간을 허비하는 것이지.」

「여기 이 자리에서 빨리 저놈을 죽여 버리자고.」 시인이 말했다. 「딱 좋은 기회야. 이렇게 살육이 벌어지고 있으니 우리를 주목하는 사람은 아무도 없을 거야. 누가 저놈 목을 조를

지 정하자. 자.」

「잠깐만.」 조시모스가 말했다. 「하느님께서는 우리에게 옳지 않은 일을 어떻게 삼가야 하는지 가르쳐 주셨네. 난 거짓말을 했어, 사실이야, 하지만 선을 위한 것이었네.」

「대체 무슨 선이란 말이지?!」

「나의 선이지.」 조시모스가 대답했다. 「자네들이 나를 죽이려고 했으므로 난 내 목숨을 지킬 분명한 권리를 가지고 있었어. 케루빔이나 세라핌 천사처럼 수도사는 사방에 눈을 두고 있어야 하네. 다시 말하면, 적에게 기민하고 빈틈없이 행동을 해야만 한다네.」

「네 교부들이 말하는 적은 악마지 우리가 아니야!」 바우돌리노가 다시 소리쳤다.

「악령들의 전략이 다른 거야. 악령들은 꿈속에 나타나서 환영을 만들어 내고 우리를 속일 궁리를 하고 빛의 천사로 모습을 바꾸고 거짓 자신감을 자네에게 불어넣기 위해 자네를 한편으로 밀어 두는 거야. 자네들이 나라면 어떻게 하겠나?」

「그래서 넌 지금 다시 한번 네 목숨을 구하기 위해 어떻게 하겠다는 거냐, 이 구역질 나는 그리스 놈아?」

「내 습관대로 자네들에게 진실을 말할 걸세. 코스마스의 지도는 분명히 존재해. 그리고 이 내 두 눈으로 똑똑히 봤어. 지금 어디에 있는지는 몰라. 하지만 맹세하건대 여기 이 내 머릿속에 그 지도를 새겨 두었어……」 그러더니 긴 머리카락을 잘라 훤히 드러난 이마를 쳤다. 「매일 자네에게 요한 사제의 땅과 우리를 갈라놓는 그 거리에 대해 말해 줄 수 있네. 이제 내가 이 도시에 머물 수 없다는 것은 자명해졌어. 자네들 역시 더 이상 여기 있어야 할 필요가 없지. 나를 잡으러 와서 나를 잡았고 지도를 찾으러 와서 지도를 못 찾을 테니 말이야. 자네들이 나를 죽이면 자네들에게는 남는 게 아무것도 없어. 만약 나를 자네들이 데려가 준다면 12사도들을 걸고 맹세하건대 나는 자네들의 노예가 되겠네. 그리고 자네들을 곧장 요한 사제의 땅으로 데려다 줄 수 있는 행로를 자네들에게 그려 주는 데 남은 내 일생을 다 바치겠네. 내 목숨을 살려 준다면 자네들은 잃을 게 하나도 없어. 먹여 살릴 입이 하나 는다는 것 말고는 말일세. 나를 죽인다면 자네들은 모든 것을 다 잃게 될 걸세. 얻겠나 잃겠나?」

「내 생전에 뻔뻔스러워도 이렇게 뻔뻔스러운 놈은 한 번도 만나 본 적이 없어.」 보롱이 말했다. 그리고 모두들 그 말을 수긍했다. 조시모스는 자기 죄를 뉘우치듯 말없이 있었다. 라비 솔로몬이 〈성인께서 항상 축복을 내려 주시길……〉이라고 말하려 했다. 하지만 바우돌리노가 말을 못하게 막았다. 「금언은 이제 그 정도면 됐어. 이 교활한 인간이 벌써 지겹도록 말했어. 교활한 놈이야. 하지만 이놈 말이 맞아. 우린 이자를 데려가야만 해. 그렇지 않으면 프리드리히 폐하께서 빈손으로 돌아오는 우리를 보고 우리가 동쪽의 달콤함에 몸을 녹이느라 폐하의 돈을 다 쓴 줄 아실 거야. 포로라도 하나 데리고 돌아가야지. 그렇지만 너 조시모스, 맹세하도록 해. 더 이상 다른 속임수로 우리를 놀리지 않겠다고 맹세하라고……」

「12사도님들을 걸고 맹세하지.」 조시모스가 말했다.

「열한 분이야, 열한 분, 망할 놈아.」 바우돌리노가 그의 옷을 움켜잡으며 소리쳤다. 「열둘이라고 말하면 그 안에 유다도 들어간다고!」

「좋아, 열한 분.」

「그렇게 해서……」 니케타스가 말했다.「그게 당신의 첫 번째 비잔틴 여행이었군요. 그런 일을 보고 난 후라 지금 벌어지는 일을 정화를 위한 세탁으로 간주한다고 해도 놀랄 것은 없을 것 같습니다.」

「보십시오, 니케타스 씨.」 바우돌리노가 말했다.「당신이 말한 정화를 위한 세탁을 난 결코 좋아하지 않았습니다. 알레산드리아는 아직도 가난한 마을이었습니다. 하지만 우리 고장에서는 명령하는 누군가가 마음에 들지 않으면 그 사람에게 안녕히 가시오 하고 말하고 다른 영사를 뽑는답니다. 프리드리히도 종종 성을 잘 내기는 했지만 자기 사촌들이 그를 성가시게 했을 때 그들을 제거하지 않고 공국을 더 얹어 주었어요. 내가 하려는 이야기는 이게 아닙니다. 내가 기독교 세계의 가장 먼 경계 지점에 와 있었다는 것이지요. 나는 충분히 동쪽이나 남쪽으로 계속 나갈 수 있었고 인도를 찾아낼 수 있었어요. 하지만 이미 우리의 돈이 바닥나 버렸지요. 동쪽으로 가기 위해서는 서쪽으로 돌아가야만 했습니다. 나는 이미 마흔네 살이 되었죠. 열여섯인가 그보다 더 어린 나이 때부터 요한 사제를 뒤쫓았어요. 그런데 다시 한번 나는 내 여행을 미룰 수밖에 없었습니다.」

22
바우돌리노 아버지를 잃고 성배를 찾다

제노바 인들이 보이아몬도와 테오필로스를 보내 도시를 먼저 한 바퀴 돌아보게 했다. 상황이 적당한지 알아보기 위해서였다. 상황이 아주 좋다고, 그들이 돌아와서 보고했다. 순례자들의 대부분이 술집에 들어가 있고 그 나머지는 소피아 성당에 쌓여 있는 성유물들을 탐욕스러운 눈으로 구경하기 위해 성당에 모여 있는 것 같았다.

「눈을 현혹시킬 만한 것들이지요!」 보이아몬도가 말했다. 그런데 전리품 더미들을 쌓아 놓은 곳은 지저분한 난장판으로 변해 버렸다고 덧붙였다. 어떤 사람들은 잡동사니 같은 것들을 전리품인 양 그곳에 쏟아 놓으면서 남몰래 성인의 뼈를 옷 속에 집어넣었다. 그러나 모두 성물을 몸에 지닌 채 붙들리고 싶어하지 않았기 때문에 바로 성당 밖에 작은 장터 같은 게 생겨나서 여전히 부유한 시민들과 아르메니아 상인들이 모여들었다.

「그렇게 해서,」 보이아몬도가 비웃듯이 말했다. 「비잔틴 금화 몇 냥을 구멍 속에 몰래 숨겨 놓아 약탈을 당하지 않았던 그리스 인들은 어쩌면 원래 집 근처 성당에 있었던 것일지도 모를 바치치아 성인의 정강이뼈를 사려고 그 돈을 꺼내게 될 겁니다! 그렇기는 해도 아마 나중에는 교회에 다시 그것을 팔 걸요. 그리스 인들은 영리하니까 말이지요. 정말 대단한 사람들입니다. 그러고 나서는 우리 제노바 사람들보고 돈만 아는 인간들이라고 말할 겁니다.」

「그런데 대체 그들이 성당에서 무엇을 가지고 간단 말입니까?」 니케타스가 물었다. 테오필로스가 아주 정확하게 보고를 했다. 그는 그리스도에게 입혀졌던 주홍빛 망토, 예수님을 때릴 때 쓰던 갈대의 일부분, 우리 주님이 숨을 거둘 때 신 포도주를 적셔 건넸던 해면, 가시 면류관, 최후의 만찬에서 축복받은 빵, 바로 예수님이 유다에게 주었던 빵 한 조각이 담겨 있었던 보관 상자 등이 들어 있는 상자를 보았다고 했다. 그리고 십자가에 못 박힌 그리스도의 수염이 몇 개 담긴 성물함이 도착했는데, 그 수염은 그리스도가 십자가에서 내려지고 나서 유대 인들이 뽑은 것이라고 했다. 그 성물함을 감싼 것은 주님의 옷들이었는데, 병사들이 십자가 밑에 앉아 주사위를 던져 나누어 가졌다는 것들이었다. 또 전혀 손상되지 않은 태형 기둥이 있었다.

「저는 성모 마리아의 성의(聖衣) 일부분을 가져오는 것도 보았습니다.」

「애통할 일이군!」 니케타스가 애석해 했다. 「만약 자네들이 일부분만을 보았다면 그것은 옷이 이미 나누어졌다는 뜻이지. 오래전 갈비오스와 칸디도스라는 사람이 팔레스타인으로 성지 순례를 갔었네. 그리고 가버나움에서 성모 마리아의 *pallion*(성의)이 한 유대 인의 집에 보관되어 있다는 것을 알게 되었어. 그들은 그 유대 인과 친구가 되었지. 그리고 그의 집에서 하룻밤을 보냈네. 그들은 몰래 옷이 들어 있는 나무 상자의 크기를 재었다네. 그런 다음 예루살렘에 와서 그와 똑같은 상자 하나를 만들었지. 그들은 다시 가버나움으로 가서 밤에 상자를 바꿔 버렸네. 그리고 콘스탄티노플로 성의를 가지고 왔지. 콘스탄티노플에서 그 옷을 보관하기 위해 베드로와 마르코 사도를 위한 성당을 짓게 되었다네.」

보이아몬도는 기독교 기사 두 사람이 세례자 요한 성인의 머리 두 개를 각자 하나씩 훔쳐 가서는 아직 내놓지도 않은 채 모두 어느 것이 진짜인지를 물어보고 있다는 말을 덧붙였다. 니케타스가 너그럽게 미소를 지었다. 「여기 이 도시에서 두 개가 숭배받고 있다는 것을 알고 있다네. 첫번째 것은 테오도시오스 대제가 가져와서 주님의 선구자 교회에 보관되었지. 그런데 그 후 유스티니아누스가 에메사에서 다른 것을 발견했다네. 그는 그것을 어느 수도원에 선물했던 것 같네. 사람들 말에 따르면 그 후에 여기 콘스탄티노플로 돌아왔다는 소문이 있었는데, 아무도 그게 어디에 있는지는 알지 못했지.」

「그렇게 가치 있는 성유물을 잊어버린다는 게 가능한 일입니까?」 보이아몬도가 물었다.

「사람들의 신앙심이라는 것은 변하기 쉽다네. 몇 년 동안은 하나의 성물에 열광을 하다가 더욱 기적적인 다른 어떤 것이 도착하면 흥분을 하게 되고 처음의 것은 잊어버리게 된다네.」

「그런데 두 개 중 어느 것이 진짜입니까?」 보이아몬도가 물었다.

「성스러운 것에 대해서 말할 때는 인간적인 기준을 사용할 수 없다네. 두 성물 중 아무것이나 내게 내밀 경우, 자네에게 분명히 말할 수 있는데, 그 성물에 입을 맞추기 위해 몸을 숙이는 동안 거기에서 흘러나오는 신비한 향내를 맡을 수 있을 걸세. 그러면 나는 그게 진짜 머리라는 것을 알게 되겠지.」

그때 페베레도 도시에서 돌아왔다. 그의 말에 따르면 도시에서는 기이한 일이 벌어지고 있었다. 오합지졸의 병사들이 소피아 성당의 성물 더미에서까지 도둑질하는 것을 막기 위해 통령은 쌓여 있는 것들을 먼저 신속히 조사해 목록을 만들라고 명령했다. 그리고 여러 가지 성물들을 식별하기 위해 그리스 인 수도사도 몇 명 데리고 왔다. 그런데 순례자들의 대부분이 그들이 가져간 것을 강제로 반환하고 난 뒤, 이미 사람들이 알고 있는 세례자 요한의 머리 두 개만이 아니라 쓸개즙과 식초를 묻힌 해면 두 개, 다른 것은 그만두고라도, 가시관 두 개가 성당 안에 있다는 것이 밝혀졌다. 기적이군요, 페베레가 바우돌리노를 조심스럽게 보면서 낄낄 웃었다. 비잔틴의 성물들 중 가장 귀중한 것들이 빵과 물고기가 불어나듯 불어났으니 말이오. 어떤 순례자들은 이 사건을 하늘이 그들을 위해 내린 계시로 보고서는 이렇게 귀한 재산들이 이렇게 많아졌으니, 이제 각자 가진 것을 각자 집으로 가져갈 수 있게 통령이 허락을 해주어야만 한다고 외쳤다.

「우리를 위해 내린 기적 같습니다.」 테오필로스가 말했다. 「라틴 인들은 어느 게 진짜 성물인지도 구별하지 못해서 아마 어쩔 수 없이 모두 여기에 두고 가야 할 테니까요.」

「내 생각에는 그럴 것 같지 않네.」 바우돌리노가 말했다.

「제후나 후작이나 봉신들은 모두 성물을 집에 가져가면 아주 좋아할 걸세. 그 성물이 광신자들이나 기부금을 끌어들일 수 있을 테니까 말이지. 그러다가 나중에 수천 마일 떨어진 곳에 비슷한 것이 있다는 소문이 돌면 그들은 아마 그게 가짜라고 말할 걸세.」

니케타스가 생각에 잠겼다. 「나는 이런 기적을 믿지 않습니다. 주님은 당신 성인의 유물들로 우리의 정신을 혼란스럽게 만들지 않습니다.…… 바우돌리노, 당신이 이 도시에 온 후, 지난 몇 달 동안 그 성물들 때문에 어떤 혼란이 생기게 일을 꾸민 것 아닙니까?」

「니케타스 씨!」 바우돌리노가 모욕을 당한 듯 무슨 말인가 하려고 했다. 그러다가 상대방을 진정시키려는 듯 신중해졌다. 「당신에게 내 이야기를 모두 다 말하게 되면, 성물에 대한 이야기를 해야 할 순간이 올 겁니다. 그렇지만 그 이야기는 조금 더 뒤에 하도록 하지요. 그리고 당신 스스로 방금 전 신성한 것들에 대해서 말할 때에는 인간의 기준을 사용해서는 안 된다고 했습니다. 그런데 이제 너무 늦었군요. 내 생각에는 한 시간 후면 어두워져서 길을 떠날 수 있을 것 같습니다. 준비를 하도록 합시다.」

니케타스는 다시 원기를 회복한 후 출발하고 싶었기 때문에 얼마 전에 테오필로스에게 〈모노키트론〉을 준비해 놓으라고 명령했었다. 제대로 맛을 내려면 시간이 걸리는 요리였다. 그것은 쇠고기와 돼지고기, 완전히 살점을 떼어 내지 않은 뼈와 프리기아의 양배추를 가득 넣고 기름을 넉넉히 채운 요리로 청동 냄비에 하나 가득 들어 있었다. 여러 가지를 늘어놓고 저녁 식사를 하기에는 시간이 별로 없었기 때문에 그 로고테트는 자신의 훌륭한 습관을 버리고 손가락 세 개만이 아니라 양 손 모두를 냄비에 집어넣어 음식을 꺼냈다. 그는 자신이 사랑하는 처녀이자 창녀이자 순교자인 그 도시와 마지막으로 사랑을 나누며 밤을 보내기라도 하는 것 같았다. 바우돌리노는 이제 식욕이 나지 않아 송진향이 나는 포도주만을 조금씩 들이켰다. 셀림브리아에서도 그런 포도주를 구할 수 있을지 알 수 없었기 때문이었다.

니케타스는 그 성물의 이야기에 조시모스가 관련되어 있는지를 물었고 바우돌리노는 순서대로 이야기를 하는 게 좋겠다고 대답했다.

「여기 이 도시에서 너무나 끔찍한 광경을 보고 난 뒤 우리들은 육로를 통해 돌아갔습니다. 돈이 부족해서 배로 여행을 할 경비를 지불할 수 없었기 때문입니다. 그 혼란스러운 며칠 동안 조시모스는 막 떠나가려는 자신의 복사의 도움을 얻어, 어디서인지는 모르지만 노새를 빼앗아 왔습니다. 여행 도중 어떤 숲에서 사냥 대회에 참가하기도 했고 길가에 있는 수도원에서 극진한 대접을 받기도 했지요. 그리고 마침내 롬바르디아 평야에서……」

「조시모스가 달아나려는 시도는 한 번도 하지 않았나요?」

「할 수가 없었어요. 그때부터, 프리드리히의 궁전으로 돌아오고 난 뒤에도 계속, 그리고 그 후 우리가 예루살렘으로 가는 동안 거의 4년 넘게 그는 쇠사슬에 묶여 있었습니다. 좀 더 정확히 말하면 우리와 함께 있을 때는 자유롭게 걸어 다녔지만 조시모스만 혼자 놓아 두어야 할 때는 상황에 따라 침대나 기둥, 나무에 묶어 두었습니다. 만약 말을 타고 갈 경우에는 그가 내리려고 할 때 말이 사나워지게끔 그를 고삐와 함께 묶어 놓았어요. 이렇게 해도 그가 자기 의무를 잊어버렸을까 봐 불안해서 매일 밤 잠이 들기 전에 그자의 따귀를 때렸습니다. 그는 그 사실을 알고 있었고 잠들기 전에는 어머니의 입맞춤을 기다리듯 따귀를 기다렸어요.」

길을 가는 동안 우리 친구들은 무엇보다 조시모스가 지도를 재구성해 낼 수 있도록 쉬지 않고 그를 자극했다. 조시모스는 열의를 보이면서 매일 세세한 부분들을 기억해 냈다. 그래서 이미 진짜 거리를 계산할 수 있을 정도에 이르렀다.
「그러니까 비단의 고장인 치니스탄에서 페르시아까지는…….」 조시모스는 길의 흙 위에 손가락으로 그림을 그려 보여 주었다. 「대략 걸어서 1백50일이 걸린다네. 페르시아 전체를 지나는 데 80일, 페르시아 국경에서 셀레우키아까지 13일, 셀레우키아에서 로마, 그리고 이베리아 인들의 고장까지 1백50일이 걸리네. 대략 이 세상의 끝에서 끝까지 가는 데에는 자네가 하루에 30마일을 간다면 걸어서 4백 일이 걸린다네. 그리고 지구는 너비보다 길이가 더 길지 ─〈출애굽기〉에, 감실에서는 식탁이 2큐빗의 길이에 1큐빗의 너비가 되어야 한다고 말한 것을 기억해 보면 될 걸세. 그러니까 바로 북쪽에서 남쪽까지는 50일로 계산할 수 있을 것이고 콘스탄티노플에서 알렉산드리아까지 다시 50일, 알렉산드리아에서 에티오피아, 아라비아 만까지 70일로 계산할 수 있을 걸세. 결국 대략 2백 일 정도 걸리는 거지. 그러니까 만약 자네가 콘스탄티노플에서 극동의 인도를 향해 떠난다면, 길을 잘못 들어 종종 길을 찾기 위해 멈춰 서기도 할 것이고 한번 지났던 길로 다시 돌아갈지도 모르는 일이기 때문에 그런 것을 모두 계산한다면, 내 생각에 자네가 요한 사제에게 가려면 1년은 여행해야 할 것 같네.」

성물에 관한 문제에 대해서는, 키오트가 조시모스에게 성배에 대한 이야기를 들어 본 적이 있냐고 물어보았다. 물론 그는 그 이야기를 들어 보았다. 콘스탄티노플 주위에 사는 갈라티아 사람들, 그러니까 전통적으로 극북에 사는 고대의 사제들의 이야기를 잘 알고 있는 사람들에게 들어 보았다. 키오트가 요한 사제에게 성배를 가져다 주었다고 하는 파이레피츠에 대해 이야기하는 것을 들어 보았느냐고 물어보자 조시모스는 분명히 그 이야기를 들어 보았다고 말했다. 하지만 바우돌리노는 미심쩍어 했다. 「성배라는 게 대체 뭐지?」 바우돌리노가 조시모스에게 물었다. 「잔이지. 그리스도가 빵과 포도주를 축성했던 잔이지. 자네들도 그렇게 말했잖나.」 잔에 담긴 빵? 아니야, 포도주야. 빵은 접시에, 성반에, 작은 쟁반에 있었지. 그러면 성배는 뭔가, 접시인가 잔인가? 둘 다야, 조시모스가 타협을 해보려고 애를 썼다. 시인이 조시모스를 겁주는 눈길로 넌지시 말했다. 잘 생각해 보니까, 롱기누스가 예수의 옆구리를 찔렀던 창이었다고 했던 것 같아. 맞아, 그래, 조시모스가 보기에도 바로 그것이었던 것 같았다. 그때 바우돌리노는 아직 잠자리에 들 시간이 되지는 않았지만 조시모스의 뺨을 손등으로 한 대 때렸다. 하지만 조시모스는 변명을 했다. 소문이란 불확실한 걸세. 좋아. 비잔틴의 갈라티아 사람들 사이에서도 소문이 떠돌았다는 사실은 그 성배가 정말 있다는 증거일세. 결국 성배에 대해서 사람들이 알고 있는 것은 늘 똑같지. 그러니까 아는 게 거의 없다는 말이야.

「물론 그렇지.」 바우돌리노가 말했다. 「프리드리히에게 너 같은 악당 대신 성배를 가져갈 수만 있다면…….」

「언제든지 갖다 줄 수 있네.」 조시모스가 조언을 했다. 「적당한 항아리를 찾아보게…….」

「오, 이제는 성배가 항아리이기도 하다는 거지. 내 손으로 직접 그 항아리 속에 너를 집어넣어 버리겠다! 난 너 같은 사기꾼이 아냐!」 조시모스는 어깨를 으쓱하고 이제 수염이 나기 시작한 턱을 쓰다듬었다. 수염이 자란 지금은 더 보기 흉했다. 전에 매끌매끌하고 깨끗할 때는 공 같더니 지금은 메기 같았다.

「그런데…….」 바우돌리노가 곰곰이 생각하며 말했다. 「그것이 항아리나 잔이라는 것을 안다 할지라도 그것을 발견했을 때 그게 성배인지 어떻게 식별을 할 수 있지?」

「아, 그 점에 대해서는 걱정할 것 없네.」 키오트가 자신의 전설의 세계에서 길을 잃은 것 같은 눈으로 끼어들었다. 「빛을 보고 향기를 느껴 보고…….」

「잘되길 바라야지.」 바우돌리노가 말했다. 라비 솔로몬은 고개를 저었다. 「틀림없이 너희 이교도들이 예루살렘을 약탈했을 때 예루살렘의 성당에서 무엇인가를 훔쳤을 거야. 그리고 그것을 세상에 퍼뜨렸겠지.」

그들은 바로, 프리드리히의 둘째 아들이자 이미 로마 인들의 왕으로 왕관을 쓴 하인리히가 시칠리아의 코스탄차와 결혼하는 날에 도착을 했다. 황제는 이미 그 작은아들에게 모든 희망을 다 걸었다. 큰아들을 근심하지 않는 것은 아니었다. 큰아들은 스웨덴 공으로 봉했다. 하지만 그것은 분명 제대로 자라지 못한 자식들에게 느끼는 애처로운 감정 때문인 게 분명했다. 바우돌리노는 창백한 얼굴에 만성 기침을 계속 해대는 큰아들을 보았다. 그는 각다귀를 쫓기라도 하듯 왼쪽 눈을 계속 깜빡거렸다. 왕실의 잔치가 열린 그 기간 동안에도 그는 자주 사람들에게서 멀어져 갔다. 바우돌리노는 그가 들녘으로 나가는 것을 보았다. 그리고 자기 마음을 갉아먹는 무엇인가를 진정시키기 위해서인 듯, 승마용 채찍을 신경질 적으로 휘둘러 관목들을 후려치는 것을 보았다.

「그 애는 아주 힘들게 이 세상에서 살고 있는 거다.」 어느 날 밤 프리드리히가 바우돌리노에게 말했다. 점점 더 늙어 바르바비앙카(흰 수염)가 된 그는 목이 잘 움직이지 않는 사 람처럼 움직였다. 그는 사냥을 포기하지 않았다. 그리고 강 을 보면 강물에 뛰어들어 예전처럼 수영을 했다. 바우돌리노 는 그가 갑자기 찬물에 뛰어들었다가 뇌졸중에 걸릴까 봐 두 려웠다. 그래서 프리드리히에게 조심하라고 말하곤 했다.

바우돌리노는 프리드리히를 위로하기 위해서 성공적이었 던 자신들의 원정에 대한 이야기를 들려주었다. 그들이 사기 꾼 같은 그 수도사를 잡아왔고 곧 사제의 왕국으로 그들을 데 려다 줄 지도를 손에 넣게 될 것이며 성배 이야기는 지어낸 이야기가 아니며 조만간 두 손으로 그것을 쥐게 될 것이라는 이야기를 말이다. 프리드리히가 수긍을 했다. 「성배, 오, 성 배.」 그는 어딘지 모르는 곳을 바라보는 듯한 눈으로 중얼거 렸다. 「그것을 손에 넣으면 분명 할 수 있을 텐데, 할 수 있을 텐데…….」 그러다가 중요한 편지 몇 장 때문에 하던 생각을 중단해야만 했다. 그는 다시 한숨을 쉬었다. 그리고 힘겹게 자기 임무를 완수할 채비를 했다.

가끔 프리드리히는 바우돌리노를 자기 일에 참여시켰다. 그리고 베아트릭스가 얼마나 그리운지를 이야기하곤 했다. 바우돌리노는 그를 위로하기 위해서 자기도 콜란드리나가 얼마나 그리운지를 이야기했다. 「오, 안다.」 프리드리히가 말했다. 「네가 콜란드리나를 그렇게 사랑했으니 내가 얼마나 베아트릭스를 사랑했었는지를 이해할 수 있겠지. 하지만 넌 베아트릭스가 얼마나 사랑스러웠는지는 모를 게다.」 이 말을 들은 바우돌리노는 오래된 상처, 양심의 가책이라는 상처가 다시 벌어지는 것 같았다.

여름에 황제는 독일로 돌아갔다. 하지만 바우돌리노는 황제를 따라갈 수 없었다. 어머니가 세상을 떴다는 소식을 들었기 때문이다. 그는 알레산드리아로 달려갔다. 그곳으로 가면서 그는 자신을 낳아 준 그 여인에 대해 다시 생각을 해보았다. 오래전 양이 새끼를 낳던 그 크리스마스 날 밤을 제외하고는 어머니가 바우돌리노에게 애정을 보여 준 적은 단 한 번도 없었다(맙소사, 바우돌리노는 혼자 말했다, 벌써 겨울이 열다섯 번도 더 지났어, 오 세상에, 어쩌면 열여덟 번인지도 모르겠군). 그가 도착했을 때는 어머니가 이미 땅속에 묻힌 뒤였다. 그는 갈리아우도가 도시를 떠나 예전에 살던 프라스케타의 그 집으로 돌아갔다는 것을 알게 되었다.

갈리아우도는 기운이 하나도 없이 누워 있었고 그 옆에는 나무로 만든 그릇이 하나 놓여 있었는데 그 안에는 포도주가 가득 담겨 있었다. 갈리아우도는 얼굴에 달려드는 파리를 쫓기 위해 힘없이 손을 움직였다. 「바우돌리노.」 곧 아버지가 그에게 말했다. 「하루에도 열두 번씩 난 그 불쌍한 네 어미에게 화를 냈다. 그러면서 네 어미에게 벼락이나 내려 달라고 하늘에 빌었지. 이제 하늘이 네 어머니에게 벼락을 내렸는데 난 더 이상 어떻게 해야 할지 모르겠구나. 이 집 안에서 난 아무것도 찾을 수가 없어. 물건을 제자리에 둔 건 네 어머니였다. 나는 쇠스랑 하나도 제대로 찾을 수가 없구나. 그리고 우리에 있는 가축들은 건초보다 거름을 더 많이 먹고 있단다. 그래서 난 죽기로 결심했다. 아마 이게 훨씬 나을 게다.」

아들이 아무리 말려도 아무 소용이 없었다. 「바우돌리노, 너도 알잖니, 우리 고향 사람들이 고집이 세다는 걸 말이다. 우리는 뭔가 마음속으로 생각을 하게 되면 생각을 바꾸는 법이 절대 없다. 게다가 난 너같이 하루는 여기 또 하루는 저기에 있는 역마살 긴 사람이 아니야. 너희 귀족들은 멋진 인생을 살지! 모두 다른 사람을 어떻게 죽여야 할지만을 생각하고 사는 사람들이야. 하지만 그들 역시 어느 날엔가 죽어야 한다고 말하면 그들은 공포에 사로잡힐 게다. 그렇지만 나는 성녀 같은 여자 옆에서 모기 한 마리 죽이지 않고 살아왔다. 이제 죽기로 마음먹었으니 죽을 거야. 내가 말한 대로 떠나갈 수 있게 내버려 두거라. 나는 아주 만족스럽단다. 이런 식으로 여기 살아남는 게 훨씬 더 나쁘기 때문이야.」

갈리아우도는 간간이 포도주를 조금씩 마셨다. 그러다가 잠이 들었고 다시 눈을 뜨면 이렇게 물었다. 「내가 죽었느냐?」「아니요, 아버지.」바우돌리노가 그에게 대답했다. 「다행히 아버지는 아직 살아 계세요.」「오, 복도 없구나.」갈리아우도가 말했다. 「아직도 하루가 남아 있구나. 하지만 내일은 죽을 거다. 진정하거라.」무슨 수를 써보았지만 그는 음식을 입에 대려고 하지 않았다.

바우돌리노는 아버지의 이마를 쓰다듬어 주고 파리를 쫓아 주었다. 그리고 죽어 가는 아버지를 어떻게 위로해야 좋을지 몰랐기 때문에, 그리고 아버지가 항상 믿어 왔듯이 아버지의 아들이 당나귀가 아니라는 것을 보여 주고 싶었기 때문에 대체 언제부터 준비했는지 모를 그 성스러운 모험에 대한 이야기를 들려주었다. 그리고 얼마나 요한 사제의 왕국에 가고 싶어하는지도 말했다. 「한번 상상해 보세요.」 바우돌리노가 말했다. 「그 놀라운 곳을 찾으러 갈 겁니다. 그곳은 우리가 한 번도 보지 못한 피닉스라는 새가 사는 장소입니다. 5백 년 동안 살고 5백 년 동안 날아다니는 불사조입니다. 5백 년이 지나면 사제들이 제단을 준비해서 거기에 향료와 유황을 뿌려 놓습니다. 그래서 새가 도착을 하면 몸에 불이 붙어 재가 됩니다. 다음날 그 재 속에서 유충이 발견되는데 둘째 날에는 벌써 새 모양을 하고 있고 셋째 날이 되면 이 새는 날아갑니다. 몸집은 독수리보다 더 크지 않은데 머리 위에는 공작 같은 볏이 있고 목은 황금색이며 부리는 남색이고 날개는 자주색에 꼬리는 노랑, 초록과 빨간 줄이 나 있답니다. 그렇게 해서 피닉스는 결코 죽지 않는 겁니다.」

「모두 거짓말이야.」 갈리아우도가 말했다. 「그 피닉스가 아니라 불쌍한 로지나를 다시 태어나게만 해주면 내게는 그만이야. 밀을 잔뜩 먹여 숨이 막히게 만들어서 죽음을 맞게 했지.」

「돌아올 때 욥의 땅 산 위에 있는 만나를 가져다 드릴 게요. 하얗고 아주 달콤하대요. 하늘에서 떨어진 이슬이 풀잎에 응고되어 나온 거지요. 아버지의 피를 맑게 해주고 우울을 쫓아 줄 거예요.」

「내 불알이나 깨끗이 해주겠지. 지금 궁정에서 도요새 고기와 무른 반죽 같은 케이크를 먹고 있을 못생긴 귀족에게나 좋은 물건이지.」

「빵이라도 한 조각 드시겠어요?」

「시간이 없다. 난 내일 아침에 죽어야 한다.」

다음날 아침 바우돌리노는 우리 주 예수께서 포도주를 마신 성배를 황제에게 선물할 수 있을 것이라는 이야기를 했다.「아, 그러냐? 그게 어떻게 생겼니?」

「전체가 황금으로 되어 있고 청금석이 박혀 있지요.」

「너 멍텅구리 아니냐? 우리 주님은 목수의 아드님이셨다. 그분보다 더 심한 배고픔으로 죽어 가는 사람들 곁에 계셨어. 평생을 똑같은 옷을 입으셨지. 교회에서 신부님이 말씀하시더구나. 주님은 서른세 살이 되시기 전까지는 타락을 막기 위해 재봉질한 옷도 안 입으셨다고 말이다. 그런데 너는 내게 와서 예수님께서 청금석이 박힌 황금 술잔을 가지고 즐거운 시간을 보내셨다고 말하고 있어. 넌 내게 그럴듯한 이야기를 하고 있구나. 만약 내가 만든 이 그릇같이, 평생을 써도 되고 망치로 두드려도 부서지지 않는 이것처럼, 주님의 아버지께서 나무뿌리로 파서 만들어 준 그릇을 가지고 계셨다면 은혜로운 일이지. 아니 난 벌써 그렇게 생각하고 있다. 주님의 피를 내게 조금만 주렴. 편안히 눈을 감을 수 있게 날 도와줄 수 있는 유일한 거란다.」

젠장, 바우돌리노가 혼자 말했다. 이 보잘것없는 노인의 말이 맞다. 성배는 이 그릇 같아야만 할 것이다. 주님처럼 소박하고 가난한 그릇. 아마 이 때문에 성배는 바로 이곳에, 모든 사람들의 손이 닿는 곳에 있었을 것이다. 모두들 평생 동안 빛나는 것만을 찾았기 때문에 아무도 그게 성배라는 것을 알아보지 못했을 것이다.

하지만 그때 바우돌리노가 성배에 관한 것을 생각한 것은 아니었다. 그는 죽어 가는 아버지를 보고 싶지 않았다. 그렇기는 해도 아버지를 죽어 가게 내버려 두는 것이 아버지의 뜻이라는 것을 알고 있었다. 며칠이 지나자 갈리아우도 노인은 이미 마른 밤처럼 쭈그러들어 버렸다. 이제는 숨 쉬는 것도 힘들어했고 이미 포도주조차 거부한 상태였다.

「아버지.」 바우돌리노가 그에게 말했다. 「정말 돌아가시고 싶으시면 주님과 화해하세요. 그리고 요한 사제의 궁전과 같은 천국에 들어가세요. 하느님께서 높은 탑 위의 커다란 왕좌에 앉아 계실 거예요. 왕좌의 등받이 위에는 두 개의 황금 사과가 놓여 있을 겁니다. 그 사과는 모두 밤에도 눈부시게 빛나는 커다란 홍옥이랍니다. 왕좌의 팔걸이는 에메랄드일 거예요. 왕좌로 올라가는 일곱 계단은 마노, 수정, 벽옥, 자수정, 붉은줄마노, 홍옥수와 귀감람석으로 만들어졌답니다. 주위의 기둥들은 모두 순금일 겁니다. 왕좌 위에서는 천사들이 부드러운 노래를 부르며 날아다니고……」

「내 엉덩이를 차서 날 쫓아내는 악마들도 있겠지. 그런 곳에서는 마구간 냄새가 나는 나 같은 사람이 그 주위에서 얼쩡거리는 것을 원치 않을 테니까. 그런데 조용히 좀 해보거라……」

그러더니 갑자기 눈을 크게 뜨고 일어나 앉으려고 애를 썼다. 바우돌리노는 그러는 아버지를 부축했다. 「오 주여, 지금 정말 제가 죽으려는가 봅니다. 천국이 보입니다. 오 어쩌면 저렇게 아름다울까……」

「뭐가 보이십니까, 아버지?」 이제 바우돌리노는 흐느끼고 있었다.

「바로 우리 외양간이다. 그런데 깨끗하게 청소가 되었구나. 로지나도 있어……. 네 어미 같은 성녀가 있단다. 못생기고 복 없는 네 어미가 지금 내게 쇠스랑을 어디에 두었느냐고 묻는구나…….」

갈리아우도가 트림을 했다. 그는 그릇을 떨어뜨렸다. 그리고 두 눈을 크게 뜨고 하늘에 있는 자기 외양간을 뚫어지게 쳐다보았다.

바우돌리노는 한 손으로 부드럽게 아버지의 눈을 감겨 주었다. 아버지가 봐야 할 것은 눈을 감고도 볼 수 있기 때문이었다. 그런 다음 알레산드리아 사람들에게 가서 아버지가 돌아가셨다고 알렸다. 시민들은 그 위대한 노인에게 엄숙하고 명예로운 장례식을 치러 주고 싶어했다. 그 노인이 바로 도시를 구했기 때문이었다. 또 갈리아우도의 상을 대성당의 앞에 세우기로 결정했다.

바우돌리노는 다시 한번 부모들이 살던 집으로 갔다. 다시는 그 집을 찾지 않기로 결심했기 때문에 뭔가 기념이 될 만한 물건이 없는지 찾아보기 위해서였다. 그는 땅바닥에 놓여 있는 아버지의 그릇을 보았다. 그리고 그것을 귀한 유물이라도 되는 것처럼 집어 들었다. 포도주 냄새가 나지 않게 잘 닦아야지, 그는 혼자 말했다, 마지막 만찬에서 지금까지 흐른 시간만큼 다시 시간이 흐른 어느 날, 이걸 성배라고 말할 수도 있으니까. 이것을 진짜 성배라고 생각함으로써 모두들 분명히 맡게 될 그런 향기 이외에 다른 냄새가 나면 안 되지. 그는 자신의 망토에 그릇을 싸서 가지고 갔다.

23
바우돌리노 제3차 십자군에

콘스탄티노플에 어둠이 내리자 그들은 길을 떠났다. 일행은 많았다. 하지만 그 무렵에는 집을 잃고 도시에 남은 시민들이 밤을 보낼 주랑을 찾기 위해서 길 잃은 영혼들처럼 여러 무리를 이루어 도시를 이리저리 옮겨 다니고 있었다. 바우돌리노는 십자군 군복을 벗었다. 누군가가 그를 멈춰 세우고 그의 주인이 누구냐고 물으면 곤란할 것 같았기 때문이었다. 페베레와 보이아몬도, 그릴로, 타라부를로가 그들의 앞쪽에서 걸어갔다. 그들은 마치 우연히 길을 같이 가게 된 사람 같은 분위기였다. 하지만 그들은 골목이 나타날 때마다 경계를 게을리 하지 않았다. 그리고 옷 밑에 숨겨 온 방금 갈아 온 칼들을 꽉 잡았다.

소피아 성당에 도착하기 바로 전에 파란 눈에 노란 콧수염을 길게 기른 오만불손한 놈 하나가 이 일행들 쪽으로 급히

와서는 겉보기에 못생기고 천연두 자국이 있는 니케타스 딸의 손을 붙잡더니 끌고 가려고 했다. 바우돌리노는 싸워야 할 순간이 되었다고 속으로 생각했다. 제노바 인들 역시 바우돌리노와 같은 생각이었다. 하지만 니케타스는 그들보다 훨씬 더 좋은 생각을 갖고 있었다. 그는 길을 따라 오고 있는 한 무리의 기사들을 보고 그들 쪽으로 몸을 던져 무릎을 꿇고서는 정의와 자비를 청하고 그들의 명예에 호소했다. 그들은 아마 베네치아 통령의 기사들인 것 같았다. 그 기사들은 칼날을 눕혀 쳐서 그 야만인을 쫓아 버린 다음 처녀를 가족들에게 돌려보냈다.

경마장을 지나자 제노바 인들은 아주 안전한 길을 택했다. 집들이 모두 타버리거나 샅샅이 약탈당한 흔적이 남아 있는 좁은 골목들이었다. 순례자들이 아직도 훔칠 것을 찾고 있다면 아마 다른 곳에 있을 것이다. 밤이 깊어졌을 때 그들은 벌써 테오도시오스 성벽을 넘었다. 그곳에서 노새를 데리고 오는 다른 제노바 인들을 기다렸다. 니케타스 일행은 자신들을 보호해 주던 사람들을 얼싸안고 행운의 말을 수없이 주고받은 뒤 헤어졌다. 그리고 시골길로 접어들었다. 봄 하늘에 떠 있는 거의 만월에 가까운 달이 지평선에 걸려 있었다. 먼 바다로부터 가벼운 바람이 불어왔다. 모두들 낮에는 휴식을 취했다. 만삭인 니케타스의 아내에게도 여행이 별로 힘겨워 보이지 않았다. 누구보다 힘들어 한 사람은 다름 아닌 니케타스였다. 그는 노새가 갑자기 움직일 때마다 숨을 헐떡거렸고 30분이 채 못 돼서 다른 사람들에게 잠시만 쉬어 가자고 청했다.

「너무 많이 먹어서 그런 겁니다, 니케타스 씨.」 바우돌리노가 말했다.

「망명자가 죽어 가는 고향의 감미로움을 마지막으로 맛보려는 것을 어떻게 거부할 수 있겠습니까?」 니케타스가 대답했다. 그러고 나서는 앉을 수 있을 만한 바위나 잘려진 나무둥지를 찾았다. 「당신의 모험 이야기를 빨리 계속 듣고 싶어서 그렇습니다. 여기 앉아 봐요, 바우돌리노, 얼마나 평화로운지 한번 느껴 보십시오. 시골의 향긋한 내음을 맡아 봐요. 여기서 잠깐 쉬어 갑시다, 이야기해 보시지요.」

그 후 사흘 동안 그들은 낮에는 길을 가고 밤이면 하늘 아래에서 휴식을 취했다. 어떤 사람들이 살고 있는지 알 수 없는 주거지를 피하기 위해서였다. 너무나 고요해, 그 침묵을 깨놓는 것은 나뭇잎 살랑거리는 소리와 갑자기 들려오는 한밤의 짐승들 소리밖에 없는 고요한 별빛 아래에서 바우돌리노는 자기 이야기를 계속해 나갔다.

그 무렵 — 그러니까 1187년이었다 — 살라딘이 기독교도들이 장악한 예루살렘을 마지막으로 공격하기 시작했다. 그는 승리했다. 그는 관대하게 행동해서, 벌금을 낼 수 있는 사람들을 전혀 상처를 입히지 않고 풀어 주었다. 다만 성당 기사단 전원을 성벽 앞에서 참수했을 뿐이었다. 모두가 인정했다시피 그가 관대한 것은 사실이었지만 그 어떤 지휘관도 침략자인 적들의 정예 부대를 살려 둘 수는 없는 일이기 때문이었다. 성당 기사단의 기사들도 그런 일을 직업으로 삼을 경우 포로가 되지 않는다는 규율을 받아들여야 한다는 것을 잘 알고 있었다. 이 때문에 살라딘이 비록 관대함을 보여 주기는 했지만 전 기독교 세계는 거의 1백여 년 동안 버텨 왔던 바다 너머 기독교 왕국의 종말에 크게 동요했다. 교황은 유럽의 모든 군주들에게, 이교도들에 의해 다시 정복된 그 예루살렘을 해방시킬 제3차 십자군 원정을 떠나 달라고 호소했다.

프리드리히 황제가 그 원정에 합류하는 건 바로 바우돌리노가 기다리던 기회가 찾아왔다는 것과 같았다. 팔레스타인 쪽으로 내려간다는 것은 무적의 군대와 함께 동쪽으로 움직일 준비를 한다는 것을 의미했다. 예루살렘은 눈 깜짝 할 사이에 정복될 것이다. 그러고 나면 인도로 전진하는 일만이 남게 된다. 그렇지만 이것은 프리드리히가 정말 얼마나 지쳐 있고 자신 없어 하는지를 발견할 수 있었던 기회이기도 했다. 프리드리히는 이탈리아를 평정했지만 분명 이탈리아에서 멀어지게 되면 이미 잡아 놓은 물고기를 놓칠지도 모른다는 불안에 떨고 있었다. 혹은 팔레스타인으로 다시 원정을 떠난다는 생각을 하자 이전 원정 때, 미친 듯이 노해서 불가리아의 그 수도원을 파괴해 버렸던 기억이 떠올라 당혹스러워하고 있는지도 몰랐다. 누가 알겠는가. 황제는 주저했다. 그는 자신의 의무가 무엇인지 자신에게 묻곤 했다. 그런 의문을 갖게 되었다면 — 바우돌리노가 혼자 속으로 말했다 — 그것은 이미 아버님을 끌어당기는 의무가 없다는 뜻이지요.

「나는 마흔다섯 살이었습니다, 니케타스 씨. 나는 삶이라는 꿈을 가지고 유희를 즐기고 있었습니다. 좀 더 정확히 말하면 삶 그 자체라고 할 수 있지요. 내 삶이 그 꿈 주위에서 이루어졌기 때문이지요. 그렇게 냉담하게 나는 내 운명을 믿으면서 내 양아버지에게 희망을 주기로 결심했습니다. 아버지의 사명은 하늘이 내린 것이라는 표식을 주기로 결심했습니다. 예루살렘이 함락된 뒤 그 파괴된 도시에서 살아남은 자들이 우리 기독교 땅에 도착을 했지요. 그리고 성당 기사단의 기사 일곱 명이 바로 황제의 궁을 지나가게 되었습니다. 그들이 어떻게 살라딘의 보복을 피할 수 있었는지는 하느님이나 아실 일이지요. 그들은 몰골이 말이 아니었어요. 하지만 아마 당신은 성당 기사단들이 어떤지 아실 겁니다. 그들은 술꾼에다가 간음자들이지요. 당신이 당신 여동생을 그들에게 손을 대도록 주면 그들은 자기 여동생을 당신에게 팔 겁니다 — 소문대로라면 당신의 남동생일 경우 더 좋겠지요. 간단히 말하면 이렇게 된 겁니다. 나는 그들이 기운을 차릴 수 있게 도와주었습니다. 모두들 내가 그들과 어울려 선술집에 가는 것을 보았지요. 이 때문에 어느 날 내가 프리드리히에게 그 파렴치한 성물 매매자들이 바로 예루살렘에서 성배를 훔쳐 왔다고 말하기가 어렵지 않았습니다. 난 성당 기사단의 기사들이 다 죽어 갈 지경에 이르렀기 때문에 내가 가진 돈을 모두 그들에게 주고 성배를 손에 넣었다고 말했어요. 프리드리히는 물론 처음에는 깜짝 놀랐습니다. 요한 사제가 황제에게 선물하고 싶어한 것은 바로 자기 손에 있던 성배 아니었습니까? 그 성스러운 유물을 선물로 받기 위해 요한 사제를 찾으러 갈 계획을 세운 것 아닙니까? 이제 그렇게 되었습니다, 아버님. 내가 황제에게 말했지요. 분명히 간신배 같은 어떤 대신이 그것을 요한에게서 훔쳤을 겁니다. 그리고 그것을 어떤 성당 기사단의 기사들에게 팔았을 겁니다. 그자들은 자기들이 있는 곳이 어디인지도 모른 채 약탈을 한 자들이니까요. 하지만 언제 어떻게 성배를 손에 넣게 되었는지는 중요하지 않았어요. 이제 신성 로마 제국의 황제에게 또 다른 아주 특별한 기회가 주어지게 된 거지요.

그는 바로 요한 사제에게 성배를 되돌려 주기 위해 요한 사제를 찾으러 가야 하는 겁니다. 그는 힘을 얻기 위해서가 아니라 자신의 의무를 완수하기 위해 그 무엇과도 비교할 수 없는 그 성물을 사용함으로써 사제의 인정을 받을 수 있을 것이고 전 기독교 세계에서 영원한 명성을 얻을 수 있을 겁니다. 성배를 소유하는 것과 그것을 돌려주는 것, 그것을 소중하게 간직하는 것과 그것을 훔쳐 온 곳으로 되돌려 보내는 것, 모두들 꿈꾸듯이 그것을 소유하는 것과 그것을 포기함으로써 숭고한 희생을 치르는 것 ─ 분명 그 중 어느 쪽에는 진정한 도유, 유일하고 진정한 *rex et sacerdos*(왕이자 사제)가 되는 영광이 있었습니다. 프리드리히는 새로운 아리마태아의 요셉이 되는 겁니다.」

「당신이 아버지를 속였군요.」

「아버지를 위해서였습니다. 그리고 제국을 위해서였고요.」

「만약 프리드리히가 정말 사제의 땅에 가서 사제에게 성배를 내밀면 사제가 두 눈을 둥그렇게 뜨고 자기는 한 번도 본 적이 없는 이 그릇이 무엇이냐고 물어볼 경우 어떤 일이 벌어질지 생각해 보았나요? 프리드리히는 기독교 세계의 자랑이 아니라 어릿광대가 되는 거지요.」

「니케타스 씨, 당신은 나보다 더 인간들을 잘 알고 있어요. 생각을 해보십시오. 당신이 요한 사제입니다. 그런데 서방 세계의 대황제가 당신의 발 밑에 무릎을 꿇고 그런 성물을 당신에게 내밀면서 이건 당연히 당신 거라고 말하는 겁니다. 그러면 당신은 이런 선술집에서나 쓰는 사발을 한 번도 본 적이 없다고 말하면서 비웃겠습니까? 자, 잘 들어요! 난 사제가 그것을 아는 척하리라고 말하지는 않겠어요. 내가 하려는 말은 사제가 황제의 보호를 인정함으로써 자신에게 전해 지게 될 영광에 매료되어 곧 성배를 인정하게 될 것이라는 것이지요. 그러면서 자기가 계속 그 물건을 가지고 있었다고 믿는 겁니다. 그렇게 해서 나는 내 아버지 갈리아우도의 목기를 귀중한 물건인 양 황제에게 바쳤어요. 당신에게 맹세하는데 그 순간 나는 내 자신이 성스러운 의식을 거행하는 사람 같은 기분이 들었습니다. 나의 육체적인 아버지였던 분의 선물이자 추억을 내 정신적인 아버지에게 넘겼어요. 내 육체를 준 아버지가 옳았습니다. 한평생 죄인으로 살면서 교감했던 그 보잘것없는 물건은 정말 정신적으로 모든 죄인들의 구원을 위해 죽어 가고 있는 그 가엾은 그리스도께서 사용했던 바로 그 잔이었어요. 미사를 집전하면서 신부는 아주 보잘것없는 포도주와 빵을 들고 그것을 우리 주님의 살과 피로 만들지 않습니까?」

「하지만 당신은 사제가 아니었습니다.」

「사실 내가 그걸 그리스도의 피라고 말한 것은 아니었어요. 나는 다만 그 피가 담겨져 있었다고 말했을 뿐이지요. 난 사제의 권위를 남용한 것은 아닙니다. 난 증언을 했어요.」

「거짓 증언이지요.」

「아니요. 성물을 진짜라고 믿게 되면 그 성물에서 어떤 향기를 맡을 수 있다고 말한 사람은 바로 당신이었습니다. 우리는 우리에게 신이 필요하다는 것만 생각하고 있을 뿐입니다. 하지만 종종 하느님은 우리를 필요로 하기도 합니다. 그 순간 나는 하느님을 도와줄 필요가 있다고 생각을 했어요. 우리 주님께서 그 잔을 사용하셨으면 그 잔은 물론 틀림없이 존재해야만 하지요. 만약 그 잔이 사라졌다면 그것은 어리석은 몇몇 인간들 때문이에요. 나는 기독교 세계에 성배를 돌려주었어요. 하느님이 나를 부정하지는 않으셨어요. 내 친구들도 곧 그 사실을 믿게 되었다는 게 그 증거입니다. 성스러운 그릇은 거기 그들의 눈앞에 있었고 프리드리히는 두 손으로 그것을 들어 마치 무아의 상태에 빠진 것처럼 하늘을 향해 높이 들었습니다. 그러자 계속 이러쿵저러쿵 해오던 그 물건을 생전 처음 두 눈으로 본 보롱은 무릎을 꿇었습니다. 키오트는 곧 광채를 본 것 같다고 말했어요. 라비 솔로몬은 — 비록 그리스도가 그의 민족이 기다리는 메시아는 아니었지만 — 분명 그 그릇에서 향냄새가 발산된다는 것을 인정했어요. 조시모스는 그 몽상적인 두 눈을 크게 떴어요. 그러더니 당신들 동로마 인들이 하듯이 우리와는 반대로 여러 번 성호를 그었습니다. 압둘은 온몸을 부들부들 떨면서 이런 성물을 소유한다는 것은 바다 너머의 왕국들을 모두 다시 정복한 것과 같다고 중얼거렸답니다 — 누가 봐도 그가 그 성배를 멀리 있는 공주에게 사랑의 징표로 건네주고 싶어한다는 것을 분명히 알 수 있었지요. 내 눈은 눈물로 축축이 젖었습니다. 나는 속으로 대체 무엇 때문에 하늘이 나에게 이런 경이로운 사건의 중재자가 되길 원했을지 자문해 보았습니다. 시인은 화가 나서 손톱을 물어뜯고 있었어요. 나는 그가 무슨 생각을 하고 있는지 잘 알고 있었습니다. 바우돌리노는 정말 바보야, 프리드리히는 늙었어. 그래서 이 보물에서 아무런 이익도 얻지 못할 거야. 그러니까 우리가 저 보물을 가지고 북쪽의 땅으로 떠나는 게 더 나아. 그곳에 가면 우리에게 왕국을 선물할 텐데 말이야. 황제의 허약함이 분명히 드러나자 시인의 환상이 다시 힘을 발휘한 것이지요. 하지만 그런 반응을 통해 그 역시 이미 그 성배를 진짜로 받아들이고 있다는 것을 알았기 때문에 나는 기분이 좋았어요.」

　프리드리히는 경건하게 그 잔을 보석 상자에 넣고 열쇠로 잠근 뒤 열쇠를 목에 걸었다. 바우돌리노는 그것을 잘한 일이라고 생각했다. 바로 그 순간 그는 시인만이 아니라 다른 친구들이 모두 자신들의 개인적인 모험을 향해 언제라도 그 물건을 훔칠 태세를 갖춘 것 같은 인상을 받았기 때문이었다.
　잠시 후 황제는 이제 정말 떠날 필요가 있다고 말했다. 정복을 위해 떠나는 원정대는 모든 것을 꼼꼼히 준비해야만 했다. 다음 해에 프리드리히는 살라딘에게 대사를 보냈다. 그리고 세르비아의 왕자인 스테판 네만야, 비잔틴의 바실레우스, 이코니온의 셀주크 술탄이 보낸 사절들과의 만남을 요구했다. 그들의 영토를 횡단할 준비를 위해서였다.
　영국의 왕과 프랑스의 왕이 해로를 통해 출발하기로 결정한 반면, 프리드리히는 1189년 5월에 기사 1만 5천 명, 종자(從者) 1만 5천 명을 데리고 육로로 가기 위해 레겐스부르크에서 움직이기 시작했다. 어떤 사람들은 헝가리 평야에서 7천 명의 기사들과 10만의 보병들을 사열했다고 말하기도 했다. 또 순례자들이 60만 명이었다고 이야기하는 사람들도 있었다. 모두 과장된 이야기였을 것이다. 바우돌리노조차 진짜 얼마였는지 말할 수 없었다. 아마 모두 2만여 명이었을 것이다. 어찌 되었든 대군이었다. 직접 가서 한 사람 한 사람 세보지 않는 한에는, 멀리서 보면 시작은 알 수 있지만 끝은 알수 없는 막대한 군중이었다.
　이전의 원정에서 벌어졌던 참극과 약탈을 피하기 위해 황제는 변변치 않은 자들이 떼를 지어 따라오는 것을 원치 않았다. 바로 그런 자들이 1백 년 전 예루살렘에 수많은 피를 뿌렸었다. 이번 원정은 천국을 정복한다는 핑계로 떠나서 행군을 하다가 만난 유대 인 몇몇의 목을 자르고 빼앗은 전리품을 가지고 집으로 돌아오는 사악한 자들이 아니라, 전쟁을 어떻게 하는 것인지를 아는 사람들에 의해 훌륭하게 수행되어야 할 것이었다. 프리드리히는 2년 동안 계속 머물 수 있는 사람에게만 참가를 허락했다. 가난한 병사들은 여행을 하는 동안 쓸 식비로 각각 은화 3마르크를 받았다. 예루살렘을 해방시켜야만 한다면 그에 필요한 돈을 써야만 하는 것이다.

많은 이탈리아 인들이 원정에 참여했다. 시카르도 주교와 함께 참가한 크레모나 인들, 브레시아 인들, 추기경 아델라르도와 함께 참여한 베로나 인들, 그리고 알레산드리아 인들까지 참가를 했다. 그 알레산드리아 인들 중에는 보이디, 쿠티카 디 콰르넨토, 포르첼리, 출라라고 불리는 알레라모 스카카바로치, 콜란드리나의 동생 그러니까 바우돌리노에게는 처남이 되는 콜란드리노, 트로티 집안 사람 하나, 그리고 포치, 길리니, 란차베키아, 페리, 인비지아티, 감바리니와 체르멜리 같은 옛 친구들이 있었다. 모두 자기 돈을 들여 참가하거나 도시에서 비용을 댔다.

다뉴브 강을 따라 빈까지 이어지는 성대한 출발이었다. 그 후 6월에 프리드리히는 브라티슬라바에서 헝가리 왕을 만났다. 그러니까 그들이 불가리아의 숲속으로 들어간 것이다. 7월에는 세르비아의 왕자를 만났다. 왕자는 비잔틴에 대항하는 동맹을 강하게 요구했다.

「내 생각으로는 이 만남으로 인해 당신들의 바실레우스 이사키오스가 불안에 떨었을 겁니다.」 바우돌리노가 말했다. 「그는 원정대가 콘스탄티노플을 점령할까 봐 두려워했지요.」

「그가 틀린 건 아니었죠.」

「15년 전에는 틀렸죠. 그러니까, 프리드리히는 정말 예루살렘에 가고 싶어했어요.」

「하지만 우리는 불안했거든요.」

「이해합니다. 어마어마한 외국의 군대가 당신들의 영토를 통과하려 하고 있었으니 걱정을 하는 건 당연한 일이지요. 그러나 분명한 건 당신들 때문에 우리의 생활이 힘들어졌다는 점입니다. 우리는 사르디카[80]에 도착했어요. 그런데 약속 받았던 보급품을 찾아볼 수가 없었습니다. 필리포폴리스[81] 근처에서 우리는 당신네 군대와 접전을 벌여야 했어요. 충돌을 하고 나면 당신네 군대는 바람처럼 사라져 버렸어요. 그 몇 달 동안 충돌을 할 때마다 그런 일이 벌어졌지요.」

「아실지 모르겠는데 그 당시 필리포폴리스의 통치자가 바로 나였습니다. 나는 왕궁으로부터 상반되는 소식들을 전해 받았어요. 한번은 바실레우스가 우리에게 성벽을 세우고 해자를 파서 당신들의 도착에 맞서라고 명령했지요. 우리가 명령대로 일을 진행하고 나자 곧 모든 것을 다 부숴 버리라는 명령이 전해졌어요. 당신들이 그것을 피난처로 이용하지 못하게 하려는 것이었습니다.」

「당신들은 나무들을 쓰러뜨려 산길을 차단했습니다. 먹을

---

80) 현재 불가리아의 소피아.
81) 현재 불가리아의 플로브디프.

것을 찾다가 고립된 우리 병사들을 공격했어요.」

「당신들은 우리 땅에서 약탈을 자행했습니다.」

「당신들이 약속했던 식량을 주지 않았기 때문입니다. 당신들은 바구니에 식량을 담아 성벽에서 밑으로 떨어뜨렸어요. 하지만 빵에는 석회 가루와 그 밖의 다른 유해한 것들이 뒤섞여 있었습니다. 여행 도중 황제는 예루살렘의 여왕이었던 시빌레의 편지를 한 통 받았지요. 여왕은 살라딘이 기독교도들의 전진을 막기 위해 비잔틴의 황제에게 엄청난 양의 독이 든 밀과 독이 든 포도주 한 항아리를 보냈다는 것을 알려 주었어요. 포도주에는 독이 어찌나 많이 들어 있던지 그 냄새를 맡게 된 이사키오스의 노예가 그 자리에서 죽었다고 합니다.」

「꾸며 낸 이야기입니다.」

「하지만 프리드리히가 콘스탄티노플에 대사를 보냈을 때 당신의 바실레우스는 그들을 거들떠보지도 않았습니다. 그러더니 감옥에 가둬 버렸지요.」

「그렇지만 그 후 프리드리히에게 다시 돌려보냈어요.」

「우리가 필리포폴리스에 들어갔을 때 도시는 텅 비어 있었습니다. 모두 자취를 감춰 버렸기 때문이지요. 당신도 그곳에 없었어요.」

「포로가 되지 않는 건 내 의무였으니까요.」

「그럴 수도 있겠죠. 그렇지만 우리가 필리포폴리스에 들어간 다음에 당신의 바실레우스는 태도를 바꾸더군요. 우리가 거기서 아르메니아 인들과 마주쳤기 때문입니다.」

「아르메니아 인들은 당신들을 형제로 생각했습니다. 그들은 당신들처럼 진정한 교회로부터 떨어져 나온 자들이었지요. 그들은 성상을 숭배하지 않았고 효모를 넣지 않은 빵을 이용했습니다.」

「그들은 훌륭한 기독교도들이었습니다. 그들 중의 몇몇은 곧 자신들의 왕 레오의 이름을 말하면서 우리가 그들의 나라를 안전하게 지나갈 수 있도록 도와주겠다고 약속을 했어요. 하지만 우리는 일이 그렇게 간단하지만은 않다는 것을 아드리아노폴[82]에서 알게 되었지요. 이코니온의 셀주크 술탄 킬리지 아르슬란의 전언도 그때 도착을 했지요. 그는 자기가 투르크와 시리아 인들뿐만 아니라 아르메니아 인들의 왕이라고 선포를 했지요. 누가 지휘를 했던 겁니까? 그리고 어디서요?」

「킬리지는 살라딘의 패권이 더 이상 확장되지 않게 저지시켜 보려고 했지요. 그리고 아르메니아의 기독교 왕국을 정복하고 싶어했습니다. 그래서 프리드리히의 부대가 그를 도와줄 수 있으리라고 기대한 겁니다. 아르메니아 인들은 프리드리히가 킬리지의 주장들을 물리칠 수 있으리라고 믿었습니다. 미리오케팔론에서 셀주크 인들에게 당한 패배 때문에 아직도 흥분해 있는 우리의 이사키오스는 프리드리히가 킬리지와 충돌하기를 바랐지요. 하지만 프리드리히가 아르메니아 인들과 교전한다 해도 그에게는 나쁠 게 전혀 없었습니다. 아르메니아 인들이 우리 제국을 적지 않게 성가시게 했으니까요. 바로 이 때문에 셀주크 인이나 아르메니아 인 모두 프리드리히가 자기네 나라를 안전하게 지나갈 수 있게 해주겠다고 보장했을 때, 이사키오스는 프리드리히의 행군을 저지할 게 아니라 프로폰티스를 횡단할 수 있게 해주겠다고

---

82) 현재 터키의 에디르네.

약속을 해서 그의 행군을 도와주어야 한다는 것을 알아차리게 된 거지요. 프리드리히를 우리의 적이 있는 쪽으로 보내서 멀찌감치 보내 버리려는 것이었어요.」

「불쌍한 우리 아버지가, 원정대가 십자군의 적들의 손아귀에 들어가 있다고 의심을 했는지 아닌지 잘 모르겠습니다. 어쩌면 프리드리히는 그 사실을 알고 있었을지도 모릅니다. 하지만 그들을 모두 격퇴시키기를 바랐을 겁니다. 내가 아는 것은 비잔틴 너머의 아르메니아 왕국, 그 기독교 왕국과의 동맹을 예감하자 프리드리히는 자신의 최종 목표를 생각하고 흥분으로 몸을 떨었다는 것입니다. 그는 아르메니아 인들이 요한 사제의 왕국으로 가는 길을 열어 줄 수 있기를 갈망했습니다(나 역시 프리드리히와 마찬가지였어요)……. 어쨌든 당신이 말한 것처럼 셀주크 인들과 아르메니아 인들의 전언을 받은 뒤에 당신네 이사키오스가 우리에게 배를 보냈어요. 바로 갈리폴리, 그러니까 칼리우폴리스[83]에서 당신이 바실레우스의 이름으로 우리에게 범선을 제공해 줄 때 난 당신을 보았습니다.」

「우리로서는 쉽지 않은 결정이었습니다.」 니케타스가 말했다. 「바실레우스는 살라딘과 대립해야 하는 위험을 감수해야 했으니까요. 바실레우스는 자신이 양보한 이유들을 설명하기 위해 살라딘에게 사절을 보내야만 했어요. 위대한 제왕인 살라딘은 곧 이해를 했지요. 그리고 그 문제에 대해 화를 내지 않았어요. 다시 말하지만 우리는 투르크 인을 전혀 두려워하지 않았어요. 우리의 문제는 언제나 진정한 교회에서 떨

---

83) 현재 터키의 겔리볼루.

어져 나간 당신들이었습니다.」

　니케타스와 바우돌리노는 이미 지나간 일에 대해 잘잘못을 가리는 것은 옳지 않다고 말했다. 아마 이사키오스의 생각이 옳았을 수도 있다. 비잔틴을 지나는 모든 기독교 순례자들은 언제나 비잔틴에 머물러 보려고 했다. 예루살렘의 성벽 밑에서처럼 많은 위험과 마주하지 않고도 손에 넣을 만한 근사한 것들이 비잔틴에 넘쳐 났으니까. 하지만 프리드리히는 정말 전진하고 싶어했다.

　그들은 칼리우폴리스에 도착했다. 비록 콘스탄티노플은 아니었지만 원정대는 그 시끌벅적한 도시에 매료당했다. 항구에는 말과 기사와 곡물들을 실을 준비가 된 갤리 선과 대형 범선들이 넘쳐 났다. 하루에 끝날 일이 아니었다. 그사이 우리 친구들은 무위도식하며 하루하루를 보냈다. 여행을 시작했을 때부터 바우돌리노는 조시모스를 뭔가 유용한 일에 이용하려고 마음먹었다. 그래서 바우돌리노는 조시모스에게 친구들을 대상으로 그리스 어를 가르치도록 했다. 「앞으로 우리가 가게 될 곳에는 독일어, 프로방스 어나 이탈리아 어는 말할 것도 없고 라틴 어를 아는 사람이 아무도 없을 거야. 그리스 어로는 계속 의사 소통을 할 수도 있다는 희망이 조금 있지.」 그렇게 해서 그들은 사창가에도 드나들고 동쪽 교회 교부들의 텍스트를 몇 권 읽다 보니 기다리는 시간도 그다지 지루하지 않았다.

　항구에는 큰 시장이 하나 있었다. 멀리서 반짝이는 불빛과 향료 냄새에 매료되어 그들은 시장으로 모험을 떠나 보기로 했다. 그들을 안내해야 했기 때문에 쇠사슬에서 풀려나 자유로워진 조시모스(하지만 보롱의 예리한 감시 하에 있었는데,

보롱은 1초도 그에게서 눈을 떼지 않았다)가 그들에게 알려 주었다. 「자네들 라틴 인이나 독일 야만인들은 우리 로마 인들의 문화 풍습을 잘 모르지. 자네들이 꼭 알아야 할 것은 우리 시장에서는 그 무엇이든 처음 보자마자 사려고 해서는 안 된다는 거라네. 상인들이 너무 비싸게 값을 부르니까. 만약 부르는 대로 다 값을 지불한다고 해서 자네들을 바보라고 생각하지는 않을 거야. 자네들이 바보라는 건 이미 알고 있으니까. 하지만 그들은 기분 나빠하지. 장사꾼의 즐거움은 흥정하는 데 있으니까 말일세. 그러니까 그들이 자네들에게 열 냥을 요구했을 때 두 냥을 주겠다고 하면 그들은 일곱 냥으로 내릴 걸세. 자네들이 세 냥을 주겠다고 하면 다섯 냥으로 내려갈 걸세. 그러면 자네들은 이 세 냥을 계속 고집하면 되네. 그들이 눈물을 흘리면서 자기 가족들이 모두 길바닥에 나앉을 거라고 맹세하면서 양보를 할 때까지 말일세. 그때가 되면 자네들은 그 물건을 구입해도 된다네. 하지만 알아 두어야 할 것은 그 물건은 한 냥 값어치밖에 나가지 않는다는 거야.」

「그렇다면 대체 우리가 왜 그 물건을 사야 하는 건가?」 시인이 물었다.

「그들에게도 살아야 할 권리가 있기 때문이지. 한 냥의 값어치가 나가는 것을 세 냥에 팔았다면 그건 정직하게 장사를 한 거지. 그런데 자네들에게 또 한 가지 더 일러 두어야 할 게 있네. 살아가야 할 권리가 있는 것은 상인들만이 아니야. 도둑들에게도 그런 권리가 있는 거야. 도둑들끼리 서로의 물건을 훔칠 수 없으니까 도둑들은 자네들의 물건을 훔치려고 할 걸세. 그것을 막는 건 자네들의 권리에 속한 것이지. 하지만 도둑들이 성공을 한다 해도 애석해 해서는 안 되네. 그러니까 지갑에 돈을 조금만 넣어 가지고 가라고 충고하는 걸세. 자네들이 쓰기로 마음먹은 만큼만 넣어 가면 충분하다네.」

가야 할 장소를 어떻게 이용할지에 대해 안내자에게 그렇게 속속들이 교육을 받은 우리의 친구들은 모든 로마의 순례자들처럼, 위험을 무릅쓰고 마늘 냄새가 나는 바닷사람들 속으로 들어갔다. 바우돌리노는 훌륭하게 만든 아랍 단검 두 개를 샀다. 허리띠 양옆에 차고 있다가 두 팔을 꼬아서 재빨리 밖으로 빼낼 수 있는 것이었다. 압둘은 머리카락이 한 움큼 들어 있는 투명한 작은 보석함을 하나 발견했다(누구를 주려는 것인지는 알 수 없었지만 생각하고 있는 사람이 있는 것은 분명했다). 솔로몬은 기적의 물약을 파는 페르시아 인의 천막을 발견했을 때 다른 친구들을 큰 소리로 불렀다. 특효약을 파는 약장수는, 강력한 약효를 지닌 약이 담긴 작은 병을 보여 주었다. 그 약을 조금 마시면 활기 찬 정신을 찾는 데 도움이 되지만 너무 많이 복용했을 경우 갑자기 목숨을 잃을 수도 있었다. 그런 다음 약장수는 그와 비슷한 다른 약병을 보여 주었는데 그 안에는 아까와는 달리, 그 어떤 독성이라도 없애 줄 수 있는 가장 강력한 해독제가 담겨 있었다. 모든 유대 인들이 그렇듯이 의술에도 취미가 있는 솔로몬은 그 해독제를 샀다. 그는 아주 영리한 사람에 속했기 때문에 열 냥을 요구하는 장수에게 한 냥을 주고 물건을 살 수 있었다. 그러고 나서도 적어도 두 배는 더 약값을 낸 게 아닐까 걱정이 되어 괴로워했다.

약장수의 천막을 떠난 뒤 키오트는 화려한 숄을 하나 발견했고 보롱은 온갖 물건들을 오랫동안 다 살펴본 뒤 성배를 가진 황제를 따라가는 사람에게는 이 세상의 모든 보물들이

오물과 같은데 거기 있는 물건들이야 오죽하겠느냐고 중얼거리며 고개를 저었다.

그들은 알레산드리아 출신의 보이디를 다시 만났다. 그는 이미 그 그룹의 일원이 되어 있었다. 그는 반지에 넋을 잃고 있었다. 아마 금으로 만든 것 같은데(그것을 파는 장사꾼은 그게 자기 어머니 것이라며 눈물을 흘리며 그 반지를 보이디에게 넘겨주었다), 그 반지 상자 속에는 기적의 강장제가 담겨 있었다. 그것은 한 모금만으로도 부상자를 회복시킬 수 있었고 어떤 경우에는 죽은 사람을 부활시킬 수 있었다. 보이디는 그것을 샀다. 예루살렘의 성벽 밑에서는 목숨이 위태로울 수 있었기 때문에 뭔가 예방 조치를 취하는 게 좋다고 말했다.

조시모스는 제타(Z), 즉 자신의 이름의 첫 글자가 새겨져 있으며 봉랍(封蠟) 막대기 하나와 함께 파는 반지 인장 앞에서 넋을 잃고 있었다. 제타는 너무 닳아서 봉랍 위에 어떤 흔적도 남길 수 없을 것 같아 보였다. 물론 그는 포로였기 때문에 돈이 없었다. 하지만 솔로몬이 그를 측은하게 생각해서 반지를 사주었다.

갑자기 그들은 사람들에게 떠밀려서 시인을 잃어버렸다는 것을 알게 되었다. 그러다가 검 하나를 놓고 가격을 흥정하고 있는 시인을 발견했다. 상인의 말에 따르면 그 검은 예루살렘을 정복하던 그 당시의 것이라고 했다. 그런데 시인은 지갑을 찾다가 조시모스의 말이 맞았다는 것을 알아차렸다. 생각에 잠긴 것 같은 독일인 특유의 그 하늘색 눈 때문에 도둑들이 파리 떼처럼 그의 뒤를 따라왔던 것이다. 바우돌리노는 시인이 딱해서 그에게 검을 선물했다.

다음날 부유하게 차려입은 남자 하나가 두 명의 하인을 데리고 병영에 나타났다. 그의 태도는 지나칠 정도로 공손했다. 그는 조시모스를 만나게 해달라고 부탁했다. 수도사는 그와 조금 이야기를 나눈 뒤, 바우돌리노에게 와서 그가 마키타르 아르즈루니라고 말했다. 레오 왕 쪽에서 보내는 비밀 전언을 가지고 온, 요직에 있는 아르메니아의 귀족이었다.

「아르즈루니라고요?」 니케타스가 말했다. 「그를 압니다. 그는 안드로니코스 시절부터 콘스탄티노플에 여러 번 왔었지요. 그가 조시모스를 만났었다는 게 이해가 되는군요. 마법 애호가로 유명하니까요. 셀림브리아에 있는 내 친구 하나가 — 글쎄 지금 거기서 그 친구를 다시 만날 수 있을지는 하느님이나 아시겠지요 — 그의 다지그 성에 손님으로 머물렀었습니다.」

「앞으로 말하겠지만 우리도 그랬습니다. 불행하게도 말입니다. 조시모스의 친구라는 사실이 내게는 아주 불길한 신호 같이 여겨졌어요. 하지만 나는 그 사실을 프리드리히에게 알렸고 프리드리히는 그를 만나고 싶어했어요. 이 아르즈루니라는 사람은 자기 임무에 대해서는 거의 입을 열지 않았습니다. 레오가 그를 파견했을 수도 있고 아닐 수도 있었지요. 좀 더 정확히 말하면 파견이 되었는지 아닌지를 말해서는 안 되었습니다. 그는 황제의 군대를 이끌고 투르크의 영토를 거쳐 아르메니아까지 인도하기 위해 그곳에 온 것이었어요. 황제와 아르즈루니는 알아들을 만한 라틴 어로 이야기를 나누었습니다. 하지만 분명하게 말을 하고 싶지 않을 때에는 적당한 라틴 어를 찾지 못한 척했어요. 프리드리히는 다른 아르메니

아 인들과 마찬가지로 그도 믿을 수 없는 사람이라고 말했지
요. 하지만 그 지역에 밝은 사람은 프리드리히를 아주 편하게
해주었어요. 그래서 내게 그에 대한 감시를 소홀히 하지 말라
고 부탁하며 그를 원정대에 합류시켰어요. 여행 도중 그는 계
속 정보를 주면서 나무랄 데 없이 행동했다고 말할 수 있습니
다. 그가 준 정보들은 나중에 진짜로 밝혀졌지요.」

24
바우돌리노 아르즈루니 성에

1190년 3월에 군대는 아시아로 들어갔고 라오디케이아에 도착했다. 그리고 셀주크 투르크의 영토 쪽으로 향했다. 이코니온의 늙은 술탄은 자신이 프리드리히의 동맹이라고 말했지만 그의 아들들은 아버지의 자리를 빼앗고 기독교 군대를 공격했다. 그게 아니면 킬리지도 생각을 바꾼 것인지 그 것은 아무도 모를 일이었다. 충돌과 소전투, 진짜 접전, 프리드리히는 승리자로 전진을 계속했지만 그의 부대는 이미 추위와 배고픔과 투르크 인들의 공격으로 죽어 갔다. 그 지역의 길들과 몸을 숨길 만한 곳들을 잘 알고 있는 투르크 인들은 갑자기 나타나서 부대의 양 날개를 공격한 뒤 달아나 버렸다.

태양이 이글거리는 한적한 땅을 비틀거리며 걸어가던 군인들은 자기 오줌이나 말의 피를 마셔야만 했다. 이코니온

앞에 도착했을 때 순례자 부대는 기사가 1천여 명도 안 될 정도로 줄어 있었다.

하지만 성공적인 공격이었다. 슈바벤의 젊은 프리드리히는 몸이 아팠지만 훌륭하게 싸워 친히 도시를 함락하셨다.

「젊은 프리드리히에 대해서 당신은 냉담하게 말하는군요.」
「그는 나를 좋아하지 않았습니다. 그는 모든 사람들을 다 불신했죠. 그리고 자기가 써야 할 황제관을 빼앗아 간 동생을 질투했습니다. 말할 것도 없이 피를 나눈 형제가 아닌 나를, 그리고 자기 아버지가 내게 보여 주는 애정을 질투했지요. 어쩌면 어릴 때부터 내가 자기 어머니를 바라보는 태도나 어머니가 나를 바라보는 태도 때문에 당황했었을 수도 있었습니다. 그는 내가 자기 아버지에게 성배를 선물함으로써 얻게 된 권위를 질투했지요. 그리고 성배 이야기에 대해서 항상 회의적인 태도를 보였습니다. 원정대가 인도로 떠난다는 이야기를 들었을 때 그가 그 문제에 대해서는 어쨌든 적당한 시기에 다시 이야기하는 게 좋겠다고 중얼거리는 소리를 들었습니다. 그는 모든 사람에게 자기 것을 빼앗긴 것 같은 기분을 느꼈지요. 그리고 바로 이 때문에 이코니온에서 용감하게 처신했던 것입니다. 그날 열이 났었는데도 말입니다. 그의 아버지가 제후들이 모두 있는 자리에서 그의 용감한 행동을 칭찬해 주었을 때에서야 그의 눈이 기쁨의 빛으로 빛나는 것을 보았습니다. 내 생각으로는 그의 인생에서 처음 있는 일이었을 겁니다. 나는 그에게 가서 경의를 표했습니다. 나는 정말 그를 위해 기뻐했습니다. 하지만 그는 아주 심드렁하게 내게 감사의 인사를 했습니다.」

「당신은 나와 비슷하군요, 바우돌리노. 나 역시 우리 제국의 연대기를 썼었고 지금도 쓰고 있는데, 권세 있는 가문뿐만 아니라 위대하고도 공적인 모험들까지 뒤흔들어 놓을 사소한 시기심, 증오, 질투 같은 문제 때문에 시간을 잡아먹는 일이 많지요. 황제들도 인간적인 존재들이지요. 그래서 역사는 황제들의 허약함에 대한 이야기이기도 합니다. 어쨌든 계속하시지요.」

「이코니온을 정복한 뒤 프리드리히는 곧 아르메니아의 레오에게 사절들을 보냈습니다. 레오의 영토를 통해 계속 전진할 수 있게 도와달라고 부탁하기 위해서였지요. 우리는 동맹을 맺었고, 그것을 약속한 것은 바로 그들이었습니다. 하지만 레오는 우리를 맞이할 사절을 단 한 명도 보내지 않았어요. 아마 이코니온 술탄의 최후를 보고 두려움에 사로잡혀 있었던 것 같았습니다. 그래서 우리는 도움을 받을 수 있을지 없을지도 모르면서 계속 앞으로 나갔습니다. 아르즈루니는 자기 왕이 보낸 사절들이 분명 도착했을 거라고 말하면서 우리를 안내했어요. 하루하루 우리는 남쪽으로 향했고 라란다를 지나 타우루스 산맥을 넘어 마침내 십자가를 세워 놓은 무덤들을 보게 되었어요. 우리는 킬리키아에, 기독교도들의 땅에 도착을 한 것이었습니다. 우리는 곧 시빌리아의 아르메니아 귀족의 접대를 받았습니다. 좀 더 앞으로 전진해서 그 이름조차 기억하고 싶지 않은 그 강 근처에서 우리는 레오를 대신해서 오고 있는 사절을 만났어요. 그 사절을 보자마자 아르즈루니는 자기는 나타나지 않는 게 좋을 것 같다고 말하더니 사라져 버렸지요. 우리는 카마르데의 콩스탕과 보두앵이라는 두 고관을 만났습니다. 난 그렇게 불확실하게 말하는 사절들은 단 한 번도 본 적이 없어요. 한 사람은 곧 레오와 카톨리코스[84] 그레고리오스가 성대하게 도착할 것이라고 알리더군요. 다른 사람은 머뭇거리면서 아르메니아의 왕은 프리드리히를 너무나 도와주고 싶어 하지만, 살라딘에게 그의 적에게 길을 열어 주었다는 것을 보여 줄 수가 없어서 아주 신중하게 행동을 해야만 한다는 점을 강조했어요.」

사절이 떠나고 나자 아르즈루니가 다시 나타나 조시모스와 쑥덕거렸다. 조시모스는 먼저 바우돌리노에게 갔다가 그와 함께 황제에게 갔다.

「아르즈루니가 자기 주인을 배반하는 것은 생각도 못할 일이지만 폐하께서 이곳에서 멈추신다면 레오에게는 행운이 될지도 모른다고 말합니다.」

「무슨 말이냐?」 프리드리히가 물었다. 「나한테 포도주와 여자들을 갖다 바쳐서 예루살렘으로 가는 것을 잊게 하려고 한다는 거냐?」

「아마 포도주를 가져다 줄 겁니다. 그러나 독이 들어 있는 포도주지요. 시빌레 여왕의 편지를 잊지 마시라고 말하는군요.」 조시모스가 말했다.

「그 편지에 대해서는 어떻게 알게 되었지?」

「소문이 떠돈답니다. 만약 레오가 폐하의 행군을 저지시킨다면 살라딘에게는 아주 고마운 일이 될 겁니다. 그리고 살라딘은 이코니온의 술탄이 되려는 야망을 실현시키기 위해 레오를 도와줄 수 있습니다. 킬리지와 그의 아들들이 수치스

---

84) 동방 정교회에서 고위 성직자를 일컫는 칭호.

럽게 패배했기 때문이지요.」

「그런데 무엇 때문에 아르즈루니가 자기 주인을 배신하면서까지 내 목숨에 그렇게 신경을 쓰는 것이냐?」

「인간에 대한 사랑으로 자신의 목숨을 버린 분은 우리 주님 한 분뿐이십니다. 죄에서 태어난 인간이라는 종자는 동물의 종자와 아주 비슷합니다. 암소에게 건초를 줘야만 암소도 우유를 줍니다. 이 고귀한 격언은 무엇을 가르치는 것일까요? 아르즈루니는 언젠가 레오의 자리를 차지할 수도 있으리라는 가능성을 가볍게 생각하지 않습니다. 아르즈루니는 많은 아르메니아 인들로부터 존경을 받고 있지만 레오는 그렇지 않습니다. 그러니까 신성 로마 제국 황제의 인정을 받음으로써 그는 어느 날엔가 황제를 가장 힘 있는 친구로 의지할 수 있게 될 겁니다. 바로 이 때문에 그가 이 강가를 따라 계속 올라가 자기 성 다지그까지 전진을 해서 그 근처에 아버님의 병사들을 주둔시키자고 제안하는 겁니다. 레오가 정말 뭘 믿고 행동하는 건지 알게 될 때까지 아버님은 모든 계략을 피해 그의 성에서 머무실 수가 있는 겁니다. 그리고 무엇보다 그는 앞으로 그의 고향 사람들이 아버님께 드릴지도 모를 음식과 음료를 주의하시라고 권하고 있습니다.」

「염병할.」 프리드리히가 소리쳤다. 「난 1년 전부터 독사 굴을 차례로 지나고 있어! 훌륭한 우리 독일 제후들은 그에 비하면 순한 양이라니까. 그리고 — 너는 내가 무슨 말을 할 것 같으냐? — 나를 수도 없이 골탕 먹인 그 신의 없는 밀라노 놈들도 야전에서 나와 대결했다. 내가 잠자는 동안 검으로 날 찔러 죽이려는 시도 같은 것은 하지도 않았어! 어떻게 해야 하는 거냐?」

아들 프리드리히는 초대를 받아들이라고 권했다. 수가 많고 누구인지도 모르는 적보다는 혼자일 가능성이 있고 이미 잘 알려진 적으로부터 몸을 지키는 게 훨씬 더 낫다는 것이었다. 「맞습니다. 아버님.」바우돌리노가 말했다. 「아버님은 그 성에 머무십시오. 제가 제 친구들과 함께 방벽을 만들어 낮이든 밤이든 우리 몸을 밟지 않고는 그 누구도 아버님 근처에 가지 못하게 만들겠습니다. 아버님이 드실 음식은 모두 먼저 저희가 먹어 보도록 하겠습니다. 아무 말씀도 하지 마십시오. 저는 순교자가 아닙니다. 모두들 우리가 아버님보다 먼저 마시고 먹는다는 것을 알게 될 겁니다. 그러면 그 누구도 감히 우리들 중의 한 사람을 독살하려는 현명하지 못한 생각을 하지 않을 겁니다. 그랬다가는 나중에 아버님의 분노가 그 요새에 사는 사람 모두에게 폭발할 테니까요. 아버님의 병사들은 휴식이 필요합니다. 킬리키아의 주민들은 기독교도입니다. 이코니온의 술탄은 산을 넘어 다시 아버님을 공격할 만한 힘이 없습니다. 살라딘은 아직 너무 멀리 있습니다. 이 지역은 산봉우리가 절벽으로 되어 있어 자연적인 방어를 탁월하게 해주고 있습니다. 제가 보기에는 각자의 힘을 보강하기에 적당한 지역인 것 같습니다.」

셀레우키아 방면으로 하루 동안 행군을 하고 난 뒤 그들은 협곡으로 들어갔다. 강물이 겨우 흐를 수 있을 정도의 공간만 남아 있는 협곡이었다. 갑자기 협곡이 넓어지더니 강물은 평평하고 넓은 지역으로 흐르다가 흐름이 빨라져 다른 협곡으로 흘러 들어갔다. 그 강가에서 멀지 않은 곳에, 버섯같이 평야에서 툭 솟아 나온, 윤곽이 불규칙한 탑이 하나 서 있었다. 탑은 동쪽에서 오는 사람들의 눈에 하늘색으로 두드러져 보였다. 그때 해가 등 뒤로 지고 있었기 때문에 언뜻 보기에는 그 탑이 인간의 작품인지 자연의 작품인지 알 수가 없었다. 그 탑에 가까이 가서야 그게 탑이 아니라 바위산 같은 것으로 그 꼭대기에 요새가 서 있다는 것을 알 수 있었다. 요새에서는 분명 평야와 왕관처럼 둥글게 에워싼 산들을 내려다볼 수 있을 것이다.

「자.」 그때 아르즈루니가 말했다. 「폐하께서는 부대를 평야에서 야영시킬 수 있습니다. 병사들에게 저 아래, 천막을 칠 공간과 인간과 짐승이 마실 물이 있는 계곡 아래에 병영을 세우게 하는 게 좋을 것 같습니다. 제 요새는 크지 않습니다. 미리 알려 드리지만 폐하와 폐하께서 신뢰하는 병사들 몇 명만 걸어서 거기에 올라갈 수 있습니다.」

프리드리히는 자기 아들에게 병영을 맡고 부대와 함께 남아 있으라고 말했다. 그는 10여 명의 병사들과 바우돌리노와 그 친구들 일행만을 데리고 가기로 결정했다. 아들은 1천여 마일이나 떨어진 곳이 아니라 아버지 곁에 있고 싶다고 말하면서 아버지의 뜻에 반대를 해보려고 했다. 그는 다시 한번 불신이 가득 담긴 눈으로 바우돌리노와 그의 친구들을 바라보았다. 하지만 황제의 결심은 확고했다. 「난 그 요새에서 잘 것이다.」 황제가 말했다. 「내일 아침에 강에서 수영을 할 게다. 수영을 하는 데에는 너희들이 필요 없어. 헤엄을 쳐서 너희들에게 가서 아침 인사를 하도록 하마.」 아들은 아버지의 뜻이 곧 법이라고 말했지만 마지못해서 하는 말이었다.

프리드리히는 10여 명의 무장병과 바우돌리노, 시인, 키오트, 보롱, 압둘, 솔로몬, 보이디와 함께 주력 부대에서 떨어져 나왔다. 보이디는 조시모스를 쇠사슬에 묶어 끌고 갔다. 모두들 호기심에 가득 차서 그 요새에 어떻게 올라가는지를 알고 싶어했지만 바위산 주위를 돌아가면서 서쪽으로 향한 절벽의 경사가 완만해지는 것을 발견했다. 가파른 게 조금 누그러진 것이었지만 계단식 오솔길을 만들고 포장을 할 수 있을 정도는 충분히 되었다. 그 오솔길로는 두 필 이상의 말이 나란히 갈 수 없었다. 공격을 할 작정으로 그 계단을 오르려는 사람은 그가 누구든 아주 천천히 올라갈 수밖에 없었고 그렇기 때문에 단 두 명의 사수가 요새의 흉벽에서 침략자들을 둘씩 둘씩 전멸시킬 수 있었다.

경사가 끝나는 곳에 뜰로 통하는 문이 열려 있었다. 오솔길은 그 문의 바깥쪽으로, 성벽을 따라 계속 이어졌다. 오솔길은 점점 더 좁아지고 급경사가 되어 북쪽에 있는 아주 작은 다른 문까지 이어졌고 그러다가 허공에서 끊어져 버렸다.

그들은 진짜 성으로 이어지는 뜰로 들어갔다. 성벽에는 총안(銃眼)이 많았는데 그 성벽은 다시 절벽과 뜰을 갈라놓는 벽으로부터 보호를 받았다. 프리드리히는 높은 곳에서 오솔길을 감시할 수 있도록 바깥 성벽에 자신의 수비대를 배치시켰다. 아르즈루니에게는 칼잡이 몇 명 말고는 자기 병사가 없는 것 같았다. 그 칼잡이들이 여러 개의 문과 복도들을 지키고 있었다. 「여기서는 군대가 필요 없습니다.」 아르즈루니가 자신만만하게 미소를 지으면서 말했다. 「아무도 공격을 할 수가 없습니다. 게다가 황제 폐하께서 보시다시피 이곳은 전쟁을 위한 장소가 아닙니다. 제가 공기, 불, 땅과 물에 대한 공부에 몰두하려고 은신하는 곳이지요. 이리 오십시오. 폐하께서 품위 있게 머무르실 곳을 보여 드리겠습니다.」

그들은 큰 계단을 올라갔다. 그러길 한번 더 한 다음 그들은 넓은 무기고로 들어갔다. 그 안에는 의자가 몇 개 놓여 있었고 벽에는 전승 기념물이 걸려 있었다. 아르즈루니는 금속 돋을새김을 한 단단한 나무문을 열고 화려하게 장식된 방 안으로 프리드리히를 안내했다. 방에는 천개(天蓋)가 달린 침대와 서랍장이 놓여 있었다. 서랍장 위에는 잔과 황금 촛대가 놓여 있고 그 위에는 보석 상자인지 감실인지 모를 어두운 색의 궤가 걸려 있었으며 넓은 벽난로에는 불을 피울 준비가 되어 있었다. 장작과 석탄과 비슷하게 생긴 덩어리들이 놓여 있었고 아마 불을 잘 타게 도와주기 위한 것인 듯, 기름 같은 것이 그 위에 덮여 있었다. 마른 나뭇가지들을 평평하게 쌓은 뒤 그 장작과 석탄 같은 것을 올려놓고 좋은 냄새가 나는 열매가 달린 나뭇가지들을 그 위에 덮어놓았다.

「제가 준비해 둔 가장 좋은 방입니다.」 아르즈루니가 말했다. 「이 방을 폐하께 바친다는 건 제게는 영광입니다. 저 창문은 열지 마시라고 권해 드리고 싶습니다. 저 창문은 동쪽으로 나 있어서 내일 아침이면 햇빛이 폐하를 성가시게 할 겁니다. 이 색 유리문은 경이로운 베네치아의 기술로 만든 것인데 햇빛을 부드럽게 여과시켜 줍니다.」

「아무도 저 창문으로는 들어올 수 없는 건가?」 시인이 물었다.

아르즈루니는 힘들게 창문을 열었다. 정말 여러 개의 대형 나사로 잠겨 있었다. 「보십시오.」 그가 말했다. 「이 창문은 아주 높은 곳에 있습니다. 그리고 뜰 저쪽은 황제 폐하의 병사들이 보초를 서고 있는 성벽입니다.」 정말 바깥 성벽의 비스듬한 제방과 가끔 보초들이 지나가는 복도가 보였다. 그리고 창문으로부터 화살의 사정 거리 안에서 커다란 두 개의 원, 아니

반짝반짝 빛나는, 움푹 들어간 금속 접시 같은 게 보였다. 그것은 두 개의 흉벽 사이에 설치된 받침대 위에 붙어 있었다.

「아르키메데스의 거울이랍니다.」 아르즈루니가 말했다. 「고대의 이 학자는 이 거울을 가지고 시라쿠사를 공격하는 로마의 배들을 무찔렀지요. 모든 거울은 그 표면에 평행으로 떨어지는 햇빛을 포착해서 반사합니다. 바로 이 때문에 모든 사물이 거울에 반사되는 거지요. 그런데 만약 거울이 평평하지 않고 적절한 형태로 굽었다면, 모든 학문 중 최고의 학문인 기하학에서 말하듯이, 광선은 평행하게 반사되는 것이 아니라 그 만곡에 따라 거울 앞에 있는 정확한 한 지점에 집중이 되는 겁니다. 그러니까 만약 폐하께서 햇빛이 가장 빛나는 순간에 햇빛을 포착할 수 있게 거울의 방향을 조정해서 그 빛을 모두 멀리 있는 단 하나의 지점으로 보내게 된다면 정확히 한 지점으로 모아진 그 햇빛이 불을 만들어 낼 수 있는 겁니다. 그러면 폐하께서는 나무를 불태울 수 있고 배의 나무판도, 전투 기계도, 적군 근방에 있는 나무 덤불도 태울 수가 있습니다. 거울은 두 개인데 하나는 멀리까지 빛을 보낼 수 있게 휘어져 있고 다른 하나는 가까운 곳을 공격할 수 있게 되어 있습니다. 이렇게 저는 너무나 간단한 도구를 이용해서 천 명의 궁사를 거느리고 있는 것보다도 더 훌륭하게 제 이 요새를 지킬 수가 있는 거랍니다.」

프리드리히는 아르즈루니가 이 비법을 자기에게 가르쳐 주어야만 할 것이라고 말했다. 그렇게 되면 트럼펫 소리가 아니라 태양 광선으로 예루살렘의 성벽을 여리고의 성벽보다 더 훌륭하게 쓰러뜨릴 수 있을 테니까. 아르즈루니는 자신이 여기 있는 이유는 황제를 도와주기 위해서라고 말했다. 그리고 창문을 닫더니 이렇게 말했다. 「이곳으로는 공기가 들어오지 않습니다. 다른 틈으로 들어오지요. 계절이 이런데도 성벽이 아주 두껍기 때문에 밤에는 추우실 수 있습니다. 연기 때문에 성가신 난로를 피우시는 것보다는 침대 위에 있는 저 가죽을 덮으시는 게 더 좋을 것 같습니다. 그리고 저의 무례를 용서해 주십시오. 하지만 하느님께서 저희에게 육체를 주셨으니까 말씀드리겠습니다. 자, 이 작은 문 뒤에는 이렇게 좁은 방이 하나 있고 황제 폐하께는 어울리지 않는 작은 의자가 있습니다. 하지만 폐하의 몸에서 내보내시려는 모든 게 주변을 오염시키지 않고 지하에 있는 수도관으로 떨어지게 될 겁니다. 이 방 안에 들어오려면 저희가 방금 넘어왔던 그 문을 통할 수밖에 없습니다. 폐하께서 방 안에서 빗장을 지르시고 나면 폐하의 신하들은 그 문 밖에 있게 될 겁니다. 그들은 그 의자에서 잠을 자는 데 익숙해질 겁니다. 하지만 폐하께서 편안하게 주무실 수 있게 책임을 질 겁니다.」

그들은 벽난로의 굴뚝 갓 위에 원형의 고부조(高浮彫)가 있는 것을 발견했다. 메두사의 머리였다. 머리카락들이 뱀처럼 꼬여 있었고 두 눈은 감겨져 있었으며 육감적인 입을 벌리고 있었는데 그 벌어진 입 속으로 끝을 알 수 없는 어두운 구멍이 보였다(「내가 당신과 함께 지하도에서 본 것처럼 말입니다, 니케타스 씨」). 프리드리히는 호기심이 생겨 그게 무엇이냐고 물었다.

아르즈루니는 디오니시오스의 귀[85]라고 말했다. 「제 마술 중의 하나지요. 콘스탄티노플에는 아직도 이런 오래된 돌들이 아주 많습니다. 입을 잘 파기만 하면 되지요. 이 방 밑에 다른 방이 하나 있습니다. 대개 몇 명 안 되는 제 수비대가 머물고 있는 방이지요. 물론 폐하께서 이 방에 머무시는 동안은 아랫방이 비어 있을 겁니다. 저 밑에서 하는 말은 모두 이 입을 통해 나오게 됩니다. 말하는 사람이 마치 그 둥근 물건의 바로 뒤에서 말하는 것처럼 말이지요. 그러니까 폐하께서 원하시면 제 수비대원들이 나누는 이야기들을 들으실 수 있는 겁니다.」

「내 사촌들의 대화를 들을 수 있으면 좋겠군, 그래.」 프리드리히가 말했다. 「아르즈루니, 자네는 아주 소중한 사람이야. 이 문제에 대해서는 다시 이야기해 보도록 하세나. 이제 내일 계획을 세우도록 하지. 아침에 나는 강에서 수영을 하고 싶네.」

「말을 타고 가시거나 걸어서 쉽게 강에 가실 수 있습니다.」 아르즈루니가 말했다. 「그리고 폐하께서 아까 지나오셨던 그 뜰을 지나실 필요도 없습니다. 사실 무기고의 문을 지나면 작은 계단이 시작되는데 그게 두 번째 뜰로 이어지는 계단입니다. 그 계단을 통해서 큰 오솔길에 도착하실 수 있습니다.」

「바우돌리노.」 프리드리히가 말했다. 「내일 아침에 그 뜰에다가 말 몇 필을 준비시켜 두거라.」

「아버님.」 바우돌리노가 말했다. 「아버님께서 거친 강물과 맞서기를 좋아하신다는 것을 저도 잘 알고 있습니다. 하지만 지금은 아버님께서 그간 긴 여행을 하셨고 많은 시련을 겪으셨기 때문에 지치신 상태입니다. 아버님은 이 강의 물살이

---

85) 시라쿠사의 전제 군주 디오니시오스가 포로들의 대화를 도청하기 위해 만든 깔때기 모양의 소리 통로.

어떤지도 모르고 계시고요. 왜 위험을 무릅쓰시려고 하시는 겁니까?」

「네가 생각하는 것보다 내가 그렇게 늙지 않았기 때문이란다, 아들아. 그리고 너무 늦기 전에 빨리 강에 가고 싶구나. 온몸이 먼지투성이인 것 같거든. 황제에게서는 성스런 도유식의 기름 냄새는 아닐지라도 악취가 나서는 안 되는 것이란다. 말을 준비시키도록 하라.」

「〈전도서〉에서 말하듯이……」 라비 솔로몬이 부끄러운 듯 말했다. 「흐르는 물을 거슬러서 수영을 하셔서는 절대 안 됩니다.」

「내가 흐르는 물을 거슬러서 수영할 거라고 누가 그러더냐?」 프리드리히가 웃었다. 「난 물을 따라 갈 게다.」

「현명한 의사의 지시가 아니라면,」 아르즈루니가 말했다. 「너무 자주 몸을 씻으실 필요가 없습니다. 어쨌든 폐하께서는 이곳의 주인이십니다. 그런데 아직 시간이 이르니 폐하께서 제 성을 둘러봐 주시면 제게는 분에 넘치는 영광이 되겠습니다.」

그들은 다시 아르즈루니를 따라 계단을 내려갔다. 아래층에서 그들은 저녁 연회를 벌이게 될 홀을 지나갔다. 많은 촛대들이 벌써 그 홀을 환하게 밝혀 주고 있었다. 그 다음에는 의자들이 가득 있는 큰 홀을 지나갔다. 그 방의 벽에는 거꾸로 세워 놓은 달팽이 같은 게 조각되어 있었다. 가운데에 큰 구멍이 있고 깔때기 형태로 다시 닫히는 나선형 구조였다. 「아까 말씀드렸던 수비대들의 방입니다.」 아르즈루니가 말했다. 「이 구멍에 대고 말을 하면 폐하께서 계시는 방에서 알아들을 수가 있습니다.」

「어떻게 작동을 하는지 그 소리를 한번 들어보고 싶구나.」 프리드리히가 말했다. 바우돌리노가 장난으로, 그날 밤 프리드리히가 잠자리에 들 때 이리로 와서 밤 인사를 할 거라고 말했다. 프리드리히는 웃으면서 싫다고 말했다. 그날 밤은 방해를 받지 않고 조용히 쉬고 싶기 때문이었다. 「네가…….」 프리드리히가 덧붙였다. 「이코니온의 술탄이 지금 벽난로 굴뚝으로 들어오고 있는 중이라고 알려야 하는 경우만 아니라면 말이다.」

아르즈루니는 그들을 복도로 데려갔다. 그들은 천장이 아주 넓은 홀로 들어갔다. 빛으로 방 안이 빛났고 소용돌이 모양의 수증기가 퍼지고 있었다. 무슨 물질인가가 녹아서 끓고 있는 큰 솥들, 증류기들, 그리고 이상하게 생긴 다른 용기들이 있었다. 프리드리히는 아르즈루니에게 금을 만드느냐고 물었다. 아르즈루니는 그것은 연금술사들이 꾸며 낸 이야기라고 말하면서 빙그레 웃었다. 하지만 그는 도금을 하고, 비록 긴 삶은 아니지만, 우리에게 운명으로 주어진 그 짧은 인생을 조금이나마 연장시킬 수 있는 특효약을 만들어 낼 수 있다고 했다. 프리드리히는 그 약을 맛보고 싶지 않다고 말했다. 「하느님께서는 우리 인생의 길이를 정해 놓으셨네. 하느님의 뜻에 따를 필요가 있어. 내가 내일 죽는다고 해도, 백 살까지 산다고 해도 마찬가질세. 모든 것은 하느님의 손에 달려 있는 거야.」 라비 솔로몬은 프리드리히의 말이 아주 지혜로운 말이라고 말했다. 그래서 두 사람은 신의 뜻에 관한 문제에 대해 오랫동안 대화를 나누었다. 프리드리히가 그런 문제에 대해 이야기하는 것을 바우돌리노는 그때 처음 들었다.

두 사람이 이야기를 나누는 동안 바우돌리노는 조시모스가 작은 문을 통해 옆방으로 들어가는 것을 곁눈질로 흘긋 보았다. 그러자 아르즈루니가 근심스러운 듯 곧 조시모스를 따라갔다. 바우돌리노는 조시모스가 달아날 수 있는 어떤 지하 통로를 알게 될까 봐 걱정이 되어서 두 사람의 뒤를 따라갔다. 바우돌리노는 식기 선반만 하나 있는 작은 방 안에 들어가게 되었다. 그 선반 위에는 도금을 한 머리들이 놓여 있었다. 모두 한결같이 수염이 난 모습들이었고 대좌 위에 놓여 있었다. 그것들이 성해함(聖骸函)을 만들기 위한 것이라는 것을 알 수 있었다. 머리가 성물함처럼 열려져 있는 것이 보이기도 했기 때문이었다. 하지만 얼굴이 그려진 뚜껑의 가장자리들은 뒷부분에 검은 봉랍으로 된 봉인이 붙어 있었다.

「무엇을 찾고 있나?」 아르즈루니는 아직 바우돌리노가 있다는 것을 눈치 채지 못한 채 조시모스에게 물었다.

조시모스가 대답했다. 「난 자네가 성물들을 만든다는 소문을 들었네. 금속을 도금하는 자네의 그 악마적인 짓거리는 성물을 만드는 데 필요한 것이지. 이건 세례자 요한의 머리들이지, 맞지? 난 요한의 다른 머리들도 보았네. 이제 그것들이 어디서 나온 건지 분명히 알겠어.」

바우돌리노가 가볍게 기침을 했다. 아르즈루니가 갑자기 몸을 돌리더니 손으로 입을 가렸다. 너무나 놀라 눈을 이리저리 굴렸다. 「제발 부탁이네, 바우돌리노, 황제께는 아무 말도 하지 말아 주게. 만약 알았다가는 날 교수형에 처해 버릴 걸세.」 그가 조그만 소리로 말했다. 「조시모스의 말이 맞다네. 세례자 요한의 진짜 머리가 담긴 성골 상자들일세. 상자마다 두개골이 들어 있어. 원래 크기보다 더 작게 보이게 하고 아주 오래된 것처럼 보이게 하려고 훈제 처리를 했네. 난 천연 자원 없이, 그러니까 씨 뿌릴 밭 하나 없이, 가축 한 마리 없이, 이 땅에 살고 있어. 내 재산은 제한되어 있다네. 난 성물을 만든다네. 사실이야. 아시아나 유럽에서 아주 많은 사람들이 성물을 찾고 있어. 이 머리 두 개를 서로 멀리 떨어뜨려 놓기만 하면 되는 거야. 하나는 안티오쿠스에 다른 하나는 이탈리아에 이렇게 말이야. 그 머리가 두 개라는 것을 아는 사람은 아무도 없다네.」 그는 마치 자기 죄를, 그것도 간단히 말하면 작은 죄에 불과한 그 죄를 이해해 달라고 하듯이 느끼하고 비굴하게 웃었다.

「자네가 덕이 높은 사람이라는 것을 난 단 한 번도 의심해 본 적이 없네. 아르즈루니.」 바우돌리노가 웃으면서 말했다. 「자네 머리들은 자네가 잘 간직하게나. 그렇지만 다른 사람들과 황제 폐하의 의심을 사지 않으려면 빨리 나가야 해.」 그들은 밖으로 나왔다. 그사이 프리드리히가 솔로몬과 종교적 명상에 대한 토론을 끝내 가고 있는 중이었다.

황제는 자신들을 초대한 주인에게 뭔가 다른 놀라운 것을 보여 줄 게 없냐고 물었다. 아르즈루니는 일행을 빨리 데리고 나가고 싶은 초조한 마음에 그들을 다시 복도로 데리고 나왔다. 거기에서 그들은 닫혀 있는 두 짝짜리 문 앞에 도착했다. 문 옆에는 이교도들이 의식을 거행할 때 사용하는 성찬대가 세워져 있었다. 바우돌리노는 콘스탄티노플에서 그런 성찬대의 잔해를 많이 보았다. 성찬대 위에는 잡목 묶음과 잔가지들이 놓여 있었다. 아르즈루니는 그 위에 검은 반죽같이 생긴 액체를 부었다. 그리고 복도에서 타오르고 있던 횃불을 하나 집어 들어 그 나뭇가지들에 갖다 댔다. 곧 성찬대에 불이 붙었다. 몇 분이 지나자 땅 밑에서 물 끓는 소리가 약하게 들려오기 시작했고 느릿느릿 뭔가 삐걱거리는 소리가 들려왔다. 그사이 아르즈루니는 두 팔을 높이 들고 야만인들의 언어로 주문을 외었다. 그러면서도 가끔 손님들을 쳐다보았다. 자기가 대신관이나 마술사의 역할을 하고 있다는 것을 알리려는 것 같았다. 마침내 아무도 건드리지 않았는데 두 개의 문이 서서히 열리기 시작했고 모두들 놀라서 그 광경을 지켜보았다.

「놀라운 수력 기술이지요.」 아르즈루니가 자랑스러운 듯 미소를 지으면서 말했다. 「제가 몇 세기 전 알렉산드리아의 기계공들의 지혜를 따르다가 알게 된 겁니다. 간단합니다. 성찬대 밑에는 물이 담긴 금속 용기가 있습니다. 그 물은 성찬대에 불이 붙으면서 데워지게 되지요. 물은 수증기로 변하게 됩니다. 그리고 이건 이 흡입관을 통해, 물을 한 곳에서 다른 곳으로 옮기는 데 사용되는 굴곡 있는 관일 뿐인데, 이 관을 통해, 수증기가 양동이에 가득 차게 됩니다. 그러면 이 양동이에서 수증기는 냉각이 되면서 다시 물로 변하지요. 물의 무게 때문에 양동이는 밑으로 떨어지게 됩니다. 양동이는 밑으로 떨어지면서 거기에 매달린 작은 도르래를 통해 두 개의 나무 실린더를 움직이게 됩니다. 두 실린더는 바로 문의 회전축에 힘을 가하게 되지요. 그래서 문이 열린 겁니다. 간단하지요, 그렇지 않습니까?」

「간단하다고?」 프리드리히가 말했다. 「정말 놀라운 일이네! 그런데 정말 그리스 인들이 이런 경이로운 사실을 알고 있었나?」

「그리스 인들뿐 아니라 다른 사람들도 있습니다. 이집트의 사제들도 이것을 알고서는 직접 명령을 해서 신전의 문을 열게 하는 데 이 기술을 사용했습니다. 그러면 신자들은 기적이 일어났다고 소리쳤지요.」아르즈루니가 말했다. 그러더니 황제에게 문지방을 넘으라고 권했다. 그들은 방 안으로 들어갔는데 방 한가운데에 또 다른 기이한 도구가 있었다. 그것은 가죽으로 만든 공이었다. 공은 직각으로 구부린 두 개의 손잡이 같은 것에 의해 둥근 평면에 고정되어 있었다. 그 평면은 금속의 대야같이 생긴 것을 덮고 있었다. 그 대야 밑에는 다시 나무 더미가 놓여 있었다. 두 개의 작은 관이 공으로부터 아래, 위쪽으로 갈라져 나왔는데 그 관의 끝에는 두 개의 주둥이가 달려 있었고 그 주둥이는 서로 반대 방향을 보고 있었다. 잘 관찰해 보면 둥근 면에 공을 고정시켜 주고 있는 두 개의 손잡이도 관이라는 것을 알 수 있었다. 그 손잡이의 밑 부분은 대야에 붙어 있었고 위쪽은 공의 안쪽으로 들어가 있었다.

「대야에는 물이 가득 담겨 있습니다. 이제 이 물을 데워 보도록 하지요.」아르즈루니가 말했다. 그러더니 다시 불을 활활 타오르게 만들었다. 그들은 물이 끓기 시작할 때까지 몇 분을 기다려야만 했다. 물이 끓기 시작하자 처음에는 약하게 쉬익 소리가 나더니 조금 뒤에는 좀 더 큰 소리가 났다. 공이 받침대 주위를 구르기 시작했다. 그사이 두 개의 주둥이에서는 수증기가 뿜어져 나왔다. 공이 잠시 동안 구르더니 그 기세가 점점 누그러지기 시작했다. 그러자 아르즈루니가 서둘러서 흙같이 생긴 것으로 작은 관들을 막았다. 그가 말했다. 「여기서도 원리는 아주 간단합니다. 대야에서 끓는 물이 수증기로 변하는 거지요. 수증기는 공으로 올라오지만 서로 정반대 되는 두 방향으로 거세게 빠져나감으로써 공이 회전 운동을 하게 만드는 거지요.」

「이것으로 어떤 기적이 일어난 것처럼 꾸밀 수 있나?」 바우돌리노가 물었다.

「아무것도 꾸미지 않는다네. 하지만 중요한 진실을 보여 줄 수 있지. 그러니까 진공의 존재를 손으로 만질 수 있게 해 준다는 것이네.」

이 말을 들은 보롱의 모습을 한번 상상해 보자. 그는 진공에 대해 이야기하는 것을 듣자 곧 의심을 했다. 그리고 대체 어떻게 물을 이용한 그 장난감이 진공의 존재를 증명해 줄 수가 있느냐고 물었다. 「간단하네,」 아르즈루니가 그에게 말했다. 「대야의 물은 수증기가 되어 공을 가득 채웠네. 수증기는 공에서 빠져나오면서 공을 구르게 만들었지. 공이 멈추려고 할 때는 공 안에 수증기가 전혀 없다는 표시이고 두 주둥이는 닫히게 되지. 그러면 대야와 공 안에는 뭐가 남겠나? 아무것도 없어. 즉 진공 상태가 되는 거지.」

「정말 그것을 한번 보고 싶군.」 보롱이 말했다.

「그것을 보려면 자네는 공을 잘라야만 하네. 그러면 곧 그 안으로 공기가 들어가겠지. 그런데 자네가 진공 속에 있을 수 있고 진공을 느낄 수 있는 장소가 있네. 하지만 곧 그곳에서는 공기가 부족해 숨이 막혀서 죽게 된다는 것을 깨닫게 될 거야.」

「그런 장소가 어디 있나?」

「우리 위에 있다네. 이제 그 방 안에 어떻게 진공 상태를 만들 수 있는지 보여 주겠네.」 그는 횃불을 높이 들더니 그때까지 어둠 속에 있던 다른 기구를 보여 주었다. 그 기구는 이

전의 두 개보다 훨씬 더 복잡해 보였다. 그것의 내부가 다 들여다보이기 때문이었다. 설화 석고로 만든 거대한 원통이 있었다. 그 원통의 내부에는 그 원통의 반 정도 되는 또 다른 원통의 몸체가 만들어 내는 검은 그림자가 나타나 있었다. 내부의 원통의 나머지 반은 밖으로 나와서, 마치 지레처럼 인간의 두 손으로 움직일 수 있는 거대한 손잡이같이 생긴 것에 윗부분이 묶여져 있었다. 아르즈루니는 그 지레를 움직였다. 그러자 안쪽의 원통이 먼저 위로 올라갔다가 바깥쪽 원통과 하나가 될 때까지 밑으로 완전히 내려왔다. 설화 석고 원통의 윗부분에는 동물의 방광 조각을 세심하게 연결해서 만든 큰 관이 연결되어 있었는데 그 관은 천장 속으로 사라졌다. 아랫부분, 원통의 밑 부분에는 구멍이 뚫려 있었다.

「그러니까…….」 아르즈루니가 설명했다. 「여기에는 물은 없고 공기만 있네. 안쪽의 실린더가 밑으로 내려갈 때 석고 실린더 안에 들어 있던 공기를 압착하게 되지. 그리고 밑의 구멍으로 공기를 밀어내게 되네. 지레가 그것을 다시 올라가게 할 때 실린더는 뚜껑 역할을 해서 아래쪽 구멍을 막게 되지. 실린더 밖으로 나갔던 공기가 다시 들어올 수 없게 말이지. 안쪽의 실린더가 완전히 들어 올려지게 되면 그것은 자네들이 본 그 관으로, 내가 자네들에게 말했던 방에서 들어오는 공기를 실린더 안으로 들어가게 하는 또 다른 뚜껑 역할을 하는 것이네. 안쪽의 실린더가 다시 내려와서 새로 들어온 이 공기도 밀어내 버리지. 이 기계는 차츰차츰 그 방 안의 공기를 모두 빨아들여서 이곳에서 공기를 밖으로 내보내는 거지. 그렇게 해서 그 방 안에는 진공 상태가 만들어지는 것일세.」

「그런데 다른 쪽에서 그 방 안에 공기가 들어갈 수는 없나?」 바우돌리노가 물었다.

「없네. 이 기계가 작동을 하자마자 지레에 연결된 그 밧줄들을 통해서 방 안으로 공기가 들어올 수 있는 모든 구멍이나 틈을 막아 버리게 되네.」

「그러면 이 기계로 자네는 방 안에 있는 사람을 죽일 수도 있겠군.」 프리드리히가 말했다.

「그럴 수 있습니다. 하지만 전 단 한 번도 그렇게 해본 적이 없습니다. 그렇기는 하지만 그 방 안에 닭을 넣어 둔 적이 있었습니다. 실험을 마치고 올라가 봤더니 닭은 죽어 있었어요.」

보롱이 고개를 저었다. 그리고 바우돌리노의 귀에 대고 소곤거렸다. 「저자를 믿지 않겠지? 거짓말을 하고 있어. 만약 닭이 죽었다면 그것은 진공이 존재한다는 것을 의미하겠지. 하지만 진공은 존재하지 않기 때문에 닭은 아직도 기운차게 살아 있다네. 아니 죽긴 죽었을 거야. 저자가 목을 졸라서 말이야.」 그러더니 큰 소리로 아르즈루니에게 말했다. 「자네, 동물들이 촛불이 꺼지는 텅 빈 우물 바닥에서도 죽는다는 소리를 들어봤나? 어떤 사람들은 거기서 우물 속에는 공기가 없다는, 그러니까 진공 상태라는 결론을 끌어낸다네. 그렇지만 우물 속에는 공기가 희박한 것이 아니라 악취가 나는 탁한 공기가 꽉 차 있는 거라네. 사람들을 질식시키고 촛불의 불꽃을 꺼버리는 것은 바로 그 공기라네. 자네 방의 경우도 마찬가지일 걸세. 자네는 희박한 공기를 빨아들일 수는 있지만 빨아들일 수 없는 그 탁한 공기는 그냥 남아 있게 되네. 그게 자네 닭을 충분히 죽일 수 있지.」

「됐다.」 프리드리히가 말했다. 「이런 장치들이 모두 다 마음에 드는구나. 하지만 저 위에 있는 거울들을 제외하고는 포위 공격이나 전투에서 사용할 수 있는 것은 아무것도 없어. 그러면 무슨 쓸모가 있겠나? 가자. 배가 고프다. 아르즈루니, 내게 맛있는 저녁을 먹게 해주겠다고 약속했지? 이제 식사 시간이 된 것 같군.」

아르즈루니는 머리를 숙여 경의를 표한 뒤 프리드리히와 일행을 연회실로 안내했다. 솔직히 말하면 몇 주 동안 야외에서 제대로 식사를 하지 못했던 사람들에게 그 연회는 눈이 부셨다. 아르즈루니는 손님들에게 꿀에 잠긴 것 같은 느낌을 주는 달콤한 빵을 포함해서, 아르메니아와 투르크의 최고 요리를 제공했다. 약속한 대로 바우돌리노와 그의 친구들은 음식이 황제에게 제공되기 전에 모든 음식을 맛보았다. 궁정 예절과는 정반대로(전시에는 예절이라는 게 항상 수많은 예외를 따르게 되어 있었다) 그들은 모두 한 식탁에 앉았다. 프리드리히는 마치 그들 친구의 한 사람이라도 된 것처럼 먹고 마시며 보롱과 아르즈루니 사이에 시작된 논쟁을 호기심 있게 들었다.

보롱이 말했다. 「자네는 진공에 대해 고집스럽게 말하고 있군. 마치 모든 물체가 없는, 공기마저 없는 공간이 있는 것처럼 말이야. 하지만 물체가 없는 공간은 존재하지 않아. 공간은 물체들 간의 관계이기 때문이야. 게다가 위대한 모든 철학자들이 말했듯이 자연이 진공 상태를 두려워하기 때문에 진공은 존재할 수 없어. 만약 자네가 물속에 잠긴 빨대로 공기를 들이마신다면 물이 올라올 걸세. 공기가 없는 텅 빈 공간이 남겨질 수 없기 때문이야. 게다가 들어 보게나. 물체들은 땅을 향해 떨어지네. 철로 만든 입상은 천 조각보다 훨씬 빨리 떨어져. 왜냐하면 공기가 그 입상의 무게를 지탱하는 게 너무나 힘들기 때문이야. 반면 천 조각은 쉽게 받쳐 줄 수 있다네. 새들이 날아가는 것은 그들의 무게에도 불구하고 날개를 움직이며 그들을 받쳐 주던 수많은 공기들을 진동시키기 때문이야. 물고기들이 물에 의해 지탱되듯이 새들은 공기에 의해 지탱된다네. 만약 공기가 없다면, 잘 들어 보게, 새들은 다른 물체들과 똑같은 속도로 밑으로 떨어져 버릴 걸세. 그러므로 하늘에 진공이 있다면 별들은 무한한 속도를 가지고 있을 걸세. 별들의 거대한 무게에 저항하는 공기가, 별들이 떨어지는 것이나 도는 것을 막지 못하기 때문이지.」

아르즈루니가 반박했다. 「물체의 속도가 그 무게에 비례한다고 누가 그랬나? 요하네스 필로포노스가 말했듯이 물체의 속도는 그것에 가해지게 되는 운동에 달려 있는 거야. 그리고 어디 한번 말해 보게나. 만약 진공이 없다면 사물들이 어떻게 이동을 할 수 있는가? 아마 사물들이 지나가지 못하게 가로막는 공기와 충돌을 하고 말 걸세.」

「그렇지 않아! 한 물체가 지나가는 곳의 공기를 움직이면 공기는 물체가 남겨 놓고 간 자리를 차지하게 되는 것이네! 아주 좁은 길에서 두 사람이 정반대 방향으로 길을 가는 경우와 마찬가지야. 두 사람은 배를 안으로 들이밀고 각자 벽에 딱 붙어서 한 사람이 천천히 한 방향으로 나가면 다른 사람은 그 반대 방향으로 천천히 가게 되는 거야. 마침내 한 사람이 다른 사람의 자리를 차지하게 되는 것이지.」

「그건 그래. 두 사람 각자 자기 의지력으로 바로 자기 몸을 움직였기 때문이지. 하지만 의지가 없는 공기의 경우는 그렇지가 않다네. 공기는 그것에 충돌하는 물체가 가하는 힘(충격?)에 의해서 이동을 하게 되는 거야. 힘은 동시에 운동을 만들어 내지. 물체가 움직이고 자기 앞에 있는 공기에 충격을 가하는 그 순간에 공기는 아직 움직이지 않는 거지. 그러니까 물체가 그것을 막 밀어내고 떠난 그 자리를 아직 채우지 못했다는 거네. 그러면 그 찰나에 그 자리에 있는 것은 무엇이겠나? 바로 진공 상태야!」

프리드리히는 그때까지는 논쟁을 즐겁게 지켜보았다. 그러나 이제는 그만하면 충분한 것 같았다. 「이제 그만 하라.」 프리드리히가 말했다. 「만약 그렇다면 내일 위층의 방에 다시 닭 한 마리를 넣어 실험을 해보도록 하게나. 이제 이 닭들을 좀 먹게 해주게. 이 닭들은, 하느님이 시키시는 대로, 목을 제대로 비튼 것이었으면 좋겠네.」

25
바우돌리노 프리드리히가 두 번 죽는
것을 보다

저녁 식사는 늦게까지 계속되었다. 그래서 황제는 자기가
자리를 떠나도 되겠느냐고 물었다. 바우돌리노와 그의 친구
들은 방까지 황제를 따라갔다. 그리고 벽에 꽂힌 채 활활 타
고 있는 횃불 아래에서 다시 한번 주의 깊게 방 안을 살펴보
았다. 시인은 벽난로의 굴뚝도 검사를 해보고 싶어했다. 하지
만 그곳은 사람이 지나갈 만한 공간이 남지 않을 정도로 위로
갈수록 금방 좁아졌다. 「연기가 이곳으로 지나간다면 그것만
으로도 대단한 일이 되겠군.」 시인이 말했다. 그들은 배설을
하는 좁은 방도 검사를 했다. 그렇지만 배설물이 쌓인 웅덩이
바닥에서는 아무도 올라올 수 없을 것 같았다.

침대 옆에는 이미 불을 밝혀 둔 램프와 함께 물 주전자가
하나 놓여 있었다. 바우돌리노는 그 물을 마셔 보고 싶었다.
시인은 아마 프리드리히가 자다가 입을 댈 수 있는 베개나

이불에 독성 물질을 묻혀 놓았을 수도 있다고 말했다. 혹시 황제 폐하의 손이 닿는 곳에 해독제를 놓아둔다면 정말 좋을 텐데, 어디서 그걸 구하겠어……, 시인이 말했다.

프리드리히는 지나치게 과장해서 염려하지 말고 말했다. 그런데 라비 솔로몬이 말할 수 있게 해달라고 겸손하게 청했다. 「폐하.」 솔로몬이 말했다. 「아시겠지만 저는 유대 인임에도 불구하고 폐하의 영광을 실현시키게 될 그 모험에 진심으로 제 몸을 바쳤습니다. 폐하의 목숨은 제 목숨처럼 소중합니다. 저는 칼리우폴리스에서 경이로운 해독제를 하나 구입했습니다. 이걸 받아 주십시오.」 그가 긴 가운에서 약병을 꺼내면서 덧붙였다. 「폐하께 이걸 선물하겠습니다. 제 보잘것없는 인생에서는 강한 적이 파놓은 함정에 빠질 일 같은 것은 별로 없을 테니까요. 만약 어느 날 밤 몸이 불편하신 걸 느끼시면 빨리 약을 드십시오. 뭔가 해로운 것을 폐하께서 드셨다고 해도 즉시 목숨을 구하실 수 있을 겁니다.」

「고맙네, 라비 솔로몬.」 프리드리히가 감동을 해서 말했다. 「우리 고대 게르만 족들이 자네 부족 사람들을 보호해 준 것은 잘한 일이었어. 우리는 앞으로도 그렇게 할 걸세. 내 백성의 이름으로 자네에게 맹세하지. 자네가 준 목숨을 구하는 약을 받겠네. 자 이제 내가 할 일이 있네.」

프리드리히는 자신의 여행용 자루에서 성배를 담아 놓은 상자를 꺼냈다. 그는 이 상자를 항상 조심스럽게 가지고 다녔다. 「자, 보게나.」 그가 말했다. 「나는 유대 인인 자네가 내게 선물한 그 약을 주님의 피를 담았던 잔에 따르겠네.」

솔로몬은 머리를 숙였다. 하지만 어쩔 줄을 몰라 하면서 바우돌리노에게 중얼거렸다. 「유대 인의 물약이 가짜 메시아의 피가 되다니…… 언제나 은혜로우신 성인이시여, 저를 용서해 주십시오. 어쨌든 이 메시아에 대한 이야기는 의로운 분이셨던 나사렛의 예슈아가 아니라 자네들 이교도들이 꾸며 낸 거야. 우리 라비들은 그분이 여호수아 벤 페라히아 라비에게서 탈무드를 공부했다고 말한다네. 그런데 자네 황제는 나를 좋아하는군. 마음의 움직임에 따를 필요가 있다고 생각하네.」

프리드리히가 성배를 꺼냈다가 다시 상자에 넣으려고 하는 중이었다. 그때 키오트가 황제를 가로막았다. 그날 밤은 모두 청을 드리지 않고도 황제에게 말을 할 수 있는 자격을 부여받은 것 같은 기분들이었다. 그 몇 안 되는 충신들과 그들의 황제가 아직 호의적인지 적대적인지를 알 수 없는 장소에 고립되어 있었기 때문에 그들 간에 친밀한 유대감 같은 게 형성되어 있었다. 그래서 키오트가 말했다.「폐하, 제가 라비 솔로몬을 의심한다고는 생각하지 마십시오. 그렇지만 라비 솔로몬도 속았을 수 있습니다. 제가 먼저 이 물약을 마셔 볼 수 있게 허락해 주십시오.」

「폐하, 부탁드립니다. 키오트가 하는 대로 내버려 두십시오.」라비 솔로몬이 말했다.

프리드리히가 승낙을 했다. 키오트는 의식을 거행하는 것 같은 태도로 잔을 들어 올렸다. 그리고 마치 성찬을 받듯이 곧 잔을 입에 가져갔다. 그 순간 바우돌리노도 방 안에 강렬한 빛이 퍼지는 것을 본 것 같았다. 아마 송진의 양이 많이 농축되어 있어 아까보다 더 활활 타오르기 시작한 횃불의 빛이었을 것이다. 키오트는 잠시 동안 고개를 숙이고 잔에 담겨 있는 그 소량의 액체를 잘 삼키려는 것처럼 입을 움직였다.

그러더니 가슴에 잔을 꼭 쥐고 돌아서서 조심스럽게 잔을 상자에 내려놓았다. 그리고 조그만 소리도 나지 않게 천천히 그 감실을 닫았다.

「향기가 났어.」 보롱이 중얼거리고 있었다.

「자네들 그 밝은 빛 보았지?」 압둘이 이렇게 말했다.

「하늘의 천사들이 모두 우리에게로 내려오고 있었어.」 조시모스가 성호를 반대로 그으면서 확신에 차서 말했다.

「갈보 자식새끼 같으니라고.」 시인이 바우돌리노의 귀에 대고 소곤거렸다. 「저자는 독이 있는지 알아본다는 구실로 성배를 가지고 성스러운 미사를 본 거라고. 자기 집으로 돌아가면 샹파뉴에서 브르타뉴까지 으스대고 다닐걸.」 바우돌리노가 그에게 조그만 소리로 심술 부리지 말라며 받아넘겼다. 키오트가 정말 하늘의 가장 높은 곳에 넋을 빼앗긴 사람처럼 행동을 했기 때문이었다.

「앞으로 그 누구도 우리를 굴복시킬 수 없을 게다.」 프리드리히가 그때 강렬하고도 신비한 감동에 사로잡혀서 이렇게 말했다. 「예루살렘은 곧 해방될 거야. 그러고 나면 모두들 이 성스러운 유물을 요한 사제에게 돌려주러 가는 거지. 바우돌리노, 네가 나에게 준 것에 감사한다. 난 정말 왕이자 사제이지…….」

프리드리히가 미소를 지었다. 그러면서도 몸은 떨고 있었다. 그 짧은 의식이 그를 혼란스럽게 만든 것 같았다. 「피곤하구나.」 프리드리히가 말했다. 「바우돌리노, 이제 저 빗장으로 이 방을 잠그겠다. 너희들이 잘 지키도록 해라. 그리고 너희들이 보여 준 충성에 감사한다. 내일은 하늘에 해가 높이 뜰 때까지 나를 깨우지 말아라. 자고 나서 수영을 하러 갈 테다.」 그러더니 이렇게 덧붙였다. 「정말 끔찍하게 피곤하구나. 몇 세기 동안이라도 일어나고 싶지 않을 것 같다.」

「하룻밤만 푹 주무시면 될 겁니다, 아버님.」 바우돌리노가 다정하게 말했다. 「내일 새벽에 떠나시면 안 됩니다. 해가 높이 뜨면 물도 덜 차가울 테니까요. 편안히 주무십시오.」

그들은 밖으로 나왔다. 프리드리히가 문에 다가갔다. 빗장을 거는 소리가 들렸다. 그들은 주위의 의자에 앉았다.

「우리가 편하게 이용할 근사한 뒷간이 없어.」 바우돌리노가 말했다. 「빨리 뜰에 가서 볼일을 보고 오도록 하세. 이 방의 수비를 소홀히 하지 않기 위해서는 한 번에 한 사람씩만 가야 해. 아르즈루니라는 사람은 아마 훌륭한 사람일 거야. 그러나 우리는 우리들 자신만을 믿어야 해.」 몇 분 후 모두들 방으로 다시 들어왔다. 바우돌리노가 램프의 불을 껐다. 모두에게 잘 자라는 인사를 하고 자신도 잠을 청해 보았다.

「니케타스 씨, 나는 이상하게 이유도 없이 불안했습니다. 불안 속에서 잠을 잤지요. 그리고 악몽을 가로막아 주는 것 같은 달콤한 꿈을 잠깐 꾸다가 잠에서 깨어났어요. 깜박 졸다가 꿈속에서 죽은 콜란드리나를 보았습니다. 그녀는 검은 돌로 만든 성배로 뭔가를 마시고 있었어요. 그러다가 땅바닥에 쓰러져 죽었지요. 한 시간 뒤 나는 어떤 소리를 들었어요. 무기고에도 창문이 하나 있었습니다. 그 창문으로부터 아주 창백한 달빛이 스며 들어오고 있었지요. 나는 상현달이 하늘에 떠 있다고 생각했습니다. 나는 시인이 밖으로 나간 것을 알게 되었어요. 아마 충분히 볼일을 다보지 않았던 것 같았습니다. 조금 뒤에 — 잠이 언뜻 들었다가 다시 일어나기를 반복했으니까 얼마나 시간이 흘렀는지는 모르겠고 잠이 깰 때마다 시간이 조금 흐른 것 같았는데 실제 그렇지는 않았던 것 같았습니다 ─ 보롱이 나갔지요. 그리고 그가 돌아오는 소리를 들었어요. 그리고 키오트가 그에게 소곤거리는 소리를 들었습니다. 키오트 역시 신경이 예민해져서 바람을 쐬고 싶어했어요. 그러나 어찌 되었건 내 임무는 누가 나가는지를 감시하는 게 아니라 누가 들어오려고 하는가를 감시하는 것이었으니까요. 나는 모두 긴장을 하고 있다는 것을 알게 되었습니다. 그 뒤로는 기억이 나지 않아요. 나는 시인이 언제 다시 들어왔는지도 몰랐어요. 그렇지만 새벽이 되기 훨씬 전에 모두 깊이 잠이 들어 있었습니다. 그래서 새벽빛이 밝아오려고 할 때 나는 완전히 잠에서 깨어 그들을 보았던 것이지요.」

무기고는 의기양양한 아침의 햇살 때문에 이미 환히 빛났다. 하인 몇몇이 빵과 포도주, 그리고 그 지역에서 나는 과일 몇 가지를 가져왔다. 바우돌리노가 황제의 잠을 방해하지 않기 위해 떠들지 말라고 경고를 했는데도 모두들 기분이 좋아져서 시끄럽게 떠들어댔다. 한 시간이 지나자, 비록 프리드리히가 깨우지 말라고 부탁은 했어도, 바우돌리노가 보기에 너무 시간이 지난 것 같았다. 그가 문을 두드렸으나 대답이 없었다. 다시 문을 두드렸다.

「푹 주무시고 계시군.」 시인이 웃었다.

「문 두드리는 소리를 좀 더 잘 들리게 했으면 하는데.」 바우돌리노가 대담하게 말했다.

그들이 다시 점점 더 세게 문을 두드렸다. 프리드리히는 대답이 없었다.

「어제 정말 지쳐 보이셨어.」바우돌리노가 말했다.「정신을 잃으셨는지도 몰라. 문을 부숴 보자.」

「진정해.」시인이 말했다.「황제 폐하가 주무실 수 있게 지켜 주는 문을 부수는 것은 거의 신성 모독이나 마찬가지야!」

「신성 모독을 범하자고.」바우돌리노가 말했다.「난 신성 모독 같은 이야기를 좋아하지 않거든.」

그들은 아무렇게나 문을 향해 몸을 던졌다. 문은 튼튼했다. 그 문에 질러 놓은 빗장 역시 튼튼한 게 틀림없었다.

「다시 모두 함께 내 소리에 맞춰서 단 한번에 어깨로 문을 미는 거네.」시인이 말했다. 이제 그는 만약 황제가 문을 부수는 동안에도 잠에서 깨어나지 않는다면 그것은 분명 뭔가 수상한 일이 벌어졌기 때문이라는 것을 인식하게 되었다. 문은 여전히 요지부동이었다. 시인은 쇠사슬에 묶여 자고 있는 조시모스에게 가서 쇠사슬을 풀어 주었다. 그리고 그들을 모두 두 줄로 세웠다. 모두 함께 두 개의 문을 힘껏 떠밀기 위해서였다. 네 번째 시도에서 문이 부서졌다.

그들은 방 한가운데 거의 알몸으로, 마치 침대에 누워 있는 것처럼 정신을 잃고 누워 있는 프리드리히를 발견했다. 그가 누워 있는 바닥 옆에서 성배가 구르고 있었다. 잔은 거의 비어 있었다. 벽난로에서는 타다 남은 장작 토막만 보였다. 누군가가 장작에 불을 붙였다가 나중에 끈 것 같았다. 창문은 닫혀 있었다. 방 안에는 나무와 석탄 타는 냄새가 가득했다. 보롱은 기침을 하면서 창가로 가서는 유리문을 열어 공기를 방 안으로 들어오게 했다.

누군가가 방 안에 들어왔었고 아직도 방 안에 있을 것이라고 생각한 시인과 보롱은 검을 빼든 채 방 안 구석구석을 샅샅이 뒤졌다. 그사이 바우돌리노는 프리드리히의 곁에 무릎을 꿇고 앉아 그의 몸을 안아 올리고 조심스럽게 손바닥으로 프리드리히를 쳤다. 보이디는 칼리우폴리스에서 구입한 강장제를 떠올리고 반지 상자를 열었다. 그는 강제로 황제의 입을 벌려 그 입에 액체를 부었다. 프리드리히는 여전히 정신을 차리지 못했다. 그의 얼굴은 창백했다. 라비 솔로몬이 프리드리히 쪽으로 몸을 숙였다. 그리고 눈을 뜨게 해보려고 했다. 그의 이마와 목과 손목을 짚어 본 다음 몸을 떨면서 이렇게 말했다. 「돌아가셨어, 성인께서 항상 축복을 내려 주시길, 그의 영혼을 불쌍히 여기소서.」

「염병할, 그럴 리가 없어!」 바우돌리노가 울부짖었다. 그러나 의학에 정통해 있지는 않아도, 신성 로마 제국의 황제이며 신성한 성배의 수호자이며 기독교 세계의 희망이며 카이사르, 아우구스티누스, 성 카롤루스 대제의 합법적인 마지막 후계자 프리드리히는 이제 이 세상 사람이 아니라는 것을 한눈에 알 수 있었다. 바우돌리노는 갑자기 눈물을 흘리며 그 창백한 얼굴에 수없이 입을 맞추었다. 프리드리히가 들을 수 있기를 바라면서 너무나 사랑하는 아들이 왔다고 말했다. 하지만 모든 게 허사라는 것을 알게 되었다.

그는 일어서서 사방을, 심지어 침대 밑까지 다시 샅샅이 뒤지라고 소리쳤다. 그들은 비밀 통로를 찾아보았다. 네 개의 벽을 조사했다. 하지만 아무도 숨어 있지 않을 뿐만 아니라 숨어 있던 흔적조차 없었던 게 분명했다. 프리드리히 바르바로사는 안에서 잠그는 방 안에서, 가장 충성스러운 그의 아들들이 밖에서 지켜 주는 그 방 안에 갇혀 아무도 모르게 숨을 거두었다.

「아르즈루니를 불러와. 그는 의술이 뛰어나지 않나.」바우돌리노가 소리쳤다.

「나도 의술이 뛰어난 사람이야.」라비 솔로몬이 투덜거렸다.「내 말을 믿어. 자네 아버지는 돌아가셨네.」

「하느님, 오 하느님.」바우돌리노가 헛소리하듯 말했다.「아버지가 돌아가셨어! 호위대에게 알리게, 아버지의 아들을 불러와. 살인범들을 찾아야 해!」

「잠깐만.」시인이 말했다.「왜 살인범이라고 말하는 건가? 폐하는 닫힌 방 안에 계셨고 거기서 돌아가셨어. 폐하의 발치에 해독제가 담긴 성배가 있는 것을 보게. 아마 몸이 불편하셨을 거야. 독살을 당할까 봐 두려워하셨고 술을 드셨네. 게다가 방 안에는 불을 펴놓았지. 폐하가 아니라면 누가 난로에 불을 지필 수 있었겠나? 나는 가슴에 강한 통증을 느끼는 사람들에 대해서 알고 있어. 식은땀이 온몸을 뒤덮지. 그래서 몸을 따뜻하게 하려고 애를 쓴다네. 이를 덜덜 떨면서 말이야. 그러다가 조금 후에 숨을 거두는 거야. 어쩌면 난로의 연기가 폐하의 상태를 더 악화시켰을 수도 있어.」

「그렇다면 성배에는 대체 뭐가 들어 있었단 말인가?」그때 조시모스가 눈동자를 이리저리 굴리면서 라비 솔로몬을 붙잡으면서 소리쳤다.

「집어치워, 이 악당아.」바우돌리노가 그에게 말했다.「키오트가 그 액체를 마시는 것을 너도 봤잖아.」

「너무 조금이었어, 너무 조금이었다고.」조시모스가 솔로몬을 잡아끌면서 같은 말을 계속했다.「술에 취하려면 한 모금으로는 안 되지! 유대 인을 믿은 자네들이 바보 천치야!」

「우린 바보 천치다. 유대 인이 아니라 너 같은 염병할 동로마 놈을 믿었으니까.」 시인이 조시모스를 밀어붙여 두려움으로 이를 덜덜 떨고 있는 가엾은 라비와 조시모스를 떼어 놓으면서 소리쳤다.

그사이 키오트는 성배를 집어 들어 그것을 다시 경건하게 상자에 넣어 두었다.

「간단히 말해서,」 바우돌리노가 시인에게 물었다. 「자네는 아버님이 살해되신 것이 아니라 하느님의 뜻에 따라 돌아가셨다는 건가?」

「우리가 철통같이 감시한 문으로 스며들어 온 공기가 폐하를 살해했다고 생각하는 것보다는 그렇게 생각하는 게 훨씬 더 낫지.」

「그러면 이제 친아들과 호위대를 불러야 해.」 키오트가 말했다.

「안 돼.」 시인이 말했다. 「이보게들, 우리 생각을 좀 해봐야 하네. 프리드리히는 죽었어. 우리는 이 폐쇄된 방에 절대로 그 누구도 들어올 수 없었으리라는 것을 잘 알고 있어. 하지만 친아들과 다른 제후들은 그 사실을 모른다네. 그들이 보기에는 우리가 있었을 뿐이지.」

「무슨 거지 같은 생각인가!」 바우돌리노가 여전히 눈물을 흘리면서 말했다.

시인이 말했다. 「바우돌리노, 잘 들어. 아들은 자네를 좋아하지 않아. 우리를 좋아하지 않는다고. 언제나 우리를 불신해 왔지. 우리가 보초를 섰고 황제는 죽었어. 그러면 책임은 우리에게 있는 거야. 우리가 뭐라고 말하기도 전에 아들은 우리를 나무 몇 개에다가 교수형 시켜 버리고 말걸. 만약 이

빌어먹을 계곡에 나무가 없으면 성벽에 매달게 할 걸세. 자네도 알지, 바우돌리노? 아들은 이 성배 이야기를 자기 아버지가 결코 가서는 안 될 곳으로 끌고 가는 계략이라도 되는 듯이 생각해 왔지. 우리를 죽일 거야. 그리고 일순간에 우리들로부터 자유로워질 걸세. 그의 제후들? 만약 황제가 살해되었다는 소문이 돌면 그들은 서로 황제를 죽였다고 상대방을 고소할 거야. 대살육이 벌어질 걸세. 우리가 모든 이들의 안녕을 위한 희생양이 되고 말 걸세. 자네 같은 후레자식, 이런 말을 해서 미안하네, 알지, 나 같은 술주정꾼, 유대 인, 동로마 놈, 세 명의 떠돌이 신학생, 그리고 무엇보다도 다른 알레산드리아 사람들처럼 프리드리히에게 원한을 품고 있는 보이디의 말을 믿을 사람이 있을 것 같은가? 바우돌리노, 우리는 자네 양아버지처럼 이미 죽은 목숨이야.」

「그래서?」 바우돌리노가 물었다.

「그래서……」 시인이 말했다. 「유일한 해결책은 프리드리히 폐하께서 여기 이 방 밖에서, 우리도 그를 보호할 수 없었던 곳에서 숨을 거두었다는 것을 믿게 하는 것뿐이야.」

「하지만 어떻게 한단 말인가?」

「프리드리히 폐하께서 강에 간다고 말하지 않았나? 우리가 폐하에게 다시 평상복을 입히고 망토를 씌우는 거야. 그리고 작은 뜰로 내려가는 거지. 그 뜰에는 사람은 아무도 없지만 어제 저녁부터 말들이 우리를 기다리고 있지 않나. 폐하를 말안장에 묶어 강으로 가는 걸세. 그러면 거기서 강물이 폐하를 끌고 갈 걸세. 폐하는 노인으로서가 아니라 자연의 힘에 맞선 황제로 영광스러운 죽음을 맞으시는 거네. 예루살렘으로 전진을 할지 고향으로 돌아갈지는 아들이 결정을 하겠지. 그러면 우리는 인도를 향해 계속 가서 프리드리히 폐하의 마지막 맹세를 지키겠다고 말할 수 있겠지. 아들은 성배를 믿지 않는 것 같았어. 성배는 우리가 가지고 가는 거지. 황제 폐하께서 원하셨던 일을 하러 가는 거야.」

「하지만 그렇게 하려면 아버님이 돌아가신 척해야 해.」 바우돌리노가 멍한 눈으로 말했다.

「돌아가신 척한다고? 폐하는 돌아가셨어. 모두 고통스럽지만 돌아가신 것은 사실이야. 아직 살아 계신데 돌아가셨다고 말하러 가는 것인 줄 아나? 돌아가셨어. 하느님께서 성인으로 받아 주셨을 거야. 다만 우리는 폐하께서 우리가 지켜드렸어야만 하는 이 방 안에서가 아니라 야외에서, 강물에서 익사하셨다고 말하는 거야. 거짓말을 하는 거라고? 조금은 그렇다고 볼 수 있지. 돌아가셨는데, 그게 실내든 실외든 뭐가 그리 중요한가? 우리가 폐하를 목 졸라 죽였나? 그렇지 않다는 것은 우리 모두 알고 있어. 우리에게 가장 적대적인 감정을 가진 사람들조차 우리를 비난할 수 없는 곳에서 돌아가시게 만들자는 거야. 바우돌리노, 이게 유일한 길이야. 자네가 목숨을 구하고 싶다면, 또 요한 사제의 왕국에 도착해서 그가 보는 앞에서 프리드리히 폐하께 최고의 영광을 돌리고 싶다면 다른 길은 없어.」

바우돌리노가 비록 시인의 냉담함을 저주하기는 했지만 그의 말이 맞았다. 모두들 그의 말에 동의했다. 그들은 프리드리히에게 옷을 다시 입히고 작은 뜰로 그를 옮겼다. 옛날에 세 명의 동방 박사들이 말을 타고 똑바로 앉아 있는 것처럼 보이게 하려고 했을 때 등 뒤에 보강물을 넣은 것처럼 프리드리히의 등 뒤에 보강물을 넣어 말안장에 확실하게 앉혔다.

「바우돌리노와 압둘 두 사람이 폐하를 강으로 모시고 가게.」시인이 말했다.「호위하는 사람들이 많으면 보초들의 관심을 끌게 돼. 아마 그들도 이 호위 대열에 합류하려고 할 거야. 우리는 방을 지키고 있을게. 아르즈루니나 다른 사람들이 방 안으로 들어갈 생각을 하지 못하게 말이야. 뿐만 아니라 나는 성벽으로 가서 호위병들과 잡담을 조금 나누도록 하겠네. 자네 두 사람이 밖으로 나가는 동안 내가 그렇게 그들의 관심을 딴 곳으로 돌리도록 하겠네.」

시인만이 끝까지 남아서 현명한 결정을 할 수 있을 사람 같아 보였다. 모두 그의 말에 따랐다. 바우돌리노와 압둘은 프리드리히의 말을 가운데 세우고 자신들의 말을 타고 천천히 뜰 밖으로 나갔다. 그들은 옆쪽의 오솔길을 따라가다가 큰길에 이르렀다. 계단을 내려간 다음, 평야에서는 말을 총총걸음으로 달리게 했다. 그 짧은 여행이 영원히 지속될 것만 같은 기분이 들었다. 그러나 마침내 강가에 도착했다.

그들은 나무 덤불 뒤에 몸을 숨겼다.「여기 있으면 아무에게도 보이지 않을 거야.」바우돌리노가 말했다.「강물이 아주 거세. 시체는 곧 떠내려갈 거야. 우리는 아버지를 구하기 위해 말을 타고 강에 들어가야 해. 하지만 바닥은 기복이 심해. 아버지가 있는 곳에 도착하지 못할 거야. 그러면 우리는 도와 달라고 소리치면서 물에 떠 있는 시체를 따라가야 해……. 강물은 병영 쪽으로 흐른다네.」

그들은 프리드리히의 시체를 풀었다. 그리고 물에 뜬 황제가 수치심을 가리기 위해 입고 있고 싶어했을 정도의 옷만 남겨 두고 나머지 옷은 다 벗겼다. 황제를 강물 한가운데로 밀자마자 격류가 그를 삼켜 버렸다. 시체는 계곡 쪽으로 빨려 들어갔다. 두 사람은 강물로 들어갔다. 그리고 말들이 흥분하는 것처럼 보이도록 재갈을 잡아 당겼다. 그들은 다시 강둑으로 올라와 강물과 돌에 치이고 있는 그 불쌍한 시체를 쫓아 말을 달리며 놀란 것 같은 동작을 취했다. 그리고 황제를 구하라고 병영의 사람들에게 소리쳤다.

그 아래쪽에 있던 몇몇 사람이 그들의 신호를 보았다. 그러나 무슨 일이 벌어졌는지는 이해하지 못했다. 프리드리히의 시체는 소용돌이에 휘감겨 빙글빙글 돌면서 앞으로 나갔다. 시체는 물속으로 사라졌다가 잠깐 물 표면으로 다시 떠오르곤 했다. 멀리서는 지금 누군가가 물에 빠졌다는 것을 알아차리기가 힘들었다. 마침내 누군가가 사태를 알아차렸다. 기사 세 명이 물속으로 들어갔다. 그렇지만 시체가 그들이 있는 곳까지 도착했을 때 시체는 공포에 질린 말발굽에 부딪혀 더 멀리 떠내려갔다. 조금 앞쪽에서는 병사 몇 명이 창을 들고 물속으로 들어갔다. 마침내 시체를 창으로 찍어서 강둑으로 끌어낼 수 있었다.

바우돌리노와 압둘이 도착했을 때 프리드리히는 바위들과 충돌해서 아주 흉한 모습이 되어 있었다. 그가 아직 살아 있으리라고는 이미 그 누구도 상상조차 할 수 없었다. 통곡소리가 높이 울려 퍼졌다. 아들에게 그 사실이 알려졌다. 아들은 창백해지고 고열에 들떠서, 자기 아버지가 또다시 강물과 싸우고 싶어한 것을 애통해 했다. 그는 바우돌리노와 압둘에게 화를 냈다. 두 사람은 자신들이 다른 모든 육지 사람들이 그렇듯이 자기들은 수영을 할 줄 모른다는 사실을 상기시켰다. 그리고 황제가 물에 뛰어들고 싶어할 때는 아무도 황제를 말릴 재간이 없다는 것을 너무나 잘 알고 있지 않느냐고 말했다.

498

프리드리히의 시체는 물에 완전히 불어 있었다. 그런데 — 몇 시간 전에 숨을 거두었기 때문에 — 시체가 물을 마셨을 리는 없었다. 그렇기는 하지만 누구든 강에서 시체를 꺼낸다면 그가 물에 빠져 죽었으리라고 생각할 것이고 물에 빠져 죽은 것처럼 보일 것이다.

젊은 프리드리히와 다른 제후들이 황제의 유해를 수습하고 닥쳐온 불안한 사태에 대해 의논을 하는 동안, 그리고 그 무시무시한 소식을 전해들은 아르즈루니가 강으로 내려오는 동안, 바우돌리노와 압둘은 성으로 돌아왔다. 이제 모든 게 제대로 되어 있는지를 확인하기 위해서였다.

「그사이 무슨 일이 벌어졌는지 한번 상상해 보십시오, 니케타스 씨.」 바우돌리노가 말했다.

「추측을 할 필요도 없지요.」 니케타스가 미소를 지었다. 「신성한 잔, 성배가 사라져 버린 거지요.」

「그렇습니다. 우리가 프리드리히를 말에 묶기 위해 안뜰로 내려갔을 때 사라졌는지, 아니면 그 후 각자 방을 다시 정리할 때 사라졌는지 아무도 알 수가 없었습니다. 모두들 흥분을 해서 꿀벌들처럼 움직였으니까요. 시인은 호위대와 잡담을 하러 갔지요. 그가 훌륭한 감각으로 각자의 행동들을 다 조정할 수 있었던 것은 아닙니다. 우리들이 이제는 그런 극적인 사건이 벌어졌던 곳처럼 보이지 않는 그 방을 막 떠나려고 할 때 갑자기 키오트가 성배 상자를 흘긋 보았습니다. 그리고 성배가 거기 없다는 것을 발견한 것이지요. 내가 압둘과 같이 도착을 했을 때는 이미 서로를 욕해 대고 있었습니다. 네가 훔쳐 가고 싶어했네, 네가 부주의했네 하고 말입니다. 어쩌면 우리가 프리드리히를 말에 묶으러 간 사이에 아르즈루니가 방에 들어왔을지도 모른다고 말하기도 했습니다. 하지만 아니야, 키오트가 말했습니다. 난 폐하를 밑으로 모셔 가게 도와주고 나서 금방 다시 방으로 올라왔어. 아무도 여기 들어오지 못하게 감시하려고 말이야. 그 짧은 시간에 아르즈루니가 이 방에 올라왔을 리가 없어. 그러면 바로 네가 가져간 거네. 보롱이 키오트의 목을 움켜쥐면서 이를 드러냈습니다. 아니야. 어쩌면 너였을 수도 있지, 보롱을 밀어붙이면서 키오트가 반박했지요. 그사이 나는 벽난로 발치에 모아 둔 재를 창밖으로 던져 버렸습니다. 진정해, 진정하라고, 시인이 소리쳤지요. 그런데 우리가 뜰에 있을 때 조시모스는 어디에 있었나? 나는 자네들과 함께 있었네. 자네들과 같이 다시 올라왔어, 조시모스가 맹세를 했고 라비 솔로몬이 그 사실을 확인해 주었습니다. 분명한 사실은 누군가가 성배를 가져갔다는 것뿐이었지요. 그리고 성배를 훔쳐 간 자가 바로 프리드리히를 암살했으리라고 생각하는 것은 아주 간단한 일이었습니다. 시인이 말했듯이 프리드리히는 자연사했을 수도 있었어요. 그런데 우리들 중의 누군가가 그 기회를 이용해서 성배를 가져간 것이지요. 그래서 우리는 더 이상 서로를 믿어서는 안 되었습니다. 친구들, 라비 솔로몬이 우리를 진정시켰어요, 어리석은 인간은 카인 이후 잔인한 범죄들을 상상해 냈네. 그렇지만 밀폐된 방 안에서 범죄를 저지를 생각을 할 정도로 그렇게 비뚤어진 정신을 가진 인간은 없다네. 친구들, 보롱이 말했습니다, 우리가 들어왔을 때 성배는 여기 있었네, 그런데 지금은 없네. 그러니까 우리들 중의 누군가가 갖고 있는 것이지. 물론 각각 자기 여행 짐을 뒤져 보라고 말했지요. 그러자 시인이 웃어 댔어요. 누군가가 성배를 가져갔으면 벌써 그것을 성에서 멀리 떨어진 곳에 갖다 숨겨 두었을 거라는 거지요. 나중에 가서 찾으려고 말입니다. 해결책은? 슈바벤의 프리드리히가 방해만 하지 않는다면 우리는 모두 함께 요한 사제의 왕국으로 떠나게 될 테니까 그 누구도 뒤에 남아서 다시 성배를 가지러 갈 수가 없는 것이지요. 나는 이건 아주 끔찍한 일이라고 말했습니다. 우리는 위험을 가득 안고 여행을 시작하게 되는 거지요. 각자 다른 사람의 도움을 기대해야 하는데 각자(한 사람만을 빼고는) 다른 사람들이 모두 프리드리히의 살인범일 수 있다고 의심을 할 수 있기 때문입니다. 시인은 그럴 수도 있고 그렇지 않을 수도 있다고 말했는데, 제기랄, 그의 말이 맞기는 맞는 말이었죠. 우리는 그 어떤 기독교도도 맞서 보지 않았던 가장 위대한 모험을 떠나려고 하고 있었어요. 그런데 모두 서로를 전혀 믿지 않은 거지요.」

「그래서 떠났나요?」 니케타스가 물었다.

「당장은 아니었습니다. 도망치는 것처럼 보일 수 있으니까요. 궁정 사람들이 한 명도 빠짐없이 원정대의 운명을 결정하기 위해 계속 모였지요. 군대는 해산되어 가고 있었습니다. 많은 병사들이 바다를 통해 집으로 돌아가고 싶어했어요. 안티오쿠스에서 배를 타고 싶어하는 병사들도 있었고 트리폴리에서 다시 배를 타고 싶어하는 사람들도 있었어요. 젊은 프리드리히는 육지로 계속 전진을 하기로 결정을 했어요. 그러고 나자 프리드리히의 시신을 어떻게 할 것인지에 대한 토론이 벌어졌습니다. 가장 부패하기 쉬운 장기들을 빨리 빼내서 가능한 한 빨리 그것을 묻자고 제안하는 사람도 있었고 사도 바울로의 고향인 타르소스에 도착할 때까지 기다리자는 사람도 있었습니다. 하지만 시신의 나머지 부분은 오랫동안 보관할 수 없었지요. 그래서 조만간 물과 포도주를 뒤섞은 물에 시신을 끓여야 했어요. 살들이 뼈와 완전히 분리될 때까지 말입니다. 그렇게 되면 곧 살은 매장을 할 수 있는 거지요. 반면 남아 있는 뼈들은 예루살렘을 정복한 뒤 예루살렘에 묻혀야만 하는 거지요. 하지만 난 물에 끓이기 전에 사지를 모두 잘라야 한다는 것을 알고 있었습니다. 난 그런 끔찍한 광경을 보고 싶지 않았습니다.」

「그 뼈가 어떻게 되었는지를 아무도 모른다는 이야기를 들었습니다.」

「나 역시 그렇게 들었습니다, 불쌍한 아버지. 팔레스타인에 도착하자마자 젊은 프리드리히마저 숨을 거두었습니다. 아픔과 힘겨운 여행으로 인해 육체가 쇠약해졌던 것이지요. 게다가 사자심왕(獅子心王) 리처드와 존엄왕 필립도 예루살렘에는 갈 수가 없었습니다. 정말 모두에게 불운했던 여행이었습니다. 하지만 이 모든 사실을 나는 겨우 올해에, 그러니까 콘스탄티노플에 돌아온 후에 알게 되었습니다. 그 무렵 나는 킬리키아에서 아버지 프리드리히의 유지를 따르기 위해 우리가 인도로 가야만 한다는 사실을 슈바벤의 프리드리히에게 납득을 시켰습니다. 제가 보기에 아들 프리드리히는 제 제안으로 기운을 얻은 것 같았습니다. 그는 몇 필의 말과 얼마만큼의 식량이 필요한지만을 물어보았습니다. 하느님이 함께하실 거요, 바우돌리노, 프리드리히가 말했습니다. 우린 다시는 만날 수 없을 것 같은 생각이 드는군. 그는 아마 내가 그 머나먼 땅에서 죽을 거라고 생각한 것 같았습니다. 그런데 불쌍하고도 불행한 그가 죽었지요. 그는 비록 모욕감과 질투심으로 괴로워해서 그렇지 나쁜 사람은 아니었어요.」

우리의 친구들은 서로를 의심하면서 여행에서 각자 어떤 역할을 할 것인지를 결정했다. 시인은 인원이 열두 명이 되어야 한다고 말했다. 요한 사제의 왕국을 향해 길을 가면서 대접을 받고 싶다면 사람들이 그들을 예수님을 만나고 되돌아오는 열두 명의 동방 박사라고 생각하게 하는 것이 바람직할 것이다. 그러나 동방 박사가 정말 열두 명이었는지 세 명이었는지 확실하지 않기 때문에 그들 중의 그 누구도 자신들이 동방 박사라고 주장할 수 없을 것이다. 뿐만 아니라 누군가가 우리들에게 동방 박사냐고 물으면 우리들은 아마 큰 비밀이라도 알려 주듯이 아니라고 대답할 것이다. 그렇게 모두 자신들이 동방 박사가 아니라고 부정함으로써 누구든지 그렇다고 믿고 싶은 사람은 그렇게 믿을 것이다. 다른 사람들의 믿음 때문에 정말 그들은 일부러 더 말을 하지 않게 될 것이다.

이제 바우돌리노, 시인, 보롱, 키오트, 압둘, 솔로몬과 보이디가 있었다. 조시모스는 말할 것도 없이 절대 빠져서는 안 되었다. 그가 계속 코스마스의 지도를 하나도 빼놓지 않고 다 기억하고 있다고 말했기 때문이었다. 모두들 그 악당이 동방 박사의 한 사람으로 길을 가야만 한다는 것에 조금 불쾌해 하긴 했지만 그것을 드러낼 수는 없었다. 네 명이 부족했다. 그때 바우돌리노가 믿는 사람들은 알레산드리아 인들뿐이었다. 그래서 그는 쿠티카 디 콰르넨토, 콜란드리나의 동생인 콜란드리노 구아스코, 포르첼리, 출라라고 불리기는 했지만 건장하고 충직하고 질문이 별로 없는 남자인 알레라모 스카카바로치를 계획에 참여시켰다. 그들은 모두 바우돌리노의 제안을 받아들였다. 이미 그들이 보기에도 이제 예루살렘에 갈 사람은 아무도 없을 것 같았기 때문이었다. 젊은 프리드리히는 말 열두 필과 노새 일곱 마리, 그리고 일주일 분의 식량을 주었다. 그러고 나서 신의 섭리가 그들을 보호해 줄 것이라고 말했다.

그들이 모험에 정신을 쏟고 있을 때 아르즈루니가 그들 곁으로 다가왔다. 그는 처음에 황제에게 보여 주었던 것과 똑같이 순종적이고도 공손한 태도로 그들에게 말을 걸었다.

「친구분들.」 그가 말했다. 「여러분들이 지금 먼 곳에 있는 어떤 왕국으로 떠날 준비를 한다고 알고 있는데…….」

「어떻게 그것을 알게 되었소, 아르즈루니 씨?」 시인이 경계하는 듯한 태도로 물었다.

「소문이 떠돌더군……. 잔에 대해서 이야기하는 것도 들었네…….」

「한 번도 그 잔을 본 적이 없단 말이군, 사실인가?」 바우돌리노가 그에게 말하면서 그의 곁으로 바짝 다가섰기 때문에 그는 뒤로 물러설 수밖에 없었다.

「본 적은 없네. 하지만 이야기하는 것은 들었어.」

「자네는 많은 것들을 보았을 테니까…….」 그래서 시인이 물었다. 「폐하께서 강물에서 숨을 거두시는 동안 이 방에 누군가가 들어왔었다는 것도 알고 있지 않나?」

「정말 강에서 돌아가셨나?」 아르즈루니가 물었다. 「지금 폐하의 아드님은 그렇게 생각하고 있지만.」

「친구들,」 시인이 말했다. 「지금 이자가 우리를 위협하는 게 틀림없어. 요사이 병영과 성 사이가 혼란스러우니 단검으로 이자의 등을 찔러 어디 다른 곳에 갖다 버리는 건 별로 힘도 들지 않을 걸세. 하지만 먼저 이자가 우리에게 원하는 게 무엇인지 알고 싶군. 만약의 경우 내가 그 후에 저자의 목을 잘라 버리겠어.」

「나리들, 친구 여러분.」 아르즈루니가 말했다. 「난 친구들의 파멸을 원하지 않네. 나는 내 파멸을 피하고 싶어. 황제 폐하는 내 땅에서, 내가 준비한 음식을 드시고 내가 드린 포도주를 드시다가 돌아가셨어. 황제 폐하의 편에서 나는 이제 더 이상 그 어떤 도움이나 보호를 기대할 수가 없게 되었지. 그들이 나를 해치지만 않는다 해도 그들에게 감사를 해야 할 형편이야. 그래도 나는 여기 있으면 위험하다네. 내가 프리드리히 폐하를 손님으로 초대했기 때문에 레오 왕은 내가 자기에게 대항해서 프리드리히 폐하를 내 쪽으로 끌어들이고 싶어했다는 것을 알게 되었지. 프리드리히 폐하가 살아 계시는 동안은 레오가 나를 해칠 수 없었네 — 그리고 이것은 그분의 죽음이 내게는 다시없는 불행한 일이 되었다는 뜻이야. 이제 레오는 나 때문에 아르메니아 인들의 왕인 자신이 자신의 동맹군 중에서 가장 유명한 분의 목숨을 지켜 줄 수 없었다고 말할 걸세. 나를 죽일 수 있는 가장 좋은 기회지. 나는 더 이상 어찌할 방법이 없다네. 오랫동안 사라졌다가 내게 명성과 권위를 줄 수 있는 무엇인가를 가지고 돌아와야 해. 자네들은 요한 사제의 땅을 찾아 떠나려고 하고 있어. 만약 성공을 한다면 영광스러운 모험이 될 걸세. 나도 자네들과 함께 가고 싶네. 그렇게 해야만 무엇보다, 자네들이 말하는 그 잔을 내가 가져간 게 아니라는 것을 증명할 수 있을 테니까. 만약 내가 그 잔을 가졌다면 여기 남아서 누군가와 협상을 하는 데 그 잔을 이용했을 테니까. 나는 동쪽 지역을 잘 알고 있네. 자네들에게 아주 쓸모 있을 걸세. 슈바벤 공이 자네들에게 돈을 주지 않았다고 알고 있어. 나는 내가 가지고 있는 금을 조금 가지고 갈 수 있어. 마지막으로, 바우돌리노는 알고 있는데, 난 귀중한 성물들을 가지고 있다네. 세례자 요한의 머리 일곱 개를 말이지. 여행을 하다가 그 머리를 여기저기에 팔 수 있을 걸세.」

「만약 우리가 거절을 하면,」 바우돌리노가 말했다. 「자네는 슈바벤의 프리드리히에게 가서 그의 아버지의 죽음은 우리에게 책임이 있다고 불어 버릴 테지.」

「그런 말은 하지 않았네.」

「이봐, 아르즈루니, 자네는 내가 어디든지 데려갈 수 있는 사람이 아니야. 하지만 이미 우리들의 저주받은 모험에서는 누구든지 다른 사람의 적이 될 수 있으니까. 적이 한 명 더 늘어난다고 해도 차이는 없겠지.」

「사실 이자는 짐이 될 수 있어.」 시인이 말했다. 「우리는 이미 열두 명이야. 열세 명은 불행을 가져온다네.」

그들이 논쟁을 벌이는 동안 바우돌리노는 세례자의 머리에 대해 생각했다. 그 머리들이 정말 진지하게 받아들여질 수 있다고 확신하지는 않았다. 하지만 진지하게 받아들여진다면 한 재산을 만들 수 있는 행운이 되리라는 것을 부인할 수 없을 것이다. 그는 그 머리들을 발견했던 방으로 내려갔다. 그리고 머리 하나를 집어 들어 그것을 주의 깊게 살펴보았다. 모두 잘 만들어져 있었다. 눈썹이 없이 두 눈만 크게 조각된 성인의 얼굴은 성스러운 생각들을 불어넣어 주었다. 한 줄로 늘어선 그 일곱 개의 머리를 모두 함께 본다면 사람들은 진짜 같은 가짜임을 높이 평가해 줄 것이다. 하지만 하나 하나 따로 보여 준다면 진짜라고 확신을 할 수 있을 것이다. 바우돌리노는 머리를 선반 위에 올려놓고 위로 올라왔다.

그들 중 세 사람은 아르즈루니를 데리고 가는 것에 동의를 했다. 다른 사람들은 주저했다. 보롱은 그래도 아르즈루니가 지체 높은 사람 같은 분위기가 난다고 말했다. 그리고 열두 명의 존자(尊者)는 존경을 받아야 하기 때문에 조시모스를 하인으로 데려가면 될 것이라고 말했다. 시인이 반박했다. 동방 박사들은 각자 열두 명의 하인을 데리고 다니든지 각자 은밀하게 여행을 한다는 것이다. 하인을 단 한 명만 데리고 다니는 것은 나쁜 인상을 줄 수 있었다. 머리들은 아르즈루니가 없어도 가져갈 수 있었다. 그 순간 아르즈루니가 눈물을 흘리며 정말 자기가 죽는 것을 보게 될 거라고 말했다. 결국 그들은 모든 결정을 다음날로 미루기로 했다.

바로 다음날이 되어서 해가 높이 뜨고 출발 준비를 거의 다 마쳤을 때 갑자기 누군가가 아침 내내 조시모스의 모습이 보이지 않았다는 것을 알아차렸다. 마지막 이틀 동안은 모두 흥분을 해서 아무도 조시모스를 감시하지 않았었다. 조시모스 역시 말에 마구를 채우고 노새에 짐을 싣는 일을 함께 했다. 그는 더 이상 쇠사슬에 묶여 있지 않았다. 키오트는 노새 한 마리가 없어진 것을 발견했다. 바우돌리노의 머리에 번개처럼 스치는 생각이 있었다. 「머리야.」 바우돌리노가 소리쳤다. 「머리야! 조시모스는 나와 아르즈루니와 함께 있었기 때문에 머리들이 어디 있는지 아는 유일한 사람이야.」 그는 친구들을 모두 머리들을 놓아둔 그 작은 방으로 데리고 내려갔다. 그리고 그들은 거기서 머리가 이제 여섯 개밖에 남아 있지 않음을 알게 되었다.

아르즈루니는 머리가 혹시 우연히 떨어진 게 아닌지 보려고 선반 밑을 살펴보았다. 그리고 세 가지 물건을 발견했다. 검게 그을리고 축소된 사람의 두개골, 제타(Z)를 새긴 도장, 그리고 타다 남은 밀랍이었다. 불행하게도 이제 사건은 분명하게 밝혀졌다. 조시모스는 그 운명적인 날 혼란스러운 틈을 타서, 키오트가 상자에 다시 넣어 두었던 성배를 훔쳐서는 잠깐 동안 이 밑으로 내려와서 머리를 열고 거기서 두개골을 꺼낸 뒤 성배를 머릿속에 숨겨 놓았던 것이다. 그리고 칼리우폴리스에서 산 도장으로 덮개를 봉한 뒤 머리를 처음 있던 곳에 놓아두고 마치 천사같이 순진 무구한 척하며 다시 올라와서 적당한 기회를 기다리고 있었던 것이다. 출발자들이 머리들을 나눌 수도 있다는 것을 알게 되자 그는 더 이상 기다릴 수 없다는 것을 알게 된 것이다.

「니케타스 씨, 솔직히 말하면 나는 내가 속았다는 사실 때문에 분노를 했지만 어떤 안도감 같은 것도 느꼈습니다. 모두들 나와 같은 생각이었다고 믿어요. 우리는 범죄자, 너무나 분명하게 너절한 행동을 하는 너절한 인간을 찾아낸 것입니다. 우리는 이제 더 이상 우리를 서로 의심하지 않게 되었어요. 악당 조시모스가 한 짓은 우리를 분노로 멍들게 했지만 상호간의 신뢰를 돌려주었습니다. 조시모스가 성배를 훔쳤다고 해서 그가 프리드리히의 죽음과 어떤 관계가 있다는 증거는 없었어요. 왜냐하면 그날 밤 계속 자기 침대에 묶여 있었으니까요. 하지만 이 사실로 인해 프리드리히는 살해되지 않았을 것이라는 시인의 가정을 다시 생각해 보게 되었지요.」

그들은 다시 모여 회의를 했다. 무엇보다 조시모스가 ─ 어둠이 내렸을 때 떠났다면 ─ 이미 시간상으로 그들보다 열두 시간이 유리했다. 포르첼리는 자신들에게는 말이 있고 조시모스는 노새를 타고 가고 있다는 사실을 상기시켰다. 하지만 바우돌리노는 이 주위가 모두 산이기 때문에 어디까지 갔는지 아무도 알 수 없고 산의 오솔길에서는 말이 노새보다 더 느리게 간다는 점을 그에게 지적했다. 전속력으로 달려도 그를 따라잡기는 불가능했다. 그가 하루의 반이라는 시간상의 이점을 지니고 있다면 나머지 반은 남아 있는 셈이었다. 유일한 방법은 그가 어디로 갔는지를 아는 것과 그와 똑같은 방향으로 가는 것이었다.

시인이 말했다. 「콘스탄티노플로는 갈 수 없을 거야. 무엇보다도 그곳에서는 왕위에 있는 이사키오스 앙겔로스 때문에 조시모스에게 우호적인 분위기가 아니거든. 게다가 불과 얼마 전에 우리가 수많은 역경을 겪으며 지나온 셀주크의 땅을 지나가야만 하거든. 그는 조만간 그들이 자신을 죽이리라는 것을 너무나 잘 알고 있네. 가장 현명하게 가정을 해보자면 그 지도에 대해 알고 있는 사람이 바로 그자니까 우리가 하고 싶어하던 일을 그자도 하고 싶어할 것이라는 것이지. 즉 요한 사제의 왕국에 도착을 해서 프리드리히 폐하가 보내서 왔다거나 누구라고 할지는 모르겠지만 성배를 되돌려 주려는 다른 어떤 사람이 보내서 왔다고 말할 걸세. 그러면 환대를 받겠지. 그러니까 조시모스를 찾으려면 요한 사제의 왕국 쪽으로 가는 길에서 그를 가로막아야 하네. 떠나도록 하세. 가면서 길을 물어보도록 하자고. 그 동로마 수도사 놈의 자취를 찾아보도록 하세나. 그런 종족은 천 마일 거리에서도 보이니까 말이야. 그놈이 보이면 그놈을 목 졸라 죽이려던 내 생각을 마침내 실행에 옮길 수 있을 테니 날 말리지 말게나. 그리고 성배를 되찾도록 하세나.」

「아주 좋아.」 보롱이 말했다. 「그렇지만 지도는 그자만이 알고 있는데 우리는 어느 방향으로 움직여야 하지?」

「친구들.」 바우돌리노가 말했다. 「여기 훌륭한 아르즈루니가 우리에게 돌아오고 있지 않나. 아르즈루니는 이 지역을 잘 알고 있어. 게다가 우리는 이제 열한 명이 되었으니 어찌되었든 열두 번째 동방 박사가 필요하게 되었어.」

정말 바로 그 순간 아르즈루니가 크게 안도하면서 그 용감한 사람들의 일원이 되기 위해 엄숙하게 들어오고 있었다. 그들이 가야 할 길에 대해 아르즈루니는 현명하게 말했다. 만약 요한 사제의 왕국이 지상 낙원 옆, 동쪽에 있다면 그들은 해가 뜨는 곳으로 움직여야만 했다. 하지만 그쪽으로 곧장 가기 위해서는 이교도들의 땅을 지나는 위험을 감수해야만 했다. 그런데 그는 적어도 잠깐 동안이나마 기독교도들이 사는 땅을 거쳐서 여행할 수 있는 방법을 알고 있었다 — 투르크 인들에게 세례자 요한의 머리를 팔 수 없다는 사실을 기억할 필요가 있기 때문이기도 했다. 그는 조시모스도 똑같은 식으로 생각했을 것이라고 확언했다. 그리고 우리 친구들이 한 번도 들어 보지 못한 지방과 도시들에 대해 말을 했다. 그는 능숙한 기술을 이용해서 인형 같은 것을 만들었는데 다 만들어 놓고 나니 조시모스와 아주 비슷했다. 그러니까 검게 그을린 수수 이삭으로 길고 거친 머리카락과 수염을 만들고 눈이 있어야 할 자리에는 검은 돌 두 개를 박아 넣었다. 그 초상은 원래 사람처럼 악령에 사로잡힌 듯이 보였다. 「우리는 낯선 언어들을 사용하는 지역을 지나야만 하네.」아르즈루니가 말했다. 「조시모스가 지나가는 것을 보았냐고 물어보려면 이런 초상을 보여 줄 수밖에 없어.」바우돌리노는 낯선 언어 때문에 문제가 생기는 일은 없을 거라고 보장했다. 그가 야만인들과 조금만 이야기를 해보고 나면 그들처럼 이야기를 할 수 있기 때문이었다. 그렇기는 해도 초상화는 마찬가지로 쓸모가 있었다. 잠시 머물러 언어를 배울 만한 시간도 없이 지나쳐야 하는 곳도 있을 테니까.

떠나기 전에 그들은 세례 요한의 머리를 하나씩 나누었다. 그들은 열두 사람이었는데 이제 머리는 여섯 개였다. 바우돌리노는 아르즈루니는 착한 사람이고 솔로몬은 분명 기독교도의 유해를 안고 여행을 다니고 싶어하지 않을 것이며 쿠티카, 출라, 포르첼리와 콜란드리노는 마지막으로 합류한 사람들이므로 머리를 그 자신과 시인, 압둘, 키오트, 보롱과 보이디가 갖기로 결정했다. 시인이 재빨리 제일 좋은 것을 잡으려고 했다. 그래서 바우돌리노가 웃으면서 제일 좋은 것은 꼭 한 개뿐인데 조시모스가 가지고 갔기 때문에 나머지는 모두 똑같다고 그에게 알려 주었다. 시인은 얼굴이 빨개져서 압둘이 여유 있고 정중한 손놀림으로 고르게 내버려 두었다. 바우돌리노는 마지막 것으로 만족을 했다. 그렇게 해서 각자 머리를 여행 자루에 숨겼다.

「자, 이렇게 해서,」바우돌리노가 니케타스에게 말했다. 「서기 1190년 6월이 끝나 갈 무렵, 비록 동방 박사들처럼 덕이 높지는 않지만 숫자는 똑같이 열둘인 우리들이 드디어 요한 사제의 왕국으로 떠나게 되었습니다.」

26
바우돌리노와 동방 박사들의 여행

그때부터 바우돌리노가 니케타스에게 하는 이야기는 거의 끊기지 않고 이어졌는데, 밤에 쉬는 시간뿐만 아니라, 낮 시간에도 여자들이 덥다고 불평을 하거나 아이들이 소변을 보기 위해 멈춰 서야 하거나 가끔 노새들이 더 앞으로 나가려 하지 않을 때에 계속되었다. 그러니까 바우돌리노 일행이 가는 길처럼 끊어졌다 이어지는 이야기였다. 그 이야기에서 니케타스는 공백과 단절, 끝없는 공간과 길고긴 시간을 추측할 수 있었다. 그것은 이해가 가는 일이었다. 바우돌리노가 이야기하고 있듯이, 그 열두 사람의 여행은 헤맴의 순간들, 지루한 멈춤의 시간들, 고통스럽게 겪은 파란만장한 일들로 점철된 가운데 거의 4년 동안이나 지속되었기 때문이다.

아마 뜨겁게 불타오르는 태양 밑에서 때로는 소용돌이치는 모래를 눈에 맞기도 하면서, 전혀 낯선 언어들을 들으면서 여행을 했기 때문에 여행자들은 순간순간 열에 들뜬 사람처럼 살기도 했을 것이고 또 나른한 기다림을 견뎌야 하기도 했을 것이다. 도망 잘 다니는 짐승들을 쫓으며 포카치아나 양고기 한 조각을 위해 미개한 사람들과 거래를 하며, 1년에 한 번밖에 비가 오지 않는 고장에서 물이 말라 버린 우물들을 파면서 생존을 위해 수없이 많은 날들을 바쳤을 것이다. 그런데, 니케타스가 혼자 말했다, 당신이 머리 위로 내리 꽂히는 햇빛을 받으며 사막을 여행을 하다 보면 신기루에 현혹될 수도 있으며 밤이면 모래 언덕들 사이에서 메아리를 들을 수도 있다고 여행자들이 말했을 거요. 관목 몇 그루를 발견하면 당신은 당신의 배를 채워 주기보다는 당신의 위를 뒤집히게 할 열매를 먹게 되는 위험에 처하게 될 거요.

말할 필요도 없지만, 바우돌리노는, 니케타스도 너무나 잘 알고 있듯이, 천성적으로 솔직하지 않은 사람이었다. 그런데 만약 바우돌리노가 이코니온에 갔다고 말해도 그가 거짓말쟁이이기 때문에 그 말을 믿기 어렵다고 한다면, 상상력이 아주 풍부한 사람도 겨우 상상할 수 있으며 이야기하는 자신도 정말 보았다고 믿기 어려운 존재들에 대해 이야기할 경우에는 그 말을 어떻게, 얼마나 믿을 수 있는 것일까?

니케타스는 꼭 한 가지만은 믿기로 했다. 바우돌리노가 그것에 대해서 말할 때 보이는 열정이 바로 그것이 진실이라는 것을 증명해 주기 때문이었다. 그것은 바로 우리의 열두 동방 박사들이 여행을 하는 동안 내내 각자의 목적을 달성하려는 열망에 따라 움직였다는 것이다. 그 목적은 각자 다 달랐다. 보롱과 키오트는 성배만을 되찾고 싶을 뿐이었다. 그것이 요한 사제의 왕국이 아닌 다른 곳에 있다고 해도 상관이 없었다. 바우돌리노는 참을 수 없을 정도로 점점 더 그 왕국이 보고 싶었다. 바우돌리노와 같은 생각을 가진 사람은 라비 솔로몬이었다. 그 왕국에서 흩어진 자기 지파(支派)를 찾을 수 있을 테니까. 시인은 성배를 찾든 못 찾든 어떤 왕국이라도 찾아가고 싶었다. 아르즈루니는 어느 곳으로 가든 오로지 도망치는 일에만 관심이 있었다. 압둘은, 잘 알다시피, 멀리 가면 갈수록 순결한 그의 희망의 대상에게 다가간다고 생각했다.

알레산드리아 사람들만이 발을 땅에 딛고 전진하는 사람들처럼 보였다. 그들은 바우돌리노와 협약을 했기 때문에 굳은 연대감을 가지고 그의 뒤를 따랐다. 어쩌면 고집 때문이었는지도 모른다. 요한 사제의 왕국을 찾기로 했으면 찾아야 했다. 그렇지 않으면 출라라고 불리는 알레라모 스카카바로치의 말처럼 나중에 사람들이 그들의 말을 더 이상 진지하게 받아들이지 않을지도 모르기 때문이었다. 그러나 목적지에 도착하면 놀랄 만한 성물들(세례자 요한의 머리처럼 가짜가 아닌 것들)을 손에 넣게 될 것이고 그것들을 고향 알레산드리아로 가져가서 아직 역사가 없는 그 도시를 기독교 세계에서 가장 칭송받는 신전으로 바꾸어 놓을 수 있을 것이라고 보이디가 머리에 주입을 시켰기 때문에 그들은 그렇게 앞으로 나아가고 있었는지도 모를 일이었다.

아르즈루니는 이코니온의 투르크 인들을 피하기 위해서 좁은 길로 그들을 인도했다. 그 길은 말의 다리가 부러질 정도로 위험했다. 그러고 나자 뜨거운 태양 때문에 죽은, 손바닥만한 도마뱀들의 시체가 여기저기 널려 있는 자갈밭으로 그들을 이끌어 엿새 동안 그 자갈길을 걸었다. 식량이 있어

서 이런 구역질 나는 짐승들을 먹지 않아도 되는 게 천만다
행이야, 보이디가 안도하며 말했다. 그런데 그의 생각은 틀
린 것이었다. 1년 후 그들은 훨씬 더 구역질 나는 도마뱀들을
잡아서 나뭇가지에 꿰어 불에 구웠는데, 그것이 적당히 익혀
져 탁탁 소리 내기를 기다리는 동안 그들의 턱으로는 침이
흘러내렸다.

그들은 몇 개의 마을을 지났다. 마을을 지날 때마다 조시
모스 인형을 보여 주었다. 봤소, 어떤 사람이 말했다. 바로 그
렇게 생긴 수도사가 이곳을 지나갔지요. 한 달 정도 머물다
가 도망가 버렸습니다. 내 딸에게 임신을 시켜 놨기 때문이
었지요. 그런데 우리가 여행을 시작한 게 겨우 2주일밖에 안
되었는데 어떻게 조시모스가 한 달을 머물 수 있단 말이지?
그게 언제 일어난 일인가요? 아, 아마 7년 전 부활절일 겁니
다. 보십시오, 죄의 결실인 그 아기가 저기, 연주창에 걸린 저
아이입니다. 그러면 조시모스가 아니다. 더러운 수도사들은
모두 다 똑같다니까. 아니면 이랬다. 맞습니다, 바로 이 수염
을 보니까 사흘 전이었던 것 같습니다. 아주 호감이 가는 꼽
추였어요……. 꼽추였다면 그자가 아니야, 바우돌리노. 혹시
자네, 이들의 말을 알아듣지 못하고 자네 생각대로 통역하는
건 아닌가? 또 이런 경우도 있었다. 맞아요, 맞아요, 우리가
봤어요. 바로 이 사람이에요 — 그러면서 라비 솔로몬을 가
리켰다. 아마 검은 수염 때문인 것 같았다. 그러니까 천하의
바보들에게 질문을 했던 게 아닐까?

좀 더 앞으로 나갔을 때 그들은 둥근 천막 안에 사는 사람
들을 만났다. 그 사람들은 일행을 보자, 〈*La ellec olla Sila,
Machimet rores alla*〉라고 인사를 했다. 일행은 독일어로 똑

같이 정중하게 답례를 했는데 모든 언어는 똑같은 가치를 가지고 있기 때문이었다. 인사를 한 뒤 그들은 조시모스 인형을 보여 주었다. 그 사람들은 웃기 시작했다. 그러더니 모두 함께 말을 했다. 그들의 행동으로 보아 그들이 조시모스를 기억한다는 것을 추정할 수 있었다. 조시모스는 그곳으로 지나갔고 기독교 성인의 머리를 주었다. 그들은 조시모스의 엉덩이에 무엇인가를 꽂아 버리겠다고 위협했다. 그래서 그러한 태도를 본 우리의 친구들은 자신들이 꼬챙이로 사람을 죽이는 투르크 인들이 사는 곳에 와 있다는 것을 알게 되었다. 친구들은 과장된 몸짓으로 인사를 하고, 이가 드러날 정도로 미소를 지으며 그 자리를 떠났다. 그때 시인이 아르즈루니의 머리가 뒤로 젖혀질 정도로 머리카락을 잡아당기며 말했다. 장하다, 장해, 자네 정말 길을 잘 아는군, 지금 적그리스도들의 먹이가 될 뻔했잖아 — 그러자 아르즈루니는 자기가 길을 잘못 든 게 아니라 저자들은 유목민들인데 유목민들이 어디로 떠돌아다니는지는 아무도 모른다고 투덜거렸다.

「하지만 조금만 더 가면,」 그가 분명하게 말했다. 「기독교도들을 만나게 될 걸세, 비록 네스토리우스 파이기는 하지만 말일세.」

「좋아.」 바우돌리노가 말했다. 「만약 네스토리우스 파라면 요한 사제의 일족일 거야. 하지만 앞으로는 어떤 마을에 들어가서 십자가와 종탑이 없으면 말을 하기 전에 먼저 주의를 기울이자고.」

종탑은 꿈도 꿀 수 없었다. 그들이 본 것은 석회로 지은 오두막집들이 고작이었다. 만약 그 집들 속에 교회가 있다고 해도 알아볼 수가 없었다. 그들이 만난 사람들은 주님을 경배하는 일을 별로 기쁘게 생각하지 않는 사람들이었다.

「그러니까 자네는 조시모스가 이쪽 지방으로 지나갔다고 확신한단 말이지?」 바우돌리노가 물었다. 그러자 아르즈루니는 진정하라고 말했다. 어느 날 저녁 바우돌리노는 아르즈루니가 저물어 가는 해를 관찰하고 있는 것을 발견했다. 그는 두 팔을 뻗고 양손의 깍지를 껴서 하늘을 측량하고 있는 것 같았다. 손가락들로 삼각형의 작은 창을 만들어 그 사이로 구름을 흘긋 보고 있는 것 같았다. 바우돌리노는 왜 그러고 있냐고 물었다. 그는 매일 밤 해가 사라져 버리는 산이 감실의 커다란 아치 밑의 어디에 있는지 밝혀 보려고 한다고 대답했다.

「맙소사.」 바우돌리노가 소리쳤다. 「혹시 자네도 조시모스와 코스마스 인디코플레우스테스처럼 감실 이야기를 믿고 있는 건 아닌가?」

「왜 아니겠는가?」 아르즈루니는 마치 물이 땅을 적시는 게 맞느냐는 질문을 받았다는 듯이 대답했다. 「그렇지 않다면 내가 어떻게 이렇게 확신에 차서 조시모스가 갔을 길을 따라 가자고 할 수 있겠나?」

「그렇다면 자네는 조시모스가 계속 우리에게 약속했던 그 지도를 알고 있단 말인가?」

「난 조시모스가 자네들에게 무슨 약속을 했는지는 모르네. 하지만 난 코스마스의 지도를 가지고 있어.」 그는 자루에서 양피지를 꺼내서 친구들에게 보여 주었다.

「자 여기 있네, 보겠나? 이건 틀을 이루는 대양이야. 이 너머에는 노아가 대홍수가 나기 전에 살았던 땅들이 있어. 이 땅의 극동으로 가면, 대양과 떨어져 있고 괴물 같은 존재들

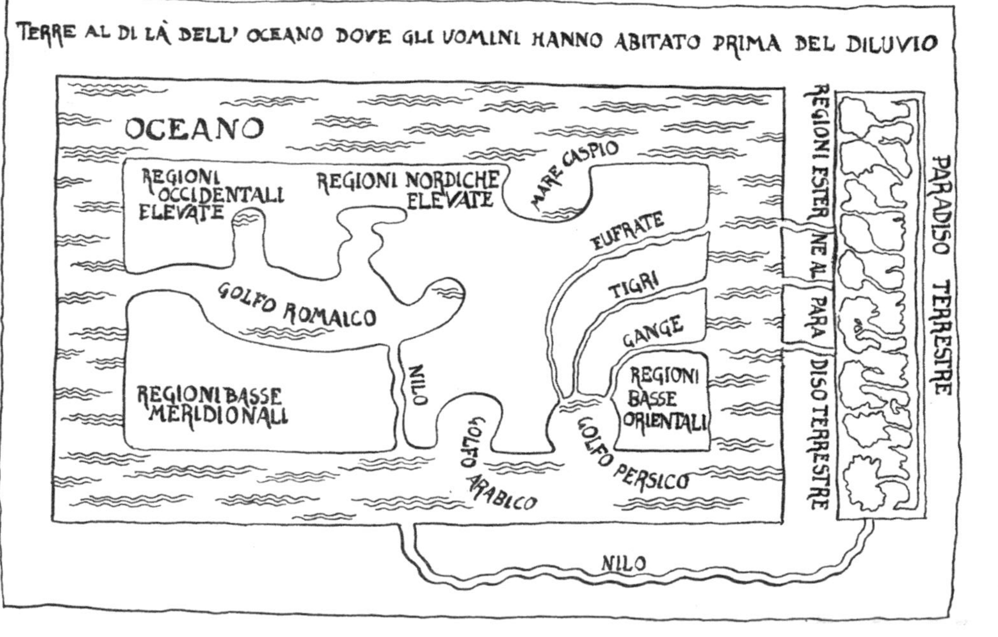

TERRE AL DI LÀ DELL' OCEANO DOVE GLI UOMINI HANNO ABITATO PRIMA DEL DILUVIO
OCEANO
REGIONI OCCIDENTALI ELEVATE
REGIONI NORDICHE ELEVATE
MARE CASPIO
EUFRATE
TIGRI
GANGE
REGIONI BASSE ORIENTALI
GOLFO ROMAICO
NILO
REGIONI BASSE MERIDIONALI
GOLFO ARABICO
GOLFO PERSICO
NILO
REGIONI ESTERNE AL PARADISO TERRESTRE
PARADISO TERRESTRE

이 살고 있는 지역이 나오는데 — 어찌 되었든 나중에 이 지역을 지나가야 할 거야 — 그곳을 지나면 지상 낙원이 있다네. 유프라테스, 티그리스, 갠지스가 이 지복의 땅에서 출발해서 어떻게 대양 밑을 가로지르고 우리가 온 길을 지나 페르시아 만으로 흘러들어 가는지는 쉽게 살펴볼 수 있다네. 반면 나일 강은 노아의 대홍수 이전의 땅을 구불구불 지나며 흐르는데, 그 땅을 지나면 대양으로 들어가서 다시 북쪽의 저지대로, 더 정확히 말하면 이집트 땅으로 들어간다네. 그리고 로마 만으로 흘러 들어가지. 아마 라틴 인들이 이 만을 처음에는 지중해라고, 그리고 그 다음에는 헬레스폰투스라고 불렀을 거야. 자, 우리는 먼저 유프라테스, 다음에는 티그리스 그리고 갠지스 강을 만나기 위해 동쪽 길을 따라가야만 하네. 그리고 동쪽의 낮은 지역으로 접어들어야 하네.」

「그러면,」 시인이 끼어들었다. 「요한 사제의 왕국이 지상 낙원 옆에 있다면, 그곳에 가기 위해서는 대양을 건너야만 한다는 말인가?」

「지상 낙원 근처에 있네. 하지만 대양의 이쪽에 있지.」 아르즈루니가 말했다. 「좀 더 정확히 말하면 삼바티온을 건너야 할 걸세⋯⋯.」

「삼바티온은 돌이 흐르는 강이지.」 솔로몬이 두 손을 모으면서 말했다. 「그러니까 엘다드[86]의 말이 거짓말은 아니었

---

86) 9세기 말에 활동한 유대 인 여행가·문헌학자인 엘다드 하다니. 그는 이스라엘의 사라진 열 지파들이 삼바티온이라 불리는 건널 수 없는 강(이 강은 평소에는 돌들이 섞여 흐르는 급류를 이루다가 유대 인들이 율법에 따라 여행할 수 없는 안식일이 되면 잠잠해진다고 함) 건너 멀리 떨어진 〈아비시니아의 강들 건너편〉에 살고 있다고 전했다.

어. 이게 바로 흩어진 지파들을 찾아가는 길이야!」

「우리 교부들도 삼바티온을 언급했네.」 바우돌리노가 짧게 말을 잘랐다. 「그러니까 그쪽에 있는 게 분명해. 좋아, 주님께서 우리를 도와주러 오셨어. 조시모스를 놓치는 대신 아르즈루니를 만나게 해주셨어. 우리가 보기에는 조시모스보다 훨씬 더 많은 것을 알고 있는 것 같군.」

어느 날 그들은 멀리서 보기에도 화려한 신전을 하나 발견했다. 기둥들이 늘어서 있고 여러 형상으로 장식된 박공벽이 있었다. 그러나 가까이 다가가면서 그들은 신전이 앞면만 있는 것을 발견하게 되었다. 나머지는 바위였기 때문이다. 실제로 그 입구는 아주 높이, 산 위에 있었다. 어떻게 올라가야 할지는 모르지만 새들이 날아가는 곳까지 올라가야 할 것 같았다. 더 자세히 살펴보자 둥글게 에워싼 주변의 산들을 따라서 또 다른 신전의 앞면들이 높고 가파른 용암 절벽 위에 새겨져 있었다. 그래서 천연의 돌과 가공을 한 돌을 구별하기 위해서 시선을 집중시켜야만 했다. 그러면 다시 조각된 주두(柱頭), 궁륭, 아치, 그리고 웅장한 주랑들이 보였다. 계곡에 사는 주민들은 그리스 어와 아주 유사한 말을 했다. 그들은 자신들의 도시를 바카노르라고 부른다고 말했다. 그렇지만 바우돌리노 일행이 보는 것은 1천여 년 전의 교회로서, 십자가 위에서 죽은 예언자를 존경하던 그리스 인들의 위대한 알렉산드로스가 그 지역을 다스릴 때 세운 것이라는 것이었다. 이제 그 지역의 주민들은 그 신전에 어떻게 올라가야 하는지도, 그 안에 아직 뭐가 남아 있는지도 알 수 없었다. 그들은 황금빛 들소 머리가 나무 기둥 위에 고정되어 웅장하게서 있는 야외의 울타리 친 곳에서 신들(사실 그들은 하느님이 아니라 신들이라고 말했다)을 경배하는 것을 좋아했다.

바로 그날 그 도시는 모든 사람들의 사랑을 받았던 한 젊은이의 장례식을 거행했다. 산 발치의 평평한 장소에는 연회가 준비되어 있었다. 둥그렇게 놓인 식탁 위에는 이미 음식이 차려져 있었는데 그 식탁 한가운데에는 제단이 하나 있었고 그 위에는 죽은 젊은이의 시신이 놓여 있었다. 하늘 높이에서는 그날 연회에 초대를 받기라도 한 것처럼, 독수리, 소리개, 까마귀, 그리고 다른 맹금들이 크게 원을 그리며 돌고 있었다. 그것들은 점점 더 낮게 날았다. 소복을 한 젊은이의 아버지가 시신에 다가갔다. 아버지는 도끼로 아들 머리를 잘라 그것을 황금 접시 위에 올려놓았다. 그리고 아버지와 똑같이 하얗게 입은 집사들이 시신을 잘게 잘랐다. 그러자 초대객들이 각자 그 잘게 자른 시신을 하나씩 집어 들어 새에게 던져 주었다. 그러면 새는 날아가면서 그것을 낚아채서 멀리 사라져 갔다. 누군가가 바우돌리노에게 말해 주기를 새들이 시신을 천국으로 가져가기 때문에, 죽은 자의 육체를 땅에 묻는 다른 민족의 의식보다 그들의 의식이 훨씬 훌륭하다고 설명했다. 그러더니 모두 식탁 앞에 웅크리고 앉아 시신의 머리 고기를 조금씩 먹었다. 마침내 금속처럼 깨끗하고 반짝반짝한 두개골만 남게 되자 그것으로 잔을 만들어 모두 죽은 자를 추모하면서 즐겁게 술을 마셨다.

또 한번은 일주일 동안 넓디넓은 모래 바다를 건너간 적이 있었다. 바다에서 파도가 일 듯이 모래가 일어났다. 발 밑과 말발굽 밑에 있는 것들이 모두 움직이는 것 같았다. 칼리우폴리스에서 배를 탄 뒤 뱃멀미로 고생했던 솔로몬은 계속 구토를 해보려고 애쓰면서 그 며칠을 보냈다. 그러나 일행이 물을 벌컥벌컥 마실 기회가 별로 없었기 때문에 잘 토할 수도 없었다. 그 모래 파도를 지나기 전에 물을 준비했던 게 천만다행이었다. 그때 압둘이 열에 들떠 온몸을 떨기 시작했다. 그 뒤부터 친구들은 압둘을 조심스럽게 보살피며 여행을 계속해야 했다. 압둘은 이제 달빛 아래서 휴식을 취할 때마다 친구들이 그에게 불러 달라고 하던 그 노래들을 더 이상 부를 수가 없게 되었다.

이따금 풀들이 자라고 있는 평지에서는 빠르게 행군을 할 수 있었다. 악조건들과 싸우지 않게 되면 보롱과 아르즈루니는 자신들을 사로잡고 있던 문제, 곧 진공에 대해서 끝없는 논쟁을 시작했다.

보롱은 늘 같은 논지, 즉 우주에 진공이 존재한다면 그 진공 속에 우리의 세계 다음에 다른 세계들이 존재하는 것을 막을 수 없다는 것, 등등의 논지였다. 그러면 아르즈루니는 보롱이 충분히 토론의 대상이 될 수 있는 우주의 진공과, 소립자와 소립자 사이의 틈새에 만들어지는 진공을 혼동하고 있다고 지적했다. 보롱이 소립자가 무엇이냐고 물어보자 보롱과 다른 의견을 가진 아르즈루니는, 고대 그리스의 철학자들을 비롯하여, 현명한 아라비아의 신학자들, 그러니까 칼람[87]의 추종자들, 더 정확히 말하면 무타칼리문들에 따르면 물체는 밀도가 높은 물질로 되어 있다고 생각할 필요가 없다는

---

[87] 이슬람의 사변 신학.

점을 상기시켰다. 우주 전체, 그리고 그 안에 있는 모든 것과 우리들 자신은 원자라고 부르는, 더 이상 나눌 수 없는 물질로 이루어져 있다. 원자들은 끊임없이 운동을 하면서 생명력의 기원이 된다. 이러한 소립자들의 움직임은 모든 생성과 부패에서 똑같은 조건이다. 바로 이 원자들을 자유롭게 움직일 수 있게 해주기 위해서 원자와 원자 사이에 진공이 존재하게 된다. 모든 물체를 구성하는 소립자들 사이에 진동이 없다면 그 어느 것도 절단될 수 없고, 부러지거나 깨질 수 없으며 물을 흡수할 수도 없고 추위나 더위가 엄습할 수도 없게 될 것이다. 음식물들이 우리를 구성하고 있는 소립자들 사이에 비어 있는 공간들을 통해 움직이지 않는다면 어떻게 우리의 온몸으로 퍼질 수 있단 말인가? 팽팽한 오줌보에 바늘을 찔러 봐. 아르즈루니가 말했다. 바늘이 움직이면서 구멍을 넓혀 놓아야만 바람이 빠지기 시작하지. 바늘이 아직 공기가 가득 들어 있는 오줌보에 잠시 동안 있게 되는 건 무엇 때문일까? 공기의 소립자들 사이의 틈새 진공에 바늘이 들어갔기 때문일세.

「자네가 말하는 그 소립자는 이단 잡설에서 나온 거야. 자네의 그 아라비아 칼리무타문인지 무타칼리문인지 하는 사람들 외에는 아무도 그것들을 본 사람들이 없어.」 보롱이 대답했다. 「바늘이 들어갈 때 이미 공기가 조금 새어 나와 바늘을 위한 공간을 만들어 놓는 것이지.」

「그러면 빈 병을 집어서 병 주둥이를 아래로 하고 물에 집어넣어 보게. 병 속에 공기가 있기 때문에 병 속으로는 물이 들어가지 않는다네. 병에서 공기를 없앤 뒤 다른 공기가 들어가지 않게 손가락으로 병을 잘 막고 병을 물에 집어넣은 다음 손가락을 떼어 보게. 그러면 물은 자네가 진공 상태를 만들어 놓았던 그 속으로 들어가게 될 걸세.」

「자연은 진공이 만들어지지 않도록 움직이기 때문에 물이 병으로 올라가는 거야. 진공은 자연에 반하는 것일세. 자연에 반하면 자연 속에서 존재할 수 없는 거야.」

「그렇지만 물이 올라갈 때 한번에 올라가지는 않거든. 그렇다면 공기를 빼버렸는데도 아직 물로 채워지지 않은 부분은 대체 무엇이지?」

「자네가 공기를 밖으로 빼낼 때는 느리게 움직이는 차가운 공기만을 빼낼 수 있어. 빠르게 움직이는 더운 공기는 병 안에 일부분 남아 있지. 물이 들어가서 곧 더운 공기가 빠져나갈 수 있게 만드는 걸세.」

「그럼 공기가 가득 들어 있는 그 병을 다시 들어 보게. 하지만 그 안에 공기가 따뜻해질 수 있도록 병을 데워야 해. 그런 다음 병 주둥이를 아래로 하고 물을 집어넣어 보게. 공기가 따뜻해졌는데도 물은 마찬가지로 병 안으로 들어가지 않아. 그러니까 공기의 온도는 아무 상관이 없는 거야.」

「아, 그래? 다시 병을 잡아 보게. 바닥에, 불룩 튀어나온 부분에 구멍을 내보게. 구멍이 난 쪽을 물속에 담가 보게. 물은 들어가지 않아. 공기가 들어 있기 때문이지. 이제 물 밖에 나와 있는 병 주둥이에 입술을 대보게. 그리고 공기를 모두 빨아내 보게나. 공기를 빨아들이면 천천히 안쪽의 구멍을 통해 물이 올라오게 된다네. 이제 공기가 밀고 들어가지 못하게 위쪽의 입구를 막으면서 병을 물 밖으로 꺼내 보게나. 물은 병 안에 들어 있고 밑의 구멍으로 나가지 못하는 것이 자네 눈에도 보이지. 진공이 만들어지게 내버려 두는 게 자연으로서는 내키지 않기 때문이야.」

「물은 처음에 올라갔기 때문에 다시 내려오지 않아. 물체는 새로운 자극을 받지 않는다면 처음의 것과 대립되는 움직임을 할 수 없네. 그리고 이제 한번 들어 보게. 팽팽한 공기 오줌보에 바늘을 꽂고 공기가 피익 하고 모두 빠져나오게 내버려 두는 걸세. 그런 다음에 바늘이 만들어 놓은 구멍을 재빨리 막는 거지. 그러니까 양 손가락으로 오줌보의 벽들을 잡는 거야, 여기 이 손등의 살을 잡아당기듯이 말이야. 그러면 오줌보가 열리는 게 보일 거야. 자네가 벽을 넓혀 놓은 그 오줌보 안에 무엇이 있을까? 진공이지.」

「오줌보 벽을 분리시킬 수 있다고 누가 그랬나?」

「시험해 봐!」

「난 아냐, 난 기계공이 아니라 철학자야. 생각을 토대로 내 결론을 끌어낸다네. 그리고 만약 오줌보가 넓어졌다면 그것은 주머니에 작은 구멍들이 있기 때문일세. 그래서 공기가 조금 빠져나가고 나면 그 구멍들을 통해 공기가 들어오게 되는 거지.」

「아 그래? 무엇보다도 이 구멍들이 텅 빈 공간이 아니라면 무엇이란 말인가? 힘을 가해 운동을 일으키지 않는다면 공기가 혼자 어떻게 들어갈 수 있단 말인가? 그리고 자네가 오줌보에서 공기를 제거한 다음에 오줌보가 저절로 다시 부풀어오르지 않는 것은 무엇 때문인가? 만약 작은 구멍들이 있다면, 오줌보가 부풀어올라 있고 잘 막혀 있는 상태에서 자네가 그 오줌보를 눌러 공기를 움직일 때 왜 그 주머니는 수축되지 않는가? 왜냐하면 그 구멍들이, 그러니까 텅 빈 공간들인 것은 맞지만 공기의 소립자들보다 더 작기 때문일세.」

「점점 더 세게, 계속 눌러 보면 알게 될 거야. 그 다음에 부풀어 있는 오줌보를 햇빛에 몇 시간 그냥 놓아두어 보게. 그러면 차츰차츰 오줌보가 저절로 수축되어 간다는 것을 알게 될 걸세. 그것은 햇빛의 온기가 차가운 공기를 더운 공기로 바꿔 놓아 공기가 더 빠르게 밖으로 나오기 때문이지.」

「그러면 병을 들어 보게…….」

「바닥에 구멍이 있는 것, 없는 것?」

「없는 것. 병을 기울여서 물속에 담가 보게. 차츰차츰 물이 병 안으로 들어오고 공기는 밖으로 나가서 꾸르륵꾸르륵 소리를 내면서 그렇게 자신의 존재를 드러내는 것을 볼 걸세. 이제 병을 밖으로 꺼내서 병을 비워 보게. 병의 공기를 모두 밖으로 빨아낸 다음 엄지손가락으로 입구를 막은 뒤 병을 기울여서 물속에 담가 보게. 그런 다음 손가락을 떼는 거야. 물은 병 안으로 들어갈 테지만 꾸르륵꾸르륵 하는 소리를 들을 수도 없고 그런 모습을 볼 수도 없을 걸세. 병 안이 진공이기 때문이지.」

이때쯤 되면 시인이 아르즈루니의 이야기가 빗나가지 않도록, 그들의 대화를 중단시켰다. 그 꾸르륵꾸르륵 소리와 물병들 때문에 모두에게 갈증이 생기기 시작했고, 그들의 오줌보는 이미 텅 비어 있었기 때문에, 그들이 가고 있는 곳과는 전혀 다른 강이나 어떤 습지 쪽으로 발길을 돌리는 것도 이상한 일이 아니기 때문이었다.

그들은 이따금 조시모스에 대한 이야기를 들었다. 어떤 사람은 그를 보았다고 했고, 어떤 사람은 요한 사제의 왕국을 물어보는 검은 수염이 난 남자에 대한 이야기를 들었다고 했다. 우리의 친구들은 초조하게 물었다. 「그래서 뭐라고 말해 주셨나요?」 그러면 그런 사람들은 거의 언제나 요한 사제의 땅에 대해서 모두 알고 있는 사실을 이야기해 주었다고 대답했다. 그러니까 요한 사제의 왕국은 동쪽에 있지만 그곳에 도착하려면 몇 년이 걸릴 것이라고 이야기해 준 것이다.

시인은 화가 치밀어 올라 생 빅토르 도서관의 필사본들에 이렇게 적혀 있다고 말했다. 요한 사제의 땅으로 여행하는 사람은 눈부시게 아름다운 도시와 만나게 될 것이다. 에메랄드로 지붕이 덮인 신전들과 황금으로 천장을 만든 왕궁들, 흑단의 주두가 있는 원주들, 살아 있는 것 같은 조각들과 60개의 계단이 있는 황금 제단, 사파이어로 된 벽, 횃불처럼 환하게 빛나는 돌들, 수정의 산, 다이아몬드의 강, 향유가 스며 나와 그 도시에 사는 주민들이 그 향내만을 들이마시며 살 수 있게 해주는 나무들이 자라는 정원, 각양각색의 공작들, 그 고기가 부패를 하지 않아 그것을 가지고 여행을 떠나면 작열하는 태양 아래서도 30일 이상을 보관할 수 있고 그렇게 해도 악취가 결코 풍기지 않는 공작들만을 사육하는 수도원, 물이 번갯불처럼 빛나서 그 안에 소금에 절인 생선을 넣으면 생명이 돌아와 퍼덕거린다는, 그래서 그 샘은 영원한 젊음을 상징한다는 그런 눈부신 샘물들이 있는 그런 도시 말이다 — 하지만 지금까지 그들이 본 것이라고는 사막, 덤불, 엉덩이가 탈까 봐 앉을 수도 없는 돌들로 이루어진 돌산들뿐이었다. 그리고 그들이 도시들을 보았다고 해봐야 도시에는 허름한 오두막집들뿐이었고, 양처럼 네 발로 걸어 다니는 인간들인 아르타반트들이 사는 콜란디오폰타라는 곳이나, 불탄 평원을 지난 후 몸을 쉴 수 있으리라고 기대했던 얌부트에서처럼 험오스러운 사람들만 살고 있었다. 여자들은 예쁘지는 않았지만 그렇다고 지나치게 보기 흉하게 생긴 것도 아니었다. 하지만 그들은 여자들이 남편에게 너무나 충실해서 정조를 지키기 위해 성기에 독사를 품고 다닌다는 것을 알게 되었다 ― 적어도 먼저 그 사실을 말해 주기라도 해야 했을 것이다. 그런데 아니었다. 한 여자는 시인에게 몸을 허락하는 척했고 잠깐 동안은 영원한 순결을 지키지 않아도 되는 것처럼 행동했다. 그런데 천만다행으로 쉬익 하는 뱀의 소리가 들려 시인은 소스라치게 놀라 뒤로 물러나고 말았다. 카다데르세 늪지 근처에서는 고환이 무릎까지 닿는 사람들을 만났다. 그리고 네쿠베란에서는 들짐승처럼 알몸으로 살며 개처럼 길에서 성교를 하고 아버지가 딸과, 아들이 어머니와 성교를 하는 사람들을 만났다. 타나에서 그들은 식인종을 만났다. 다행히 그들은 이방인들을 싫어했기 때문에 잡아먹지 않고 자기 아이들만 잡아먹었다. 일행은 아를론 강 근처의 한 마을에 도착했다. 그 마을 주민들은 어떤 신상 주위에서 춤을 추었다. 그러다가 날카롭게 간 칼로 온몸에 상처를 내는 형벌을 자신들에게 가했다. 그러고 나자 신상은 수레에 놓여 길로 옮겨졌다. 그들 중의 대부분이 희열에 차서 그 수레바퀴 밑으로 몸을 던져 온몸이 으스러져 결국은 숨을 거두고 말았다. 살리부트 근처에서는 거미처럼 커다란 벼룩들이 떼 지어 모여 있는 숲을 가로질러 갔고, 카리아마리아에서는 개 짖듯 소리를 내는 털북숭이의 사람을 만났다. 바우돌리노조차 그들의 언어를 알아들을 수가 없었다. 여자들의 이는 멧돼지 이빨 같았고 머리카락은 발까지 닿았으며 암소 같은 꼬리가 달려 있었다.

그들은 이런 저런 끔찍한 것들을 보았지만 동쪽의 경이로

움 같은 것은 단 한 번도 보지 못했다. 그런 경이로움에 대한 글을 쓴 사람들이 모두 대단한 거짓말쟁이인 것 같았다.

아르즈루니는 참아 달라고 부탁을 했다. 지상 낙원에 도착하기 전에 아주 원시적인 땅이 있다고 말하기도 했다. 시인은 원시의 땅에는 맹수들이 사는데 다행스럽게도 아직 맹수들을 보지 못했으니, 만약 지금까지 본 것들이, 아르즈루니의 말과는 반대로 원시적인 지역이 아니라면 앞으로 그런 지역이 나올 것이라고 대답했다. 나머지는 더 말할 것도 없다. 점점 더 열이 높아져 가던 압둘은 자신의 공주가 이렇게 신에게 저주를 받은 지역에서 살 리가 없다고, 아마 길을 잘못 든 것 같다고 말했다. 「그렇다 해도 난 되돌아갈 힘이 없어, 이보게들.」 그가 비통한 목소리로 말했다. 「난 행복을 찾아가는 길에서 죽게 될 거야.」

「입 닥쳐, 넌 지금 네가 무슨 말을 하는지도 모르고 있어.」 시인이 소리쳤다. 「넌 이룰 수 없는 네 사랑이 얼마나 아름다운지를 우리에게 노래해 주며 셀 수도 없이 많은 밤들을 잠 못 들고 허비하게 했어. 그런데 이제 네 사랑이 이루어질 수 없는 게 그 어느 때보다 분명해졌으니 넌 만족해 하며 더 할 수 없는 행복을 느껴야 해!」 바우돌리노가 시인의 소매를 잡아끌었다. 그리고 지금 압둘이 헛소리를 하고 있다고, 그러니 그를 더 고통스럽게 해서는 안 된다고 조그맣게 말했다.

결코 끝나지 않을 것 같은 시간을 보낸 뒤 그들은 살로파타나라는 아주 가난한 도시에 도착했다. 그 도시 사람들은 그들의 수를 세어 보듯 손가락을 움직이다가 너무나 놀란 듯, 그들을 환영했다. 그들의 숫자가 열둘인 데에 놀란 게 분명했다. 그러더니 모두들 무릎을 꿇었고 그사이 한 사람이 도시 시민들에게 소식을 전하러 달려갔다. 대수도원장같이 생긴 사람이 나무 십자가(〈루비가 박힌 은십자가는커녕〉이라고 시인이 투덜거렸다)를 들고 그리스 어로 성가를 부르며 그들에게로 다가왔다. 그리고 바우돌리노에게 오래전부터 이 지역에서는 너무나 성스러운 동방 박사들이 베들레헴에서 아기 예수를 경배하고 수천 년 동안 수천 가지 모험을 경험한 후 이곳으로 돌아오길 기다리고 있었다고 말했다. 수도원장은 바우돌리노 일행에게 동방 박사들의 고향이 틀림없는 요한 사제의 왕국으로 돌아가서 사제의 길고긴 노고를 치하하고 그들이 오래전 다스리던 그 지복의 땅에 대한 권리를 사제에게서 되찾을 것인지 물어보았다.

바우돌리노는 매우 기뻐했다. 그들은 자신들이 기다려 왔던 것에 대해 많은 질문을 했다. 하지만 그 도시 사람들조차 요한 사제의 왕국이 동쪽 어디엔가 분명히 있을 것이라는 것 말고는 그것이 정확히 어디 있는지는 알지 못했다. 뿐만 아니라 바로 그 왕국에서 왔을 동방 박사들이 그 왕국에 대한 정확한 정보를 가지고 있지 않다는 것에 몹시 놀라는 것 같았다.

「성자님들,」 그 선량한 대수도원장이 말했다. 「여러분들은 설마 얼마 전 이곳을 지났던 비잔틴의 그 수도사 같은 사람은 아니겠지요. 그 사람은, 요한 사제가 도둑맞았던 것을, 저는 그게 뭔지 모르겠지만, 그런 유물을 돌려주러 가려고 왕국을 찾고 있었지요. 믿을 수 없는 사람 같아 보였습니다. 그 사람은 분명 바닷가 땅에 사는 모든 그리스 인들처럼 이단자가 틀림없습니다. 항상 주님의 어머니인 성모 마리아를 불렀으니까요. 우리의 아버지이시고 진리의 빛이신 네스토리우스께서는 마리아는 단지 인간 그리스도의 어머니일 뿐이라고 우리에게 가르치셨습니다. 어떻게 강보에 쌓인 주님을, 두 달밖에 안 된 갓난아기인 주님을, 십자가에 매달리신 주님을 믿을 수 있는지 여러분께 진정으로 묻고 싶습니다. 이교도들만이 자신들의 신의 어머니를 만드는 겁니다.」

「그 수도사는 진짜 사기꾼입니다.」 시인이 수도원장의 말을 잘랐다. 「그리고 그 유물도 우리에게서 훔친 겁니다.」

「주님께서 그를 벌하실 겁니다. 우리는 그에게 계속 길을 가라고만 말했을 뿐, 앞으로 길을 가다가 부딪히게 될 위험에 대해서는 아무것도 말해 주지 않았습니다. 그러니까 그 사람은 아브카시아에 대해서는 아무것도 모를 겁니다. 주님이 그를 그 어둠 속에 빠뜨려 벌을 주실 겁니다. 그래서 분명 만티코레[88]를 만나고 부북토르의 검은 돌에 부딪히게 될 겁니다.」

「친구들,」 시인이 작은 소리로 자기 의견을 말했다. 「이 사람들은 우리에게 아주 귀중한 사실들을 말해 줄 수 있을 것 같아. 그렇지만 우리가 동방 박사일 경우에만 그것들을 말해 줄 걸세. 그런데 또 우리가 동방 박사이기 때문에 그런 것들을 꼭 우리에게 말해 주지 않아도 된다고 생각할지도 몰라. 내 말을 알아들었으면 빨리 떠나세. 우리가 이 사람들과 조금만 더 이야기하다가는 결국 바보 같은 말만 하고 말 걸세. 그러면 이 사람들은 우리가 동방 박사라면 의당 알아야 할 것을 모른다는 사실을 눈치 챌 거야. 이 사람들에게 세례자 요한의 머리를 내밀 수도 없어. 성물 매매를 하는 동방 박사들을 본 적이 없으니까. 빨리 가세나. 이 사람들이 신심 깊은

---

88) 사자의 몸에 인간의 얼굴을 한 상상 속의 괴물.

기독교도들이기는 하지만 자기들을 놀리는 사람들에게 온순하게 굴 사람은 아무도 없다고 해도 좋을 테니까.」

그래서 그들은 많은 식량을 선물로 받으며 작별 인사를 했다. 그리고 그렇게 쉽게 사람들이 걸려들 수 있는 아브카시아가 뭔지를 서로에게 물어보았다.

그들은 곧 부북토르의 검은 돌이 무엇인지를 알게 되었다. 그것들은 그 강의 바닥에 수천 개씩 무더기로 있었다. 그들이 얼마 전 만난 유목민들이 그 돌이 어떤 것인지 설명해 주었다. 그 돌에 손을 댄 사람은 피부가 돌처럼 새까맣게 변한다는 것이었다. 아르즈루니는 유목민들의 말과는 달리 그 검은 돌이 아주 값비싼 돌임에 틀림없다고 말했다. 유목민들은 어디인지는 모르지만 멀리 있는 시장에 그것들을 내다 팔았고 그래서 다른 사람들이 그 돌들을 가져가지 못하게 그런 이야기를 하는 것이라는 것이다. 그는 그 돌을 주우려고 급히 달려갔다. 그리고 친구들에게 그 돌이 얼마나 반짝반짝 빛나며, 강물에 닳아 얼마나 완벽한 형태가 되었는지를 보여 주었다. 하지만 말을 하는 동안 그의 얼굴, 목, 손이 금방 흑단처럼 새까맣게 변해 갔다. 그는 가슴 쪽의 옷을 들쳐 보았다. 가슴도 이미 새까맣게 변해 있었다. 다리와 발 역시 석탄처럼 보였다.

아르즈루니는 알몸으로 강물에 뛰어들었다. 그는 물속에서 뒹굴고 바닥의 자갈로 살갗을 문지르기도 했다. 아무 소용이 없었다. 아르즈루니는 칠흑처럼 새까맣게 변해 있었다. 하얀 눈동자와 역시 검게 변한 수염 밑의 붉은 입술만 보였다.

처음에 다른 사람들은 배꼽을 잡고 웃어 댔고 아르즈루니는 그런 친구들의 어머니에게 저주를 퍼부었다. 곧 다른 사람들이 아르즈루니를 위로해 보려고 애를 썼다. 「사람들이 우리를 동방 박사로 생각해 주기를 바라지 않았나?」 바우돌리노가 말했다. 「그런데 동방 박사들 중 한 사람은 흑인이었어. 맹세코 말하는데, 지금 쾰른에 안치되어 있는 동방 박사 세 사람 중 한 사람이 흑인이라네. 자, 이제 우리 일행은 점점 더 동방 박사들과 비슷해지는 걸세.」 솔로몬은 몹시 염려를 하며 피부색을 바꾸는 돌이 있다는 이야기를 들어보았다는 기억을 떠올렸다. 하지만 치료 방법이 있어서 아르즈루니가 처음보다 더 새하얀 피부를 되찾게 될 것이라고 말했다. 「맞아, 금요일이 세 번 있는 일주일이 지나면 그렇게 되겠지.」 출라가 비웃자 불운에 빠진 그 아르메니아 인이 그의 귀를 깨물어 잘라 버리려고 달려들었기 때문에 그를 말려야만 했다.

어느 화창한 날 그들은 나무가 울창한 숲으로 들어갔다. 나무들은 잎이 무성했고 각양각색의 과일들이 달려 있었다. 우유처럼 새하얀 강물이 그 가운데로 흘렀다. 숲속에는 초록의 풀들이 자라고 있는 목초지들이 펼쳐져 있었고 야자나무와, 레몬만큼이나 큰 포도송이들이 주렁주렁 매달린 포도나무가 자라고 있었다. 그 목초지에 마을이 하나 자리 잡고 있었다. 마을의 집들은 단순하고 튼튼하게 지어 깨끗한 짚으로 지붕을 해 얹은 오두막집들이었다. 그 집에서 머리에서 발끝까지 완전히 알몸인 남자들이 나왔다. 어떤 남자들 중에는 순전히 우연으로, 아주 길고 유연한 수염이 성기를 가려 주는 경우가 있었다. 여자들은 가슴과 배를 드러내 놓는 것을 전혀 부끄러워하지 않았다. 그런데도 아주 정숙해 보였다.

그들은 대담하지만 무례하다는 생각을 불러일으키지는 않는 눈으로 새로 도착한 사람들을 쳐다보았다.

그들은 그리스 어로 말했다. 그들은 손님들을 정중하게 맞이하면서 자신들은 김노소피스테스,[89] 말하자면 순수하게 알몸으로 살면서 지혜를 키워 나가고 자비를 실천하는 사람들이라고 말했다. 우리 여행객들은 그들의 그 소박한 마을을 돌아보라는 초대를 받았다. 저녁에는 식사에 초대되었는데 음식은 그 땅에서 자연적으로 나는 것으로만 만들어져 있었다. 바우돌리노는 그들 중 가장 나이가 많은 사람에게 몇 가지 질문을 했다. 마을 사람들 모두 그 노인을 공손하게 대했다. 바우돌리노는 그들이 가진 게 무엇인지를 물어보았고 노인은 이렇게 대답했다. 「땅, 나무, 태양, 달과 별들이 우리의 것이지요. 우리는 배가 고프면 햇빛과 달빛을 받으며 저절로 자라는 나무의 과일을 먹습니다. 목이 마르면 강에 내려가 물을 마십니다. 우리 모두에게는 여자가 하나씩 있습니다. 달의 주기에 따라 각자 자기 여자가 수정을 하게 만드는데 이 일은 아이를 둘 얻을 때까지 계속됩니다. 아이가 둘이 되면 한 아이는 아버지에게, 한 아이는 어머니에게 줍니다.」

바우돌리노는 신전도, 무덤도 보지 못했기 때문에 상당히 놀라지 않을 수 없었다. 이 점에 대해 노인이 말했다. 「우리가 사는 이곳이 우리의 무덤이기도 합니다. 우리는 여기 누워서 죽음의 잠에 빠져 죽어 갑니다. 땅은 우리를 태어나게 했습니다. 땅은 우리를 키웠습니다. 땅속에서 우리는 영원한 잠을 자는 것이지요. 신전으로 말하자면, 우리는 다른 지방

---

89) 벌거벗은 *gymno* 소피스트 *sophist*라는 뜻의 그리스 어식 조어.

에서는 그 사람들이 만물의 창조주라고 부르는 것을 경배하기 위해 신전을 세운다는 것을 알고 있습니다. 하지만 우리의 만물은 *charis,* 곧 그 자체의 은총으로 태어난 것입니다. 마찬가지로 스스로 목숨을 이어 가는 것이지요. 나비는 꽃의 암술에 수술의 화분을 붙여 줍니다. 꽃은 자라면서 나비에게 영양분을 주지요.」

「그런데 제가 알기로는 여러분들은 서로 사랑과 존경을 실천하면서 동물들을 죽이지 않고, 당신들과 비슷한 다른 사람들도 죽이지 않는 것 같더군요. 어떤 계율 때문에 그렇게 하는 겁니까?」

「아무런 계율도 없기 때문에 그 계율의 부재를 대신하기 위해서 그렇게 하는 겁니다. 선을 행하고 가르침으로써만 모두의 아버지가 부재하는 우리 같은 사람들을 위로할 수 있는 겁니다.」

「모두의 아버지 없이는 아무것도 할 수 없어.」 시인이 바우돌리노에게 속삭였다. 「프리드리히 폐하가 돌아가셨을 때 우리의 그 훌륭했던 군대가 어떻게 되었는지 보라고. 이 사람들은 여기서 날아가는 새들을 잡고 있지만 인생이 어떤 것인지도 몰라…….」

하지만 보롱은 그런 지혜에 깊은 감명을 받았다. 그래서 그 노인에게 계속 질문을 했다.

「살아 있는 사람과 죽어 있는 사람 중 누가 더 많습니까?」

「죽은 사람들이 훨씬 더 많지요. 하지만 셀 수는 없습니다. 그래서 눈에 보이는 사람들이 보이지 않는 사람들보다 훨씬 더 많은 겁니다.」

「죽음과 삶 중 어느 게 더 강합니까?」

「삶이지요. 해가 떠오를 때는 눈부시고 영롱한 햇살이 비치다가 해가 질 때는 그 빛이 힘을 잃기 때문입니다.」

「땅과 바다 중 어느 게 더 많습니까?」

「땅이지요. 바다도 그 밑바닥은 땅이기 때문입니다.」

「밤과 낮 중 어느 것이 먼저 옵니까?」

「밤이지요. 생명이 있는 모든 것은 어두운 뱃속에서 형태가 만들어집니다. 그 다음에야 비로소 빛 속으로 나오기 때문입니다.」

「오른쪽과 왼쪽, 어느 것이 더 좋은 쪽입니까?」

「오른쪽이지요. 실제로 해는 오른쪽에서 떠서 하늘의 궤도를 지나 왼쪽으로 집니다. 여인네는 아기에게 젖을 먹일 때 오른쪽부터 먹입니다.」

「동물 중 가장 잔인한 동물은 어떤 것입니까?」 그때 시인이 물었다.

「인간입니다.」

「왜 그렇지요?」

「당신 자신에게 물어보십시오. 당신도 야수들에게 둘러싸인 야수입니다. 권력에 대한 열망 때문에 다른 야수들의 목숨을 모두 빼앗고 싶어합니다.」

그러자 시인이 말했다. 「하지만 모두 당신들처럼 생각한다며 바다로 항해할 수 없을 거요. 땅은 경작할 수 없을 것이고 보잘것없이 뒤섞여 있는 지상의 것들에 질서와 위대함을 가져다 줄 대국(大國)들은 탄생할 수 없소.」

노인이 대답했다. 「그런 것 하나하나는 물론 행운이지요. 하지만 그것은 다른 사람의 불행 위에서 만들어집니다. 우리는 이것을 원치 않습니다.」

압둘은 이 세상의 공주들 중 가장 아름답고, 가장 먼 곳에 있는 공주가 사는 곳이 어디인지 아느냐고 물었다. 「그 공주를 찾고 있습니까?」 노인이 물었다. 그러자 압둘이 그렇다고 대답했다. 「그 공주를 한 번도 본적이 없습니까?」 압둘이 본적이 없다고 대답했다. 「그녀를 원합니까?」 압둘은 잘 모르겠다고 대답했다. 그러자 노인은 자기 오두막으로 들어갔다. 그러더니 금속으로 된 접시를 하나 가지고 나왔다. 접시는 어찌나 평평하고 윤이 나던지 그 주위에 있는 모든 것들이 마치 맑은 물 위에 비치듯 그 접시 위에 반사되었다. 노인이 말했다. 「우리는 예전에 이 거울을 선물로 받았습니다. 이것을 준 사람에 대한 성의를 생각해서 거절을 하지 못했지요. 하지만 우리들 중 이 안을 들여다보고 싶어하는 사람은 아무도 없었습니다. 이것은 우리 자신을 몸에 대해 자만하게 만들거나 우리 몸의 결함을 발견한 우리 자신을 소름 끼치게 만들 수도 있기 때문입니다. 그렇게 되면 우리는 다른 사람들이 우리를 경멸할지도 모른다는 두려움 속에 살게 될 겁니다. 아마 이 거울 속에서 당신은 언젠가 당신이 찾고 있는 것을 발견하게 될 겁니다.」

모두들 막 잠이 들려고 할 때 보이디가 말했다. 그의 두 눈은 축축이 젖어 있었다. 「우리 여기에 정착하도록 하세.」

「버러지처럼 알몸으로 살면 자네 굉장히 멋지겠군 그래.」 시인이 반대했다.

「어쩌면 우린 너무 많은 것을 원하고 있는 것인지도 모르겠네.」 라비 솔로몬이 말했다. 「하지만 이미 우리는 어쩔 수 없이 그렇게 원할 수밖에 없어.」

그들은 다음날 다시 길을 떠났다.

27
바우돌리노 아브카시아의 어둠 속으로

김노소피스테스들의 마을을 떠난 뒤 그들은 오랫동안 길을 헤맸다. 그러면서도 계속 사람들이 말했던 그 무시무시한 지역들을 지나지 않고 삼바티온에 도착할 수 있는 방법들이 없는지 서로 의논을 했다. 그렇지만 아무 소용이 없었다. 그들은 평야를 가로지르고 급류를 건너고 험한 절벽을 기어올랐다. 아르즈루니는 코스마스의 지도를 보고 거리를 계산하더니 티그리스 강이나 유프라테스 강, 갠지스 강이 그리 멀지 않은 게 틀림없다고 알려 주었다. 시인은 그를 못생긴 난쟁이 검둥이라고 부르면서 입 닥치라고 윽박질렀다. 솔로몬은 그의 피부가 조만간 다시 하얘질 것이라고 계속 말해 주었다. 그렇게 하루하루, 한 달 한 달이 변화 없이 흘러갔다.

한번은 저수지 근처에서 야영을 했다. 저수지 물은 아주 맑지는 않았지만 충분히 마실 만했다. 특히 말들은 그 물을 마시며 좋아했다. 그들은 달이 떴을 때 서둘러 잠자리를 준비했다. 그런데 달빛이 막 비추기 시작할 때 어둠 속에서 뭔가가 불길하게 떼를 지어 나타나는 게 보였다. 그것은 모두들 꼬리 끝의 독침을 똑바로 세우고 물을 찾아 나선, 셀 수도 없이 많은 전갈 떼였다. 다양한 색깔의 뱀 부대가 그 뒤를 따랐다. 비늘이 빨간 뱀들도 있었고 검은색, 흰색 또 황금 같은 비늘이 반짝반짝 빛나는 놈들도 있었다. 그 부근에서 들리는 소리라고는 뱀이 기어오는 소리뿐이었다. 무시무시한 공포가 일행을 사로잡았다. 그들은 둥글게 원을 만들어서 그 독을 품은 해충들이 둥근 울타리에 가까이 오기 전에 죽여 버리려고 했다. 뱀과 전갈들은 그들이 아니라 물에 더 끌리는 것 같았다. 물을 다 마시자 뒤로 물러나서 땅바닥 여기저기에 갈라져 있는 틈으로 다시 몸을 감추었다.

자정이 되어 이제 잠을 청할 수 있겠다고 생각하고 있을 때 볏이 달린 뱀들이 다가왔다. 뱀마다 머리가 두세 개씩 달려 있었다. 뱀들은 그 비늘로 땅바닥을 쓸었다. 그리고 입을 쫙 벌리고 있었는데 그 입 안에서는 혀 세 개가 요동을 쳤다. 뱀들이 풍기는 악취는 먼 곳에서도 맡을 수 있었다. 게다가 바실리스크[90]처럼 달빛에 번득이는 그놈들의 눈은 독을 뿌리는 것 같은 인상을 주었다……. 그들은 한 시간 동안 싸웠다. 그 뱀들이 다른 놈들보다 훨씬 공격적이었기 때문이었다. 아마 고기를 찾고 있는 것 같았다. 그 뱀들을 몇 마리 죽이자 뱀떼는 죽은 뱀에게 달려들어 그 시체로 연회를 벌이며 인간들

---

90) 그리스, 로마 신화에 나오는 뱀 모양의 괴물.

은 잊어버렸다. 위기를 넘겼다고 믿고 있을 때 뱀들에 이어 1백여 마리도 더 되는 게들이 몰려왔다. 게들은 악어 비늘로 뒤덮여 있었는데 그 딱딱한 껍질로 검의 공격을 막아냈다. 마침내 콜란드리노가 절망 끝에 한 가지 생각을 해냈다. 그는 그 게들 중 어떤 놈에게 다가가서 바로 배 밑을 있는 힘껏 걸어찼다. 그러자 그 게가 벌렁 뒤로 넘어지며 미친 듯이 집게 발을 흔들었다. 그렇게 해서 그들은 게를 포위하고 그 위에 나무 가지들을 덮은 뒤 불을 질렀다. 잠시 후 그들은 게의 껍질을 벗겨 내고 나면 아주 맛있는 음식이 된다는 것을 알게 되었다. 그래서 이틀 동안은 달착지근하고 질기지만 어찌 되었든 맛있고 영양가 좋은 고기를 먹을 수 있게 되었다.

한번은 진짜 바실리스크를 만났다. 실화임이 분명한 많은 이야기에 등장하는 바로 그 바실리스크였다. 플리니우스가 경고했듯이 바실리스크는 바위를 깨고 그 속에서 밖으로 나왔다. 머리와 발톱은 닭 같았는데 벼슬이 있어야 할 자리에 왕관 모양의 붉은 혹이 나 있었고 눈은 노란색에 두꺼비 눈처럼 툭 튀어나왔으며 몸은 뱀이었다. 그 몸은 은빛이 도는 에메랄드 빛 초록색이어서 언뜻 보기에는 거의 아름다워 보이기까지 했다. 하지만 잘 알려져 있듯이 바실리스크는 그 숨결만으로도 동물이나 인간을 독살시킬 수 있었다. 멀리서도 그 뱀의 무시무시한 악취를 맡을 수 있었다.

「가까이 가지마.」 솔로몬이 소리쳤다. 「특히 눈을 조심해야 해. 두 눈에서 독이 뿜어 나오니까!」 바실리스크가 그들이 있는 쪽으로 기어왔다. 냄새는 점점 더 참을 수 없어졌다. 어찌나 그 냄새가 지독하던지 그놈을 죽일 묘안도 바우돌리노의 머리에 떠오르지 않았다. 「거울, 거울!」 바우돌리노가 압둘에게 소리쳤다. 압둘은 김노소피스테스들에게서 받은 거울을 바우돌리노에게 내밀었다. 바우돌리노는 거울을 받아 오른손에 쥐고 괴물을 막을 방패처럼 자기 앞을 가리게 거울을 잡았다. 그사이 왼손으로는 뱀의 눈을 피할 수 있게 두 눈을 가렸다. 그리고 땅을 보고 발자국을 셌다. 뱀 앞까지 오자 걸음을 멈추고 다시 거울을 앞으로 내밀었다. 그 반사광에 끌려 바실리스크는 머리를 들었다. 바실리스크는 무시무시한 숨을 내쉬면서 반짝반짝한 거울에 비친 개구리 같은 자기 두 눈을 뚫어져라 쳐다보았다. 하지만 곧 온몸을 떨었고 보라색 눈꺼풀을 끔벅거리더니 끔찍하게 울부짖었다. 그러다가 힘을 잃고 죽어 버렸다. 그들은 바실리스크가 지닌 눈길의 힘과 내뿜는 독 입김을 거울이 모두 되돌려 보냈다고 생각했다. 바실리스크는 자신이 가진 이 두 가지 경이로운 힘의 희생자가 되었던 것이다.

「우린 이미 괴물들의 땅에 들어와 있는 거야.」 시인이 아주 만족스러운 듯 말했다. 「왕국이 점점 가까워지고 있어.」 바우돌리노는 이제 시인이 〈왕국〉이라고 말할 때 그게 사제의 왕국을 의미하는 것인지 아니면 미래의 자신의 왕국을 의미하는 것인지 구별을 할 수가 없었다.

그렇게 오늘은 식인 하마를 만나고, 내일은 비둘기보다 더 큰 박쥐들을 만나 가면서, 산속에 있는 어떤 마을에 도착했다. 그 산들의 발치에는 평야가 펼쳐져 있었고 나무가 드문드문 서 있었다. 가까이에 가서 보니 평야는 흐릿한 안개에 싸여 있는 것 같았다. 그런데 안개는 점점 더 짙어져서 차츰

차츰 아무것도 뚫고 들어갈 수 없을 정도로 시커먼 구름이 되더니 지평선 부근에서는 단 하나의 검은 띠로 변해 석양녘의 붉은색 줄무늬들과 대조를 이루고 있었다.

마을 사람들은 친절했다. 하지만 후두음(喉頭音)으로 이루어진 그들의 언어를 바우돌리노가 이해하는 데에는 며칠이 필요했다. 그 며칠 동안 그들은 극진한 대접을 받았고 그 산의 바위들 틈에 널려 있는 산토끼 같은 동물의 고기를 대접받았다. 바우돌리노가 그곳 말을 알아들을 수 있게 되었을 때 마을 사람들은 이 산의 발치에서 광대한 아브카시아 지방이 시작된다고 말했다. 아브카시아에는 이런 특징이 있었다. 그곳은 깊은 어둠이 항상 지배하는 거대한 하나의 숲이었다. 그 어둠이라는 게 하늘에 별이 떠 희미한 빛이라도 있는 밤 같은 어둠이 아니라 거의 눈을 감고 깊은 동굴 속에 있는 것 같이 짙은 어둠이었다. 빛이 없는 그 지방에 아브카시아 사람들이 살았다. 어릴 적부터 자기가 자란 곳을 떠나지 않고 사는 장님들처럼 그들은 그곳에서 아주 잘 살았다. 그들은 소리와 냄새로 방향을 알아내는 것 같은데 그 점에 대해서 정확히 아는 사람은 아무도 없었다. 대담하게 그곳에 들어가 본 사람이 아직 아무도 없기 때문이었다.

일행은 동쪽으로 가는 다른 방법은 없는지 물어보았다. 마을 사람들은 그런 방법이 있다고 대답했다. 아브카시아와 그 숲을 돌아서 가기만 하면 되었다. 하지만 옛 이야기에서 전해 오듯이 그렇게 여행을 하려면 10년도 더 걸렸다. 그 어두운 숲의 크기가 1백12만 살라목*salamoc*에 이르렀기 때문이었다. 일행은 살라목이 얼마나 되는 길이인지는 알 수 없었지만 분명 1마일, 1스타디온, 1파라상보다는 훨씬 더 길다는 것은 알 수 있었다.

그들이 막 포기를 하려고 할 때 그 일행 중에서 언제나 가장 말이 없던 포르첼리가 바우돌리노에게 프라스케타 출신인 자신들은 칼로 잘라야 할 것같이 짙은 안개 속을 걷는 데 익숙하다는 사실을 상기시켰다. 짙은 안개는 짙은 어둠보다 더 나빴다. 그 회색의 안개 속에서는 너무나 피로에 지친 눈이 이 세상에 존재하지도 않는 형체들의 환영을 볼 수도 있기 때문이다. 다시 말해 앞으로 더 나갈 수 있는 곳에서도 걸음을 멈추어야 하는 일이 벌어지는 것이다. 만약 신기루에 굴복을 하면 길을 바꾸게 되고 절벽으로 떨어질 수도 있다. 「앞이 보이지 않는 박쥐들처럼 자기 판단에 따라, 본능에 따라, 대충 가지 않는다면,」 포르첼리가 말했다. 「우리 고향의 안개 속에서는 어떻게 하겠나? 자네는 냄새를 따라갈 수도 없다네. 안개가 자네 코 속으로 들어가 자네가 맡을 수 있는 냄새라고는 안개의 냄새밖에 없기 때문이겠지? 그러니까,」 그가 결론을 내렸다. 「자네가 안개에 길들여져 있다면 짙은 어둠 속을 걸어도 대낮과 같을 거야.」

다른 알레산드리아 인들은 그 말에 동의를 했다. 그래서 바우돌리노와 그의 고향 친구 다섯 명이 일행을 이끌었다. 다른 사람들은 각자 자기 말에 묶인 채 최선의 상황을 기대하면서 그들 뒤를 따랐다.

처음에는 길을 가는 게 즐거웠다. 그들 고향의 안개 속에 있는 것과 똑같았기 때문이었다. 하지만 몇 시간이 지나자 정말 칠흑처럼 깜깜해졌다. 안내자들은 귀를 쫑긋 세우고 나뭇가지들이 움직이는 소리를 들었다. 그 소리마저 들리지 않게 되자 그들은 짐작으로 자신들이 빈 터로 들어갔다는 것을 알 수 있었다. 마을의 주민들이 그 지역에서는 항상 남쪽에서 북쪽으로 강한 바람이 분다고 일러 주었었다. 그래서 가끔 바우돌리노는 손가락 하나를 축축하게 적셔 그 손가락을 높이 쳐들었다. 그러면 바람이 어디서 불어오는지를 알 수 있었다. 그런 다음 동쪽으로 길을 잡았다.

그들은 공기가 차가워진 것을 느끼고서야 밤이 되었다는 것을 알 수 있었다. 그래서 휴식을 하기 위해 멈추었다 — 쓸데없는 결정이야, 시인이 말했다. 이렇게 어두운 데서는 낮에도 충분히 잠을 잘 수 있을 테니까 말이야 — 하지만 아르즈루니는 기온이 떨어지자 짐승들 소리가 들리지 않는다는 사실을 지적했다. 다시 온기가 느껴지기 시작하자 새들의 노랫소리가 들리기 시작했다. 아브카시아에서는 모든 생물들이 마치 달이 뜨거나 해가 뜨는 것을 보고 하루를 측정하듯이 한기와 온기가 교차되는 것으로 하루를 측정한다는 신호였다.

몇 날 며칠 동안 사람의 존재는 느껴지지 않았다. 식량이 바닥나자 그들은 나뭇가지가 손에 닿을 때까지 나무에 손을 뻗어 보았다. 그리고 가지들을 더듬어 보았다. 어떤 때는 몇 시간 동안 더듬어 겨우 과일 하나를 찾아내기도 했다 — 과일에 독은 없을 것이라고 믿으면서 과일을 먹었다. 종종 어떤 것인지는 모르지만 어떤 경이로운 식물에서 나는 자극적인 향내는 바우돌리노(그는 일행 중 후각이 제일 뛰어났다)에게 신호가 되어 주어서 앞으로 나가거나 오른쪽, 왼쪽으로의 회전을 결정하게 만들었다. 날이 갈수록 점점 더 감각이 예민해졌다. 출라라고 불리는 알레라모 스카카바로치는 활을 하나 가지고 있었다. 그는 그다지 빠르게 날지 않는 새들, 새라기보다는 우리 쪽에서 보면 암탉에 가까운 새 몇 마리가 자기 앞에서 퍼덕이는 것을 느끼게 될 때를 기다렸다가 활을 겨누었다. 그리고 화살을 쏘았다. 그들은 대부분 울음소리나, 죽어 가면서 미친 듯이 날개를 퍼덕이는 소리를 따라가서 사냥감을 잡았다. 털을 뽑고 나뭇가지로 불을 피워 요리를 해먹었다. 가장 놀라운 일은 돌을 서로 부딪쳐 나무에도 불을 붙일 수 있다는 사실이었다. 불꽃이 일었다. 원래대로라면 붉은 불꽃이어야 했다. 하지만 불꽃은 아무것도 비춰 주지 못했다. 그 불 옆에 있는 그들의 모습조차 볼 수 없었다. 그러다가 나뭇가지에 불을 붙여 구울 짐승을 올려놓는 순간 불이 꺼져 버렸다.

물을 찾는 것은 어렵지 않았다. 샘물이나 시냇물이 졸졸 흐르는 소리가 자주 들렸기 때문이었다. 그들은 아주 천천히 앞으로 걸어갔다. 한번은 이틀 동안 여행을 한 뒤 그들이 출발했던 바로 그 장소로 되돌아왔다는 것을 알게 되었다. 작은 개울 근처에서 손으로 더듬다가 이틀 전 그들이 야영을 했던 흔적을 발견했기 때문이었다.

마침내 아브카시아 사람들의 존재가 감지되었다. 처음에는 그들 주위에서 웅얼거리는 것 같은 목소리들이 들려왔다. 그것은 아주 애처롭기는 했지만 흥분한 목소리였다. 마치 숲속의 주민들이 한 번도 본 적이 없는 — 좀 더 정확히 말하면 한 번도 들어 본 적이 없는 — 이 예기치 않은 방문객들을 서로 가리키고 있기라도 한 것 같았다. 시인이 아주 크게 고함을 질렀다. 목소리들이 사라졌다. 반면 풀잎과 나뭇가지들이 움직이는 소리가 아브카시아 사람들이 공포에 질려 달아나고 있다는 것을 말해 주었다. 하지만 잠시 후 그들은 다시 돌아왔다. 그리고 이 침입 때문에 더욱더 놀란 듯 다시 웅성거리기 시작했다.

갑자기 시인은 어떤 손이, 정확히 말하면 털이 난 팔다리가 자기를 스쳐 지나가는 것을 느꼈다. 그는 갑자기 무엇인가를 움켜쥐었다. 공포의 비명 소리가 들렸다. 시인은 잡았던 것을 놓아주었다. 원주민들의 목소리가 조금 멀어져 갔다. 그들은 필요한 거리를 유지하기 위해 자신들의 원을 넓힌 것 같았다.

며칠 동안 아무 일도 일어나지 않았다. 여행은 계속되었고 아브카시아 인들은 그들을 쫓아 다녔다. 아마 처음의 그 사람들이 아니라 그들이 지나가는 것을 알아차린 다른 사람들인 것 같았다. 실제로 어느 날 밤(밤이 맞나?) 멀리서 북을 치는 소리, 아니 마치 누군가가 구멍이 있는 나무 몸통을 치는 것 같은 소리가 들려왔다. 그 소리는 부드러웠으나 그들 주위의 온 공간에 울려 퍼졌다. 수마일의 거리에 울려 퍼졌을 것이다. 그들은 아브카시아 인들이 이런 방법으로 멀리서도 그들의 숲에 무슨 일이 일어났는지를 서로에게 알려 준다는 것을 알게 되었다.

오랫동안 길을 가면서 그들은 눈에 보이지 않는 그 동행자들에 익숙해졌다. 그리고 어둠에도 점점 더 익숙해져 갔다. 특히 햇빛 때문에 괴로워했던 압둘은 몸이 훨씬 좋아지고 열도 거의 내린 것 같다고 말했다. 그리고 다시 자신의 노래를 불렀다. 어느 날 저녁(저녁이 맞을까?) 그는 말안장에서 악기를 꺼내 다시 노래를 시작했다.

행복과 슬픔, 내 길의 끝에서
멀리 있는 내 사랑을 만났으면.

내 사랑을 만날 수 있을지 난 알 수 없네, 그 사랑이 어디 있든
그곳은 너무 멀기만 하니.
길은 험하고 걸음조차 떼어 놓기 힘겨워,
내 운명을 알 수 없으니.
하느님의 뜻대로 이루어지길.

멀리 있는 그 피난처가 내게는 큰 기쁨이 되리니,
하느님의 자비로 그곳을 갈구하네.
내 사랑이 기뻐한다면 아무리 멀다 해도
거기, 그녀의 곁에서 평안을 찾으리.
그녀의 곁에 머물 수 있는 기쁨을 얻는다면
내 노래는 아름답고 섬세해지리라.
노래가 내 마음을 따뜻하게 해주리.

그들은 그때까지 쉬지 않고 그들의 주위에서 웅얼거렸던 아브카시아 인들이 조용해진 것을 알아차렸다. 아브카시아 인들은 소리 없이 압둘의 노래를 듣고 있었다. 그러더니 노래에 대한 답을 해보려고 했다. 1백여 개의 입술들이(입술이었을까?) 휘파람을 부는 소리가 들렸다. 예의 바른 지빠귀들처럼 그들은 압둘이 연주한 멜로디를 반복해서 우아하게 휘파람을 불었다. 그렇게 그들은 자신들의 손님들과 말없이 화합을 하게 되었다. 다음날 밤부터는 차례로 음악을 주고받게 되었다. 한쪽에서 노래를 하면 다른 쪽은 피리를 연주했다. 한번은 시인이 술집에서 부르던 그런 노래 하나를 거칠게 불러 댔다. 파리에서 하녀들조차 얼굴을 붉히던 노래였다. 바

우돌리노가 그의 노래를 따라했다. 아브카시아 인들은 대답을 하지 않았다. 오랫동안 침묵을 지킨 뒤 그들 중의 한두 사람이 압둘의 멜로디를 만들어 내기 시작했다. 다른 그 어떤 것보다도 기분좋고 훌륭한 멜로디는 그것뿐이라고 말하는 것 같았다. 압둘이 말했듯이 그들은 부드러운 감정을 지니고 있었으며 나쁜 음악과 좋은 음악을 구별해 낼 줄 아는 능력도 있었다.

아브카시아 인들과 유일하게 〈말할〉 수 있는 권한을 부여받은 압둘은 다시 생기를 되찾았다. 우리는 어둠의 왕국에 와 있어, 압둘이 말했다. 그러니까 내 목적지에 다가와 있는 거야. 자, 가자. 아니야, 보이디가 대답했다, 매혹적인 이곳에 머무는 게 어떨까? 어쩌면 세상에서 가장 아름다운 곳일지도 몰라. 비록 나쁜 게 있기도 하겠지만 자네는 그것을 보지 못했잖아?

바우돌리노 역시 보이는 세계에서 많은 것들을 보고 난 뒤, 어둠 속에서 길고긴 날들을 보내면서 자기 자신과 화해할 수 있게 되었다고 생각했다. 어둠 속에서 자신의 추억들이 되살아났다. 그는 어린 시절을, 아버지와 어머니를, 너무나 아름다웠으나 불행했던 콜란드리나를 생각했다. 어느 날 저녁(저녁이 맞았을까? 맞다, 아브카시아 인들이 조용히 잠들었으니까) 바우돌리노는 잠을 잘 수 없어서 두 손으로 무엇인가를 찾듯이 나무 잎사귀들을 만지고 있었다. 그는 갑자기 손에 닿은 감촉이 부드럽고 향기가 아주 좋은 과일 하나를 발견했다. 그는 과일을 집어 그것을 베어 물었다. 그는 갑자기 슬픔이 스며드는 것을 느꼈다. 이제 자기가 꿈을 꾸고 있는 것인지 깨어 있는 것인지도 알 수 없었다.

갑자기 콜란드리나를 본 것 같았다. 아니 좀 더 정확히 말하면 그녀가 저절로 나타나기라도 한 것처럼 가까이에서 그녀를 느꼈다. 「바우돌리노, 바우돌리노.」 그녀가 젊은 목소리로 그를 불렀다. 「그곳에 있는 것들이 아무리 아름답다고 해도 거기 머무르면 안 돼요. 당신은 요한 사제의 왕국에 가야만 해요. 당신이 제게 그 왕국을 이야기해 주면서 그 잔을 사제에게 돌려주어야 한다고 말했잖아요. 그렇게 하지 않으면 우리의 바우돌리네토 콜란드리누치오[91]를 누가 공작에 봉해 주겠어요? 제발 부탁이에요. 이곳에서 지내는 것은 나쁘지 않지만 당신이 많이 그리워요.」

「콜란드리나, 콜란드리나.」 바우돌리노가 소리쳤다. 아니 소리를 치고 있다고 믿었다. 「입 다물어, 넌 유령이야, 속임수야, 그 과일을 먹었기 때문에 이렇게 된 거야! 죽은 사람은 다시 돌아올 수 없어!」

「대개는 그렇지요.」 콜란드리나가 대답했다. 「그렇지만 난 수없이 강력하게 주장했어요. 이렇게 말했어요. 남편과 잠깐만 같이 지낼 수 있게 해주세요. 아주 잠깐만이라도요. 당신들도 가슴이 있다면 이 소중한 부탁을 꼭 좀 들어주세요. 전 여기서 잘 지내고 있어요. 그리고 성모 마리아와 성인들 모두 뵈었지요. 그래도 저는 나를 잘 간질여 준 제 남편 바우돌리노의 애무가 너무나 그리워요, 라고요. 그들은 내게 조금밖에 시간을 주지 않았어요. 겨우 당신에게 입을 맞출 수 있을 정도밖에 되지 않아요. 바우돌리노, 거기 그 지방의 여자들과 길에 머무르면 안 돼요. 아마 그 여자들은, 나도 잘 모르

---

91) 바우돌리노와 콜란드리나의 축소형 애칭. 이들의 아들을 가리킴.

는 나쁜 병에 걸렸을 거예요. 빨리 떠나세요. 그리고 해가 뜨는 곳으로 떠나세요.」

바우돌리노가 뺨에 가벼운 입맞춤을 느끼는 순간 그녀는 사라졌다. 그는 깜빡 들었던 잠에서 깨어났다. 그는 깊고 편안하게 잠을 잤다. 다음날 그는 친구들에게 계속 길을 가야 한다고 말했다.

다시 여러 날이 흐른 뒤 그들은 깜빡이는 빛을 보았다. 희미한 우윳빛의 광채였다. 어둠은 다시 끊임없이 짙은 회색빛 안개로 바뀌어 가고 있었다. 그들은 그때까지 그들과 동행했던 아브카시아 인들이 걸음을 멈춘 것을 알 수 있었다. 아브카시아 인들은 피리를 불며 그들에게 인사를 했다. 바우돌리노 일행은 아브카시아 인들이 빈 터의 가장자리, 그들이 두려워하는 게 틀림없는 그 빛의 가장자리에 가만히 서서 마치 손이라도 흔들고 있는 것 같은 기분이 들었다. 그 부드러운 피리 소리를 들으며 그들이 미소를 짓고 있다는 것을 알 수 있었다.

그들은 안개를 가로질렀다. 다시 햇빛이 보이기 시작했다. 그들은 눈이 부신 것처럼 그 자리에 서 있었다. 압둘은 다시 고열로 인한 오한으로 몸을 떨기 시작했다. 아브카시아의 시련을 겪은 뒤 그들은 자신들이 원하던 땅에 들어왔다고 생각했다. 하지만 그들은 자신들의 잘못을 인정해야 했다.

곧 그들의 머리 위로 인간의 머리를 가진 새들이 날아가며 소리쳤다. 「감히 어느 땅을 밟은 거냐? 돌아가! 복 있는 이들의 땅을 침범할 수 없다! 돌아가서 너희들 몫의 땅이나 밟도록 하라!」 시인은 마법일 거라고, 어쩌면 사제의 땅을 지키기 위한 방법들 중의 하나일 것이라고 말했다. 그리고 계속 전진하자고 일행을 설득했다.

풀 한 포기 없는 자갈밭을 며칠 더 걷고 난 뒤, 그들은 자신들을 향해 다가오고 있는 세 마리의 짐승들을 보았다. 한 놈은 뻣뻣한 털에 등이 구부러지고 두 눈은 불붙은 장작 같은 것으로 보아 고양이가 틀림없었다. 울부짖고 있는 다른 한 놈은 사자 머리에 염소 몸, 용의 꽁무니를 하고 있었다. 그런데 염소 등에는 또 하나의 머리가 달려 있었고 뿔이 난 그 머리는 구슬프게 울고 있었다. 뱀의 것 같은 꼬리는 쉬이익 소리를 내며, 앞쪽으로 꼿꼿이 서서 그 자리에 있는 사람들을 위협했다. 세 번째 동물은 사자의 몸에 전갈 꼬리, 거의 인간과 같은 머리를 하고 있었다. 눈은 하늘색이었고 잘생긴 코에 입을 떡 벌리고 있었는데 그 벌린 입 사이로, 칼날같이 날카로운 이빨들이 위아래 세 줄로 둥글게 박힌 것이 보였다.

그들이 가장 염려한 것은 바로 고양이였다. 고양이는 사탄의 전령으로 널리 알려져 있었고 마술사들만 고양이를 집에서 길렀다. 그 어떤 괴물들로부터도 몸을 보호할 수 있지만 고양이로부터는 몸을 지킬 수 없었기 때문이기도 했다. 고양이는 검을 뽑기도 전에 얼굴에 달려들어 두 눈을 할퀸다. 솔로몬은 책 중의 책 『성서』에서 언급조차 하지 않은 동물에게 신경을 쓴다는 것은 전혀 유쾌한 일이 아니라고 투덜거렸다. 보롱은 두 번째 동물은 틀림없이 키메라일 거라고 말했다. 만약 진공이 존재한다면 그놈만이 유일하게 그 진공 속으로 날아가서 그 안에서 윙윙 소리 내며 돌면서 인간들의 생각들을 빨아들여 버릴 수 있을 것이라고 말했다. 세 번째 동물은 의심할 필요도 없었다. 바우돌리노는 그것이 만티코레라는 것을 알 수 있었다. 오래전에(이미 얼마나 오래된 일인지?) 베아트릭스에게 묘사했던 레우코크로카와 그다지 다르지 않았다. 세 짐승들은 그들이 있는 쪽으로 나왔다. 고양이는 특유의 걸음걸이로 민첩하게 걸어왔고 다른 두 마리 역시 똑같이 단호하게 걸어왔지만 고양이보다 조금 더 느렸다. 그렇게 서로 다른 세 가지 동물이 합체되어 있는 몸이 다른 동물의 걸음에 보조를 맞추기가 어려웠기 때문이었다.

이제 한시도 몸에서 활을 놓지 않는, 출라라고 불리는 알레라모 스카카바로치가 제일 먼저 공격을 주도했다. 그는 바로 고양이의 머리 한가운데를 겨냥해 화살을 쏘았다. 고양이는 정신을 잃고 쓰러졌다. 그 모습을 본 키메라가 앞으로 뛰어올랐다. 쿠티카 디 콰르넨토가 자기 고향에서는 발정하여 날뛰는 황소도 비둘기처럼 순하게 만들 줄 알았다고 소리치면서 키메라를 찌르기 위해 그쪽으로 달려갔다. 그런데 예상치도 못하게 괴물이 껑충 뛰어올라 그에게 달려들었다. 괴물이 사자 같은 그 입으로 쿠티카를 물어뜯으려는 순간 시인과 바우돌리노와 콜란드리노가 달려와서 야수에게 칼을 휘둘렀다. 결국 야수는 쿠티카 디 콰르넨토를 놓아주고 땅바닥에 쓰러졌다.

그사이에 키메라가 공격을 했다. 보롱, 키오트, 보이디와 포르첼리가 키메라와 대결했다. 솔로몬은 자신이 쓰는 그 성스러운 언어로 저주를 퍼부으면서 돌들을 던졌다. 아르즈루니는 뒤로 물러나 있었다. 공포에 질려 있어도 그의 몸은 여전히 까맸다. 압둘은 오한이 심하게 나서 땅바닥에 힘없이 앉아 있었다. 짐승은 인간적이면서도 동물적인 교활함을 동시에 이용해서 상황을 파악한 것 같았다. 생각지도 못할 정도로 민첩하게 자기 앞에 있는 사람들을 피했다. 그러더니 그 사람들이 자기를 찌르기 전에 방어 능력이 없는 압둘에게 달려들었다. 세 줄로 난 그 이빨로 압둘의 빗장뼈를 덥석 물었다. 다른 사람들이 친구를 구하기 위해 달려왔을 때도 압둘을 놓아주지 않았다. 괴물은 수없이 칼에 찔려 비명을 질렀지만 압둘의 몸을 계속 물고 있었다. 압둘의 몸에 난 상처에서 피가 솟아 나왔고 상처는 점점 더 커졌다. 마침내 야수는 성난 네 명의 공격자들이 휘두르는 칼에 더 이상 목숨을 부지할 수가 없었다. 괴물은 무시무시한 신음 소리를 내며 죽어 갔다. 그렇기는 해도 괴물의 입을 벌려서 거기에 물려 있는 압둘을 구해 내느라 많은 힘을 써야 했다.

싸움이 끝나 갈 때 쿠티카는 팔에 부상을 당했다. 하지만 솔로몬은 벌써 자기가 가지고 있던 어떤 연고로 그를 치료하면서 곧 나을 것이라고 말했다. 압둘은 많은 피를 흘리면서 힘없이 신음을 했다. 「지혈을 시켜야 해.」 바우돌리노가 말했다. 「몸이 이미 허약해질 대로 허약해져서 더 이상 피를 흘리면 안 돼!」 그들 모두 자기 옷으로 상처를 막으면서 줄줄 흐르는 피를 멈추게 해보려고 애썼지만 키메라는 온몸을 깊이 물어뜯었다. 아마 심장이 있는 곳까지 키메라의 이빨이 닿은 것 같았다.

압둘은 혼수 상태에서 헛소리를 했다. 자신의 공주가 너무나 가까이에 있는 게 틀림없는데, 지금 죽을 수는 없다고 힘없이 중얼거렸다. 그는 친구들에게 자기를 일으켜 달라고 부탁했다. 친구들은 그를 말려야만 했다. 괴물이 그를 이빨로 물었을 때 무엇인지는 모르지만 어떤 독을 몸에 퍼뜨린 게 분명했다.

아르즈루니는 자기가 위조한 가짜를 진짜로 믿는 마음에서 압둘의 자루에서 세례자 요한의 머리를 꺼냈다. 그는 봉인을 떼고 그 성물 상자에 들어 있던 두개골을 꺼냈다. 그것을 압둘의 손에 놓아주었다. 「기도를 하게.」 그가 압둘에게 말했다. 「어서 몸이 낫게 해달라고 기도를 하게.」

「멍텅구리 같으니라고.」 시인이 그에게 경멸하듯 말했다. 「무엇보다 압둘이 자네의 말을 들을 수 없어. 그리고 또 그 머리가 누구 것인지도 모른다고. 자네가 어떤 불경한 무덤에서 주워 왔을 테니까 말이야.」

「어떤 유해든 죽어 가는 사람의 영혼을 되살아날 수 있게 해줄 수 있는 거야.」 아르즈루니가 말했다.

늦은 오후가 되자 압둘은 더 이상 아무것도 볼 수 없었다. 그는 다시 아브카시아의 숲에 와 있는 것이냐고 물었다. 임종의 순간이 다가오고 있다는 것을 알게 된 바우돌리노는 마음을 굳혔다. 그리고 — 언제나 그렇듯이 선의로 — 다시 한번 거짓말을 했다.

「압둘.」 바우돌리노가 말했다. 「드디어 네가 열망하던 곳에 도착했어. 넌 만티코레가 준 시련을 극복하기만 하면 돼. 자, 봐, 공주가 네 앞에 있어. 너의 그 불행한 사랑에 대해서 안 그녀가 지복의 땅의 마지막 경계에서 너를 향해 달려왔어. 너의 그 헌신적인 사랑에 감동을 했고 마음을 빼앗겼어.」

「아니야.」 압둘이 숨을 헐떡거렸다. 「그럴 리가 없어. 내가 그녀에게 간 게 아니라 그녀가 내게 왔단 말이야? 그렇게 황송한 일을 당하고 내가 어떻게 살 수 있겠나? 나를 기다려 달라고 말하게. 날 일으켜 줘, 부탁이야, 일어나서 그녀에게 경의를 표할 수 있게 해줘…….」

「진정하게, 친구, 공주가 그렇게 결정을 했다면 자네는 그녀의 뜻에 따라야만 하는 거야. 자, 눈을 떠보게. 그녀가 자네에게 몸을 숙이고 있네.」 압둘이 눈을 뜨려는 순간 바우돌리노는 이미 초점을 잃어 희미한 압둘의 눈앞에 김노소피스테스들이 준 거울을 내밀었다. 죽어 가는 사람은 아마도 그 거울 속에서 낯설지 않은 얼굴 그림자를 본 것 같았다.

「오, 공주님.」 가느다란 목소리로 압둘이 말했다. 「처음이자 마지막으로 당신을 뵙게 되는군요. 전 이러한 기쁨을 누릴 만한 자격이 있다고 생각하지 않습니다. 저는 당신이 저를 사랑하게 될까 봐 걱정입니다. 그렇게 되면 제 열정은 충족될 수 있겠지만…….」

그러더니 떨리는 입술을 거울에 갖다 대었다. 「이 마음은 뭡니까? 제 탐색 여행이 끝을 맞아 느끼는 슬픔인가요? 아니면 부당한 승리로 인한 기쁨인가요?」

「당신을 사랑해요, 압둘, 그것이면 그만이에요.」 바우돌리노는 죽어 가는 친구의 귀에 속삭였고 압둘은 미소를 지었다. 「그래요, 당신은 나를 사랑하고 그것이면 그만이에요. 앞으로 벌어지게 될 일이 두려워서 그런 생각을 항상 멀리해 오기는 했지만 내가 항상 원했던 게 그게 아닐까요? 아니, 내가 생각하고 있는 것 같은 당신의 모습이 아닐까 두려워 이런 일을 원하지 않았던 것은 아닐까요? 그렇지만 이제 난 더 바랄 게 없어요. 나의 공주여, 이렇게 아름다우신데, 당신의 입술이 이렇게 붉은데…….」 가짜 세례자 요한의 머리가 땅바닥에 떨어져 굴렀다. 압둘은 떨리는 손으로 거울을 잡고 입술을 앞으로 내밀었지만 그의 입김으로 뿌옇게 된 거울의 표면만 겨우 스쳤을 뿐 입술을 가져다 대지는 못했다. 「오늘 행복한 죽음을, 내 고통의 죽음을 축하하도록 합시다. 오, 아름다운 부인, 당신은 나의 태양이고 빛이었어요. 당신이 지나가는 곳은 봄이었다오. 5월이면 당신은 내 밤들을 매혹하는 달님이었다오.」 압둘이 잠깐 동안 다시 정신을 차렸다. 그가 몸을 떨면서 말했다. 「혹시 꿈을 꾼 게 아닐까?」

「압둘.」 바우돌리노가 예전에 압둘이 노래했던 한 구절을 떠올리며 그에게 속삭였다. 「인생이란 금방 달아나고 마는 꿈의 그림자일 뿐이지 않나?」

「고맙네, 친구.」 압둘이 말했다. 그는 마지막으로 힘을 내었다. 바우돌리노가 그의 머리를 받쳐 주었다. 압둘은 거울에 세 번 입을 맞추었다. 그리고 이미 핏기가 하나도 없는 창백한 얼굴을 떨구었다. 자갈밭 위로 기울어 가는 석양빛이 그의 얼굴을 비추었다.

알레산드리아 사람들이 구덩이를 하나 팠다. 바우돌리노, 시인, 보롱과 키오트는 젊은 시절부터 모든 것을 함께 나눈 친구의 죽음을 슬퍼하면서 가엾은 친구의 유해를 땅속에 안장했다. 이제는 멀리 있는 공주에 대한 찬가를 연주할 수 없게 된 그의 악기를 가슴에 올려놓아 주었고 김노소피스테스의 거울로 얼굴을 가려 주었다.

바우돌리노는 두개골과 금박을 두른 성물 상자를 주웠다. 그리고 친구의 자루를 가지러 갔다. 자루 안에서 시를 적은 양피지 두루마리를 발견했다. 세례자 요한의 머리를 성물 상자에 담아 제자리에 넣어 두려고 하다가 혼잣말을 했다. 「내 바람대로 압둘이 천국에 간다면 이 머리는 필요가 없을 거야. 천국에서 진짜 세례자 요한을 만날 테니까. 진짜 머리와 몸이 있는 진짜 세례자 요한을 말이야. 어쨌건 그곳에는 이처럼 지독하게 가짜인 성물이 굴러다니게 하지 않는 게 좋아. 이건 내가 가져가야겠어. 어느 날엔가 이것을 팔아서 압둘에게 무덤은 아니더라도 기독교 교회 안에 멋진 묘비를 만들어 줄 수 있는 돈을 만들 거야.」 그는 성물 상자의 봉인을 대충 다시 마무리하고 자기 것과 함께 자루에 담았다. 죽은 사람에게서 도둑질을 한 것 같은 기분이 잠시 들었다. 그러나 지금은 이것을 빌려 가는 것뿐이고 나중에 다른 형태로 되돌려 주리라고 마음먹었다. 어쨌든 그는 다른 친구들에게 아무 말도 하지 않았다. 그는 압둘의 자루에 나머지 물건을 모두 모아 담은 다음 그것을 무덤에 함께 묻으러 갔다.

그들은 구덩이를 메우고 친구의 칼을 십자가 모양이 되게 거기에 꽂았다. 바우돌리노, 시인, 보롱과 키오트는 무릎을 꿇고 기도를 했다. 그동안 조금 떨어진 곳에서 솔로몬은 유대 인들이 하는 몇 가지 기도를 중얼거렸다. 다른 사람들은 조금 뒤로 물러나 있었다. 보이디가 설교를 하려는 시늉을 했지만 그저 〈음음!……〉이라고밖에 하지 못했다.

「불과 얼마 전까지만 해도 저기 있었는데.」 포르첼리가 말했다.

「우리도 오늘은 여기 있지만 내일은 저기 있을지 몰라.」 출라라고 불리는 알레라모 스카카바로치가 말했다.

「왜 압둘이 저렇게 되어야 했는지 누가 알겠어.」 쿠티카가 말했다.

「그게 운명이지.」 아직 나이는 어리지만 아주 지혜로운 콜란드리노가 결론을 내렸다.

28
바우돌리노 삼바티온을 건너다

「할렐루야!」 사흘을 걷고 나서 니케타스가 소리쳤다. 「저 아래쪽, 전리품들로 장식된 저곳이 셀림브리아입니다.」 나지막한 집들과 한적한 거리로 이루어진 그 작은 도시를 정말 전리품들이 장식하고 있었다. 다음날 ― 나중에 그들이 알게 되었지만 ― 성인인지 대천사인지의 축일이어서 축제가 거행되기 때문이었다. 주민들은 하얀색의 높은 기둥도 화환으로 장식을 했다. 그 기둥은 주거지 외곽의 광장에 세워져 있었다. 니케타스는 바우돌리노에게 수세기 전에 그 기둥의 꼭대기에서 은자가 한 사람 살았다고 설명을 해주었다. 그 은자는 죽을 때까지 거기서 내려오지 않았고 그 기둥 위에서 많은 기적들을 행했다고 했다. 그러나 이제 그런 기질을 지닌 사람들은 존재하지 않는데, 바로 그러한 상황도 자기 제국에 불행이 닥치게 된 이유 가운데 하나일 거라고 했다.

그들은 니케타스와 절친하다는 친구의 집으로 갔다. 테오필라토스라는 이름의 그 친구는 나이가 꽤 든 남자로서 친절하고 쾌활했으며 그들을 정말 친형제처럼 다정하게 맞았다. 테오필라토스는 친구들이 겪은 고초와 콘스탄티노플이 파괴되었다는 소식을 듣고 함께 눈물을 흘렸다. 그가 자기 집을 보여 주었는데 손님들이 모두 묵을 수 있을 정도로 빈방이 많았다. 그리고 곧 설익은 포도주와, 올리브와 치즈를 넣은 풍성한 샐러드로 그들의 원기를 회복시켜 주었다. 니케타스의 입에 길들여진 세련된 음식은 아니었지만 시골에서의 그 식사는 힘들었던 여행과 멀리 있는 집을 잊게 해주기에 충분했다.

「자네들은 며칠 동안 밖에 돌아다니지 말고 집 안에 있어야 하네.」 테오필라토스가 부탁했다. 「이곳에는 벌써 콘스탄티노플에서 도망 온 사람들이 아주 많아. 우리 고장 사람들이 수도의 사람들을 보는 눈이 곱지 않다네. 너희들이 그동안 그렇게 뻐겨 댔으니 이제 여기서 구걸을 하도록 하시지 그래, 사람들은 이렇게 말한다네. 그래서 빵 한 조각에 그만큼의 금을 요구하고 있어. 하지만 이게 전부가 아니야. 이곳에는 이미 오래전에 순례자들이 당도했네. 처음에도 오만불손했는데 콘스탄티노플이 자기들 손에 들어온 것을 알게 된 지금은 어떨지 한번 상상해 보게. 그들의 지휘관 중의 하나가 바실레우스가 될 거야. 그들은 화려한 옷을 입고 돌아다닌다네. 우리 관리들에게서 훔친 옷이지. 교회에서는 미트라[92]를 훔쳐 자기들 말머리에 씌우기도 하고, 그자들의 언어

---

92) 주교가 의식 때 쓰는 모자.

중 대체 뭔지도 모를 음탕한 말들을 뒤섞은 그리스 어를 만들어 내어 우리의 성가를 부른다네. 우리 성합(聖盒)에다가 음식을 만들어 먹고 창녀들을 귀부인처럼 입혀서 데리고 돌아다닌다네. 조만간 이런 일도 끝나겠지만 지금으로서는 우리 집에 조용히 있는 게 좋겠네.」

바우돌리노와 니케타스는 다른 말은 물어보지 않았다. 그 후 여러 날 동안 바우돌리노는 올리브 나무 밑에서 계속 이야기를 했다. 그들은 설익은 포도주와 올리브를 앞에 두고 있었다. 포도주를 계속 마시고 싶은 생각을 들게 하기 위해서는 끊임없이 올리브를 맛보아야 했다. 니케타스는 바우돌리노 일행이 마침내 요한 사제의 왕국에 도착했는지를 어서 빨리 알고 싶은 마음뿐이었다.

그렇기도 하고 아니기도 합니다 ― 바우돌리노가 그에게 말했다. 어쨌든 그들이 도착했던 곳을 말하기 전에 삼바티온을 건너야만 했다. 그래서 바우돌리노는 바로 그 모험부터 다시 이야기하기 시작했다. 압둘의 죽음을 이야기할 때 너무나 부드럽고 감상적이었다면 그 강을 이야기할 때는 서사적이고 위풍당당했다. 이건, 다시 한번 니케타스는 생각했다, 바우돌리노가 그 이상한 동물과 같다는 표시야. 니케타스는 바우돌리노가 이야기하는 것을 듣기만 했을 뿐이지만 그 이상한 동물이란 아마 바우돌리노는 직접 봤을 카멜레온을 말하는 것이었다. 그것은 아주 작은 염소와 비슷한 동물로 자기가 있는 장소에 따라 색깔을 바꾸는데 검정색에서 엷은 초록색으로까지 변할 수 있으며 순수의 색인 흰색으로만은 변할 수가 없다.

여행자들은 친구를 잃은 슬픔에 잠긴 채 다시 길을 떠났다. 그들은 또다시 산악 지대의 발치에 도착했다. 그들은 앞으로 가다가 처음에는 멀리서 들려오는 소음 같은 소리를 들었다. 그 소리는 탁탁 하는 소리로 변하더니 점점 더 분명하고 뚜렷한 소리로 변했다. 마치 누군가가 엄청난 양의 자갈과 바위들을 높은 곳에서 쏟아 붓는 소리 같기도 했고 산사태가 나서 흙과 돌들이 밑으로 흘러내리면서 계곡에 그 소리가 울려 퍼지는 것 같기도 했다. 잠시 후 그들은 안개 같기도 하고 연무 같기도 한 흙먼지를 발견했다. 그런데 태양 광선을 흐릿하게 만드는 거대한 수분 덩어리인 안개와는 달리 이것은 무수한 빛들을 반사했다. 마치 공중에 떠도는 광물 입자들에 햇빛이 부딪혀 부서지는 것 같았다.

그 순간 라비 솔로몬이 제일 먼저 알아차렸다. 「삼바티온이야.」 그가 소리쳤다. 「그러니까 목적지에 거의 다 온 거야.」

그것은 정말 돌의 강이었다. 옆 사람의 말도 제대로 알아들 수 없을 정도의 굉음이 울려 퍼지는 강가에 도착했을 때 그들은 그 사실을 알게 되었다. 돌들과 흙이 장엄하게 쉼 없이 흐르고 있었다. 흐르는 물속에서는 제멋대로 생긴 거대한 바위들, 고르지 않고 칼날처럼 날카롭고 비석같이 넓은 돌판들이 굴러갔고, 그리고 그것들 사이로는 자갈, 화석, 나무 우듬지, 바위 조각들이 보였다.

그것들은 마치 광풍에 떠밀리기라도 하듯 거의 같은 속도로 흘러가면서, 석회암 돌판 조각들은 서로 겹쳐서 굴러가기도 했고, 미끄러지면서 커다란 단층이 형성되기도 하여 자갈 흐름에 부딪칠 때마다 힘이 약해졌다. 반면 바위와 바위 사이에서 구르는 동안 강물에 깎인 것처럼 동글동글해진 조약

돌들은 높이 튀어 올랐다가 메마른 소리를 내며 다시 떨어졌고 그 조약돌들이 다른 돌들과 충돌하면서 만들어 냈던 같은 소용돌이에 휘말렸다. 광물 덩어리가 층층이 쌓인 한가운데와 위쪽으로 모래 바람과 석회 바람이 불었고 화산 자갈 구름, 경석(輕石) 거품, 모르타르 개울이 만들어졌다.

여기저기로 날리던 돌 조각들과 싸라기 같은 석탄들이 강둑 위로 다시 떨어졌다. 그래서 종종 여행자들은 돌에 맞아 얼굴이 긁히지 않도록 얼굴을 가려야만 했다.

「오늘이 무슨 요일이지?」 바우돌리노가 동료들에게 소리쳤다. 안식일을 꼭 지키던 솔로몬이 한 주가 이제 막 시작되었다는 것을 떠올렸다. 강물이 그 흐름을 멈추려면 적어도 엿새는 기다려야 했다. 「강물이 멈춘다 해도 안식일 계율을 어기면서 강을 건널 수는 없어.」 솔로몬이 당황해서 소리쳤다. 「성인께서 항상 축복을 내리시길, 그런데 대체 왜 현명하신 그분께서 이 강물을 일요일에 멈추게 만드시지 않으셨을까? 너희 이교도들은 믿음이 깊지 못하니까 그날의 휴식을 깔아뭉갤 수 있잖아.」

「안식일은 생각하지 말아.」 바우돌리노가 소리쳤다. 「만일 강이 멈춘다면 나는 자네가 죄를 짓지 않고도 강을 건널 수 있는 방법을 너무나 잘 알고 있어. 자네가 잠들어 있는 사이에 자네를 노새 위에 집어던지기만 하면 될 거라고. 문제는 바로 자네가 말했던 대로 강이 멈추면 강가를 따라 불꽃 장벽이 생긴다는 것이야. 그러면 우리는 처음으로 돌아가는 거지……. 그러니까 여기서 엿새를 기다려 봐야 아무 소용이 없어. 우리는 강이 처음 시작되는 곳으로 가야 해. 아마 강이 시작되기 전에 건널 수 있는 길이 있을 거야.」

「어떻게, 어떻게 말인가?」 바우돌리노의 말을 전혀 이해할 수 없었던 동료들이 큰 소리로 외쳤다. 그러나 그들은 곧 바우돌리노가 길을 떠나는 것을 보고 그를 따라가면서 뭔가 좋은 수가 있으리라고 짐작했다. 하지만 상황은 아주 나빴다. 하상이 좁아지고 강이 서서히 급류로 변하다가 개울이 되어 가는 것을 보면서 엿새 동안 말을 타고 달렸지만 수원지에는 도착하지 못했다. 사흘째 되던 날부터 벌써 높디높은 산들로 이루어진 험준한 산맥이 나타나기 시작했는데, 닷새째 되는 날 무렵에는 마침내 그 높은 산들이 여행자들의 시야에서 하늘을 앗아가 버렸다. 산들이 우뚝 솟아 있어서 여행자들은 마치 자꾸만 좁아지고 출구도 없는 참호 속에 갇힌 것 같았다. 이제 높은 그 산에서는 희뿌연 빛을 내는 구름들만이 보였는데, 그 구름들이 산의 최고봉들을 집어삼키고 있었다.

여기서, 두 산 사이에 난 거의 상처 같은 가느다란 틈에서 삼바티온이 시작되고 있는 게 보였다. 사암이 끓어오르고 응회암이 콸콸 쏟아지고 진흙이 뚝뚝 떨어지고, 바위들이 툭탁거리고, 덩어리 부식토들이 떼구루루 소리를 내고 흙덩이들이 넘쳐흐르고 점토 비가 차츰차츰 더 진해져 끝없이 넓은 모래 바다로의 여행을 시작했다.

우리 친구들이 산들을 돌아보고 강이 시작되는 산에서 길을 찾아보는 데 하루를 바쳤다. 그러나 아무 소용이 없었다. 오히려 그들이 탄 말발굽 앞에 뚝 떨어져 산산이 부서지는 퇴석들 때문에 겁을 집어먹었다. 그들은 몹시 구불구불한 길로 접어들게 되었다. 밤에는 어떤 산꼭대기에서 뜨거운 유황 덩어리들이 떨어져 내려 그들을 놀라게 했다. 앞으로 갈수록 열기는 참을 수 없을 정도로 심해졌다. 그래서 그들은 그 이상으로 더 나가다가는, 산맥을 넘을 수 있는 방법을 발견할지는 몰라도 물병의 물이 바닥날 경우 물 한 방울 구할 수 없으리라는 것을 알게 되었다. 자연이 그렇게 죽어 있기 때문이었다. 그들은 되돌아가기로 결정을 했다. 그런데 그 구불구불한 길에서 길을 잃어버렸기 때문에 그들이 출발했던 곳을 다시 찾는 데 다시 하루가 더 걸렸다.

솔로몬의 계산에 따르면 그들은 이미 토요일이 지난 뒤 강에 도착을 했다. 강이 멈추었다고 해도 벌써 다시 흐르기 시작했기 때문에 다시 엿새를 더 기다려야 했다. 하늘이 그들에게 자비를 내려 주지 않기로 한 게 분명하다고 한탄하면서 강을 따라가 보기로 했다. 그러면서도 강이 하구나 삼각주, 혹은 강 입구에서 저절로 갈라져 아주 평온한 사막으로 변하기를 기대했다.

보다 편안한 지역을 찾기 위해 강가에서 멀리 떨어져 여행을 하며 몇 번의 새벽과 몇 번의 석양을 맞았다. 하늘은 그들이 퍼부은 욕을 잊어버린 것 같았다. 그들이 풀 몇 포기가 자라는 작은 오아시스와 물이 아주 조금밖에 없는 샘을 발견했기 때문이다. 물은 적었지만 그들은 충분히 기운을 차릴 수 있었고 앞으로 며칠 동안 먹을 만큼의 물을 비축할 수 있었다. 그들은 여전히 울부짖는 강 소리를 들으며 앞으로 나갔다. 머리 위의 하늘은 뜨겁게 불탔고 부북토르의 돌같이 얇고 평평한 검은 구름들이 가끔 줄무늬 모양으로 드리워졌다.

그렇게 5일 낮과 한낮처럼 무더운 5일 밤을 보내고 나자 그때까지 계속 들려오던 강의 굉음이 변해 가고 있다는 것을 깨달을 수 있었다. 강은 최고 속도로 흐르고 있었다. 그 흐름 속에 진짜 강물처럼 급류가 나타났다. 급류는 현무암들을 지푸라기처럼 끌고 갔다. 꼭 멀리서 들리는 천둥 같은 소리가 들려왔다……. 그러더니 점점 더 격렬하게 흐르던 삼바티온이 수많은 작은 강들로 나누어지기 시작했다. 그 강들은 손가락들이 진흙 덩어리 속으로 들어가듯 경사진 산속으로 스며들어 갔다. 가끔 파도가 동굴 속으로 들어가기도 했고, 통행을 할 수 있을 것 같은, 일종의 바위 길에서 요란한 소리를 내며 밖으로 나와서 거세게 계곡으로 흘러들어 가기도 했다. 터번 같은 자갈들이 강가에 와 부딪혀서 아무도 지나갈 수 없게 되었기 때문에 그들은 어쩔 수 없이 멀리 돌아가야 했는데, 그렇게 돌아가서 고원 위에 도착했을 때 삼바티온이 — 그들의 눈 밑에서 — 지옥의 협곡으로 사라져 버리는 것을 발견했다.

그것은 폭포들이었는데, 원형 극장처럼 만들어진 10여 개의 암벽 처마 끝에서 떨어져 내려 거대한 최후의 소용돌이 속으로 들어갔다. 그 속에서는 화강암이 끊임없이 솟아올랐고, 역청이 용솟음쳤으며, 명반석들이 파도처럼 일렁거렸고, 점판암들이 끓듯이 솟구쳤고, 웅황(雄黃)이 물가로 튀어나와 부서졌다. 그리고 소용돌이가 하늘을 향해 분출하는 물질들 위에서, 그러나 탑처럼 높은 곳에서 내려다보는 사람의 눈으로 볼 때는 낮은 곳에서, 햇빛이 거대한 무지개를 만들어 그 광물질 방울들 위에다 걸쳐 놓는 형상이었다. 모든 물체가 자신의 성질과는 다른 눈부신 빛들을 반사했기 때문에 그 무지개는 대개 비 온 뒤 하늘에 뜨는 것보다 훨씬 더 다양한 색깔이 되었다. 비 온 뒤 나타나는 무지개들과는 달리 영원히 사라지지 않고 빛날 운명인 것 같았다.

그 무지개는 적철광과 진사에서 나오는 붉은 빛, 강철같이 반짝거리는 먹물빛, 웅황의 입자들이 움직이면서 빚어내는 노란색에서 선명한 오렌지색에 이르는 빛, 남동석(藍銅石)의 하늘색, 석회질만 남은 조개 껍질의 하얀색, 공작석의 초록빛, 갈수록 희미해지는 산화납의 빛 바랜 색, 계관석 결정들의 번쩍거리는 빛, 짙은 초록색 흙덩이가 크리스콜라 가루로 되면서 빛이 바래졌다가 명암이 다른 남색과 보라색으로 옮겨 가는 변덕, 위금(僞金)이 떨치는 위용, 불타는 백연에서 나오는 자줏빛, 산다락 수지가 타는 불꽃, 은이 든 점토의 다채로움, 설화석고의 투명함으로 이루어졌다.

거기서 울리는 천둥 같은 소리 때문에 인간의 목소리를 알아들을 수 없었다. 여행자들도 말을 하고 싶은 생각이 들지 않았다. 그들은 삼바티온의 최후를 지켜보았다. 삼바티온은 대지 속으로 사라져야 하기 때문에 성을 내고 있었다. 그것은 자신의 무기력을 있는 대로 다 표현하기 위해 자기 돌들에게 으르렁거리면서 주위에 있는 것들을 모두 끌고 가려고 애를 썼다.

바우돌리노도 그의 친구들도 얼마나 오랫동안 성난 절벽을 지켜보고 있었는지 모른다. 바로 그 강이 마지못해 자멸해 가는 그곳을 말이다. 하지만 그들이 너무 오랫동안 지체하고 있었던 게 틀림없었다. 금요일의 해가 졌다. 그러니까 안식일이 시작된 것이었다. 갑자기 명령이라도 한 것처럼 강이 시체처럼 뻣뻣하게 굳었고 갈라진 땅속의 소용돌이는 돌비늘이 덮인 무기력한 계곡으로 변했으며 갑작스럽고도 무시무시한 고요가 그곳에 내려앉았다.

그래서 그들은 자신들이 들은 이야기에 따라 강둑을 따라 불의 장벽이 생겨나길 기다렸다. 아무 일도 일어나지 않았다. 강은 조용했고 그 강을 압도하던 바위 조각들의 소용돌이는 서서히 하상에 자리를 잡았고 맑은 밤하늘은 맑게 개어 그때까지 보이지 않던 별빛들이 보였다.

「보다시피 사람들이 하는 말을 모두 귀담아들을 필요가 없어.」바우돌리노가 결론을 내렸다.「우리는 사람들이 아주 믿기 어려운 이야기들을 꾸며 내는 세상에서 살고 있어. 솔로몬, 그 불의 장벽 이야기는 기독교도들이 이쪽 지역으로 오는 것을 막으려고 자네 유대 인들이 꾸며 낸 이야기야.」

솔로몬은 대답을 하지 않았다. 그는 날카로운 지성을 지닌 남자여서 그 순간 바우돌리노가 어떻게 그에게 강을 건너게 할지를 생각하고 있다는 것을 알고 있었기 때문이었다.「난 잠자지 않을 걸세.」솔로몬이 곧 말했다.

「그런 생각하지 말게.」바우돌리노가 대답했다.「우리가 도하 지점을 찾는 동안 좀 쉬도록 해.」

솔로몬은 도망치고 싶었다. 하지만 안식일에는 말을 탈 수도 없었고 마찬가지로 절벽 같은 산길을 따라 길을 떠날 수도 없었다. 그렇게 해서 그는 앉은 채로 머리를 쥐어박고 자신의 운명과 염병할 이교도들을 저주하며 밤을 새웠다.

다음날 아침 다른 사람들이 위험 없이 건너갈 수 있는 곳을 정하는 동안 바우돌리노는 솔로몬이 있는 곳으로 돌아왔다. 바우돌리노는 다정하고도 이해심이 많은 듯한 미소를 지었다. 그러더니 나무 망치로 솔로몬의 귀 뒤를 내려쳤다.

그렇게 해서 라비 솔로몬은 이스라엘의 자손들 중 유일하게 안식일에 잠을 자면서 삼바티온을 건넌 사람이 되었다.

29
바우돌리노 픈다페침에 도착하다

삼바티온을 건넜다고 해서 곧바로 요한 사제의 왕국에 도착한 것은 아니었다. 그저 대담한 여행자들이 가본 곳으로 알려진 그 땅들을 떠났다는 것을 의미할 뿐이었다. 사실 우리 친구들은 돌이 흐르던 그 강의 가장자리만큼이나 기복이 심한 길로 며칠을 더 가야만 했다. 그러다가 끝도 없이 펼쳐진 평야에 도착했다. 멀리 지평선으로 아주 낮으면서 손가락처럼 가느다란 봉우리들이 톱니처럼 촘촘히 서 있는 산들이 나타났다. 그 산을 보자 바우돌리노는 어릴 때 이탈리아에서 독일로 가기 위해 그 동쪽 사면을 지나곤 했던 알프스 산이 떠올랐다 — 물론 알프스는 그 산들보다 훨씬 높고 장대했다.

그 산들은 끝없는 지평선 위에 서 있었다. 평야의 사방으로 풀들이 우거져 자라고 있어서 말들이 그 사이로 지나가기가 아주 힘들었다. 그 풀들이 사람 키보다 더 큰, 초록과 노란색 풀고사리들이라는 것만 빼면 꼭 밀들이 다 자라서 지나다니기 힘든 밀밭 같았다. 비옥한 스텝 같은 그런 평야가 끊임없는 미풍에 일렁이는 바다처럼 까마득하게 멀리까지 펼쳐져 있었다.

그 바다 같은 곳에서 마치 섬처럼 떠 있는 빈 터를 가로지르던 일행은 멀리 보이는 한 지점이 불규칙적으로 심하게 요동치는 것을 보았다. 풀들이 고르게 파도치듯 움직이는 것이 아니라, 마치 동물 한 마리가, 몸집이 큰 토끼 한 마리가 풀들을 헤집고 있는 것처럼 보였다. 그런데 토끼였다면 직선이 아니라 유연한 곡선으로 움직였어야 했을 텐데, 그것은 일반적인 토끼보다는 훨씬 더 빠른 속도로 움직였다. 우리의 모험가들은 이미 많은 동물들을 만나 보았고 믿음을 전혀 주지 않는 그런 동물들도 만났었기 때문에 말고삐를 잡아당기면서 새로운 싸움을 준비했다.

그 뱀 같은 선이 그들 쪽으로 오고 있었다. 고사리 잎들이 움직이는 소리가 들렸다. 빈 터의 가장자리에서 마침내 풀들이 듬성듬성해지더니 한 생물의 모습이 나타났다. 그는 풀들이 무슨 커튼이라도 되듯 손으로 풀들을 두 갈래로 젖히고 있었다.

분명 두 팔과 두 손이 있었는데 그것은 그들을 향해 오고 있는 존재의 것이었다. 게다가 다리도 하나 있었다. 그러나 하나뿐이었다. 불구자는 아니었다. 뿐만 아니라 그 하나의 다리는 자연스럽게 몸에 붙어 있었는데 마치 다른 쪽 다리를 위한 자리는 애초에 있지도 않았었던 것 같았다. 다리 하나에 발이 하나인 그 존재는 태어날 때부터 그렇게 움직이는 게 습관이 된 것처럼 그렇게 자유롭게 달렸다. 게다가 전속

력으로 그들이 있는 곳으로 오고 있었지만 그들은 그가 달려서 올 수 있다는 것을 이해할 수가 없었다. 하지만 그는 그렇게 다리 하나로 걸을 수 있었다. 단 하나뿐인 그의 다리는 우리 두 다리가 움직이는 것과 똑같이 앞뒤로 왔다 갔다 했고 그를 앞으로 옮겨다 주었다. 그는 너무나 민첩하게 움직이고 있어서 말들이 빨리 달릴 때 네 말발굽이 땅에서 높이 올라갔는지 아니면 두 개 정도는 땅바닥을 디디고 있는지를 아무도 말할 수 없는 것과 마찬가지로, 그 움직임들을 하나하나 구별해 낼 수가 없었다.

그 존재가 그들 앞에 섰을 때 그들은 그의 발 하나가 인간의 발 두 배는 된다는 것을 발견했다. 그 발은 아주 잘 만들어진 것으로서 뭉툭하고 튼튼했으며 다섯 개의 발가락이 모두 엄지발가락처럼 보였다.

그의 키는 열두어 살 먹은 아이 정도밖에 되지 않아서 그들의 허리 정도까지 닿았다. 누르스름한 빛깔의 짧고 뻣뻣한 머리칼이 난 머리는 아주 동글동글했고 둥근 두 눈은 온순한 황소 같았으며 코는 작고 동그스름했다. 입은 거의 귀까지 닿을 정도로 컸으며, 미소가 분명한 그런 표정을 짓자 가지런히 난 튼튼한 이빨들이 보였다. 바우돌리노와 그의 친구들은 그가 누구인지를 곧 알 수 있었다. 그에 대해 쓴 글들을 읽어 보았고 이야기하는 것도 많이 들었기 때문이었다. 그는 스키아푸스[93]였다 ─ 게다가 그들은 요한 사제의 편지에도 스키아푸스들의 이야기를 적었었다.

그 스키아푸스가 다시 미소를 지었다. 인사의 표시로 양손

---

93) 그림자*skia* 다리*pus*를 가진 사람이란 뜻의 그리스 어.

을 모두 모아 머리 위로 들어 올렸다. 그리고 마치 다리가 하나 뿐인 상(像)처럼 똑바로 서서 대충 이런 말을 했다. 「*Aleichem sabi, Iani kala bensor.*」

「한 번도 들어본 적이 없는 말이야.」 바우돌리노가 이렇게 말했다. 그러다가 그에게 그리스 어로 말을 걸어 보았다. 「지금 자네가 하는 말이 무슨 말인가?」

스키아푸스가 완전히 자기식의 그리스 어로 이렇게 대답했다. 「내가 한 말, 무슨 나라 말, 나 모른다. 너희들 이방인들 같다. 그래서 나 이방인들 쓰는 말 흉내 냈다. 만들어 말했다. 그런데, 너희들, 프레스비테르 요하네스, 그의 부제(副祭), 그들이 쓰는 말 쓴다. 나 너희들에게 인사한다. 나 가바가이다. 너희들 섬기겠다.」

가바가이가 악의가 없을 뿐만 아니라 친절한 것을 보고 바우돌리노와 친구들은 말에서 내려 땅바닥에 앉았다. 그들은 가바가이에게도 똑같이 하라고 권하면서 아직 남아 있는 음식을 그에게 주었다. 「됐다.」 그가 말했다. 「감사하다. 나 오늘 아침 너무 많이 먹었다.」 그러더니 훌륭한 전통을 모두 따르는 스키아푸스다운 행동을 했다. 처음에는 땅에 길게 눕더니 다리를 들어 발이 자기 몸에 그늘을 만들 수 있게 했다. 두 손으로 팔베개를 만들고 마치 우산 아래 누워 있는 사람처럼 다시 행복하게 미소를 지었다. 「그늘 조금 있으니 좋다. 오늘 한참 달렸다. 그런데 너희들 누구냐? 안됐다, 너희들 열둘이 아니다. 열둘이면 너희들 성스러운 동방 박사들이다. 돌아오는 동방 방사들이다, 검둥이 한 사람 데리고. 안됐다, 열하나 뿐이다.」

「그래, 안됐지.」 바우돌리노가 말했다. 「그래, 우리는 열한 명이다. 자네는 열한 명의 동방 박사에는 관심이 없지, 그렇지?」

「열한 명 동방 박사, 우리 관심 없다. 우리, 매일 아침 교회 가서 열두 명 동방 박사 돌아오기 기도한다. 열한 명 돌아오면 우리 기도 잘못했다.」

「정말 이쪽에서는 동방 박사들을 기다리고 있어.」 시인이 바우돌리노에게 속삭였다. 「열두 번째 동방 박사가 어느 곳엔가 있을 것이라는 생각을 버리게 할 방법을 찾아야 할 거야.」

「하지만 절대 동방 박사들을 언급하지 않아야 해.」 바우돌리노가 부탁했다. 「우리는 열두 명이야. 나머지는 저들 나름대로 생각하게 내버려 둬야 하네. 그렇지 않으면 나중에 요한 사제는 우리가 누구인지를 밝혀 내고는 우리를 자신이 기르는 사자나 뭐 그와 같은 종류의 짐승들의 밥이 되게 만들걸.」

바우돌리노가 다시 가바가이에게 말을 걸었다. 「자네는 프레스비테르의 하인이라고 말했지. 그러니까 우리가 요한 사제의 왕국에 도착을 한 건가?」

「너, 기다려라. 조금 여행하고 나 프레스비테르 요하네스 왕국 도착했다, 말 못한다. 그러면 모두 못 간다. 너희들 지금 요하네스 부제의 큰 땅에 있다. 프레스비테르의 아들이다. 부제가 이 땅 모두 다스린다. 프레스비테르의 왕국 가려면 너희들 이곳 지나가야 한다. 사람들 거기 가려면 모두 먼저 폰다페침에서 기다려야 한다. 부제가 있는 큰 수도다.」

「지금까지 얼마나 많은 여행자들이 이곳에 도착했나?」

「아무도 없다. 너희들 처음이다.」

「정말 우리가 오기 전에 검은 수염이 난 남자가 오지 않았나?」

「나 아무도 못 봤다.」 가바가이가 말했다. 「너희들 처음이다.」

「그러면 여기서 조시모스가 오기를 기다려야겠군.」 시인이 투덜거렸다. 「그자가 올 수 있을지나 모르겠군. 아마 아직도 아브카시아의 그 어둠 속에서 손으로 더듬거리며 길을 찾고 있을걸.」

「벌써 여기에 와서 이 사람들에게 성배를 건네주었다면 더 나빴을 거야.」 키오트가 지적했다. 「그런데 성배도 없이 우리가 무엇을 가지고 우리 소개를 하겠는가?」

「진정해, 서두를 필요 없어.」 보이디가 지혜롭게 말했다. 「이제 푼다페침에서 무엇을 얻을 수 있는지를 본 다음에 궁리를 해보도록 하지.」

바우돌리노가 가바가이에게 자신들은 푼다페침에 머물면서 지금 자신들이 온 곳에서부터 여러 날이 걸리는 어떤 사막에서 모래 폭풍을 만나 잃어버리게 된 열두 번째 동료가 도착하기를 기다리고 싶다고 말했다. 가바가이에게 부제가 어디에 사는지 물어보았다.

「저기 궁전에 산다. 나 너희들 데려가겠다. 아니다. 먼저 친구들에게 가서 너희들 온다 말하겠다. 너희들 도착하면 환영받는다. 손님은 하느님의 선물.」

「이 주위 풀밭에 스키아푸스들이 또 있나?」

「나 그렇게 생각 안 한다. 그런데 조금 전에 블레미에스 보았다. 내가 아는 놈이다 ― 이거 대단한 일이다. 우리 스키아푸스들 블레미에스들하고 안 친하다.」

가바가이는 손가락들을 입으로 가져갔다. 그러더니 아주 박자가 잘 맞는 휘파람을 길게 불었다. 잠시 후 고사리 이파리들이 열리더니 다른 존재가 나타났다. 그 존재는 스키아푸스와는 전혀 달랐다. 한편 우리 친구들은 블레미에스라는 말을 듣고는 어떤 존재가 눈앞에 나타날지 기대를 했다. 그 녀석은 아주 튼튼한 어깨에 가느다란 허리를 가지고 있었고 두 다리는 짧고 털이 뒤덮여 있었다. 머리가 없었고 목도 또한 없었다. 길쭉하고 아주 생기 넘치는 두 눈이 인간들의 젖꼭지가 있는 가슴에 나 있었다. 콧구멍이 두 개 있는 납작한 코밑으로 둥근 구멍 같은 게 하나 있었다. 그것은 아주 유연해서 블레미에스가 말을 시작하자 거기서 나오는 소리에 따라 여러 가지 형태로 변했다. 가바가이는 그쪽으로 가서 이야기를 나누었다. 그가 방문객들을 가리키자 블레미에스는 마치 고개를 숙여 인사를 하듯 어깨를 숙이면서 분명하게 까딱했다.

그가 방문객들에게 다가와서 대충 이렇게 말했다. 「오우이이이, 오우이오이오이오이, 아우에우아!」 여행자들은 우정의 표시로 그에게 물 한 컵을 대접했다. 블레미에스는 몸에 지니고 있던 자루에서 가느다란 관 같은 것을 꺼내더니 코밑의 구멍에 그것을 꽂아 물을 마셨다. 그 다음에 바우돌리노는 그에게 커다란 치즈 덩어리를 주었다. 블레미에스는 그것을 입으로 가져갔다. 그러자 입이 갑자기 치즈 덩어리만큼 커졌고 치즈는 그 구멍 속으로 사라졌다. 블레미에스가 말했다. 「에우아오이 오에아!」 그러더니 약속을 하는 사람처럼 가슴에, 아니 더 정확히 말하면 이마에 한 손을 갖다 댔다. 두 팔로 친구들에게 인사를 하고 풀 속으로 멀어져 갔다.

「그가 우리보다 먼저 도착한다.」 가바가이가 말했다. 「블레미에스들, 스키아푸스들만큼 빨리 못 달린다. 그래도 너희들 타는 그 느린 동물들보다 훨씬 잘 달린다. 그 동물이 뭐지?」

「말이다.」바우돌리노가 사제의 왕국에서는 말이 태어나지 않는다는 사실을 떠올리고는 그렇게 말했다.

「말 어떻게 생겼어?」스키아푸스가 호기심이 생겨서 물었다.

「이것처럼 생겼어.」시인이 대답했다.「정말 똑같아.」

「감사한다. 말과 똑같은 생긴 짐승 타고 다니는 너희들, 정말 힘 있는 사람들이다.」

「그런데 내 이야기 좀 들어 봐. 조금 전 자네가 스키아푸스들은 블레미에스들의 친구가 아니라고 말하는 것을 들었다. 블레미에스들은 왕국에 속해 있나 아니면 이 지역에 속해 있나?」

「오, 아니다. 그들, 우리들처럼 프레스비테르의 종이다. 퐁크, 피그미, 거인, 귀큰이, 혀 없는 이, 누비아 인, 환관, 절대 모습을 보이지 않는 사티로스들도 그렇다. 모두 착한 기독교도들이다. 부제와 프레스비테르의 충실한 종들이다.」

「자네들은 서로 다르기 때문에 친구가 되지 않은 건가?」시인이 물었다.

「다르다, 무슨 말이지?」

「글쎄, 자네와 우리가 다르다는 의미로…….」

「왜 나와 너희들 다르지?」

「오, 하느님 맙소사.」시인이 말했다.「말하자면 넌 다리가 하나잖아! 우리와 블레미에스는 다리가 두 개란 말이야!」

「너희들 다리 하나 들면 다리 하나뿐이야.」

「그렇지만 넌 내려놓을 또 다른 다리 하나가 없잖아!」

「내가 왜 없는 다리 내려놓아야 하니? 너, 너에게 없는 세 번째 다리 내려놓아야 하니?」

보이디가 타협을 하려는 듯 끼어들었다. 「이봐, 가바가이, 블레미에스가 머리가 없다는 건 인정하겠지?」

「왜 머리가 없니? 눈, 코, 입 있고 말하고 먹는다. 머리 없으면 이런 일 어떻게 하지?」

「그러면 넌 한 번도 블레미에스에게 목이 없다는 것을 주목해 본 적이 없단 말이야? 그리고 목 다음에, 네가 목 위에 가지고 있는 그 둥그스름한 것을 그는 가지고 있지 않다는 것을 주목해 보지 않았단 말이야?」

「주목한다, 무슨 말이지?」

「보고 깨닫는다. 네가 알게 된다는 말이야!」

「너 혹시 이렇게 생각하니? 블레미에스와 내가 완전히 안 똑같다, 그래서 우리 어머니가 걔를 보고 나라고 생각 안 한다, 이거니? 그런데 너, 여기 네 친구와 똑같지 않다. 네 친구, 빰에 흉터 있다. 너, 빰에 흉터 없다. 네 친구, 동방 박사 한 사람 같은 저 검둥이하고 다르다. 저 검둥이, 라비처럼 검은 수염 가진 저기 저 친구하고 다르다.」

「넌 내가 라비처럼 검은 수염을 길렀다는 건 어떻게 알았지?」 솔로몬이 희망에 가득 차서 물었다. 사라진 지파들을 생각하는 게 분명했다. 그는 가바가이의 말을 통해 그 지파들이 이곳으로 지나갔거나 그 왕국에 살고 있다는 분명한 증거를 찾아내려고 했다. 「다른 라비들을 본 적이 있나?」

「나, 아니다. 하지만 저 아래 폰다페침 사람들 모두 라비 수염 얘기한다.」

보롱이 말했다. 「간단히 말하지. 스키아푸스는 자기와 블레미에스의 차이점을 몰라. 우리가 포르첼리와 바우돌리노의 차이를 알고 있는 것만큼도 모르는 거지. 이방인들끼리 만났을 때 무슨 일이 벌어지는지를 생각해 보면 될 거야. 두 명의 무어 인들 간의 차이를 자네들은 구별해 낼 수 있나?」

「맞아.」 바우돌리노가 말했다. 「그러나 블레미에스와 스키아푸스는 우리와 무어 인들과의 관계와는 달라. 우리는 무어 인들이 사는 곳에 갔을 때에만 무어 인들을 볼 수 있지. 블레미에스와 스키아푸스는 모두 같은 지역에 살고 있어. 그러니까 방금 우리가 보았던 그 블레미에스를 자기 친구라고 말하지만 다른 블레미에스들은 친구가 아니라고 말하는 것을 보면 스키아푸스는 자기들과 블레미에스들을 구별하는 것이지. 내 이야기 잘 들어, 가바가이. 자네는 이 지역에 귀큰이들이 산다고 말했네. 나는 귀큰이들이 어떤 존재인지 알고 있네. 거의 우리와 같은 사람들이지. 두 귀가 너무나 커서 무릎까지 닿는다는 것만 빼고 말일세. 귀가 그렇게 크기 때문에 추울 때는 마치 망토로 몸을 감싸듯이 그 귀로 온몸을 감싸지. 귀큰이들이 그렇지?」

「맞다. 너희들 같다. 나도 귀 있다.」

「그렇지만 무릎까지 닿지는 않잖아, 염병할!」

「네 귀도 네 옆 친구 귀보다 훨씬 크다.」

「그렇지만 귀큰이들 같지는 않아, 젠장할!」

「우리 모두 어머니가 만들어 준 귀 가지고 있다.」

「그렇다면 무엇 때문에 블레미에스와 스키아푸스 사이가 좋지 않다고 말하는 거지?」

「그들, 나쁜 생각한다.」

「나쁘다니 어떻게?」

「그들, 잘못된 길 가는 기독교도들이다. 그들, *phantasiastes*(환영론자)들이다. 그들, 우리처럼 옳게 말한다. 주님은 하느님과 똑같은 성질 가지고 있는 게 아니라고. 하느님은 시간 시작되기 전부터 존재하지만 주님은 하느님에 의해서, 필연이 아닌 의지에 의해서 창조되었기 때문이다. 그러니까 주님, 하느님 양아들이다, 안 그런가? 블레미에스들 이렇게 말한다. 그래. 주님, 하느님과 똑같은 성질 가지고 있지 않다. 하지만 말씀이신 그분, 하느님의 양아들이라도 육화될 수는 없다. 그러니까 예수님, 결코 육화되지 않았고 사도들 본 것, 단지…… 말하자면…… *phantasma*일 뿐이다…….」

「단순한 환영이라는 거지?」

「맞다. 그들, 주님의 환영만이 십자가에서 숨을 거두신 것이라고 말한다. 주님은 베들레헴에서, 마리아에게서 태어난 것 아니라고 한다. 어느 날 요단 강에서 세례자 요한 앞에 나타나신 것이다. 모두들 이렇게 말한다. 하지만 주님 육신을 지니고 있지 않았다면 어떻게 이 빵, 내 살이라고 말하셨겠는가? 실제로 그들, 빵과 〈부르크*burq*〉로 성체 배령을 하지 않는다.」

「포도주를 말하는 모양이군. 포도주 ─ 아니면 자네가 말한 그것 ─ 를 그 빨대로 빨아 마셔야 하기 때문일 거다.」 시인이 말했다.

「그러면 귀큰이들은?」 바우돌리노가 물었다.

「오, 그들에게는 주님이 어떻게 이 땅에 내려왔는지 같은 것은 조금도 중요하지 않다. 그들은 오로지 성령만을 생각한다. 내 말을 들어 봐라. 그들 말로는, 서쪽에 있는 기독교도들은 성령이 하느님 그리고 주님에게서 온다고 생각한다. 귀큰이들은 〈그리고 주님〉이란 말이 나중에 덧붙여졌고 콘스탄티노플의 교리에도 그렇게 말하지 않는다고 반박한다.[94] 그들은 성령이 하느님에 의해서만 생긴다고 생각한다. 그들은 피그미들과는 정반대 생각한다. 피그미들은, 성령은 하느님이 아니라 주님에 의해서만 생긴다고 말한다. 귀큰이들은 특히 피그미들 증오한다.」

「친구들.」 바우돌리노가 동료들에게 돌아서며 말했다. 「이 지역에 사는 여러 부족들에게는 신체의 차이, 색깔, 모습이 전혀 중요한 것 같지 않아. 우리가 난쟁이를 보았을 때 자연의 실수라고 생각하는 것처럼 말이야. 하지만 다른 한편으로는 우리의 많은 학자들처럼 예수 그리스도나 삼위일체의 성질에 대한 생각의 차이를 아주 중요하게 생각하는 것 같거든. 파리에서 그런 것에 대한 이야기를 수없이 많이 들었지 않나. 이게 그들의 사고방식이야. 우리는 그들을 이해하도록 노력해야 하네. 그렇지 않으면 우리는 영원히 끝도 없는 토론에 빠지게 될 걸세. 좋아. 블레미에스들이 스키아푸스들과 같은 척하도록 하세나. 그리고 우리 주님의 성질에 대한 이들의 생각은 우리와는 아무 관련이 없으니까.」

「내가 이해한 바대로라면 스키아푸스들은 아리우스 파라는 무시무시한 이단파에 속해 있다네.」 언제나 그렇듯이, 그들 중 책을 가장 많이 읽은 보롱이 말했다.

「그래서?」 시인이 말했다. 「내가 보기에는 동로마 인들의 일인 것 같군. 북쪽에 사는 우리들에게는 누가 진짜 교황인지, 누가 대립 교황인지가 더 신경 쓰이는 일이지. 모든 게 고인이 된 우리의 라이날트 씨의 변덕에 달려 있었지만 말이야. 모든 게 다 그의 잘못이야. 바우돌리노 말이 맞아. 우리들

---

94) 〈필리오쿠에〉에 대한 논쟁. 각주 15 참조.

은 아무것도 아닌 척해야 해. 그리고 우리를 부제의 왕국에 데려다 달라고 저자에게 부탁해야 해. 부제가 대단한 사람은 아니겠지만 적어도 요한이라는 이름을 쓰고 있으니까.」

그래서 그들은 가바가이에게 자신들을 푼다페침으로 데려다 달라고 부탁했다. 그러자 가바가이는 푼다페침을 향해 말들이 자기 뒤를 따라 올 수 있을 정도의 걸음걸이로 가기 시작했다. 두 시간 뒤 고사리 바다의 끝에 도착을 했다. 그리고 올리브와 과일나무를 기르는 지역으로 들어갔다. 거의 인간과 같은 외모를 한 존재들이 나무 밑에 앉아서 호기심 어린 눈으로 그들을 보면서 손을 흔들며 인사를 했지만 소리를 지르지는 않았다. 가바가이가 설명했다. 저들은, 혀가 없는 존재들로서, 메잘린 파[95]들이기 때문에 도시 밖에서 살며, 성찬식에 참석하지 않고, 자비의 행동과 여러 가지 형태의 굴욕스러운 행위를 하지 않고, 다른 신앙의 행위를 하지 않고 조용히 계속 기도를 함으로써 하늘나라에 들어갈 수 있다고 믿었다. 그래서 푼다페침의 교회에 결코 나가지 않았다. 그들에 대한 모든 사람들의 평판이 좋지 않았다. 자기들이 하는 일이 곧 선행이며 그래서 유용하다고 주장을 했기 때문이었다. 그들은 그 나무에서 나는 과일들을 식량으로 삼으며 아주 가난하게 살았다. 하지만 그 나무들은 전 공동체의 것이었는데 그들은 그 나무의 과일들을 주저하지 않고 따먹었다.

「게다가 자네들과 똑같지, 그렇지 않나?」 시인이 꼬집어 말했다.

「우리가 입을 다물고 있을 때와 같다.」

---

95) 4세기경 시리아에서 활동했던 신비주의의 종파.

산들이 점점 더 가까워지고 있었다. 그들은 가까이 가면 갈수록 그 산에 대해 자세히 알게 되었다. 돌투성이 지역이 끝나자 누르스름하고 부드러운 작은 산들이 차츰차츰 높아져 갔다. 생크림 같아, 콜란드리노가 말했다, 아니 솜사탕 덩어리 같아, 천만에, 모래 더미들이 서로 나란히 붙어 있는 것 같아, 숲처럼 말이야. 그 뒤로는 멀리서 보기에 손가락 같은 바위 봉우리들이 높이 서 있었다. 바위 봉우리들의 꼭대기에는 시커먼 바위로 만든 모자 같은 것이 씌워져 있었는데 두건 형태로 된 것도 있었고 앞뒤로 튀어나온, 테 없이 거의 평평한 모자 같은 것도 있었다. 앞으로 튀어나오면서 돌출 부들은 점점 더 뭉툭해져 갔다. 그런데 각각의 돌출부들에 벌집처럼 구멍이 뚫려 있는 게 보였고 그게 주거지라는 것을 분명히 알 수가 있었다. 좀 더 정확히 말하면 그것은 동굴로 파놓은 돌로 만든 주거지였다. 나무로 만든 다양한 작은 계단을 통해 그 주거지에 올라갈 수 있었다. 계단들은 널빤지를 서로 연결해서 만든 것으로 그 계단들이 돌출부 앞의 공중에서 뒤엉켜 있었다. 멀리서 보기에 여전히 개미같이 보이는 주민들은 그 계단의 위 아래로 민첩하게 움직였다.

시내로 들어서자 진짜 공동 주택들이나 조그마한 저택들이 보였다. 하지만 그것들 역시 바위 속에 들어가 있었고 몇 엘밖에 안 되는 정면만이 돌출되어 있었다. 그 집들은 모두 높이 있었다. 거기서 좀 더 위쪽으로 아주 웅장하고, 고르지 않은 형태의 바위 덩어리가 어렴풋이 모습을 드러냈다. 그것 역시 동굴들로 이루어진 단 하나의 벌집이었지만 창문이나 문들처럼 훨씬 기하학적인 모습이었고 어쨌든 그 궁륭에서 테라스, 작은 로지아와 발코니들이 튀어나와 있었다. 그런 입구들 중에는 색색깔의 커튼을 쳐놓은 곳도 있었고 짚을 꼬아 만든 발을 드리워 놓은 곳도 있었다. 간단히 말해 그들은 아주 원시적인 산악 지대 한가운데에 와 있었던 것이며 그와 동시에 비록 그들이 기대했던 것처럼 놀랍지는 않지만 인구가 많고 활기 찬 도시의 중심가에 도착을 한 것이었다.

거리와 광장 대신 산꼭대기와 돌출부 사이의 공간, 바위 덩어리들과 자연적인 탑 사이의 공간에 생기를 주고 있는 사람들로 보아 도시는 인구가 많은 것 같았다. 여러 가지 색깔의 사람들이 보였다. 그 사람들 틈에 개, 당나귀, 그리고 우리의 여행자들이 여행을 시작했을 때 이미 여러 번 보았던 낙타가 뒤섞여 있었다. 낙타의 수는 많지는 않았지만 다른 곳에 있던 낙타들과는 달랐다. 낙타의 혹이 하나인 것도 있었고 두 개인 것도 있었으며 심지어 혹이 세 개 있는 것도 있었다. 그들은 모여 있는 주민들 앞에서 공연을 하는 불 삼키는 이들도 보았다. 불 삼키는 이들은 표범을 끈에 묶어 두고 있었다. 그들은 마차를 끄는 아주 민첩한 네 발 동물을 보고 무엇보다도 놀랐다. 그 동물의 몸은 당나귀였는데 다리가 아주 길었고 발은 황소 발 같았다. 몸의 색깔은 노란색이었는데 밤색의 얼룩들이 크게 박혀 있었다. 특히 목이 아주 길었는데 그 긴 목 위에는 낙타 머리가 달려 있었고 그 머리에는 뿔이 두 개 나 있었다. 가바가이는 그 동물들이 낙타표범인데 너무나 빨리 달아나기 때문에 붙잡기가 아주 힘들다고 말했다. 그 낙타표범을 쫓아가 올가미를 씌울 수 있는 것은 스키아푸스들뿐이었다.

사실 길과 광장이 하나도 없는데도 그 도시는 완전히 거대한 시장을 이루고 있었다. 비어 있는 공간마다 천막이 쳐져 있었고 가건물이 세워져 있었으며 바닥에는 카펫을 깔고 돌 두 개를 받쳐 그 위에 나무판을 수평으로 놓아두었다. 그리고 과일, 썰어 놓은 고기들(특히 그 낙타표범의 고기 같았다), 무지개 빛깔로 짠 카펫, 옷, 흑요석으로 만든 칼, 돌도끼, 점토로 만든 잔, 뼈로 된 목걸이, 붉은색과 노란색 돌 목걸이, 아주 이상한 모양의 모자, 숄, 이불, 조각을 한 나무 상자, 들에서 일할 때 쓰는 도구들, 어린아이들이 가지고 노는 공과 조각 천으로 만든 꼭두각시, 그리고 하늘색, 호박색, 분홍색 레몬색 액체가 가득 담긴 항아리들과 고추가 가득 담긴 그릇들이 진열되어 있었다.

그 시장에서 찾아볼 수 없는 것들은 금속 제품들뿐이었다. 사실 그 이유를 가바가이에게 묻자 가바가이는 철, 금속, 청동, 혹은 구리 같은 말들이 무엇을 의미하는지도 알지 못했다. 바우돌리노가 모든 언어를 동원해 그 이름을 대보려고 애를 썼어도 마찬가지였다.

그들은 아주 활기 차게 움직이는 스키아푸스들 사이로 돌아다녔다. 스키아푸스들은 머리에 물건이 가득 담긴 바구니들을 머리에 이고 껑충껑충 뛰어다녔다. 블레미에스들은 거의 외따로 떨어져 있는 오두막에 있거나 야자나무 열매를 파는 가판대 뒤에 있었다. 바람이 불면 귀큰이들의 귀가 흔들렸지만 귀큰이 여자들은 귀로 가슴을 얌전하게 감싸고 마치 숄을 두른 것처럼 한 손으로 그것을 가슴에 모아 쥐고 있었다. 다른 사람들은 진기한 일을 기록해 놓은 책 속에서 나온 것 같았다. 베아트릭스에게 보낼 편지를 쓰기 위해 영감을 찾아야 했을 때 바우돌리노는 그런 책의 세밀화를 보고 정말 황홀해 했었다.

일행은 아주 검은 피부에 짚으로 만든 성기 가리개를 하고 어깨에 활을 맨 것으로 보아 피그미가 틀림없는 사람들을 발견하게 되었다. 피그미들은 자신들의 성질 때문에 평생 학들과 싸움을 했다 — 그것은 그들에게 적지 않은 영광을 가져다 주는 싸움으로 대부분의 피그미들은 자신들의 노획물을 긴 막대기에 매달아 지나가는 사람들에게 주었다. 그것을 가져가려면 돈이 약간 필요했는데, 한 마리당 두 냥을 주어야 했다. 피그미들은 학보다 키가 훨씬 작았기 때문에 막대기에 매단 학들은 땅바닥에 질질 끌렸다. 이 때문에 피그미들은 학의 두 다리가 땅에 길게 흔적을 남기도록 목을 막대기에 묶었다.

그리고 퐁크들이 있었다. 그들에 관해서는 책에서 읽긴 했지만 우리의 친구들은 호기심이 가득 찬 눈으로 무릎 관절이 없어서 뻣뻣하게 선 채로 활처럼 안으로 굽은 발로 땅을 밟으며 걸어가고 있는 그들의 모습을 지켜보았다. 하지만 그들이 눈여겨본 것은 남자는 남근이 가슴에 매달려 있는 것과, 여자도 남자와 똑같이 음부가 가슴에 매달려 있다는 것이었다. 하지만 여자의 성기는 보이지 않았는데 숄로 가슴을 가리고 등 뒤에서 숄을 묶었기 때문이었다. 전설에 따르면 그들은 뿔이 여섯 개인 염소들을 방목했다. 그런데 실제로 그들은 그런 짐승 몇 마리를 시장에서 팔고 있었다.

「책에 쓰여 있는 것과 정말 똑같아.」 보롱이 감탄하며 계속 중얼거렸다. 그러다가 아르즈루니의 귀에 들리게 큰 소리로 말했다. 「책에는 진공이 존재하지 않는다고도 쓰여 있어. 그러니까 퐁크들이 존재한다면, 진공도 존재하지 않는 거야.」 아르즈루니는 어깨를 으쓱했다. 그리고 병에 담긴 액체 중에 피부색을 하얗게 만드는 물약이 있는지 열심히 살펴보았다.

가끔 새까만 사람들이 지나다니면서 이 사람들의 흥분을 가라앉혔다. 그들은 키가 아주 컸으며 무어풍의 바지를 입고 하얀 터번을 썼으나 상체는 알몸이었다. 울퉁불퉁한 곤봉을 가지고 다녔는데 그 곤봉 한 방이면 황소도 쓰러뜨릴 수 있을 것 같았다. 픈다페침의 주민들이 이방인들이 지나가는 길에 모여들어, 생전 처음 보는 말들을 손으로 가리켰기 때문에 흑인 남자들은 군중을 통제하기 위해서 그들 사이로 끼어들었다. 흑인 남자들이 곤봉을 휘두르기만 하면 즉시 주위가 텅 비었다.

바우돌리노는 군중이 아주 많아졌을 때 가바가이가 흑인 남자들에게 위협적인 동작을 하는 것을 놓치지 않았다. 그 자리에 있는 많은 사람들의 몸짓으로 보아 그 흑인 남자들이 이 고귀한 손님들의 안내자가 되고 싶어한다는 것을 금방 알아차릴 수 있었다. 하지만 가바가이는 단호하게 그들을 가로막았을 뿐만 아니라, 이렇게 말하듯 으스대기까지 했다. 「이 사람들은 내 거야. 건드리지 마.」

가바가이가 말했다. 흑인 남자들은, 부제의 호위대로 누비아 인이었다. 그들의 조상은 아프리카 내륙에서 왔지만 이제 그들은 더 이상 이방인이 아니었다. 수대에 걸쳐 픈다페침 주변에서 살아왔고 죽을 때까지 부제에게 충성을 하기 때문이었다.

마침내 그들은 누비아 인들보다 훨씬 더 키가 커서 다른 사람들 머리 위로 몇 뼘이나 더 위에 머리가 있는 거인들을 보았다. 게다가 그들은 외눈박이였다. 머리는 헝클어져 있고 옷은 누더기를 입고 있었다. 가바가이의 말에 따르면 그들은 그 절벽 위에 집을 짓는 일을 하거나 양과 황소들을 길렀다. 그들은 가축을 기르는 일에 아주 뛰어났는데 황소 뿔 하나만 잡아도 황소를 쓰러뜨릴 수 있었고 숫양 한 마리가 양의 무리에서 떨어져 나와도 그 양을 찾아올 개가 필요 없었다. 그들이 한 손을 뻗어 양털을 잡아 도망쳐 나온 곳에 양을 다시 데려다 놓았다.

「저 사람들도 적인가?」 바우돌리노가 물었다.

「여기서는 아무도 서로 적 아니다.」 가바가이가 대답했다. 「사람들이 모두 함께 훌륭한 기독교도들처럼 물건을 팔고 사는 것 봐라. 일이 다 끝나면 각자 자기 집으로 돌아간다. 같이 식사하거나 같이 자지 않는다. 각자 원하는 대로 생각을 한다. 나쁜 생각이라 하더라도 말이다.」

「그러면 거인들은 나쁜 생각을 하는 거군…….」

「오오! 그 사람들은 나쁜 사람들 중에서도 나쁜 사람들이다! 그들은 아르토티리타이[96]다. 그들은 주님이 최후의 만찬에서 빵과 치즈를 축성하셨다고 믿는다. 그게 옛날 조상들이 일반적으로 먹던 음식이라고 말하기 때문이다. 그래서 그들은 빵과 치즈로 신성 모독을 하면서 성체 배령을 한다. 그들은 그것을 모두 〈부르크〉로 하는 이단자들이다. 이곳 사람들 거의 다 나쁜 생각을 하는 사람들이다. 스키아푸스들만 빼고는.」

「이 도시에 환관들도 있다고 나에게 말하지 않았나? 그들도 나쁜 생각을 하나?」

---

96) 원시 교파의 이름. 〈빵과 치즈〉라는 뜻의 그리스 어에서 따온 라틴 어.

「나 환관들에 대해 말하지 않는 게 낫겠다. 환관들 너무 힘이 세다. 그들은 일반 사람들과 섞이지 않는다. 하지만 나와 다르게 생각한다.」

「그러니까 환관들이 생각만 자네와 다르고 다른 것은 다 똑같다는 것인데, 내 생각으로는…….」

「그들과 내가 다를 게 뭐가 있나?」

「빌어먹을, 발 큰 놈.」 시인이 짜증스러워했다. 「너는 여자와 자지 않나?」

「스키아푸스 여자들과는 그렇다. 그 여자들 나쁜 생각 하지 않으니까.」

「그러면 넌 스키아푸스 여자의 거기에 무엇인가를 넣을 것 아냐, 염병할, 네 그것은 어디 있지?」

「여기, 다리 뒤에, 다들 그렇다.」

「내 건 다리 뒤에 있지 않아. 그리고 조금 전에 배꼽 위에 그게 있는 사람들을 보았지. 이런 건 다 집어치우더라도 환관들은 거기에 아무것도 없어서 여자들과 잘 수 없다는 것은 알고 있겠지?」

「아마 환관들 여자 좋아하지 않기 때문일 거다. 어쩌면 픈다페침에 여자 환관 없기 때문일 수도 있다. 난 한 번도 본 적 없다. 불쌍한 사람들, 어쩌면 여자 좋아하기는 하지만 여자 환관 찾을 수가 없기 때문일 거다. 그렇다고 나쁜 생각 하는 블레미에스나 귀큰이들과 잘 수는 없지 않나?」

「넌 거인들의 눈이 하나밖에 없는 것을 보지도 못했냐?」

「나도 그렇다. 봐. 나도 이 눈을 감으면 눈이 하나밖에 없다.」

「날 좀 말려 줘. 안 그러면 저놈을 죽일 것 같아.」 얼굴이 벌게진 시인이 말했다.

「간단히 말해서,」 바우돌리노가 말했다. 「블레미에스들은 나쁜 생각을 해, 거인들도 나쁜 생각을 하지. 스키아푸스들 제외하고는 모두 다 나쁜 생각을 하지. 그러면 너희의 그 부제는 어떤 생각을 하지?」

「부제님은 생각하지 않는다. 명령하신다.」

그들이 이야기를 나누는 동안 누비아 인 하나가 콜란드리노의 말 앞으로 달려 나왔다. 그는 무릎을 꿇고 두 팔을 벌리고 고개를 숙이며 뭐라고 몇 마디 말을 했다. 처음 듣는 언어였지만 그 어조로 보아서 비탄에 잠겨 간청을 하는 것임을 알 수 있었다.

「왜 이러는 거지?」 콜란드리노가 물었다. 가바가이가 설명하기를 누비아 인은 콜란드리노가 옆구리에 차고 있는 그 멋진 검으로 자기 목을 잘라 달라고 하느님의 이름으로 간청하고 있다는 것이었다.

「왜 죽여 달라고 하는 것이지? 왜?」

가바가이는 당황하는 것 같았다. 「누비아 인들 아주 이상한 사람들이다. 너도 알겠지, 그들은 키르쿰켈리오 파[97]들이다. 순교를 원하는 것만 보더라도 훌륭한 전사들이다. 전쟁이 없는데도 저들 빨리 전사하고 싶어한다. 누비아 인은 어린아이들 같다. 자기가 좋아하는 것 빨리 하고 싶어한다.」 그가 누비아 인에게 뭐라고 말했다. 그러자 그 누비아 인은 고개를 숙이고 멀어져 갔다. 키르쿰켈리오 파에 대해서 더 설명을 해달라는 요청을 받자 가바가이는 키르쿰켈리오 파들

---

97) 가톨릭에서 갈라져 나간 북아프리카 기독교 단체인 도나투스 파에 속한 농민 전사(戰士)들.

은 누비아 인들이라고 말했다. 그러더니 해 질 녘이 가까워
져서 시장이 파하고 있으니 탑으로 가야 한다고 말했다.

정말 사람들이 흩어지고 있었다. 상인들은 큰 바구니에 자
기 물건을 담았다. 그들은 바위벽 위의 다양한 궁륭을 쳐다
보고 있었는데 거기서 밧줄들이 내려왔다. 그리고 여러 집에
서 물건들을 끌어 올렸다. 모두 열심히 올라가고 내려왔다.
눈 깜짝할 사이에 도시가 적막해졌다. 이제 도시는 셀 수도
없이 많은 벽감이 있는 거대한 무덤 같아 보였다. 하지만 바
위에 난 문이나 창문들이 차례로 밝아지기 시작했다. 픈다페
침의 주민들이 저녁을 준비하기 위해 벽난로나 등불을 켜고
있다는 신호였다. 눈에 보이지 않는 어떤 구멍 덕택인지는
몰라도 그 불의 연기들이 모두 산꼭대기와 절벽에서 피어올
랐다. 이미 흐릿해진 하늘에 구름 사이로 흩어져 가는 거무
스름한 깃털 같은 연기가 줄무늬를 그렸다.

그들은 이제 얼마 남아 있지 않은 픈다페침의 거리를 지나
광장에 도착했다. 광장 뒤쪽의 산으로는 더 이상 길이 보이
지 않았다. 그 도시를 통틀어 유일한 인공의 건물 하나가 산
중턱에 자리를 잡고 있었다. 그것은 탑이었다. 좀 더 자세히
말하면 그것은 밑부분이 넓은 계단식 탑의 앞부분이었다. 탑
은 위로 올라갈수록 차츰차츰 좁아져 갔지만, 점점 작아지는
납작한 과자들을 차곡차곡 쌓아올린 것처럼 좁아지는 것은
아니었다. 나선형의 참호가 끊임없이 한 계단 한 계단 이어
져 가며 아랫부분부터 정상까지 건축물을 휘감쌌기 때문에
바위의 안쪽으로도 들어갈 수 있을 것 같았다. 탑은 아치형
의 커다란 문으로 완전히 뒤덮여 있었다. 문은 서로 나란히
붙어 있어서 문과 문을 나누어 놓는 문설주가 없다면 그 사

이에 공간이라고는 찾아볼 수도 없을 것 같았다. 솔로몬이 말했다. 성인께서 항상 축복을 내려 주시길, 잔인한 니므롯이 성인에게 도전하기 위해 바벨에 세운 탑이 아마 저런 모양이었을 것이야.

「이거다.」가바가이가 자랑스러운 듯한 말투로 말했다. 「이것이 부제 요하네스의 궁전이다. 이제 너희들 여기 가만히 서서 기다려라. 그들이 너희들 도착을 알고 엄숙한 환영식 준비했다. 나 이제 간다.」

「어디로 가는데?」

「나 탑에 들어갈 수 없다. 너희들 환영을 받고 부제 만나면 그때 다시 너희들에게 오겠다. 나 폰다페침에서 너희들 안내인이다. 결코 너희들 떠나지 않는다. 환관들 조심하라. 저기, 젊은 남자…….」그러더니 콜란드리노를 가리켰다.「그들 젊은 남자 좋아한다. *Ave, evcharisto, salam!*」가바가이가 자신의 그 외다리로 똑바로 서서 군인처럼 잽싸게 인사를 하고는 몸을 돌리더니 잠시 후 어느새 멀어져 갔다.

30
바우돌리노가 요한 부제를 만나다

　탑에서 50여 걸음 정도 떨어진 곳에 이르렀을 때 그들은 한 행렬이 탑에서 나오는 것을 보았다. 무엇보다도 누비아 인들의 대열이 눈에 띄었는데, 그들은 시장에서 보았던 누비아 인들보다 훨씬 더 화려하게 차려입고 있었다. 허리 아랫부분부터 두 다리를 모두 하얀 띠로 꽁꽁 감싸고 그 위에 허벅지를 절반 정도 가리는 짧은 치마를 입고 있었다. 상체는 알몸에다가 빨간 외투를 입고 있었고, 목에는 가죽 줄로 된 목걸이를 자랑스럽게 걸고 있었다. 그 목걸이에는 색색 가지의 돌들이 매달려 있었는데, 보석이 아니라 강가에서 볼 수 있는 조약돌이었다. 하지만 선명한 모자이크처럼 잘 배열되어 꿰어져 있었다. 그리고 장식 술이 많이 달린 하얀 모자를 머리에 쓰고 있었다. 팔과 손목, 손가락에는 끈을 꼬아서 만든 팔찌와 반지들을 끼고 있었다. 첫번째 줄에 선 누비아 인들은 피리를 불고 큰북을 쳤으며 두 번째 줄의 사람들은 커다란 곤봉을 어깨에 메고 있었다. 세 번째 줄의 사람들은 활만 메고 있었다.

환관이 틀림없는 한 무리의 사람들이 그 뒤를 따랐다. 그들은 아주 넓고 부드러운 옷을 입고 여자처럼 화장을 했으며 대성당같이 높은 터번을 머리에 쓰고 있었다. 가운데에 있는 사람은 포카치아를 담은 쟁반을 들고 있었다. 마침내 두 명의 누비아 인의 호위를 받으며 한 사람이 앞으로 걸어 나왔다. 호위를 하는 누비아 인은 그 사람의 머리 위에서 공작 깃털 성선(聖扇)을 부쳤다. 분명 이 무리들 중 최고의 위치에 있는 사람인 게 분명했다. 대성당 두 채만큼이나 높은 터번, 여러 가지 색깔의 비단 끈을 모아 만든 터번을 머리에 쓰고 귀에는 색깔 있는 돌로 만든 귀고리를 매달고 팔에는 여러 가지 색의 깃털로 만든 팔찌를 차고 있었다. 그 역시 발까지 닿는 긴 옷을 입고 있었지만 한 뼘 정도 되는 하늘색 비단으로 만든 띠로 허리를 묶었으며 색칠을 한 나무 십자가가 가슴에 매달려 있었다. 그는 나이가 많은 남자였다. 입술 연지와 눈에 칠한 고동색 색조 화장이 이미 탄력을 잃고 누르스름해진 그의 피부와 대조를 이루었고 걸을 때마다 흔들리는 이중 턱을 더 눈에 띄게 만들었다. 그의 손은 통통했으며 칼처럼 날카로운 긴 손톱은 장밋빛으로 칠해져 있었다.

행렬은 방문객들 앞에 멈췄다. 누비아 인들이 두 줄로 정렬을 했고 그사이 계급이 낮은 환관들이 무릎을 꿇었다. 그러자 쟁반을 든 환관이 허리를 숙이며 음식을 내밀었다. 바우돌리노와 그 동료들은 처음에는 어떻게 해야 하는 것인지 알 수 없어 망설이다가 말에서 내려 허리를 숙이며 포카치아 조각들을 받아서 예의 바르게 씹었다. 그들이 인사를 하자 마침내 제일 지위가 높은 환관이 앞으로 나와 몸을 낮추어 얼굴을 땅에 갖다 대더니 다시 일어나 그들에게 그리스 어로 말했다.

「우리 주님 예수 그리스도께서 태어나신 이후로 우리는 당신들이 돌아오기를 기다리고 있었습니다. 당신들이 분명 우리가 생각하는 그분들이 맞다면 당신들 중의 열두 번째, 하지만 당신들과 마찬가지로 전 기독교도들 중 최고이신 분께서 가혹한 자연의 힘 때문에 여행 도중 행로를 이탈하시게 된 것은 아닌지 안타깝습니다. 하지만 여러분들께서 그분을 기다리시는 동안 우리 수비대들에게 지평선을 쉬지 말고 수색하도록 명령을 내려놓겠습니다. 여러분들이 픈다페침에서 편안하게 머무셨으면 좋겠습니다.」 그가 청명한 목소리로 말했다. 「부제이신 요한의 이름으로, 궁중 환관들 중 최고 지휘자이며, 이 지방의 서기장이며, 부제의 이름으로 사제를 뵙는 사절이며, 비밀 통로의 최고 수호자이자 로고테트인 저 프락세아스가 여러분들께 말씀드립니다.」 그는 마치 동방 박사들도 자신이 누리고 있는 그 많은 지위에 깊은 인상을 받아야 한다는 듯이 말했다.

「오, 됐네, 됐어.」 출라라고 불리는 알레라모 스카카바로치가 투덜거렸다. 「일단 무슨 말하는지 얘기나 들어 보자.」

바우돌리노는 사제에게 자신들을 어떻게 소개할지를 수도 없이 생각해 왔지만 사제의 부제의 수발을 드는 환관 우두머리에게는 어떻게 자신을 소개해야 할지 한 번도 생각을 해 본 적이 없었다. 그는 예정된 계획을 따르기로 했다. 「나으리,」 바우돌리노가 말했다. 「이렇게 고귀하고 풍요롭고 놀라운 푼다페침이라는 도시에 도착하게 되어서 정말 기쁘다는 것을 말씀드리지 않을 수가 없습니다. 이렇게 아름답고 번창한 도시는 여행 중에 단 한 번도 본 적이 없소. 우리는 먼 곳에서 오는 길이오. 기독교 세계 최대의 성물로서, 예수님께서 마지막 만찬 때 포도주를 드셨던 잔을 요한 사제께 드리기 위해 가지고 오는 길이었소. 그런데 불행하게도 심술궂은 악령이 자연의 힘으로 우리에게 공격을 가해 우리 형제들 중의 한 사람을 길을 잃게 만들었소. 그 형제는 바로 성물을 가지고 있던 형제였소. 그 선물과 함께 요한 사제께 보일 우리의 존경심의 증거들도 가지고 있었는데…….」

「말하자면,」 시인이 덧붙였다.「순금 주괴 1백 개, 큰 원숭이 2백 마리, 에메랄드와 금 천 파운드로 만든 왕관, 귀중한 진주 열 줄, 상아 80상자, 코끼리 5마리, 길들인 표범 3마리, 식인 개 3마리, 싸움 황소 30마리, 상아(象牙) 3백 개, 표범 가죽 천 개와 흑단 막대기 3천 개지요.」

「해가 지는 땅에는 우리가 모르는 그런 풍부한 물건과 부들이 넘쳐 난다는 이야기를 들어 보았소.」 프락세아스가 눈을 빛내며 말했다.「이 눈물의 계곡을 떠나기 전에 그런 것들을 볼 수만 있다면 하늘에 찬양을 하겠소!」

「그 더러운 입 좀 닥치지 못하겠어?」 보이디가 시인의 등 뒤에서 휘파람을 불며 그의 등을 주먹으로 쳤다.「만약 나중에 조시모스가 도착해서 그자도 우리처럼 그렇게 거지인 걸 보게 되면?」

「조용히 해.」 시인이 입을 비틀며 소리쳤다.「우린 벌써 악령 핑계를 댔어. 악령이 모든 것을 집어삼키게 될 거야. 성배만 제외하고 말이야.」

「그렇기는 해도 지금은 아무 선물이라도 하나 있어야 해. 우리가 진짜 거지가 아니라는 것을 보여 주기 위해서 말이야.」 보이디가 계속 중얼거렸다.

「아마 세례자 요한의 머리면 될 거야.」 바우돌리노가 작은 목소리로 넌지시 일러 주었다.

「머리는 겨우 다섯 개밖에 남지 않았어.」 시인이 여전히 입술을 움직이지 않으면서 말했다. 「하지만 괜찮아. 우리가 왕국에 머무르는 한 나머지 네 개를 꺼낼 필요가 없을 테니까.」

바우돌리노는 자기가 압둘의 것을 가지고 있어서 머리는 아직도 여섯이라는 것을 혼자만 알고 있었다. 그는 말안장 옆에 달린 주머니에서 그것을 하나 꺼내 프락세아스에게 건네주면서, 우선은 — 흑단과 표범, 그리고 그 형제가 가진 다른 근사한 것들을 기다리는 동안 — 우리 주님께 세례를 베푸신 분이 이 땅에 남긴 유일한 기념물을 부제에게 건네주고 싶다고 말했다.

프락세아스는 감격에 젖어 그 선물을 받았다. 번쩍이는 성물 상자 때문에 자기가 보기에는 아주 귀중한 선물 같았다. 그는 수없이 이야기 들어 왔던 그 귀중한 노란 물건이 틀림없다고 생각했다. 한시라도 빨리 성물에 경의를 표하고 싶은 마음에 성급하게, 그리고 부제에게 선물로 전해지는 것들은 모두 자기 것이라고 생각하는 듯한 얼굴로, 별 어려움 없이 그 상자를 열었다(봉인이 벌써 뜯겨진 것을 보니 압둘이 가지고 있던 머리로군, 바우돌리노는 혼자 생각했다). 부제는 두 손으로 거무스름하고 마른, 아르즈루니의 재능이 만들어 낸 작품인 두개골을 들고 찢어질 듯한 목소리로 자기 생애에 이렇게 귀중한 성물은 한 번도 본적이 없다고 소리쳤다.

잠시 후 환관은 존경할 만한 이 손님들을 어떤 이름으로 불러야 하냐고 물었다. 전설에는 동방 박사들을 부르는 이름이 너무나 많아서 진짜 이름이 무엇인지 아무도 모르기 때문이었다. 바우돌리노는 아주 조심스럽게 사제를 만날 때까지는 멀리 서쪽 지방에서 자신들을 부르는 이름대로 불러 주는 게 좋겠다고 대답했다. 그리고 각자 진짜 이름을 말했다. 프락세아스는 아르즈루니나 보이디 같은 이름은 뭔가를 떠올리게 만드는 소리라고 높이 평가를 했다. 바우돌리노, 콜란드리노와 스카카바로치의 이름은 허풍스럽고 야심 차게 들린다고 했으며, 포르첼리와 쿠티카의 이름을 듣고는 이방의 나라를 그려 보았다. 그는 그들의 신중함을 존중한다고 말하고 이렇게 결론을 내렸다. 「이제 들어가시지요. 시간이 늦어서 부제께서는 여러분들을 내일 맞이하실 겁니다. 오늘 밤은 제 손님이 되시는 겁니다. 여러분들이 한 번도 본 적이 없는 풍요롭고 화려한 연회를 마련해 드릴 것을 분명히 약속드립니다. 해가 지는 땅에서 여러분들이 맛보았던 것을 비웃을 정도로 맛있는 음식을 드시게 될 겁니다.」

「그렇지만 저자들은 누더기를 걸치고 있잖아.」 시인이 투덜거렸다. 「우리는 에메랄드 폭포를 보기 위해서 길을 떠났고 수많은 일들을 겪었어. 우리가 사제의 편지를 쓸 때 바우돌리노 자네는 토파즈가 너무 많이 등장해 구역질을 해댔지. 그런데 여기 있는 이 사람들은 조약돌 몇 개에 끈 몇 줄을 가지고서는 자기들이 세상에서 가장 부자라고 생각하고 있어!」

「조용히 해. 두고 보자고.」 바우돌리노가 말했다.

프락세아스는 그들을 탑의 안쪽으로 데리고 갔다. 그리고 그들을 창문이 없는 넓은 홀로 안내했다. 삼각대 위에서 타고 있는 불이 방 안을 비춰 주었다. 가운데 깔린 카펫에는 점토로 만든 컵과 쟁반들이 가득 했고 가장자리에는 쿠션 같은 것들이 놓여 있어서 연회 참석자들은 다리를 꼬고 그 쿠션 위에 앉았다. 반라에 향유를 몸에 바른, 역시 환관이 분명한 젊은이들이 식탁에서 시중을 들었다. 그들은 손님들에게 향료와 물이 뒤섞여 담겨 있는 항아리를 내밀었다. 환관들은 손가락을 그 물에 적신 뒤 귓불과 콧구멍을 만졌다. 그렇게 물에 적신 뒤 환관들은 부드럽게 젊은이들을 쓰다듬었고, 이제 이곳 사람들의 관습에 적응해 가고 있는 손님들에게 향수를 갖다 주라고 권했다. 시인은 그 젊은이들 중 누구라도 자기에게 손을 대면 즉시 한 방에 이빨을 모두 다 빼놓고 말겠다고 으르렁거렸다.

저녁 식사는 이랬다. 큰 접시에 가득 담긴 빵, 좀 더 정확히 말하면 그들이 먹는 포카치아, 엄청난 양의 삶은 야채들과 컵에 가득 담긴 소스가 있었다. 야채는 주로 양배추로 여러 가지 향료를 뿌려서 냄새가 그렇게 나지는 않았다. 소스는 아주 뜨겁고 거무스름했는데 그 소스는 소르크라는 것으로 포카치아를 적셔 먹는 것이었다. 제일 먼저 맛을 본 포르첼리는 코에서 불이 나기라도 한 것처럼 기침을 해대기 시작했다. 그래서 친구들은 적당히 조금 맛만 보았다(그 다음에 그들은 끊임없는 갈증으로 고생하는 밤을 보내야 했다). 굵게 간 밀가루에 묻혀 끓는 기름에 튀겨 낸 〈틴시레타〉라는 민물 생선(이것 좀 봐, 이것 좀 봐, 우리의 친구들은 수군거렸다)이 있었는데 이 생선은 뼈만 있고 살은 거의 없었다. 아마 대부분의 음식들을 이 생선처럼 말 그대로 끓는 기름에 익사시켜 튀긴 것 같았다. 또 〈마라크〉라는 아마씨 수프도 있었는데 시인의 말대로 정말 똥 같았다. 그 수프 위에는 새 고기 조각이 떠다녔지만 고기를 너무나 익혀 가죽처럼 보였다. 프락세아스는 자랑스럽게 그게 〈메타갈리나리우스〉라고 말했다 (이것 좀 봐, 이것 좀 봐, 우리의 친구들이 다시 서로 팔꿈치를 치며 말했다). 과일을 설탕에 절여 만든 〈켄펠레크〉라는 이름의 과일 피클이 있었는데 과일보다는 고추가 더 많았다. 새로운 음식이 도착할 때마다 환관들은 게걸스럽게 식사를 했다. 그리고 음식을 씹으면서 입술을 움직여 소리를 내며 맛있다는 시늉을 했다. 손님들의 동의를 구한다는 신호였다. 말하자면 이런 뜻이었다. 「마음에 드시지요? 하늘이 주신 선물 아닌가요?」 그들은 음식을 손으로 집어먹었는데 수프를 먹을 때에도 손바닥을 오목하게 만들어 따라 마셨고 여러 가지 음식을 한 움큼씩 뒤섞어 한꺼번에 입 안에 털어 넣었다. 그러나 오른손만 식사를 하는 데 썼고 왼손은 계속 새로운 음식을 날라다 주고 있는 청년의 어깨에 가 있었다. 음료를 마실 때에만 왼손을 떼었다. 그들은 주전자를 집어 머리 위까지 들어 올린 뒤 떨어지는 물을 분수에서 받아 마시듯이 입에 들이부었다.

갑부의 연회 같은 그 식사가 끝날 무렵이 되어서야 프락세아스가 신호를 보냈다. 그러자 누비아 인들이 들어와서 아주 작은 잔들에다가 흰 액체를 따랐다. 시인은 자기 잔을 단숨에 비워 버렸다. 그의 얼굴은 금방 시뻘게졌고 포효하는 것 같은 소리를 냈다. 그러더니 죽은 사람처럼 쓰러져 버렸다. 그는 젊은이들이 얼굴에 물을 뿌릴 때까지 그렇게 쓰러져 있었다. 프락세아스는 자기들이 사는 지역에는 포도나무가 자라지 않는다고 설명을 했다. 그래서 그들이 마실 수 있는 알

코올 음료라고는 이 지역에 아주 흔한 열매인 〈부르크〉를 발효시킨 액체가 전부였다. 그런데 그 음료의 힘은 아주 강해서 아주 조금씩, 그것도 잔에 혀를 닿을락 말락 하게 조금 갖다 대면서 맛만 보아야 했다. 복음서에서 말하는 포도주가 없다는 것은 진짜 불행한 일이었다. 픈다페침의 사제들은 미사를 집전할 때마다 형편없이 취해 버려서 미사를 끝내기가 아주 힘이 들었기 때문이다.

「게다가 저런 괴물들에게 우리가 달리 뭘 기대할 수 있겠습니까?」 바우돌리노와 함께 구석에 따로 떨어져 있던 프락세아스가 한숨을 쉬면서 말했다. 그사이 다른 환관들은 여행객들이 가진 철무기들을 호기심이 뚝뚝 떨어지는 눈으로 자세히 살펴보고 있었다.

「괴물들요?」 바우돌리노가 못 알아들은 척하며 물었다. 「저는 이곳에 사는 사람들은 모두 다른 이들이 놀라울 정도로 기형적인 모습을 하고 있다는 사실을 모르는 줄 알았습니다.」

「아마 당신이 그 괴물들 중 누군가가 하는 소리를 들은 것 같군요.」 프락세아스가 경멸하듯 조소하며 말했다. 「그들은 수세기 전부터 이곳에서 함께 살고 있습니다. 그들은 서로에게 익숙해져 있지요. 이웃의 기형적인 형태를 보기를 거부함으로써 자신의 기형을 알아차리지 못하는 것이지요. 괴물들입니다. 그렇습니다. 인간보다는 동물에 가까운 괴물들이지요. 그리고 토끼보다 더 빠른 번식력을 지니고 있습니다. 이게 우리가 다스려야만 하는 백성입니다. 그것도 무자비하게 말입니다. 각자 자신의 이단의 교리에 눈이 멀어 서로를 파멸시키지 않게 하기 위해서이지요. 이 때문에 여러 세기 전에 사제님께서 그들을 이곳에 살게 한 겁니다. 사제님의 백성들이 자신들의 증오스러운 모습을 보고 동요하는 것을 막기 위해서이지요. 사제님의 백성들은 ── 제가 분명히 말씀 드릴 수 있습니다, 바우돌리노 씨 ── 너무나 잘생긴 사람들입니다. 하지만 자연이 괴물들을 만들어 내는 것은 당연한 일입니다. 오히려 설명할 수 없는 일은 전 인류가 하느님 아버지를 십자가에 못 박는, 세상에 다시없는 잔인한 죄를 저지른 뒤에도 아직 괴물이 되지 않은 것입니다.」

바우돌리노는 환관들도 〈나쁜 생각〉을 한다는 것을 알아차려 가고 있었다. 그래서 바우돌리노는 잔치를 베풀어 준 주인에게 몇 가지 질문을 했다. 「그 괴물들 중 어떤 괴물들은……」 프락세아스가 말했다. 「성자(聖子)는 성부(聖父)가 받아들인 양자일 뿐이라고 믿고 있습니다. 또 다른 괴물들은 누가 먼저고 누가 나중인지를 토론하느라 기운을 다 빼고 있습니다. 그리고 괴물들은 누구나 자신이 괴물인 만큼 괴상망측한 생각에도 잘 빠지는데, 최고의 선은 서로 다른 세 가지 또는 네 가지 본질로 이루어진다고 믿으면서 삼위일체를 부정하고 신성(神性)의 위격(位格)을 더 늘리려고 하는 잘못을 범하고 있지요. 이교도들이지요. 유일한 신적 본질이 있어서 이것이 인간 역사의 진행 과정에서 다양한 양태 또는 다양한 인물들에 의해 발현되는 것입니다. 그 유일한 신적 본질은 자식을 낳았기 때문에 성부이고, 탄생되었기 때문에 성자이며, 신성화하기 때문에 성령입니다. 하지만 모두 같은 신성에서 나온 것들이지요. 그것들은 말하자면 하느님이 뒤에 숨어 계시는 가면과 같습니다. 하나의 본질과 단일한 세 겹의 위격이 있을 뿐, 몇몇 이단자들이 주장하듯이 하나의 본질 속에 세 개의 위격이 있는 게 아닙니다. 그런데 만약 그렇다면, 그리고 완전한 하느님이 신경을 잘 써서, 그 어떤 양자에게도 임무를 맡길 수 없기 때문에 직접 육화되어 나타나셨다면, 십자가에서 고통받던 그분이 바로 아버지이십니다. 아버지를 십자가에 못 박은 겁니다! 이해를 하시겠습니까? 저주받을 인종만이 그런 불경스러운 짓을 할 수 있는 겁니다. 그러므로 신자의 임무는 아버지의 복수를 하는 겁니다. 저주받을 아담의 자손들에게 동정을 느낄 필요가 전혀 없습니다.」

여행 이야기를 시작했을 때부터 니케타스는 바우돌리노의 말을 끊지 않고 조용히 이야기를 들었다. 그런데 지금은 바우돌리노의 말을 잘랐다. 그는 상대방이 자신이 말해야 할 것에 대한 해석을 불분명하게 하고 있다는 것을 알아차렸기 때문이었다. 「생각해 보시지요.」 니케타스가 물었다. 「환관들은 인간들이 아버지를 고통스럽게 했기 때문에 인간들을 증오하는 겁니까, 아니면 인간을 증오하기 때문에 그런 이단을 포용한 겁니까?」

「그날 밤과 그 이후 내 자신에게 물어보았던 게 바로 그것입니다. 대답을 찾을 수가 없었지요.」

「난 환관들이 어떻게 생각하는지 알고 있습니다. 황제의 궁전에서 그런 사람들을 많이 알고 지냈지요. 그들은 생식할 능력이 있는 사람들 모두를 향한 자신들의 적의를 분출하기 위해 권력을 쌓으려고 애씁니다. 하지만 내 긴 경험에 비춰 볼 때 나는 환관이 아닌 다른 많은 사람들도 권력을 이용하여 평소에 표현하지 못했던 것을 표현한다는 것을 간파했습니다. 아마 사랑에 대한 욕망보다 명령을 하고자 하는 욕망을 더 누를 수 없는 것 같았습니다.」

「그들이 나를 당황스럽게 만든 다른 일이 또 있었지요. 들어 보십시오. 픈다페침의 환관들은 특권 계급을 형성했는데, 그 계급은 선택에 의해 이어져 나가게 되어 있었습니다. 그들의 성질상 다른 방법이 없기 때문이지요. 프락세아스의 말에 따르면 수세대 전부터 나이 먹은 환관들은 사랑스러운 젊은 이를 선택해서 그들을 고자로 만들어 처음에는 자신들의 시종으로 부리다가 후계자를 만든다고 합니다. 픈다페침 전 지역이 자연의 변덕으로 빚어진 존재들만 살고 있는 곳이라면, 의젓하게 잘 자란 그 젊은이들은 어디서 데려오겠습니까?」

「물론 환관들은 낯선 지역에서 그들을 데려오는 겁니다. 많은 군대와 공공 체제에서 벌어지는 일이지요. 통치를 하는 사람은 자신이 다스릴 그 공동체에 속해서는 안 됩니다. 자기 부하들에게 애정의 감정이나 연대감 같은 것을 느끼지 않도록 말입니다. 아마도 사제가 그것을 원했을지도 모릅니다. 기형적이고 전투적인 그 사람들을 복종시키기 위해서 말입니다.」

「그들이 후회 없이 죽을 수 있게 해주기 위해서라고 해두지요. 프락세아스의 말에서 난 두 가지 사실을 알게 되었습니다. 픈다페침은 사제의 왕국이 시작되기 전의 마지막 전초 지점이었습니다. 그러니까 산 사이에 난 좁은 오솔길을 통해서만 다른 영토로 들어갈 수 있었습니다. 누비아 인 호위병들이 그 오솔길 위에 자리한 바위 위에서 항상 그 길을 수비하고 있었습니다. 그들은 그 협로로 들어올 생각을 한 사람에게는 그가 누구든 산더미만 한 돌덩이들을 쉼 없이 굴려 보낼 준비가 되어 있었지요. 협로가 끝나는 부분쯤에서 끝없는 늪지가 시작되었는데 그건 함정과도 같은 늪지여서 진흙 땅과 끊임없이 움직이는 모래들이 그 늪지를 건너려는 사람을 집어삼켜 버렸습니다. 다리가 반 정도 그 늪에 빠져 들기 시작하면 더 이상 다리를 밖으로 뺄 수가 없어서 바닷속에 가라앉듯 그 속으로 사라져 버리는 것이지요. 늪에는 그 늪을 안전하게 건널 수 있는 길이 단 하나 있었습니다. 하지만 그 길을 아는 사람들은 환관들뿐이었습니다. 그들은 어떤 표식을 통해 그 길을 알아 볼 수 있게 교육을 받은 것이지요. 그렇게 픈다페침은 왕국으로 가려는 사람이 뛰어넘어야 하는 문이고 요새이고 자물쇠였습니다.」

「몇 세기인지는 모르지만 그 오랜 세월 동안 그곳을 방문한 사람으로는 당신들이 처음이었을 테니 그 요새를 뛰어넘는 일이 그렇게 힘든 일은 아니었겠지요.」

「정반대였어요. 프락세아스는 그 점에 대해서는 아주 모호한 태도를 보였습니다. 마치 그들을 위협하는 사람들의 이름을 말하는 게 금지되어 있는 것처럼 말입니다. 그런데 나중에 마음을 바꿔 모호하게나마 그 지역 전체가 전사 부족, 즉 백인 훈 족 전사들의 악몽에 시달리며 살고 있다고 말을 했습니다. 그 전사들은 언제든지 침략을 시도할 수 있는 사람들 같았습니다. 만약 그 전사들이 픈다페침의 입구에 도착을 할 경우 환관들은 스키아푸스, 블레미에스 그리고 다른 모든 괴물들을 전투에 내보낼 것입니다. 그 괴물들은 어떻게 해서든 픈다페침이 정복되는 것을 막기 위해 몸을 던지게 되는 것이지요. 그런 다음 환관들은 부제를 협로로 데리고 갈 것입니다. 모든 길을 봉쇄하기 위해 계곡에 바위들을 던지게 하고 왕국으로 피신을 하기 위해서입니다. 그렇게 하지 못했을 경우 그들은 체포를 당하게 되는데 백인 훈 족들은 그들 중의 한 사람에게 고문을 가해 사제의 땅으로 가는 단 하나뿐인 길을 알아낼 수 있기 때문에 환관들은 모두 포로가 되기 전에 각자 옷 속에 숨긴 작은 목걸이 속에 들어 있는 독약으로 자살을 할 수 있도록 교육을 받았습니다. 가장 끔찍한 일은 어떠한 경우에도 환관들이 자신들은 목숨을 부지할 수 있다고 확신을 하고 있다는 것이었습니다. 최악의 경우에 누비아 인들을 방패로 이용하면 될 테니까요. 키르쿰켈리오 파 수비대가 있는 게 천만다행이라고, 프락세아스가 말했습니다.」

「나도 키르쿰켈리오 파에 대한 이야기를 들었습니다. 하지만 아주 오래전 아프리카 해안에서 일어났던 일이지요. 그러니까 그곳에는 도나투스 파라고 불리는 이단자들이 살고 있었지요. 그들은 교회가 성인들의 사회이어야만 한다고 생각했습니다. 하지만 불행하게도 그곳의 교회 지도자들은 이미 부패해 있었지요. 그래서 그들에 따르면 그 어떤 사제도 성사를 거행할 수 없었습니다. 그래서 그들은 다른 기독교도들과 영원한 전쟁에 들어갔습니다. 도나투스 파 가운데 가장 단호한 자들이 바로 키르쿰켈리오 파였습니다. 그자들은 야만인인 무어 족들로서 순교를 하기 위해 들과 계곡으로 돌아다녔고 절벽 위에서 지나가는 행인에게 *Deo laudes*(하느님께 찬양을)라고 소리치며 뛰어내렸고 곤봉으로 행인들을 위협하면서 희생의 영광을 맛볼 수 있도록 자신들을 죽여 달라고 부탁을 했습니다. 그리고 겁에 질린 사람들이 그렇게 하기를 거절하면 키르쿰켈리오 파가 먼저 그들이 가지고 있는 것을 모두 빼앗아 버린 다음 그들의 머리를 박살 내버렸습니다. 난 그런 광신자들이 사라져 버렸다고 생각하고 있었습니다.」

「픈다페침의 누비아 인들은 그들의 후손이 분명합니다. 프락세아스는 계속 자기 부하들에 대한 경멸을 숨기지 않으면서 이렇게 말했지요. 적에게 기꺼이 자기 목숨을 내놓기 때문에 전쟁을 할 때는 아주 소중한 존재들일 겁니다. 적들이 누비아 인들을 다 쓰러뜨리느라 시간을 보내는 동안 환관들은 협로를 봉쇄할 수 있는 겁니다. 키르쿰켈리오 파는 아주 오래전부터 이런 모험을 기다리고 있었습니다. 하지만 그 지방을 침략하는 자는 아무도 없었고 그들은 평화롭게 사는 법을 몰랐기 때문에 안달이 나 있습니다. 그들은 괴물들을 보호하라는 명령을 받았기 때문에 그들을 공격할 수 없었고 약탈을 할 수도 없었습니다. 그들은 사냥을 하고 맨손으로 야생 동물을 때려잡으며 기분을 풀곤 했습니다. 그들은 때로 삼바티온을 건너 키메라와 만티코레들이 자리를 잡고 있는 자갈밭까지 가곤 했습니다. 어떤 사람은 압둘 같은 최후를 맞는 기쁨을 맛보았습니다. 하지만 그것으로는 충분하지가 않았지요. 가끔 그들 중 아주 신념이 뚜렷한 자들은 미쳐 버리곤 했습니다. 프락세아스는 그날 오후 어떤 누비아 인이 우리에게 자기 목을 잘라 달라고 간청했다는 것을 벌써 알고 있었습니다. 다른 누비아 인들은 협곡을 지키고 있는 동안 산꼭대기에서 뛰어내리기도 했습니다. 간단히 말하면 그들을 통제하기가 아주 힘이 들었던 거지요. 환관들이 할 수 있는 일이라고는 매일매일 위험이 닥쳐오고 있다는 것을 그들에게 예시하면서 백인 훈 족들이 정말 문 밖에 와 있다고 믿게 만드는 것밖에 없었습니다. 그렇게 해서 누비아 인들은 수세기, 수세대에 걸쳐 자신들을 소모시킨 희망을 품고 시선을 집중해서 멀리서 먼지 구름이 보일 때마다 기쁨으로 몸을 떨었고 침입자들이 오기를 기다리면서 자주 평야를 헤매고 다녔습니다. 누비아 인들이라고 모두 희생을 할 준비가 되었던 것은 아니었지만, 그래도 그동안 정말 잘 먹고 잘 입고 살고 싶은 마음에, 순교를 하고 싶다고 큰 소리로 알렸기 때문에 그들을 배부르게 먹이고 〈부르크〉를 실컷 마시게 해서 잘 데리고 있을 필요가 있었습니다. 증오하는 괴물들을 다스려야 하고 언제나 흥분해 있고 취해 있는 그 먹보들에게 자신들의 목숨을 맡겨야 하는 환관들에게, 하루하루 증오심이 어떻게 쌓여 가는지 나는 이해하게 되었습니다.」

시간이 많이 지났다. 프락세아스는 누비아 인들에게 호위를 맡겨 그들을 숙소로 안내하게 했다. 숙소는 탑 앞에 있었다. 그것은 규모가 작은 돌 벌집이었다. 내부 공간은 그들이 모두 지내기에 충분했다. 그들은 공중에 떠 있는 작은 계단을 따라 올라갔다. 그리고 그날 하루 동안 너무나 피곤했었기 때문에 아침까지 잠을 잤다.

그들을 깨운 것은 가바가이였다. 가바가이는 그들의 시중을 들 준비가 다 되어 있었다. 그는 부제가 손님들을 맞을 준비를 다 했다는 소식을 누비아 인들로부터 전해 들었다.

그들은 탑으로 돌아갔다. 그러자 프락세아스가 직접 그들을 안내해서 바깥쪽의 큰 계단을 따라 올라가게 했다. 그렇게 마지막 층까지 올라갔다. 그곳에서 그들은 문을 지나 원형의 복도로 들어갔다. 복도에는 마치 나란히 붙은 이빨들처럼 서로 나란히 붙어 있는 문들이 수없이 많았고 그 문들은 다 열려 있었다.

「나는 나중에서야 그 층이 어떻게 만들어졌는지를 알게 되었습니다, 니케타스 씨. 묘사를 하기가 아주 힘들 것 같지만 한번 해보도록 하지요. 그 둥근 복도는 원의 둘레 같다고 상상하시면 됩니다. 그 중앙에는 똑같이 둥근 중앙 홀이 있는 겁니다. 복도 쪽으로 열린 문들은 각각 도관(導管)처럼 생긴 통로와 연결되어 있었는데, 각 통로는 원의 중심을 향해 반지름을 그리듯이 중앙 홀로 이어져 있는 듯했습니다. 만약 이 통로들이 일직선이라면, 그 원 둘레 같은 복도에 있는 누구라도 중앙의 홀에서 무슨 일이 벌어지는지를 볼 수 있을 것이고, 누구든지 중앙 홀에 있으면 누가 통로로 들어오는지를 볼 수 있을 겁니다. 하지만 통로들은 모두 직선으로 시작했다가 중앙 홀로 들어가기 전에 휘어져서 곡선을 이루었습니다. 그렇게 해서 원형 복도에서는 그 누구도 홀을 볼 수가 없었습니다. 이것은 그 안에 사는 사람의 사생활을 보장해 주었습니다…….」

「그렇지만 홀에 사는 사람도 마지막까지 누가 들어오는지 알 수가 없겠군요.」

「사실입니다. 이런 특이한 점은 저에게 곧바로 충격으로 다가왔습니다. 들어 보십시오, 그 지역의 통치자인 부제는 사려 깊지 못한 시선들에 노출되지 않고 보호를 받았습니다. 그렇기는 해도 그와 동시에 그의 환관들이 누군가의 방문을 미리 알려 주지 않으면, 그는 방문을 받고 놀랄 수 있었습니다. 그는 자신을 감시하는 사람들의 감시를 받지 않을 수 있지만 그들을 몰래 훔쳐볼 수도 없는 포로였습니다.」

「당신이 만난 그 환관들은 우리 환관들보다 훨씬 더 교활하군요. 어쨌든 이제 부제에 대해서 말해 주시지요.」

그들은 안으로 들어갔다. 원형의 커다란 홀은 왕좌 주위의

함 몇 개를 제외하고는 비어 있었다. 왕좌는 중앙에 있었다. 그것은 짙은 색의 나무로 만들어졌고 그 위에는 닫집이 있었다. 왕좌에는 검은 옷을 입은 인간의 형체가 하나 앉아 있었다. 머리에는 터번을 두르고 있었고 얼굴에는 베일이 드리워져 있었다. 발에는 검은 슬리퍼가 신겨져 있었고 손을 가리고 있는 장갑도 마찬가지로 검었다. 그러니까 자리에 앉아 있는 사람의 얼굴은 전혀 볼 수가 없었다.

부제가 앉아 있는 왕좌의 양 옆에는 베일로 얼굴을 가린 다른 두 인물이 웅크리고 앉아 있었다. 그들 중의 한 사람은 가끔 향료가 타고 있는 잔을 부제에게 내밀었다. 그 연기를 들이마실 수 있게 하려는 것이었다. 부제는 거절을 하려고 애를 썼다. 하지만 프락세아스가 간청을 했는데, 그 몸짓은 그 잔을 받으라고 명령을 하는 것 같아 보였다. 그러니까 그것은 어떤 약이었다.

「옥좌에서 다섯 걸음 떨어진 지점에서 걸음을 멈추십시오. 머리를 숙여 인사를 하고 인사말을 하기 전에 부제께서 말씀하시길 기다리십시오.」 프락세아스가 소곤거렸다.

「왜 베일을 쓰고 계신 겁니까?」 바우돌리노가 물었다.

「그런 것은 묻는 게 아닙니다. 베일 쓰고 있는 걸 좋아하시기 때문에 그렇지요.」

그들은 프락세아스가 말한 대로했다. 부제는 한 손을 들었다. 그리고 그리스 어로 말했다. 「나는 어릴 때부터 당신들이 오실 날을 준비하고 있었습니다. 나의 로고테트가 내게 모두 말을 해주었습니다. 당신들의 존엄한 동료가 도착하기를 기다리는 동안 당신들을 도와주고 손님으로 대접할 수 있으면 기쁘기 그지없겠소. 나 역시 당신들이 가져온 둘도 없는 선물을 잘 받았어요. 분에 넘치는 선물입니다. 경의를 표해 마땅한 분들께 그렇게 성스러운 물건을 받았으니 말입니다.」

그의 목소리는 병이 든 사람처럼 불안정했다. 하지만 음색은 젊은이 같았다. 바우돌리노는 진심으로 존경심이 담긴 인사를 했다. 워낙 경외의 마음을 가지고 인사를 했기 때문에 곧 이어 바우돌리노가 그에게 부여된 권위를 가지고 방자하게 군다고 해도 아무도 비난할 수 없을 정도였다. 부제는 그와 같은 겸손함이 바로 그들의 신성을 분명하게 나타내 주는 표시라고 말했다. 다른 말은 전혀 할 필요가 없었다.

그러더니 부제는 그들에게 원형으로 놓여진 열한 개의 방석 위에 앉으라고 권했다. 그가 옥좌에서 다섯 걸음 떨어진 곳에 준비시켜 놓은 것이었다. 그는 그들에게 썩은 맛이 나는 단 도넛과 함께 〈부르크〉를 권했다. 부제는 거의 믿을 수 없는 세계인 서쪽 세계를 방문했던 그들을 통해서 자기 손을 거쳐 갔던 수많은 책에서 읽은 그런 경이로운 것들이 정말 그곳에 다 있는 게 확실한지 한시라도 빨리 알고 싶다고 말했다. 예수께서 자신의 피가 되게 하신 음료가 떨어지는 나무가 자란다는, 에노트리아라는 땅이 정말 있는지 물었다. 납작하지도 않고 손가락 반 정도로 얇지도 않지만 매일 아침 닭이 울 때마다 기적적으로 부풀어올라 껍질은 노란색이 되고 속은 부드럽고 탄력 있는 과일처럼 변하는 빵이 진짜 있는지 물었다. 그곳에서는 바위의 바깥에 세워진 교회들을 볼 수 있다는 게 사실인지, 로마의 대사제의 궁전이 키프로스라는 전설적인 섬에서 가져온 향기 나는 나무로 천장과 대들보를 만들었다는 게 사실인지를 물었다. 그 왕궁의 문이 뿔뱀의 뿔과 하늘색 돌을 뒤섞어 만들어서 안으로 독을 가지고 들어가려는 사람의 통행을 막고 창문들은 빛이 통과할 수 있는 돌들로 만들어져 있는지를 물었다. 그리고 바로 그 로마에 지금 기독교도들이 사자를 잡아먹었다고 하는 원형의 대건축물이 진짜 있는지 물었다. 그 건물의 둥근 천장에는 해와 달을 실제의 것들과 크기가 같도록 완벽하게 모방해 놓았는지, 그리고 그 해와 달이 인간의 손으로 만든 아주 달콤한 노래를 부르는 새들 사이를 지나 그 둥근 아치를 가로질러 간다는 것이 사실인지 물었다. 투명한 돌로 된 바닥 밑으로 투명한 돌로 만든 자동 물고기들이 헤엄치고 있다는 게 사실이냐고도 했다. 계단을 따라 올라 가다보면 어떤 계단의 바닥에 구멍이 있는 곳에 이르게 되고, 그 구멍을 통해서 우주에서 벌어지는 모든 일들을 다 볼 수 있다는 게 사실이냐고도 물었다. 그러니까 바닷속의 모든 괴물들, 새벽과 저녁, 울티마 툴레에 사는 사람들, 검은색 피라미드 한가운데에 있는 달빛 색깔의 거미집, 8월에 하늘에서 아프리카에 떨어지는 하얗고 차가운 물체로 된 덩어리들, 이 우주에 있는 모든 사막들, 모든 책의 모든 페이지에 실린 모든 문자들, 삼바티온 위로 지는 장밋빛 석양들, 끝없이 세계를 복제해 내는, 빛나는 두 개의 판 위에 놓인 세상이라는 감실, 물가가 없는 호수 같은 넓은 물들, 수소들, 폭풍우들, 이 땅에 존재하는 모든 개미들, 심장과 내장들의 비밀스러운 맥박들, 그리고 죽음으로 변형된 우리들 각자의 얼굴들…….

「대체 이 사람들에게 이렇게 많은 거짓말을 해댄 사람들이 누구지?」 시인이 분개를 하며 물었다. 한편 바우돌리노는 신중하게 대답을 하려고 애를 쓰면서 멀리 서쪽에는 경이로운 것들이 수없이 많다고 말했다. 비록 과장된 그 명성이 계곡과 산을 넘으면서 더욱 부풀려진 게 분명하기는 하지만 말이다. 그리고 그는 해가 지는 곳에서 기독교도들이 사자를 잡아먹는 것을 한 번도 본 적이 없다고 분명히 증언할 수 있었다. 시인이 작은 소리로 비웃듯 말했다. 「적어도……사순절 기간 동안에는 아니겠지…….」

그들은 자신들이 그곳에 와 있는 사실 자체가, 영원히 원형의 감옥에 갇혀 살아야 하는 그 젊은 환자의 환상에 불을 붙였다는 것을 깨달았다. 그리고 해가 뜨는 곳에 산다면 일몰의 경이로움을 꿈꿀 수밖에 없을 것이라는 사실도 알게 되었다 — 특히 픈다페침같이 거지 같은 곳에서 산다면 말이야, 시인이 계속 중얼거렸다. 독일어로 말을 한 게 그나마 천만다행이었다.

잠시 후 부제는 자신의 친구들도 무엇인가를 알고 싶어한다는 것을 깨달았다. 부제는 그들이 왕국을 떠난 뒤로 너무 많은 세월이 흘렀기 때문에 어쩌면 그들이 출발한 왕국으로 어떻게 돌아가야 할지 기억을 하지 못할 수도 있다고 말했다. 전해져 오는 이야기에 따르면 그 왕국은 여러 세기 동안 계속되는 지진 때문에 그리고 다른 지각 변화들 때문에 산과 계곡들이 많이 변했다고 말해 주었다. 그는 협로를 넘어 늪지를 지나가는 일이 얼마나 어려운지를 설명했다. 그리고 우기가 시작되고 있어서 당장 여행을 시작하기는 적당하지 않다고 알려 주었다. 「또 내 환관들이…….」 그가 말했다. 「아버님께 사절들을 보내야만 할 겁니다. 사절들이 아버님께 당신들의 방문을 이야기할 겁니다. 이 사절들은 당신들이 여행을 해도 좋다는 아버님의 허락을 받고 돌아와야 합니다. 길이 아주 멉니다. 그래서 이렇게 하는 데 1년 정도 걸릴 겁니다. 어쩌면 더 걸릴 수도 있습니다. 그동안 여러분들은 여러분들의 형제가 도착하기를 기다리면 됩니다. 이곳에서 여러분들은 신분에 맞게 대접받으실 수 있으리라고 알아 두시면 됩니다.」 부제는 마치 금방 배운 수업을 암기하듯 거의 기계적인 목소리로 말했다.

손님들은 부제에게 어떤 역할을 맡고 있으며 부제 요한의 운명은 어떤 것이냐고 물었다. 그러자 그가 다음과 같이 설명을 했다. 아마 동방 박사 시대에는 지금과 같지 않았을 것이다. 하지만 동방 박사들이 떠나자마자 왕국의 법률이 바뀌었다. 이제 사제 혼자 수천 년 동안 계속 그 왕국을 지배한다고 생각해서는 안 된다. 사제는 오히려 하나의 권위를 상징한다. 사제가 세상을 떠날 때마다 그의 왕좌는 바로 부제에게 상속이 된다. 그러면 곧 왕국의 고관들은 각 가정을 방문해서 세 달이 넘지 않는 갓난아기들을 살펴서 어떤 기적적인 표시를 가진 아기를 찾아내게 된다. 그 아기는 사제의 장래 후계자가 되며 양아들이 된다. 갓난아기는 가정에서 누릴 수 있는 모든 기쁨을 포기하게 되고 즉시 픈다페침으로 보내지게 된다. 픈다페침에서 어린 시절과 청년기를 보내면서 양아버지의 뒤를 이을 준비를 하고 그를 두려워하고 존경하고 사랑하는 법을 배우게 된다. 젊은이는 쓸쓸하게 말했다. 친아버지이든 양아버지이든 자신의 아버지를 절대 볼 수 없는데, 상속자가 왕국의 수도에 도착하는 데에는, 아까 말했듯이 적어도 1년이 걸리기 때문이었다.

「내가 볼 수 있는 것은 하나뿐일 겁니다.」 부제가 말했다. 「그런데 난 그걸 가능한 한 늦게 보게 해달라고 기도합니다. 바로 장례용 시트에 새겨진 초상뿐이지요. 장례를 치르기 전에 몸에 기름과 다른 희한한 물질들을 발라 리넨에 몸의 형태를 남기게 만드는 겁니다. 그 뒤 그 리넨으로 그 몸을 감싸는 겁니다.」그러더니 이렇게 말했다.「여러분들은 여기 오래 머물러야 할 겁니다. 가끔 나를 찾아와 주셨으면 합니다. 저는 정말 서쪽 세계의 경이로운 이야기들을 듣고 싶습니다. 그곳에서 벌어지는, 사람들의 말에 따르면 삶을 살아 있을 만한 것으로 만들어 준다는, 수천 가지 전투와 포위 공격에 대한 이야기들을 듣고 싶습니다. 난 당신들이 옆구리에 찬 무기들을 보았습니다. 이곳에서 사용하는 것보다 훨씬 더 아름답고 성능이 좋을 것 같군요. 내 생각엔 여러분들도 전투에서 부대를 지휘했을 것 같습니다. 왕이라면 그렇게 하는 게 합당한 일이지요. 그런데 이 지역에서는 아득한 옛날부터 전쟁과 우리는 분리되어 있습니다. 야전에서 부대를 지휘하는 기쁨을 단 한 번도 누려 보지 못했지요.」그는 초대를 하는 게 아니라 거의 간청을 하는 것 같았다. 그의 말투는 책에서 읽은 놀라운 모험에 대한 생각으로 흥분을 한 젊은이의 것이었다.

「너무 피곤하시지 않게 해야 합니다, 부제님.」프락세아스가 아주 공손하게 말했다.「이제 시간이 너무 많이 지났습니다. 방문객들을 물러가게 하는 게 좋으실 것 같습니다.」부제는 고개를 끄덕였다. 체념하듯 인사를 하는 부제의 그 태도를 보고 바우돌리노와 그의 친구들은 푼다페침을 진짜 지배하는 사람이 누구인지를 알게 되었다.

31
바우돌리노 요한 사제의 왕국으로
떠날 날을 기다리다

바우돌리노가 아주 오랫동안 이야기를 했기 때문에 니케타스는 배가 고팠다. 테오필라토스가 그를 저녁 식사에 초대해 여러 가지 생선들을 섞어 만든 캐비아를 대접했다. 뒤이어 빵가루가 가득한 접시에 양파와 올리브 기름을 섞어 만든 수프가 얹혀져 나왔다. 그러고 나자 연체동물을 잘게 썰어 포도주와 기름과 마늘, 계피와 꽃박하, 겨자를 섞어 만든 소스가 나왔다. 미식가인 니케타스의 입맛에 그렇게 맞는 음식은 아니었지만 그래도 그는 맛있게 먹었다. 따로 저녁 식사를 했던 여자들이 잠자리에 들 준비를 하는 동안 니케타스는 다시 바우돌리노에게 묻기 시작했다. 그는 바우돌리노가 결국 사제의 왕국에 도착했는지를 한시라도 빨리 알고 싶어했다.

「니케타스 씨, 당신은 내가 달려가기를 바라고 있군요. 그런데 우리는 푼다페침에 2년이나 머물렀답니다. 처음에 시간은 항상 변함없이 흘렀지요. 조시모스에 대한 소식은 전혀 듣지 못했습니다. 프락세아스가 우리에게 말하기를, 우리 행렬의 열두 번째 인물이 도착하지 않아서 사제에게 미리 알렸던 그 선물이 없다면 여행을 시작해도 아무 쓸모가 없다고 했지요. 게다가 매주 우리에게 새로운 소식들이 전해져 우리를 실망시켰습니다. 우기가 예상보다 훨씬 더 길어져서 늪지는 더욱더 건너기 힘들게 되었고 사제에게 파견한 사절들에 대한 소식은 들을 수 없었지요. 그들이 늪지를 건널 수 있는 단 하나의 그 길을 찾지 못했을 수도 있었습니다……. 그러다가 우기가 지나고 좋은 계절이 돌아왔는데 백인 훈 족들이 오고 있다는 소문이 돌았습니다. 한 누비아 인이 그들을 북쪽 지역 근방에서 보았다고 했습니다. 그렇기 때문에 우리가 가게 될 그렇게 어려운 여행에 사람들을 동행시켜서 한 사람이라도 더 희생시킬 수가 없다고 했습니다. 일이 그렇게 된 거지요. 우리는 뭘 해야 할지 몰랐기 때문에 그 지방의 여러 언어로 의사 표현하는 것을 배웠습니다. 이미 우리는 피그미가 〈헤키나 데굴〉이라고 외치면 그것은 기분이 좋다는 뜻이라는 것을 알게 되었습니다. 그리고 피그미와 나누는 인사는 〈루무스 켈민 페소 데스마르 론 엠포소〉, 말하자면 자기와 자기 부족에게 전쟁을 일으키지 않겠다는 것을 약속해 달라는 뜻이었습니다. 거인이 어떤 질문에 〈보드호콤〉이라고 대답하면 그것은 자기는 모르겠다는 뜻이고 누비아 인들은 말을 〈넥〉이라고 불렀는데 그것은 아마 낙타를 뜻하는 〈넥브랍파르〉를 흉내 낸 것 같았습니다. 한편 블레미에스들은 〈호우이흠늠〉이라는 말로 말을 가리켰지요. 블레미에스들이 모음이 아닌 소리를 내는 것을 들은 것은 그게 처음이었습니다. 그들이 한 번도 본 적이 없는 동물을 지칭하기 위해, 자기들이 절대 사용하지 않는 말을 만들어 냈다는 표시지요. 스키아푸스는 〈하이 코바〉라고 말하면서 기도를 했습니다. 그들에게는 그게 〈하늘에 계신 우리 아버지〉라는 뜻이었지요. 그리고 불은 〈데바〉라고 불렀고 무지개는 〈데타〉, 개는 〈지타〉라고 했습니다. 환관들은 미사를 드리는 동안 이렇게 노래하며 신을 찬양했습니다. 〈혼딘바스 오스파메로스타스, 카메두마스 카르파넴파스, 캅시무나스 카메로스타스 페리심바스 프로스탐프로스타마스.〉 우리는 푼다페침의 주민이 되어 가고 있었습니다. 그래서 블레미에스나 귀큰이들이 우리와 그다지 다르게 보이지 않았습니다. 우리는 한 무더기의 나태한 인간들로 변해 버렸습니다. 보롱과 아르즈루니는 진공에 대해 매일 토론하며 시간을 보냈습니다. 뿐만 아니라 아르즈루니는 퐁크들의 목수와 만나게 해달라고 가바가이를 설득했습니다. 그리고 그는 그 목수와 함께 금속을 전혀 사용하지 않고 나무만으로 놀라울 정도로 화려한 건물을 세울 수 있을 것이라는 공상을 하고 있었습니다. 아르즈루니가 그 어리석은 모험에 정신이 팔려 있는 동안, 보롱은 키오트와 함께 말을 달려 평야로 몸을 숨겼습니다. 그리고 성배에 대해 공상을 했지요. 그러면서도 그들은 혹시 지평선에 조시모스의 그림자가 나타나지 않는지를 보려고 주의를 기울였습니다. 보이디는 조시모스가 다른 길로 들어서서 백인 훈 족들을 만난 것 같다고 추측했습니다. 훈 족들은 우상 숭배자들이 틀림없는데 조시모스가 그자들에게 뭐라고 했을지 알게 뭐야. 지금 훈 족들에게 사제의 왕국을 공격해야 한다고 설득하고 있는지도 모르지…… 몇 가지 건축 기술을 습득해서 알레산드리아의 건설에 참여했던 포르첼리, 쿠티카, 출라라고 불리는 알레라모 스카카바로치는 그 지역의 주민들을 설득시켜야겠다는 생각을 갖게 되었습니다. 네 개의 벽으로 이루어진 건물을 짓는 게 그들의 비둘기 집보다 훨씬 더 좋다고 말입니다. 그래서 그들은 직업적으로 바위에 벽감을 파는 거인들을 만났습니다. 거인들은 회반죽을 어떻게 만드는지 혹은 점토로 벽돌을 어떻게 만들어 나중에 햇볕에 말리는지를 배울 준비가 되어 있었습니다. 도시 가장자리에 대여섯 채의 오두막이 세워졌지요. 하지만 어느 날 이른 아침에 그 집을 혀 없는 이들이 차지하고 있었습니다. 소명에 따라 떠돌이 생활을 하며 빌어먹는 그 사람들 말입니다. 거인들은 돌을 던져 그들을 쫓아내 보려고 했지만 그들은 완강했습니다. 보이디는 언제나 저녁만 되면 협로를 바라보았지요. 혹시 좋은 소식이 오는지 보기 위해서 말입니다. 간단히 말해 각자 나름대로 취미를 만들어 낸 겁니다. 우리는 그 구역질 나는 음식에도 익숙해졌습니다. 특히 〈부르크〉 없이는 살 수가 없었지요. 일이 잘 된다면, 왕국이 두 발자국만 가면 되는 거리에, 말하자면 걸어서 1년을 의미하지만, 그런 거리에 있다는 사실에 위로를 받았습니다. 하지만 우리는 더 이상 무엇인가를 발견해야 할 의무도, 다른 길을 찾아야 할 의무도 없었습니다. 우리는 그저 환관들이 적당한 때에 우리를 안내해 주기만을 기다릴 뿐이었지요. 말하자면 우리는 즐겁게 기력을 잃어 갔고 행복하게 권태로워하고 있었던 겁니다. 콜란드리노를 제외하고 우리들은 모두 이미 나이가 꽤 든 사람들이었습니다. 나는 50을 넘겼지요. 그 나이에 아직 죽지 않았다면 곧 죽게 되지요. 우리는 하느님께 감사드렸습니다. 분명 그곳의 공기가 좋았던 것 같습니다. 모두 다시 젊어진 것 같았지요. 내 눈에는 도착했을 때보다 10년은 더 젊어진 것 같았습니다. 말하자면 우리 몸에는 힘이 넘쳤고 정신은 쇠약해져 갔습니다. 우리는 픈다페침 사람들과 동화되어 가고 있어서 심지어 그들의 신학적인 논쟁에 열중하기 시작했습니다.」

「누구와 함께 말입니까?」

「사실은 모두 시인의 피가 끓어서 생긴 일이었습니다. 그는 여자 없이는 지낼 수가 없었지요. 가엾은 콜란드리노도 잘 지냈는데 말입니다. 콜란드리노는 자기 누나처럼 살아 있는 천사였습니다. 시인이 한 귀큰이 여자에 대해 공상을 하기 시작했을 때 나는 우리 눈까지도 그 땅에 익숙해졌다는 사실을 알게 되었습니다. 시인은 흐늘흐늘한 그 귀큰이 여자의 귀에 끌렸습니다. 그녀의 가슴에 묶인 하얀 끈이 그를 흥분시켰습니다. 그는 그녀의 몸이 유연하고 입술은 그린 것 같다는 것을 발견했습니다. 그는 밭에서 두 귀큰이가 성교를 하는 것을 보았습니다. 그리고 그런 경험이 아주 감미로울 것이라고 짐작했습니다. 두 귀큰이는 서로 자기 귀로 상대방의 몸을 감싸고 성교를 했는데 마치 조개 껍질 속에 들어 있는 것 같았습니다. 혹은 우리가 아르메니아에서 맛보았던, 다진 고기를 포도 잎에 감싸 놓은 것 같았습니다. 틀림없이 멋질 거야, 시인이 말했지요. 그런데 그가 가까이 하려고 했던 귀큰이 여자가 그를 꺼리는 것 같은 반응을 보였기 때문에 그는 블레미에스 여자를 사랑하게 되었습니다. 블레미에스는 머리가 없지만 유연한 허리와 매력적인 성기를 가지고 있다는 것을 알게 되었지요. 게다가 한 여자와 입을 맞추는데 그게 배에다가 입을 맞추는 것이라면 그것도 굉장히 멋진 일일 것 같았습니다. 그래서 시인은 블레미에스 여자들과 교제를 하기 시작했습니다. 어느 날 밤 그는 블레미에스들의 회합에 우리를 데리고 갔습니다. 그 지방의 다른 괴물들처럼 블레미에스들은 성스러운 문제에 대해 토론하는 데 외부 사람들이 들어오는 것을 허락하지 않았습니다. 하지만 우리는 달랐습니다. 그들은 우리가 나쁜 생각을 한다고 생각하지 않은 겁니다. 뿐만 아니라 각각의 부족들은 모두 우리가 자기들처럼 생각한다고 여겼습니다. 우리가 블레미에스들에게 친밀감을 보여 주자 분명히 실망을 느낀 쪽은 가바가이뿐이었습니다. 하지만 그 충실한 스키아푸스는 이미 우리를 숭배하고 있었습니다. 그래서 우리가 하는 일은 옳은 일일 수밖에 없었습니다. 순진하기 때문이기도 하고 우리에 대한 애정 때문이기도 한데, 우리가 블레미에스들에게 주님은 하느님의 양아들이라는 것을 가르치러 간다고 확신했기 때문입니다.」

블레미에스들의 교회는 땅과 같은 높이에 있었는데 두 개의 기둥과 팀파눔이 있는 정면만이 보일 뿐이었고 나머지 부분은 바위 속에 들어가 있었다. 그들의 신부는 끈으로 감싸 놓은 돌판을 망치로 쳐서 신자들을 불러모았다. 돌판에서는 깨진 종소리가 났다. 교회 안에서는 등불을 켜놓은 제단 하나만이 보였다. 등불에서 나는 냄새로 보아 거기에는 기름이 아니라 버터가 타고 있는 게 분명했는데 아마도 양젖으로 만든 것 같았다. 주위에는 십자가상도 다른 성상들도 보이지 않았다. 안내를 맡았던 블레미에스의 설명에 따르면, 그들 (올바르게 생각하는 유일한 사람들인 블레미에스들)은 말씀이 육화하지 않았다는 판단에 따라 우상의 성상을 숭배할 수 없기 때문이었다. 바로 같은 이유로 그들은 성체(聖體)도 진심으로 받아들일 수 없었다. 그래서 그들의 미사는 그런 종류의 성변화(聖變化) 없이 거행되었다. 그들은 복음서를 읽을 수도 없었다. 그것은 거짓으로 꾸며 낸 이야기이기 때문이었다.

바우돌리노는 이런 식으로 해서 대체 어떤 종류의 미사를 거행할 수 있냐고 물었다. 안내인은 사실 그들이 기도하기 위해 모인 것이고 기도한 뒤에는 모두 함께, 그들이 아직도 해명할 수 없는 거짓 육화라는 중대한 수수께끼에 대해 토론을 할 것이라고 말했다. 그리고 사실 블레미에스들이 무릎을 꿇고 30분 가량 모음만으로 된 노래 같은 그 이상한 소리를 내며 기도에 몰두한 뒤 신부가 성스러운 대화라고 부르는 것을 시작하게 했다.

신자들 중의 한 사람이 일어났다. 그러더니 수난의 예수는 말 그대로의 진짜 환영이지는 않았다는 것을 상기시켰다. 만일 그렇다면 사도들만 우스운 꼴이 된다는 것이었다. 예수는 환영이 아니라, 아버지로부터 발산하는 지고의 힘이라는 것, 갈릴레아의 어떤 목수로서 이미 존재하던 몸속으로 들어간 영겁이라는 것이었다. 또 다른 사람은, 몇몇 사람들이 말하듯이 마리아가 정말 인간을 낳았을지도 모르지만 육화할 수 없는 하느님의 아들은 관을 통과하는 물처럼 마리아의 몸속으로 들어간 것이라는 사실을 강조했다. 어쩌면 마리아의 귀를 통해 들어갔는지도 모를 일이라는 것이었다. 그러자 곧바로 다른 사람들이 한 목소리로 항의를 했다. 많은 사람들이 소리를 질렀다. 「이 파울리키우 파[98]야, 보고밀 파[99]야!」 말하자면 방금 말한 사람이 이단의 교리를 말했다는 것이었다 ─ 그래서 그 사람은 교회에서 쫓겨났다. 세 번째 사람은 용감하게도, 십자가에 못 박혀 수난을 당한 사람은 키레네 사람일 것이며 그 키레네 사람은 마지막 순간에 예수와 자리를 바꾸었을 것이라고 말했다. 그러자 누군가를 대신할 수 있으려면 그 누군가가 먼저 존재해야 할 것이라는 점을 다른 사람들이 지적했다. 아니요, 그 신자가 반박을 했다. 대체된 그 누군가는 바로 예수님의 환영이었소. 수난이 없었다면 구원도 없었을 겁니다. 다시 항의의 합창이 터져 나왔다. 그렇게 말한다면 인간이 그 보잘것없는 키레네 사람에게서 구원을 받았다는 이야기가 되기 때문이었다. 네 번째 사람은, 말씀은, 요단 강에서 주님이 세례를 받는 순간에 비둘기 형태로 예수님의 몸속으로 내려왔다는 점을 상기시켰다. 하지만 그렇게 해서 사람들이 말씀을 성령과 혼동하게 된 게 분명하며, 그렇게 비둘기가 들어간 몸은 환영이 아니라는 것이다 ─ 그렇다면 블레미에스들을 환영론자들이라고 부를 이유가 있겠느냐고 물었다.

논쟁에 휘말리게 된 시인이 물었다. 「육화되지 않은 아들이 환영에 불과하다면 무엇 때문에 올리브 산에서 그렇게 절망의 말을 했으며 십자가에서 무엇 때문에 고통스러워했습니까? 순수한 허상에 불과한 육체에 못을 박았다면 그 신성한 환영에게 무슨 상관이 있겠습니까? 그가 단지 연극 배우처럼 연기를 한 것에 불과합니까?」 그는 자신이 날카로우면

---

98) 7세기 아르메니아 지방에서 일어난 기독교 이단파.

99) 10∼15세기에 발칸 지방에서 성행한 기독교의 한 종파.

서 지식에 목말라 하는 정신을 지녔다는 것을 보여 줌으로써 그가 점찍은 블레미에스 여자를 유혹할 생각으로 이렇게 말했다. 하지만 정반대의 효과만을 보았을 뿐이었다. 회의에 참가한 블레미에스들이 모두 소리를 지르기 시작했다. 「파문하라, 파문하라!」 우리 친구들은 집회소를 떠나야 할 순간에 이르렀다는 것을 알게 되었다. 그렇게 시인은 날카로운 신학적 논리가 너무 지나쳐서 자신을 자주 괴롭히는 육체적 욕구를 만족시킬 수가 없었다.

바우돌리노와 다른 기독교도들이 이런 일에 정신을 팔고 있는 동안 솔로몬은 사라진 지파에 대해 알아보기 위해 픈다페침의 사람들 모두를 하나씩 붙들고 질문을 하고 다녔다. 첫날 가바가이가 라비에 대해 언급한 게 그에게는 좋은 징조 같아 보였다. 하지만 솔로몬은 성공하지 못했다. 여러 괴물 부족들이 사라진 지파에 대해 알고 있는 게 전혀 없기 때문이기도 했고, 그와 같은 이야기가 금기 사항이기 때문이기도 했다. 마침내 어느 환관 하나가 그 지파에 대해 알고 있다고 솔로몬에게 말해 주었다. 다음과 같은 전설이 전해진다는 것이었다. 유대 인 공동체가 요한 사제의 왕국에 들른 적이 있었다. 이것은 아주 오래전의 일이었는데 그들은 곧 다시 여행을 계속하기로 결정했다. 아마도 백인 훈 족이 언제 침입할지 모르는 위협적인 상황 때문에 그들이 다시 이리저리 흩어질지도 모른다는 걱정을 하는 것 같았다. 그들이 어디로 갔는지는 하느님만이 아시는 일이었다. 솔로몬은 환관이 거짓말을 한다고 판단했다. 그래서 계속 사제의 왕국으로 갈 시간을 기다렸다. 그곳에서 틀림없이 같은 종교를 믿는 사람

622

들을 만날 수 있을 것이라고 생각했다.

종종 가바가이는 그들을 올바른 생각으로 인도하려고 애를 썼다. 하느님 아버지는 더할 수 없이 완벽하시고 우리와는 달리 우주 속에 존재하실 수 있다, 그렇지 않은가? 그런데 어떻게 아들을 낳을 수 있단 말인가? 인간들은 자손들을 통해서 자신의 삶을 연장해 보고 자신은 죽기 때문에 볼 수 없는 시간을 살아 볼 수 있도록 자식들을 낳는다. 그런데 만약 예수님이 하느님 아버지와 함께 태초부터 존재하셨다면 그분은 아버지와 똑같은 신적인 본질 또는 성질 또는 뭐라 불러도 좋을 것(여기서 가바가이는 *ousia*〔존재, 본질〕 *hypostasis*〔실체〕, *physis*〔자연〕 그리고 *hyposopon* 같은 그리스 어를 뒤섞어 말을 했기 때문에 바우돌리노조차 알아들을 수가 없었다)을 가지고 계시기 때문에 우리는, 그 정의상 탄생되는 분이 아니신 하느님이 태초부터 탄생해 계신다는 믿기 어려운 상황에 직면하게 된다는 것이다. 그러니까 인류를 구원하기 위해 아버지께서 탄생시키신 말씀은 아버지의 본체를 지니고 있지 않다. 말씀은 분명 나중에 태어났는데 세상이 있기 이전에, 다른 모든 피조물보다 우월하지만 또 마찬가지로 아버지보다 열등하게 나중에 탄생되었다. 그리스도는 하느님의 힘을 가진 게 아니다. 가바가이가 주장했다. 물론 메뚜기와 같은 어떤 힘을 가진 게 아니라, 아주 큰 힘을 지니고 계신다. 하지만 그리스도는 장남으로 태어나신 분이지 내재하는 분이 아니다.

「그러니까 자네들은 예수님께서……」 바우돌리노가 그에게 물었다. 「하느님 아버지께 양자로 양육되셨다고 생각하는가? 그러니까 하느님이 아니시라는 거야?」

「하느님 아니다. 그러나 너무나 신성하시다. 사제님의 양자이신 부제님이 신성하신 것과 마찬가지이다. 사제님의 경우도 그런데 하느님은 오죽하겠는가? 나 안다. 시인이 블레미에스들에게 예수께서는 환영이신데 왜 올리브 산에서 두려워했고 왜 십자가 위에서 울었냐고 묻는다. 나쁜 생각 하는 블레미에스들, 거기에 대답 못한다. 예수는 환영이 아니라 양자다. 양자는 그 아버지처럼 모든 것 다 알지 못한다. 너 알아들었나? 아들은 *homoousios*(동일한 본질을 가진)가 아니라 *homoiousios*(비슷한 본질을 가진)이다.[100] 아버지와 똑같은 본질을 지니는 것이 아니라, 비슷하지만 똑같지는 않은 본질을 지닌다는 말이다. 우리는 아노모이오스 파[101] 같은 이단 아니다. 그들은 말씀이 아버지와 안 비슷하고 완전히 다르다고 주장한다. 다행히 아노모이오스 파는 픈다페침에 없다. 그들이 가장 나쁜 생각 한다.」

바우돌리노가 가바가이와 이런 이야기를 나누는 동안 친구들이 *homoousios*와 *homoiousios* 사이에 어떤 차이가 있는지, 그리고 주님이시자 하느님이신 그분을 그 두 단어로 축약할 수 있는지를 계속 물어보았다는 말을 듣자 니케타스

---

100) homoousia는 성자(聖子)와 성부(聖父)가 동일한 실체(본질)를 갖고 있다는 뜻으로, 성자와 성부가 다른 실체를 갖고 있다고 본 아리우스 파를 탄핵하며 니케아 공의회(325년)에서 확립된 것이다. homoiousia는 다소 완화된 아리우스주의로서, 예수가 성부와 같지는 않으나 유사한 실체를 갖고 있다는 뜻이다.

101) 성부는 그 본질상 성자와 같지 않다*anomoios*고 주장한 극단적인 형태의 아리우스 파.

가 미소를 지었다. 「차이가 있지요. 차이가 있습니다. 아마 당신 고향인 서쪽 세계에서는 이런 논쟁들이 잊혀졌을 겁니다. 하지만 우리 동로마 제국에서는 오랫동안 계속되었지요. 그런 미묘한 입장 차이 때문에 파문당하고 추방되고 또 아니면 곧장 사형을 당하는 사람들이 있었습니다. 우리 쪽에서 오래전부터 금지해 왔던 이런 토론들이, 당신이 내게 이야기해 주는 그 지방에서 아직도 계속되고 있다니 정말 놀랄 일이 아닐 수 없습니다.」

니케타스는 그래서 이렇게 생각했다. 난 계속 이 바우돌리노라는 남자가 허풍을 떠는 것이 아닌지 의심이 들어. 그런데 그런 이야기를 그 지방에서 듣지 않았다면, 성삼위일체와 성 카롤루스 대제도 제대로 구별하기 힘든 독일인들과 밀라노 인들 틈에서 살았던 거의 야만에 가까운 사람이 어떻게 그런 것들에 대해 안단 말인가? 아니면 혹시 다른 곳에서 들었나?

가끔 우리의 친구들은 프락세아스의 그 맛없는 저녁 식사에 초대되었다. 〈부르크〉에 용기를 얻어서, 연회가 끝나 갈 무렵이면 친구들은 동방 박사들의 입에서 나왔다고 하기에는 부적절한 말들을 하곤 했다. 게다가 이제 프락세아스는 그들을 신뢰했다. 어느 날 밤, 프락세아스도 취하고 그들도 취했을 때 프락세아스가 말했다. 「너무나 존경하는 손님 여러분들, 저는 여러분들이 도착했을 때부터 여러분들이 하는 모든 말들에 대해서 오랫동안 생각을 해보았습니다. 그러다가 저는 당신들이 우리가 기다리는 동방 박사라는 말을 단 한 번도 분명히 말하지 않았다는 것을 알게 되었습니다. 저는 계속 당신들이 동방 박사일 것이라고 생각하고 있습니다. 하지만 만약, 제가 만약이라고 말했습니다, 만약 그렇지 않다면 모두가 생각하듯이 그것은 당신들의 잘못은 아닐 겁니다. 어쨌든 제가 당신들을 형제라고 말할 수 있게 허락해 주시지요. 당신들은 픈다페침이라는 이단의 소굴을 보았습니다. 그리고 한편으로는 백인 훈 족들이라는 존재로 공포를 조성하고 또 다른 한편으로는 그들이 한 번도 본 적이 없는 요한 사제의 의지와 말씀들을 해석하는 해석자 노릇을 하면서 이 오합지졸인 괴물들을 조용히 다스리기가 얼마나 어려운지도 아셨을 겁니다. 우리들의 젊은 부제가 무엇에 이용되는지를 여러분들도 알아차리셨을 겁니다. 우리 환관들이 동방 박사의 지지와 권위에 기댈 수 있다면 우리의 권력은 확장될 겁니다. 확장되고 견고해져서 다른 곳으로도…… 아마 확장시킬 수 있을 겁니다.」

「사제의 왕국으로요?」 시인이 물었다.

「그곳에 도착하려면 여러분들은 합법적인 귀족으로 인정을 받아야만 합니다. 여러분들이 그곳에 도착하기 위해서는 우리가 필요하고 여기서 우리는 당신들이 필요합니다. 우리는 특이한 종족입니다. 가혹한 육체의 법칙에 따라 번식해 가는 저 밑의 괴물들과는 다릅니다. 다른 환관들이 우리를 선택해서 자기와 같이 만들었기 때문에 우리는 환관이 되었습니다. 모든 사람이 불행이라고 생각하는 바로 그 점 때문에 우리는 모두 단 하나의 가족으로 연결되어 있음을 느낍니다. 제 말은 우리가 다른 곳을 다스리는 다른 환관들과도 연결되어 있다는 겁니다. 우리는 인도나 아프리카의 수많은 왕국들은 말할 것도 없고 멀고먼 서쪽의 왕국에서도 그 환관들이 아주 강력한 힘을 행사한다는 것을 알고 있습니다. 우리가 강력한 중심에 서서 전세계에 있는 우리 형제들과 비밀 동맹을 맺을 수 있기만 하면 됩니다. 우리는 그 어느 제국보다 넓은 제국을 세울 수 있을 겁니다. 아무도 정복하거나 파괴할 수 없는 왕국입니다. 그 제국은 군대와 영토로 만들어지는 것이 아니라 상호 합의의 연결망으로 만들어질 것이기 때문입니다. 여러분들은 우리 힘의 상징이자 보증서가 될 겁니다.」

다음날 프락세아스가 바우돌리노를 만났다. 그는 지난밤 자기가 한 번도 생각해 본 적이 없는 사악하고 어리석은 말을 한 것 같은 기분이 든다고 바우돌리노에게 털어놓았다. 그는 용서를 구했고 자기가 한 말을 잊어버리라고 부탁했다. 그는 바우돌리노에게 다시 이렇게 말하면서 자리를 떴다. 「부탁드립니다. 그 말들을 잊어버려야 한다는 것을 기억하십시오.」

「사제가 있든 없든,」 바로 그날 시인이 이렇게 자기 의견을 말했다. 「프락세아스가 우리에게 왕국을 주겠다고 제안하고 있는 거야.」

「자네는 미쳤어.」 바우돌리노가 그에게 말했다. 「우리는 완수해야 할 임무가 있어. 우리는 프리드리히 폐하께 맹세를 했었어.」

「프리드리히는 죽었어.」 시인이 냉정하게 말했다.

바우돌리노는 환관들의 허락을 얻어 부제를 자주 방문했다. 두 사람은 친구가 되었고 바우돌리노는 부제에게 밀라노를 파괴시키던 이야기와 알레산드리아를 건설하던 이야기를 들려주었고 성벽을 어떻게 기어올라 가는지, 포위군들의 투사기(投射機)와 파성추(破城鎚)에 불을 붙이려면 어떻게 하는지 이야기해 주었다. 바우돌리노는 젊은 부제가 이런 이야기들을 들을 때면 두 눈이 반짝이는 것을 보았다. 비록 그의 얼굴은 언제나 베일에 가려져 있었지만.

한번은 바우돌리노가 부제에게 그 지역에서 뜨겁게 진행되고 있는 교리 논쟁에 대해서 알고 있는지 물어보았다. 바우돌리노가 보기에 부제는 그 문제에 대해 대답을 하면서 쓸쓸하게 미소를 짓는 것 같았다. 「사제님의 왕국은,」 부제가 말했다. 「너무나 오래되었습니다. 아주 오래전에 서쪽 기독교 세계에서 쫓겨난 일곱 개의 종파가 이 왕국으로 피신을 했습니다.」 그가 잘 알지 못하는 비잔틴도 그에게는 극서 지방인 게 분명했다. 「사제님은 이 망명자들 그 누구에게서도 그들의 신앙을 빼앗으려고 하지 않으셨습니다. 그래서 그들 대부분의 설교가 왕국에 사는 여러 종족을 유혹한 겁니다. 그런데 삼위일체가 어떻다는 것을 아는 게 그렇게 중요합니까? 사람들은 복음서의 가르침을 따르면 그뿐입니다. 성령이 성부로부터 나온다고 생각하기만 하면 그들은 지옥에 떨어지지 않을 겁니다. 여러분들도 아셨겠지만 그 사람들은 착한 사람들입니다. 어느 날엔가 백인 훈 족과 싸울 때 방패막이가 되어 모두 죽게 될지도 모른다는 것을 알고 마음이 너무나 아팠습니다. 보십시오. 아버님이 살아 계시는 동안은 저는 다 죽어 가는 사람들의 왕국을 지배하게 될 겁니다. 어쩌면 내가 먼저 죽을지도 모르지요.」

「무슨 말입니까, 부제님? 목소리로 보아, 그리고 사제님의 상속자라는 그 위엄으로 보아 부제님께서는 아직 나이가 많지 않으시다는 것을 전 알고 있습니다.」부제는 고개를 저었다. 그래서 바우돌리노는 그를 위로하기 위해 파리에서 생활할 때 자신과 그곳 학생들의 무훈담들을 들려주며 그를 웃겨 보려고 애를 썼다. 하지만 그는 격렬한 갈망들과 그 갈망을 충족시킬 수 없는 데서 오는 분노가 그 남자의 마음속을 뒤흔들고 있다는 것을 알아차렸다. 그렇게 해서 바우돌리노는 자신이 동방 박사의 한 사람으로 행세해야 한다는 것을 잊어버리고 자신의 본 모습이자 원래 모습을 그대로 보여 주었다. 이제 부제도 그런 것을 별로 중요하게 생각하지 않았으며, 자신이 결코 이 열한 명의 동방 박사를 믿지 않았다는 것을 알아차리게 내버려 두었고 환관들이 일러 준 것들만 되뇔 뿐이었다.

어느 날 부제가 젊은이들이 모두 누릴 수 있는 젊음의 선물이 자기에게만 주어지지 않았다는 데에 심하게 절망하고 있는 것을 본 바우돌리노는 사랑하는 여인을 만날 수 없다고 해도 그 여인을 사랑하는 마음을 가질 수 있다고 말해 주었다. 그리고 자기가 아주 고귀한 귀부인을 사랑했다는 것과 자신이 그녀에게 썼던 편지를 이야기해 주었다. 부제는 흥분한 목소리로 이것저것 묻다가 상처 입은 짐승처럼 울음을 터뜨렸다. 「나에게는 모든 게 다 금지되어 있어요, 바우돌리노, 사랑을 꿈꾸는 것조차 말입니다. 당신은 내가 얼마나 군대의 선두에 서서 바람과 피의 냄새를 맡으며 말을 달리고 싶어하는지 아실 겁니다. 이런 굴속에서 때를 기다리며 지내는 것보다 사랑하는 여인의 이름을 부르며 전쟁터에서 죽는 게 수천 배 나을 겁니다……. 나는 무엇을 기다리는 것이지요? 아마 아무것도 아닐 겁니다…….」

「하지만 부제님은,」 바우돌리노가 그에게 말했다. 「대제국을 다스릴 운명을 타고 나셨습니다. 부제님은 — 하느님께서 부제님의 아버님을 오랫동안 지켜 주시기를 — 어느 날엔가 이 동굴에서 나가실 겁니다. 픈다페침은 부제님께서 다스리게 될 지방 중 가장 끝에 있는 가장 외딴 지역일 뿐입니다.」

「어느 날엔가는 그렇게 된다, 어느 날엔가는 그렇게 된다……,」 부제가 중얼거렸다. 「그것을 누가 보장해 줍니까? 보십시오, 바우돌리노, 내가 이렇게 괴로워하는 것은 — 하느님, 저를 갉아먹고 있는 이 의심을 용서해 주십시오 — 왕국이 존재하지 않을지도 모른다는 의심이 들기 때문입니다. 내게 왕국에 대해 이야기해 준 사람이 누구겠습니까? 난 어릴 때부터 환관들에게서 왕국 이야기를 들었습니다. 그들이, 내가 말하는 것은 바로 그 환관들입니다, 제 아버님께 보내는 사절들은 왕국에 갔다가 누구에게로 돌아옵니까? 그들에게, 바로 환관들에게 돌아옵니다. 그 사절들은 정말 떠나기나 한 것일까요? 정말 존재하기는 하는 겁니까? 나는 모든 것을 환관들을 통해 알게 됩니다. 그리고 이 모든 것이, 이 지방이, 어쩌면 온 세상이 환관들의 음모의 산물일지도 모르는데, 그들은 마지막 누비아 인이나 스키아푸스를 비웃듯이 나에 대해서 뭐라고 비웃겠습니까? 게다가 백인 훈 족이 존재조차 하지 않는다면요? 모든 인간들에게는 비록 우리의 지성이 거부할지라도 하늘과 땅의 창조주를, 우리의 성스러운 종교의 헤아릴 수 없는 깊은 신비를 믿는 깊은 신앙이 요구됩니다. 하지만 이해할 수 없는 신을 믿으라는 요구는 오로지 환관만을 믿으라는, 내게 주어진 신앙과는 비교조차 할 수 없을 정도로 쉬운 일입니다.」

「아닙니다, 부제님, 아니에요, 친구.」 바우돌리노가 그를 위로했다. 「당신 아버님의 왕국은 존재합니다. 저는 환관에게서 그 이야기를 듣기 전에 이미 그 왕국이 존재한다는 것을 다른 사람들을 통해 들었습니다. 그 사람들은 왕국의 존재를 확고하게 믿고 있습니다. 믿음은 사실을 진실로 만듭니다. 제 고향 도시의 사람들은 새로운 도시를 믿었습니다. 그들의 믿음은 위대한 황제에게 공포를 불러일으킬 정도였습니다. 그들이 도시가 세워질 것이라고 믿고 싶어했기 때문에 도시는 세워졌습니다. 사제의 왕국은 정말 존재합니다. 그렇기 때문에 저와 제 친구들은 그 왕국을 찾느라 인생의 3분의 2를 허비한 겁니다.」

「글쎄, 모를 일이지요.」 부제가 말했다. 「하지만 그 왕국이 존재한다고 해도 저는 그 왕국을 볼 수 없을 겁니다.」

「자, 그만 하시지요.」 어느 날 바우돌리노가 부제에게 말했다. 「부제님은 왕국이 존재하지 않을까 봐 두려워하고 있어요. 그 왕국을 볼 날을 기다리는 동안 당신은 끝도 없는 권태로 인해 무기력해져 가고 있습니다. 그 권태가 당신을 죽이게 될 겁니다. 결국 그것은 환관들의 탓도 사제의 탓도 아닙니다. 그들은 당신을 선택했습니다. 당신은 젖먹이 갓난아이였지요. 당신은 그들을 선택할 수 없었습니다. 당신은 모험과 영광으로 빛나는 삶을 원하시나요? 떠나세요. 말을 하나 골라 타고 용감한 기독교도들이 무어 인들과 싸우고 있는 팔레스타인으로 가세요. 성지의 성들에는 당신의 미소를 보고 일생을 바칠 수 있는 공주들이 수도 없이 많습니다, 너무나 많습니다.」

「당신이 내 미소를 본 적이 있나요?」 그때 부제가 물었다.

그는 단숨에 베일을 벗어 버렸다. 바우돌리노는 유령의 가면을 보는 것 같았다. 물어뜯긴 것처럼 살점이 달아난 입술 사이로 썩은 잇몸과 썩은 이가 드러났다. 얼굴은 주름이 잡혀 있었고 어떤 곳은 완전히 움푹 파여 있어 구역질 날 것 같은 분홍색 살이 그대로 드러났다. 두 눈은 다 썩어 가고 눈곱이 가득 긴 눈꺼풀 밑에서 빛났다. 드문드문 양쪽으로 갈라져서 난 수염이 턱 부분에 남아 있는 살을 가려 주었다. 부제가 장갑을 벗었다. 그러자 뼈만 앙상한 손이 나타났다. 손에는 검은 혹 같은 반점들이 여기저기 나 있었다.

「이게 문둥병입니다, 바우돌리노. 왕도 이 지구상의 다른 힘 있는 자들도 용서를 하지 않는 문둥병입니다. 나는 스무 살 때부터 이런 비밀을 갖게 되었습니다. 내 백성들은 이 사실을 모릅니다. 나는 환관들에게 내 편지를 아버지에게 전해 달라고 부탁했습니다. 아버지께서 내가 아버지의 뒤를 이을 수 없다는 것을 아셔서 서둘러 다른 후계자를 키우시게 말입니다 — 환관들은 내가 죽었다고 말해도 될 겁니다. 그러면 나는 나와 같은 병을 앓는 사람들이 모여 사는 그런 곳으로 가서 몸을 숨기면 되겠지요. 아무도 나에 대해서는 알 수 없을 겁니다. 하지만 환관들은, 나의 아버지께서는 내가 이 자리에 그냥 있기를 원하신다고 말했습니다. 난 그 말을 믿지 않습니다. 환관들에게는 허약한 부제가 있는 게 편하니까요. 어쩌면 난 죽을지도 모릅니다. 그러면 그들은 내 몸을 미라로 만들어 이 동굴 속에 넣어 두고 내 시체의 이름으로 계속 통치를 하게 될 겁니다. 사제가 죽게 될 경우 어쩌면 그 환관들 중의 한 사람이 내 자리를 차지할지도 모릅니다. 아무도 그 환관이 내가 아니라고 말할 수 없겠지요. 이곳에 있는 사람들

가운데 내 얼굴을 본 사람은 아무도 없으니까요. 그리고 왕국에서는 내가 아직 어머니 젖을 먹고 있을 때의 얼굴밖에 보지 않았으니까요. 바로 이런 이유 때문에 난 음식을 끊고 죽음을 맞으려는 겁니다. 이미 죽음이 내 뼛속 깊이 스며들어 있어요. 난 절대 기사가 될 수 없습니다. 난 절대 누군가의 연인이 될 수 없습니다. 지금 당신도, 당신 자신은 전혀 의식하지 못했겠지만, 이미 세 발짝 뒤로 물러 서 있지 않습니까? 그리고 당신이 주의해서 보았다면 프락세아스가 내게 말할 때 최소한 다섯 걸음 정도를 물러나 있다는 것을 알았을 겁니다. 보십시오. 두려움 없이 내 곁에 있으려는 사람은 베일을 쓴 이 두 환관들뿐입니다. 이 두 사람은 나처럼 젊지요. 그리고 나와 똑같은 병에 걸려 있습니다. 저들은 내가 만졌던 물건들에 손을 댈 수 있습니다. 더 이상 잃을 게 아무것도 없으니까요. 다시 베일을 가리게 해주십시오. 혹시 제가 우정은커녕 동정을 받을 자격도 없다고 생각하지는 않으시겠지요?」

「난 위로의 말을 찾아보려고 애를 썼습니다. 니케타스 씨, 하지만 아무 말도 찾을 수가 없었습니다. 나는 입을 다물고 있었지요. 그러다가 이렇게 말했습니다. 어쩌면 위엄 있게 침묵을 지키며 자신의 운명을 달게 받고 있는 부제야말로 도시를 공격했던 그 어느 기사들보다 훨씬 더 훌륭한 진짜 영웅이라고요. 그는 내게 감사하다고 말했습니다. 그리고 그날은 돌아가 달라고 부탁을 했습니다. 이제 나는 그 불행한 사람에게 애정을 느꼈습니다. 나는 매일 그를 찾아갔습니다. 그에게 내가 예전에 읽은 글들, 궁정에서 들은 토론들에 대해 들려주었습니다. 내가 가보았던 곳, 그러니까 레겐스부르크에서 파리, 베네치아에서 비잔틴, 그리고 이코니온에서 아르메니아 이런 곳들을 자세히 묘사했고 우리가 여행 중에 만났던 사람들에 대해 이야기를 해주었습니다. 그는 푼다페침의 그 벽감들 말고는 달리 아무것도 보지 못하고 죽을 운명이었습니다. 나는 내 이야기 속에서 그를 살게 하고 싶었습니다. 어쩌면 내가 이야기를 꾸며 냈는지도 모릅니다. 난 내가 한 번도 가본 적이 없는 도시들에 대한 이야기를 들려주었습니다. 한 번도 싸워 보지 않은 전투를 이야기했고 한 번도 내 것으로 만들어 보지 못했던 공주들의 이야기를 해주었습니다. 해가 지는 땅이 얼마나 경이로운지 이야기해 주었습니다. 난 해가 지는 지방의 일몰을 푼다페침에서 즐길 수 있게 해주었고 베네치아 석호에 비치는 에메랄드빛 햇빛과 히베르니아(아일랜드)의 계곡을 즐길 수 있게 해주었습니다. 조용한 호숫가에 일곱 채의 하얀 성당이 드문드문 서 있고 그 성당처럼 하얀 양 떼들이 노니는 그런 곳 말입니다. 항상 순백색의 부드러운 물질로 뒤덮여 있는 알프스 산에 대해 말해 주었습니다. 여름이면 그 하얀 물질은 녹아서 장엄한 폭포수들이 되고 밤나무들이 울창한 비탈길을 따라 강으로 시냇물로 흩어진다는 것을 말입니다. 나는 또 아풀리아[102]의 해안에 넓게 펼쳐져 있는 소금 사막 이야기를 해주었습니다. 내가 한 번도 항해해 보지 못한 바다 이야기를 들려주어 그를 떨게 만들었습니다. 그 바다에는 황소만한 큰 물고기가 뛰어 노는데 그 물고기들이 너무나 온순해 인간들이 물고기 등 위에 올라탈 수 있다는 이야기를 해주었습니다. 성 브렌

---

102) 풀리아. 이탈리아 남동부에 있는 지방.

단[103]이 행복의 섬으로 떠난 여행을 이야기해 주었습니다. 그가 어느 날 바다 한가운데 있는 땅에 도착한 줄 알고 상륙했는데 그게 고래의 등이었다는 이야기를 해주었지요. 고래는 산처럼 큰 물고기로 배 한 척을 모두 집어삼킬 수 있습니다. 그런데 나는 배가 무엇인지를 설명해야 했지요. 하얀 물살을 양쪽으로 만들어 내며 물을 가르고 지나가는 나무로 만든 물고기라고 설명해 주었습니다. 나는 그에게 우리 지방에서 본 진귀한 동물들을 열거했습니다. 십자가 형태의 커다란 뿔이 두 개 달린 사슴, 이 땅 저 땅으로 날아다닐 뿐만 아니라 노쇠한 자기 어미와 아비를 등에 태우고 하늘로 날아다니는 황새, 조그만 진흙 덩어리 같으며 빨간색에 우윳빛 점들이 점점이 박인 무당벌레, 악어와 비슷하지만 아주 작아서 문 밑으로도 지나갈 수 있는 도마뱀, 다른 새의 둥지에 알을 낳아 놓는 뻐꾸기, 커다랗고 둥그런 눈이 등불처럼 빛나며 교회에서 램프 기름을 먹고 사는 부엉이, 소젖을 빨아먹으며 가시들이 등 위에 나 있는 동물인 고슴도치, 살아 있는 보석 상자로서 가끔 생명은 없지만 아름답고 귀한 보석을 만들어 내는 조개, 노래하며 밤을 지새고 장미를 찬미하며 사는 나이팅게일, 자신을 잡아 그 살을 먹으려는 사람을 피하기 위해 뒤로 달아나는 새빨간 가재, 기름기가 많고 맛이 좋은 놀라운 물뱀인 뱀장어, 하느님의 천사처럼 물 위를 날아다니지만 까마귀처럼 귀청을 찢을 듯한 소리로 울부짖는 갈매기, 부리가 노란 검은 새로서 사람처럼 말하며 주인이 속마음을 터

---

103) 켈트 족의 성인, 수도원 설립자. 대수도원장으로 전설적인 대서양 항해의 주인공.

놓고 한 말을 다른 사람에게 알리는 지빠귀, 호수의 물을 고고히 가르며 죽는 순간에 너무나 아름다운 노래를 부르는 백조, 여자아이처럼 유연한 족제비, 사냥감 위에 수직으로 내려앉아 자신을 키워 준 기사에게 그것을 가져다 주는 매에 대한 이야기를 해주었습니다. 나는 내가 한 번도 보지 못한 ― 부제와 마찬가지로 나도 보지 못한 것이지요 ― 보석들의 휘황찬란한 모습을 상상해 냈습니다. 자줏빛과 우윳빛으로 점점이 얼룩진 무라석, 적자색과 흰색으로 결이 나 있는 이집트 보석 몇 가지, 깨끗한 오리칼쿰,[104] 투명한 수정, 눈부시게 빛나는 다이아몬드를 이야기했습니다. 그리고 섬세한 나뭇잎으로도 바꾸어 놓을 수 있을 정도로 부드러운 금속인 눈부신 황금, 틀을 만들기 위해 붉은 구리를 물속에 담글 때 나는 소리를 칭찬했습니다. 대수도원의 보물 속에는 상상도 할 수 없을 정도로 훌륭한 성골 상자가 들어 있다고 말했습니다. 우리 성당의 탑들이 얼마나 높고 뾰족한지, 콘스탄티노플 경마장의 기둥들이 얼마나 높고 곧은지를 이야기했고, 유대 인들이 벌레처럼 보이는 글자들이 깨알같이 박힌 어떤 책들을 읽는지, 그들이 그 책을 읽을 때 어떤 소리를 내는지 이야기해 주었습니다. 그들이 책을 읽을 때는 꼭 위대한 기독교의 황제가 칼리프에게서 선물받은 쇠로 만들어진 닭이 우는 소리와 같았답니다. 그 쇠닭은 매일 아침 해가 뜰 때마다 우는 겁니다. 해는 김을 내며 도는 공이라고 할 수 있는데 그 해가 어떻게 아르키메데스의 거울에 불을 붙이는지, 한밤중에 풍차를 보면 얼마나 무시무시한지를 이야기해 주

---

104) 고대인들이 조합한 아연이 많이 든 황동.

었습니다. 그리고 성배와 아직도 브르타뉴에서 그것을 찾고 있는 기사들 이야기를 해주었고, 우리는 파렴치한 악당 조시모스를 찾기만 하면 곧 그의 아버지께 그 성배를 전할 것이라는 말을 했습니다. 이런 놀라운 이야기들에 매혹을 당했으면서도 그런 것들을 직접 볼 수 없음을 한탄하는 부제를 보고 나는 그에게 안드로니코스가 처형당한 이야기를 들려주어 그가 그렇게 최악의 고통 속에 빠져 있는 것만은 아니라는 것을 납득시켰습니다. 부제가 겪고 있는 고통을 뛰어넘고도 남을 정도로 그렇게 세세히 말입니다. 또 크레마의 대학살, 손과 귀, 코가 잘린 포로들 이야기를 해주었습니다. 말로 표현할 수도 없이 끔찍한 여러 가지 다른 병에 걸린 사람들을 눈앞에 보일 정도로 세세히 묘사를 해서 그가 앓고 있는 나병은 오히려 대수롭지 않은 병으로 여겨지게 만들었습니다. 나는 그에게 끔찍한 연주창, 단독, 무도병(舞蹈病), 수포진(水疱疹), 독거미에 물리는 것, 살갗이 떨어져 나갈 정도로 피부를 긁게 만드는 옴, 독을 뿜는 독사, 양가슴을 도려 내는 형벌을 받았던 성녀 아가타, 눈을 뽑히는 형벌을 받은 성녀 루치아, 화살에 맞아 죽는 고통을 당한 성 세바스티아누스, 돌에 머리를 맞는 형벌을 받은 성 스테파노, 서서히 불에 달군 넓은 석쇠에서 처형당한 성 라우렌티우스의 이야기를 무시무시하게 묘사했습니다. 나는 다른 성인들과 다른 잔인한 처형들을 꾸며 내서 이야기했습니다. 예를 들면 항문에서 입으로 꼬챙이가 꽂혀 죽은 성 우르시치누스, 살갗이 모두 벗겨져 처형된 성 사라피온, 성난 말에 팔다리가 묶여 사지가 갈기갈기 찢겨 죽은 성 몹수에스티오스, 뜨겁게 삶은 생선을 삼켜야만 했던 성 드라콘티오스 등등의 이야기지요……. 이런 끔찍한 이야기가 그에게 위안을 주는 것 같았습니다. 그러다가 나는 지나치게 과장을 하는 게 두려워 다시 세상의 아름다움을 부제에게 묘사하게 되었습니다. 아름다운 세상에 대한 생각은 갇혀 사는 사람에게는 위로가 될 수 있으니까요. 파리에서 보낸 매력적인 청년 시절, 게으른 베네치아 창녀들의 관능미, 그 어디에도 비교할 수 없는 황후의 매력, 콜란드리나의 어린 소녀 같은 미소, 멀리 있는 공주의 눈을 이야기했지요. 부제는 흥분을 했습니다. 그리고 더 이야기를 해달라고 청했습니다. 부제는 트리폴리 백작 부인인 멜리장드의 머리칼이 얼마나 아름다운지, 성배보다 브로셀리앙드의 기사들을 더 매혹시켰다는 눈부시게 아름다운 그녀의 입술이 어떤 모양인지를 물어보았습니다. 그는 흥분했습니다. 주님 저를 용서해 주십시오. 하지만 나는 그가 두어 번 발기를 했을 것이고 자신의 정액을 배설하는 기쁨을 맛보았을 것이라고 생각합니다. 그래서 다시 나는 이 세계에 우리의 체력을 소모시키는 향료들이 얼마나 넘쳐 나는지를 그에게 이해시키려고 애를 썼습니다. 그 향료들을 가지고 있지 않았기 때문에 나는 내가 알고 있던 향료의 이름과 이름만 알고 있는 향료를 생각을 해보려고 애를 썼습니다. 그 이름들이 냄새로서 그를 취하게 만들 수 있다고 생각하면서 말입니다. 나는 부제에게 라벤더, 육계나무, 백단향, 사프란, 생강, 계피, 월계수, 꽃박하, 고수풀, 미나리, 참깨, 양귀비, 육두구, 시트로넬라, 심황과 커민의 이름을 열거했습니다. 부제는 거의 기절을 할 듯이 이야기를 들었습니다. 그는 마치 그의 그 불쌍한 코가 그 모든 향내를 참을 수 없기라도 하듯이 얼굴을 매만졌습니다. 그는 눈물을 흘리면서 대체 지금까지 그

저주받을 환관들이 그에게 먹으라고 준 것이 무엇인지를 물었습니다. 환관들은 그가 병에 걸렸다는 핑계로 양젖과 부르크에 적신 빵만 준 겁니다. 나병에 좋다고 말이지요. 그래서 그는 얼떨떨한 상태로 거의 언제나 잠에 빠져 하루하루를 보낸 겁니다. 입 안에는 매일 같은 음식 맛이 남아 있었고요.」

「극도의 광기 상태로 부제를 몰고 가고 그의 모든 감각을 극도로 쇠약하게 만들어 죽음을 재촉하려고 했군요. 그리고 당신은 거기서 이야기를 꾸며 내는 당신의 취미를 만족시켰던 거지요. 당신은 자신이 꾸며 낸 이야기를 자랑스럽게 생각한 겁니다.」

「그럴 수도 있습니다. 하지만 그가 살아 있는 그 짧은 시간 동안이나마 그를 행복하게 해주었습니다. 그리고 난 지금 당신에게 단 하루 동안 부제와 나의 대화가 이어졌던 것처럼 이야기하고 있습니다. 그러나 그런 대화를 나누는 동안 내 마음속에 새로운 불이 붙여지고 있었습니다. 나는 계속 흥분된 상태에서 살고 있었습니다. 나는 그런 기분을 부제에게 전달하여 내 행복의 일부를 그에게 몰래 주고 싶었습니다. 그 당시 나는 히파티아를 만나고 있었던 겁니다.」

32
바우돌리노 유니콘과 한 여자를 만나다

「먼저 괴물 군대 이야기를 들려 드려야겠습니다, 니케타스
씨. 백인 훈 족에 대한 공포는 점점 커져 갔는데 그 어느 때보
다 그들의 머리를 어지럽혔습니다. 한 스키아푸스가 그 지방
의 변방까지 갔다가(스키아푸스들은 이따금 끝없이 달리는
것을 좋아했습니다. 그 지칠 줄 모르는 외다리가 그들의 의
지를 지배하기라도 하듯이 말입니다) 돌아와서 훈 족을 보았
다고 말한 겁니다. 훈 족들은 얼굴이 노랬고 아주 긴 수염을
기르고 있으며 키는 작다고 했습니다. 자신들처럼 작지만 몹
시 빠른 말을 탄 그들은 말과 한 몸이 된 것 같아 보였답니다.
그들은 사막과 대초원 지역으로 돌아다녔는데 무기 말고 몸
에 지닌 것이라고는 우유를 담는 가죽병과 길을 가다가 얻게
되는 음식을 익히는 데 쓰이는 점토로 구운 작은 냄비 하나
뿐이었습니다. 하지만 그들은 먹지도 마시지도 않고 몇 날

며칠 동안 말을 달릴 수 있었습니다. 그들은 노예와 첩들과 낙타들을 이끌고 다니는 칼리프의 카라반을 공격했는데, 이들은 화려한 천막을 치고 야영하고 있었습니다. 칼리프의 전사들은 훈 족들을 향해 밀고 들어갔습니다. 전사들은 보기만 해도 굉장했고 무시무시했습니다. 그들은 장대한 남자들로 낙타를 타고 무시무시한 곡선 칼을 휘두르며 돌진했습니다. 이렇게 돌격을 해오면 훈 족들은 후퇴를 하는 척하면서 추적자들을 유인했습니다. 그러다가 원형의 대열을 만들면서 적들의 주위를 빙빙 돌았습니다. 그리고 잔인한 고함을 지르며 적들을 전멸시켜 버렸습니다. 그러고 나면 그들은 병영으로 쳐들어가서 남아 있는 사람들 — 여자, 하인, 그리고 어린아이까지 모두 — 의 목을 쳤습니다. 단 한 사람만은 살려 주어 그 살육을 증언하게 했지요. 그들은 천막에 불을 붙였고 약탈도 하지 않고 다시 말을 타고 달렸습니다. 이것은 그들이 자신들이 지나가는 곳에는 풀 한 포기 남지 않는다는 악명을 세상에 남기기 위해서만 파괴를 저지른다는 표시였지요. 그래서 다음에 격돌하게 되면 그들의 희생자들은 이미 공포로 몸이 굳어 버리게 되는 겁니다. 아마 스키아푸스는 부르크로 원기를 회복한 뒤에 그런 말을 했을 겁니다. 하지만 그가 정말 자기가 본 것을 전한 것인지 취해서 헛소리를 한 것인지 누가 확인할 수 있겠습니까? 두려움이 폰다페침에 소리 없이 퍼져 나갔습니다. 공기 중에서도 그것을 느낄 수가 있었습니다. 사람들은 조그만 목소리로 입에서 입으로 소식을 전했습니다. 마치 침입자가 그 소리를 듣기라도 할듯이 말입니다. 그 무렵 시인은 프락세아스가 술김에 한 말이기는 했지만 그의 제안을 진심으로 받아들이기로 했습니다. 시인은 프락세아스에게 조만간 백인 훈 족들이 쳐들어올 것이라고 말했습니다. 그때 그들을 무엇으로 막을 겁니까? 물론 희생할 만반의 준비가 된 누비아 인 전사들이지요. 하지만 그 다음에는요? 학들을 향해 활을 쏠 줄 아는 피그미들을 제외하고는 어떻게 할 건가요? 스키아푸스들에게는 맨손으로 싸우게 하고, 퐁크들은 배에 달린 남근을 창으로 삼아 돌격하게 하고, 혀 없는 이들은 정찰대로 보내 본 대로 보고하라고 할 겁니까? 그렇기는 해도 이 괴물들 각 족속의 가능성을 이용한다면 무서운 군대를 만들어 낼 수 있을 겁니다. 그런 일을 할 수 있는 사람이 있다면 그건 바로 그 사람, 시인이었습니다.」

「군대를 지휘해 승리를 거두게 되면 왕국의 왕관을 요구할 수 있겠지요. 우리 비잔틴에서도 그런 일이 여러 번 일어났습니다.」

「내 친구의 의도가 바로 그것이었습니다. 환관들은 곧 동의를 했습니다. 내 생각에 평화시에는 시인과 그의 군대가 위험한 존재가 될 수 없었습니다. 그리고 만약 전쟁이 벌어진다면 그 군대가 미친 훈 족들이 도시로 들어오는 것을 지연시켜서 환관들에게 산을 넘어갈 수 있을 만한 시간을 만들어 주게 되겠지요. 군대의 창설로 백성들은 고분고분히 경계를 하는 상태로 들어가게 되었습니다. 환관들이 원했던 것은 물론 이런 상태입니다.」

전쟁을 좋아하지 않던 바우돌리노는 자신을 군대에서 빼달라고 부탁했다. 다른 사람들은 안 되었다. 시인은 그 다섯 명의 알레산드리아 인들이 훌륭한 대장이 될 수 있을 것이라고 생각했다. 그들의 도시가 포위 공격을 당했고 게다가 그 도시로 말하자면 패배자들의 도시였기 때문이었다. 시인은 아르즈루니를 신뢰했다. 그는 아마 괴물들에게 전투 기계 만드는 법이라도 가르쳐 줄 수 있을 것이다. 시인은 솔로몬을 무시하지 않았다. 군대에는 의학에 정통한 사람이 있어야 하네, 시인이 말했다. 달걀을 깨지 않고 오믈렛을 만들 수는 없으니까. 시인이 몽상가들이라고 생각하던 보롱과 키오트까지도 그의 계획에서 어떤 역할을 담당할 수 있었다. 그런 박식한 사람들은 군대의 장부를 관리하고 마차를 돌보고 전사들의 휴식을 준비할 수 있기 때문이었다.

시인은 각 부족의 성질과 장점들을 주의 깊게 관찰했다. 누비아 인들과 피그미들에게는 따로 이를 게 아무것도 없다. 그들의 경우는 만약 전투가 벌어지면 어떤 위치에 배치시킬지 만을 결정하면 된다. 달리는 속도가 아주 빠른 스키아푸스들은, 고사리 수풀과 풀밭 사이로 재빠르게 미끄러져 달려서 긴 수염에 노란 코의 적들 앞에 불쑥 나타날 수 있다면 공격 부대로 이용할 수 있다. 그들에게 바람총, 다시 말해서 입으로 부는 화살통의 사용법을 훈련시키기만 하면 된다. 아르즈루니의 말대로 이 지역에는 갈대가 지천이니까 그 기구를 만들기는 쉬울 것이다. 어쩌면 솔로몬이 시장에 나와 있는 많은 약초들 중에서 화살에 묻혀 사용할 수 있는 독을 찾아낼 수 있을지도 모른다. 전쟁은 전쟁이므로 애들 장난 같아서는 안 되니까 말이다. 솔로몬은, 자기 민족은 마사다[105] 전투 때 로마 인들에게 시련을 주었다고 대꾸를 했다. 유대 인

---

105) 이스라엘 남동부에 있는 고대의 산상 요새로서 서기 70년 예루살렘이 함락된 뒤 유대 인들이 로마 군에게 마지막으로 항전했던 곳이다.

들은, 이교도들이 생각하듯이, 아무 말도 하지 않고 뺨을 때릴 수 있는 사람들이 아니기 때문이라는 것이었다.

거인들은 외눈이기 때문에 먼 곳에서는 안 되지만 가까운 곳에서 충돌할 때에는 공격을 할 수 있었다. 아마도 스키아푸스들이 공격하고 나서 곧 풀밭에서 뛰어나와 공격을 하면 썩 도움이 될 것이다. 거인들은 훈 족의 작은 말들을 능가하고도 남을 정도로 키가 크기 때문에 주먹 한 방으로 말 주둥이를 후려쳐서 말을 잡을 수 있을 것이고 맨손으로 말갈기를 휘어잡아 말들을 끌어 잡아당겨, 말 위에 올라탄 기사를 떨어뜨려 버리고 스키아푸스의 발보다 두 배나 더 큰 그들의 발을 움직여 기사를 끝장내 버릴 수 있을 것이다.

어떤 일을 맡겨야 할지 가장 불확실한 괴물들은 블레미에스와 퐁크, 귀큰이들이었다. 아르즈루니가 넌지시 말하기를 귀큰이들의 귀가 그렇게 크니 높은 곳에서 내려오는 데 사용하면 될 것이라고 했다. 새들이 날갯짓을 하며 공중에 떠 있는 것이라면 귀큰이들도 귀를 흔들어 그렇게 할 수 있지 않겠냐며 보롱이 동의를 했다. 다행히 진공에서 귀를 흔드는 게 아니니까 말이다. 그러니까 귀큰이들은 백인 훈 족이 첫 번째 방어선을 돌파하고 도시로 들어오게 될 불운한 사태에 대비해 남겨 두어야 했다. 귀큰이들은 암벽에 만들어진 자신들의 높은 거처에서 기다리고 있게 될 것이고 적들의 머리 위로 떨어져 내려 그들의 머리를 잘라 버릴 수 있을 것이다. 흑요석으로 만든 것일망정 칼을 잘 사용하면 말이다. 블레미에스들은 망을 보게 하는 데 이용할 수가 없었다. 망을 보려면 상체를 완전히 다 밖으로 내밀어야 하는데 전쟁 상황에서 이것은 자살 행위나 다름없었다. 하지만 공격 부대로 적절히 배치시켜 놓으면 나쁘지는 않을 것이다. 백인 훈 족은 머리를 공격하는 데 길들여져 있기 때문에(가정을 해보면 그렇다는 것이다) 눈앞에 머리가 없는 적이 나타나면 적어도 잠깐 동안은 당황하게 될 것이다. 블레미에스들은 바로 그 순간을 이용해서 돌도끼를 가지고 말 밑으로 들어가야 한다.

퐁크들은 시인의 군사 작전에서 약점이었다. 배에 성기가 달린 사람들을 어떻게 출정시킬 수 있단 말인가, 또 최초의 충돌에서 고환이라도 붙잡혀 어머니를 부르며 땅바닥에 누워 버린다면? 그러나 정찰병으로는 이용할 수가 있었다. 그 성기가 그들에게는 곤충들의 촉수와 같은 역할을 한다는 게 밝혀졌다. 그래서 바람과 온도의 미묘한 변화에 따라 음경이 일어서서 떨리기 시작했다. 그러므로 그들은 전위 부대로 파견되어 정보병의 역할을 할 수가 있었다. 만약 그들이 맨 처음 모두 학살당한다고 해도 전쟁은 전쟁이니까 기독교적인 동정심을 느껴서는 안 된다고 시인이 말했다.

혀 없는 이들은 처음에는 그들 마음대로 하게 내버려 둘 생각이었다. 그들처럼 무질서한 괴물들은, 적이 아니라 바로 자기 지휘관에게 많은 문제들을 가져다 줄 수 있기 때문이었다. 그들도 웬만큼 몽둥이찜질을 당하면 후방에서 환관들 중에서도 젊은 환관들을 도와서 일을 할 수 있을 것이라고 생각했다. 환관들은 솔로몬과 함께 부상자들을 돌보게 될 것이고 모든 부족의 여자와 아이들을 진정시켜서 그들이 집 밖으로 머리를 내밀지 못하게 주의를 줄 것이다.

맨 처음 만났을 때 가바가이는 절대 모습을 보이지 않는 사티로스들도 언급을 했었다. 시인은 그들이 뿔로 공격을 하고 염소들처럼 양쪽으로 갈라진 발굽으로 높이 뛰어오를 수도 있으리라고 추측했다. 하지만 이 부족에 대해 그 어떤 질문을 해도 들려오는 것은 모호한 대답뿐이었다. 그들은 호수 너머(어떤 호수?) 산 위에서 살며, 공식적으로는 사제에게 종속되어 있으며, 다른 부족과 그 어떤 교역도 하지 않고 자기들끼리 살아서 마치 존재하지도 않는 것 같다고 했다. 됐어, 시인이 말했다, 무엇보다 그들의 뿔이 구부러져서 그 끝이 안이나 밖으로 삐죽이 나와 있는지도 몰라. 그래서 그들이 공격을 하려면 드러눕거나 네 발로 기어야 할 거야. 우리는 신중해야 해. 염소들을 데리고는 전쟁할 수 없어.

「염소들을 데리고도 전쟁을 할 수 있네.」아르즈루니가 말했다. 그는 염소들의 뿔에 횃불을 매달아 한밤중에 1천여 마일 떨어진 평야로 보낸 위대한 지휘관 이야기를 들려주었다. 적들은 바로 그 평야로 진군하고 있었는데 그 염소들을 보고 적의 부대가 엄청나다고 확신하게 되었다. 여섯 개의 뿔이 달린 염소들이 손 닿는 곳에 있으므로 그 효과는 어마어마할 것이라고 했다. 「적들이 밤에 공격할 때에만 가능한 것이지.」시인이 회의적으로 자기 생각을 말했다.

베게티우스[106]와 프론티누스[107]도 모르는 이런 원리를 토대로 그들은 훈련을 시작했다. 평야에는 새로운 화살통 피리를 부는 연습을 하는 스키아푸스들로 북적였다. 포르첼리가

---

106) Vegetius. 4세기에 활동한 로마의 군사 전문가. 그의 글은 서양에서 가장 큰 영향력을 가진 군사 논문으로 평가되고 있으며 중세 이후 유럽의 전술에 커다란 영향을 미쳤다.

107) Frontinus(35~103). 로마의 군인, 브리타니아 총독. 그리스 및 로마의 역사상 사용되었던 중요한 군사 전략을 수록한 책 『병서 3권 *Strategematicon libri iii*』을 저술했다.

그들과 함께 했는데, 그는 스키아푸스들이 표적을 잘못 맞출 때마다 욕설을 퍼부어 댔다. 그나마 예수의 이름만 들먹인 게 천만다행이었다. 그리고 이런 이단자들에게는 양아들일 뿐인 사람의 이름을 헛되이 입에 올려 보았자 죄가 되지 않았다. 콜란드리노는 귀큰이들이 날도록 길들이느라 여념이 없었다. 귀큰이들은 단 한 번도 날아 본 적이 없었다. 그런데 하느님이 그들을 만든 것은 오로지 날게 하기 위한 것처럼 보일 정도로 그들은 잘 날았다. 픈다페침의 거리를 돌아다니기가 아주 힘이 들 정도였다. 예기치도 않게 귀큰이들이 머리 위로 뚝 떨어지기 때문이었다. 하지만 모두들 귀큰이들이 전쟁 준비를 하고 있다고 생각했기 때문에 아무도 불평을 하지는 않았다. 가장 행복한 사람들은 귀큰이들이었다. 그들은 자신들이 전대미문의 능력을 소유하고 있다는 것을 발견하게 되자 너무나 놀라서 이제 여자들과 아이들도 그 전쟁에 참가하고 싶어했다. 그래서 시인은 기꺼이 승낙을 했다.

스카카바로치는 말을 공격하는 법을 거인들에게 가르쳐 주었다. 그러나 그 지역에 말이라고는 동방 박사들의 말밖에 없었다. 두세 번 훈련을 하고 나자 말들이 저 세상으로 갈 위험에 처했다. 그래서 나귀에게로 방향을 바꿀 수밖에 없었다. 오히려 나귀를 이용해서 훈련을 하는 게 더 나았다. 나귀들은 펄펄 뛰어오르며 울어 대기 때문에 달리는 말의 목을 잡는 것보다 나귀를 잡는 게 훨씬 더 어려웠다. 거인들은 이미 말을 잡는 기술의 달인이 되어 있었다. 그런데 고사리 수풀 사이로 등을 구부리고 달리는 법도 배워야만 했다. 적의 눈에 띄지 않기 위해서였다. 훈련을 끝내고 나면 허리가 굉장히 아팠기 때문에 그들 대부분이 불평을 했다.

보이디는 피그미들을 훈련시켰다. 훈 족은 학이 아니기 때문에 두 눈 한가운데를 화살로 맞추는 연습을 할 필요가 있었다. 시인은 전투에서 죽기만을 기다리고 있는 누비아 인들을 교육시켰고, 솔로몬은 독이 들어 있는 물약을 찾았다. 솔로몬은 매번 몇 개의 침 끝에 물약을 적셔 보았다. 하지만 한번은 토끼를 겨우 몇 분 간 잠재우거나 암탉이 날개를 퍼덕이게 만들었을 뿐이었다. 「상관없어,」 시인이 말했다. 「베네디치테 송가를 부를 동안만큼 잠들어 있거나 두 팔로 홰를 치는 훈 족은 이미 죽은 훈 족이나 마찬가지야. 우리는 전진할 수 있어.」

쿠티카는 블레미에스들에게 말 밑으로 기어들어 가서 도끼로 말의 배를 가르는 법을 가르치느라 기진맥진했다. 말이 아니라 당나귀를 가지고 그 일을 가르치는 것은 거의 모험에 가까웠다. 퐁크들은 봉사와 보급을 맡았기 때문에 보롱과 키오트의 시중을 들었다.

바우돌리노는 그때 일어나고 있던 일을 부제에게 알렸다. 그러자 젊은이는 생기가 나는 것 같았다. 그는 환관들의 허락을 얻어 바깥쪽의 큰 계단으로 안내되었다. 그는 높은 곳에서 훈련을 하는 소대들을 지켜보았다. 그는 자신도 말을 타는 법을 배워 백성들을 지휘하고 싶다고 말했다. 하지만 잠시 후 그는 실신을 하고 말았다. 아마 너무 흥분을 했기 때문인 것 같았다. 환관들은 그를 왕좌로 데려갔고 그는 다시 슬픔에 잠겼다.

그 무렵 바우돌리노는 호기심 반 심심풀이 반으로 절대 모습을 보이지 않는 사티로스들이 어디에 살고 있는지를 물어보았다. 그는 모두에게 그것을 물어보았다. 심지어는 말을 해도 무슨 말을 하는지 해독할 수 없는 퐁크에게까지 물었

648

다. 퐁크는 이렇게 대답했다.「*Prug frest frinss sorgdmand strochdt drhds pag brlelang gravot chavygny rusth pkalhdrcg.*」이건 약과였다. 가바가이조차 그 점에 대해서는 분명히 말하지 못했다. 저쪽에 산다. 그가 말했다. 그러면서 서쪽의 푸른 언덕들의 능선을 가리켰다. 그 언덕들 뒤로 멀리 산들이 나타났다. 하지만 그쪽으로 가본 사람은 지금까지 아무도 없었다. 사티로스들이 침입자들을 좋아하지 않기 때문이었다.「사티로스들은 어떤 생각을 하지?」바우돌리노가 물었다. 그러자 가바가이가 대답하기를 그 어떤 사람들보다 나쁜 생각을 한다고 대답했다. 그들은 원죄라는 것이 존재하지도 않는다고 생각했다. 인간은 원죄 때문에 죽을 운명을 지니게 된 게 아니며 아담이 사과를 먹지 않았더라도 인간은 결국 죽을 수밖에 없을 것이라고 생각했다. 예수님에 관한 모든 사건들은 다만 덕 있는 삶의 본보기로서만 우리에게 제시될 만한 가치가 있을 뿐 그 이외에는 아무것도 아니라는 것이다.「예수는 예언자에 불과하다고 말하는 마호메트 이교도들과 거의 같군.」

왜 아무도 사티로스들이 사는 곳에 가지 않는 것이냐고 그 이유를 묻자 가바가이는 사티로스들이 사는 언덕 발치에는 호수와 숲이 있는데 모두에게 그곳에 드나드는 게 금지되어 있다고 말했다. 그곳에는 모두 이교도인 사악한 여자 부족이 살고 있기 때문이었다. 환관들은 그곳에 가면 뭔가 사악한 것을 만날 수 있기 때문에 훌륭한 기독교도는 그곳에 가는 것이 아니라고 말했다. 그래서 아무도 그곳에 가지 않았다. 하지만 엉큼한 가바가이가 그곳에 가는 길을 너무나 잘 묘사했기 때문에, 어디로든 달리는 그가 혹시, 아니면 다른 어떤 스키아푸스가 그곳에도 코를 들이밀었던 것은 아닌지 생각을 해보지 않을 수 없었다.

그곳은 바우돌리노의 호기심을 자극하기에 충분했다. 바우돌리노는 아무도 자기에게 관심을 기울이지 않을 때를 기다렸다. 그는 말을 탔다. 그리고 두 시간 가량 광대한 덤불 숲을 가로질러 숲의 끝에 도착했다. 그는 말을 나무에 매어 둔 뒤 신선하고 향기로운 그 푸른 잎들 사이로 들어갔다. 걸음을 떼어 놓을 때마다 나무뿌리에 발이 걸리고 온갖 색깔의 어마어마하게 큰 버섯들을 스쳐 지나 마침내 호숫가에 도착을 했다. 그 호수 너머에서 사티로스의 언덕들이 시작되어 경사를 이루며 위쪽으로 올라갔다. 해 질 녘이었다. 어두워지면서 호숫가에 서 있는 수많은 삼목의 긴 그림자들이 너무나 맑고 투명한 호수의 물 위에 반사되었다. 한없는 고요가 사방을 지배했다. 그 고요를 깨뜨릴 새 울음 소리조차 들리지 않았다.

호숫가에 서서 거울같이 맑은 물을 바라보던 바우돌리노는 숲에서 동물 한 마리가 나오는 것을 보았다. 평생 한 번도 본 적이 없었지만 너무나 잘 알고 있는 동물이었다. 그것은 어린 말처럼 보였다. 완전히 하얀색이었고 그 움직임은 우아하고 유연했다. 잘생긴 코 위로, 바로 이마 위로 뿔이 하나 나 있었는데 그 뿔 역시 새하얬다. 나선형으로 된 그 뿔의 끝은 뾰족했다. 그것은 유니콘이었다. 어릴 때부터 바우돌리노가 *lioncorno*[108]라고 불렀던 것, 좀 더 정확히 말하면 어린 시절 그의 환상 속에 등장하던 외뿔 짐승인 우니코르니스(유니

---

108) 유니콘은 표준 이탈리아 어로는 *liocorno*이다.

콘), 모노케로스였다. 바우돌리노는 숨을 죽이고 감탄의 눈으로 유니콘을 바라보고 있었다. 바로 그때 나무들 사이에서, 유니콘의 뒤쪽으로 한 여자가 나타났다.

창을 들고 탄탄한 작은 가슴의 윤곽을 우아하게 살려 주는 긴 옷을 입은 그 여자는 게으른 기린 같은 걸음으로 걸었다. 그녀의 옷이 호숫가를 장식한 풀들을 스쳐 지나갔다. 그녀는 마치 땅 위를 날아다니는 것처럼 움직였다. 길고 부드러운 금발 머리가 엉덩이까지 내려왔고 얼굴 윤곽은 상아 목걸이 위에 새겨진 것처럼 너무나 청순해 보였다. 피부색은 장밋빛이었는데 그 천사 같은 얼굴은 소리 없는 기도를 올리는 듯한 자세로 호수 쪽을 바라보고 있었다. 유니콘은 그녀의 주위에서 온순하게 발굽으로 땅을 긁었다. 가끔 자기를 쓰다듬어 달라고 작은 콧구멍을 떨며 코를 들었다.

바우돌리노는 홀린 듯이 바라보았다.

「니케타스 씨, 생각해 보십시오. 나는 여행을 시작한 뒤로 여자라는 이름에 걸맞은 여자를 한 번도 본 적이 없었습니다. 오해하지 마십시오. 제가 욕정 때문에 그녀에게 사로잡혔던 것은 아닙니다. 오히려 나는 평온한 숭배의 느낌에 매료되었습니다. 그녀의 앞에 있기 때문이 아니라 유니콘 앞에, 고요한 호수 앞에, 저물어 가는 석양빛 앞에 있기 때문이었습니다. 나는 신전에 들어와 있는 것 같은 기분이 들었습니다.」

바우돌리노는 자신이 본 모습을 말로 설명해 보려고 애썼다 ― 물론 불가능한 일이었다.

「보십시오, 그와 같은 완벽함이 손이나 얼굴, 언덕 옆면이나 바다의 명암 속에서 나타나는 순간들이 있습니다. 기적과 같은 아름다움 앞에서 당신의 심장이 멈춰 버리는 순간들이 있습니다……. 그 여인은 그 순간 내게는 화려한 수조(水鳥) 같아 보였습니다. 백로 같기도 했고 백조 같기도 했습니다. 그녀의 머리칼이 금발이었다고 말했지요. 아니었습니다. 머리를 천천히 움직일 때 그 머리카락은 남빛으로 빛나기도 했고 어떤 때는 약하게 불이 붙은 것 같기도 했습니다. 그녀의 가슴을 옆면에서 볼 수 있었습니다. 그것은 비둘기의 가슴처럼 부드럽고 섬세했습니다. 나는 순수한 시선 그 자체가 되었습니다. 나는 고대의 무엇인가를 보고 있었습니다. 내가 아름다운 어떤 것을 보고 있는 게 아니라, 아름다움 자체를 보고 있다는 것을 알게 되었기 때문입니다. 하느님에 대한 성스러운 생각과도 같은 일이었습니다. 한번에, 단번에 알아차린 그 완벽함은 가볍고 경쾌한 무엇이라는 사실을 발견했습니다. 나는 멀리서 그 여인을 바라보았습니다. 내가 젊었을 때처럼 그 여인의 모습에 홀린 게 아니라는 것을 느꼈습니다. 양피지 위에 분명하게 적힌 표시들을 알아볼 수 있을 것 같은 기분이 들 때가 있을 겁니다. 그러나 그것에 다가가면 그 표시들이 뒤섞여 버리고 조금 전 약속되었던 비밀을 결코 읽을 수 없다는 것을 아실 겁니다 — 혹은 당신이 원하는 무엇인가가 꿈에 나타날 때와 마찬가지지요. 당신은 손을 뻗어 허공에서 손가락을 움직일 겁니다. 하지만 아무것도 잡을 수는 없지요.」

「마법에 걸린 당신이 부럽습니다.」

「그 마법에서 풀려 나지 않으려고 나는 석상으로 변했습니다.」

33
바우돌리노 히파티아를 만나다

마법은 곧 풀렸다. 숲속의 동물처럼 처녀는 곧바로 바우돌리노의 존재를 알아차리고 그가 있는 곳으로 걸어왔다. 그녀는 전혀 무서워하지 않았다. 다만 놀란 것 같은 눈빛이었다.

그녀가 그리스 어로 말했다. 「당신은 누구시죠?」 그가 대답을 하지 않자 그녀는 대담하게 그의 곁으로 와서 수줍어하지도 않고 어떤 악의 같은 것을 보이지도 않은 채 가까이에서 그를 샅샅이 훑어보았다. 그녀의 눈 역시 머리카락처럼 색깔이 변했다. 유니콘은 그녀의 옆에 서 있었다. 자신의 주인을 지키기 위해 너무나 아름다운 자신의 무기를 뻗을 듯 고개를 숙였다.

「당신은 푼다페침 사람이 아니군요.」 그녀가 다시 말했다. 「당신은 환관도 괴물도 아니에요. 당신은…… 사람이군요!」

그가 한 번도 본적이 없음에도 불구하고 하도 여러 번 이야기를 들어 유니콘을 알아보았던 것처럼 그녀도 사람을 알아보았다. 「당신은 잘생겼어요. 잘생긴 남자예요. 당신을 좀 만져 봐도 돼요?」 그녀가 손을 뻗었다. 그녀의 가느다란 손가락이 그의 수염을 쓰다듬었고 얼굴에 난 상처를 스쳤다. 그 언젠가 베아트릭스가 그랬던 것처럼. 「이건 상처로군요. 당신은 전쟁을 하는 남자인가요? 그건 뭐예요?」

「검이오.」 바우돌리노가 대답했다. 「맹수와 싸울 때에만 이 검을 쓴다오. 난 전쟁을 하는 사람이 아니오. 내 이름은 바우돌리노요. 저쪽, 해가 지는 곳에서 왔습니다.」 그는 모호하게 가리켰다. 그는 자신의 손이 떨리고 있다는 것을 알아차렸다. 「당신은 누구지요?」

「나는 히파티아지요.」 그녀는 그렇게 순진한 질문을 받는다는 게 즐거운 듯한 목소리로 말했다. 그리고 미소를 지었는데, 미소를 지으니까 더욱 아름다웠다. 잠시 후 자기가 이방인과 이야기하고 있다는 것을 떠올린 히파티아가 말했다. 「이 나무들 너머 숲에서는 우리 히파티아들만 살아요. 푼다페침 사람들처럼 내가 무섭지 않아요?」 이번에는 바우돌리노가 미소를 지었다. 그가 두려운 것은 그녀가 무서워 떨지나 않을까 하는 것이었다. 「이 호수에 자주 오나요?」 그가 물었다. 「항상 그런 것은 아니에요.」 히파티아가 대답했다. 「어머니는 우리들이 혼자 숲에서 나오는 것을 원치 않으세요. 하지만 호수가 너무 아름답잖아요. 그리고 아카치오가 나를 지켜 주거든요.」 그러더니 유니콘을 가리켰다. 잠시 후 그녀가 걱정스러운 눈빛으로 덧붙였다. 「늦었어요. 이렇게 오랫동안 멀리 떠나와 있으면 안 돼요. 여기까지 왔다 해도 푼다페침 사람들을 만나서는 안 될 거예요. 하지만 당신은 그 사람들이 아니지요. 당신은 사람이에요. 사람들을 멀리해야 한다고 말해 준 사람은 아무도 없었으니까요.」

「내일 다시 오겠소.」 바우돌리노가 용기를 내어 말했다. 「해가 높이 떠 있을 때 올 거요. 당신도 올 수 있나요?」

「잘 모르겠어요.」 히파티아가 당황해서 말했다. 「아마 그럴 수 있을 거예요.」 그러더니 나무들 사이로 가볍게 사라져 갔다.

그날 밤 바우돌리노는 잠을 이룰 수가 없었다. 그러니까 — 말하자면 — 그는 이미 꿈을 꾼 것이다. 그리고 평생 그 꿈을 추억하는 것만으로도 충분했다. 하지만 다음날 한낮에 그는 말을 타고 다시 호수로 갔다.

그는 밤이 될 때까지 기다렸다. 아무도 나타나지 않았다. 그는 낙담을 해서 집으로 돌아왔다. 그는 도시 변두리에서 화살 피리로 훈련을 하고 있는 스키아푸스들과 부딪쳤다. 그는 가바가이를 보았다. 가바가이가 그에게 이렇게 말했다. 「봐라!」 그는 그 갈대 줄기를 하늘로 향하게 하고는 화살을 쏘았다. 화살이 날아가는 새를 맞추었고 그리 멀지 않은 곳에 새가 떨어졌다. 「나 위대한 전사다.」 가바가이가 말했다. 「백인 훈 족 오면 나 그자 쏴 맞춘다!」 바우돌리노는 그에게 아주 훌륭하다고 말해 주었다. 그리고 곧 잠자리에 들었다. 그날 밤 그는 전날의 만남을 꿈꾸었다. 다음날 아침 그 꿈은 평생 꾸어도 충분하지 않을 것 같다고 혼자 말했다.

그는 다시 호수로 갔다. 그는 물가에 앉아 아침을 노래하는 새들의 노래를 들었고 정오의 악령이 격노하는 시간에는 매미 울음 소리를 들었다. 날씨는 덥지 않았다. 나무들이 상쾌하고 서늘한 바람을 전해 주었다. 그래서 몇 시간이고 기다리는 게 바우돌리노에게는 고통스럽지 않았다. 그런데 그녀가 나타났다.

그녀는 바우돌리노 곁에 앉았다. 그리고 인간들에 대해서 좀 더 알고 싶어서 다시 왔다고 말했다. 바우돌리노는 어디서부터 말을 시작해야 할지 알 수가 없었다. 그는 자기 고향, 프리드리히의 궁정에서 벌어진 사건들, 제국과 왕국이라는 것들이 어떤 것인지, 매를 데리고 어떻게 사냥을 하는지, 도시라는 게 어떤 것인지, 어떻게 세워졌는지 등의 이야기들을 해주었다. 부제에게 해주었던 것과 똑같은 이야기였지만 잔인하고 음탕한 이야기는 되도록 피했다. 그는 이야기를 하는 동안 그녀가 인간들에 대해서 사랑스러운 초상화를 그릴 수 있다는 것을 알게 되었다.

「당신은 어쩌면 이렇게 말씀을 잘하세요. 인간들은 모두 당신이 들려준 것같이 아름다운 이야기들을 할 수 있나요?」 아니다, 바우돌리노는 인정을 했다. 아마 그는 자신의 동족들보다 조금 더 많이, 더 잘 이야기를 할 수 있겠지만, 시인들은 그보다 훨씬 더 잘 말을 할 수 있다고 말했다. 그래서 그는 압둘의 노래 하나를 들려주었다. 그녀는 프로방스 어를 이해할 수 없었지만 아브카시아 사람들처럼 그 멜로디에 매혹되었다. 이제 그녀의 눈은 이슬에 젖었다.

「말해 주세요.」 그녀가 얼굴을 약간 붉히며 말했다. 「인간들 중에…… 여자 인간들도 있나요?」 그녀는 바우돌리노가 노래한 게 어떤 여자에게 바쳐진 노래라는 것을 알아차리기라도 한듯이 물었다. 「물론입니다.」 바우돌리노가 그녀에게 대답했다. 「남자 스키아푸스가 여자 스키아푸스와 결합하듯이 남자들은 여자들과 결합합니다. 그렇지 않다면 자식들을 낳을 수가 없지요.」 그리고 그가 덧붙였다. 「온 세상이 다 그렇지 않습니까?」

「그렇지 않아요.」 히파티아가 웃으면서 말했다. 「히파티아들은 〈히파티아〉들뿐이에요. 말하자면…… 〈히파티오스〉라고 부를 수 있는 남자들이 없는 거지요!」 그 생각을 한 그녀는 기분이 좋아진 듯 다시 웃었다. 바우돌리노는 그녀를 다시 소리 내어 웃게 만들려면 어떻게 해야 하는지 생각해 보았다. 그녀의 웃음소리는 그가 생전 처음 들어 본 감미로운 소리였기 때문이었다. 그는 히파티오스들이 존재하지 않는다면 히파티아들은 어떻게 태어나는 것인지 물어보고 싶었다. 하지만 그녀의 순진 무구함을 더럽히지나 않을지 걱정이 되었다. 하지만 바로 그때 히파티아들이 어떤 사람인지 물어보고 싶은 용기가 났다.

「오.」 그녀가 말했다. 「아주 긴 이야기예요. 그런데 난 당신처럼 그렇게 이야기를 잘하지 못해요. 수천 년 전에 먼 곳에 있는 아주 큰 도시에 히파티아라고 불리는 덕이 높고 지혜로운 여인이 살고 있었다는 것을 아셔야 해요. 그녀는 철학 학교를 열었어요. 지혜에 대한 사랑 때문이었지요. 하지만 그 도시에는 못된 남자들도 살고 있었어요. 그 남자들의 이름은 기독교도들이랍니다. 그들은 신들을 두려워하지 않았어요. 그들은 철학을 증오했고 특히 여자가 진리를 안다는 사실을 참을 수 없어 했어요. 그들이 어느 날 히파티아를 잡아다가 심한 고문을 가해 숨지게 만들었지요. 히파티아의 제자들 중 아주 어린 제자들 몇 명만 살아남게 되었어요.

아마 그녀들이 너무 어려서 그저 히파티아 옆에서 시중을 들던, 아무것도 모르는 소녀들이라고 생각한 것 같아요. 그녀들은 도망을 쳤어요. 하지만 이미 기독교도들이 사방에 퍼져 있었어요. 그녀들은 평화로운 곳에 도착하기 위해 오랫동안 여행을 해야 했답니다. 그녀들은 여기서 자신들이 스승에게서 배운 것을 살려 보려고 했어요. 하지만 그녀들이 히파티아의 가르침을 들었을 때는 너무나 어렸고 스승처럼 똑똑하지도 못했기 때문에 스승의 가르침을 모두 다 잘 기억할 수가 없었어요. 그래서 그녀들은 정말 히파티아가 했던 말을 되찾아 내기 위해서는 세상과 격리되어 자기들끼리 살아야 한다고 이야기하게 되었어요. 신께서 우리들 각자의 마음 깊은 곳에 진실의 그림자를 남겨 놓으셨기 때문이기도 한 거예요. 과육이 껍질을 벗고 자유로워지듯 지혜의 빛을 받아 그 진실이 다시 드러나게 하고 다시 빛나게만 하면 되는 것이지요.」

신, 신들, 기독교도들의 신이 아니라면 필시 거짓 신이고 가짜 신일 텐데……. 그런데 이 히파티아는 대체 무슨 말을 하는 거야? 바우돌리노는 혼자 생각했다. 하지만 그런 건 별로 중요하지 않았다. 그로서는 그녀가 말하는 소리를 듣는 것만으로 충분했고 이미 그는 자신의 진실을 위해 죽을 준비가 되어 있었다.

「한 가지만이라도 말해 주시오.」 바우돌리노가 그녀의 말을 막았다. 「그 히파티아의 이름을 따라서 당신들이 스스로를 히파티아라고 부르는 것이지요. 그 점은 나도 알겠어요. 그런데 당신 이름은 뭐요?」

「히파티아예요.」

「아니, 내가 말하는 것은 당신이 다른 히파티아들과 다르니까 당신을 어떻게 부르냐는 것이오……. 내 말은, 당신 친구들이 당신을 어떻게 부르지요?」

「히파티아라고요.」

「하지만 당신이 오늘 저녁 당신들이 사는 곳으로 돌아가서 다른 히파티아들보다 먼저 어떤 히파티아를 만나겠지요. 그 히파티아에게 당신은 뭐라고 인사하나요?」

「잘 자라고 인사할 거예요. 다들 그렇게 인사하니까요.」

「그렇소. 그렇지만 내가 픈다페침으로 돌아가서 예를 들어 어떤 환관을 만난다면 그는 내게 이렇게 말할 거요. 안녕히 주무십시오, 바우돌리노. 그러니까 당신은 행복한 저녁 되세요, 다음에 뭐라고 하나요?」

「당신이 원한다면 이렇게 말할 거예요. 잘 자. 히파티아.」

「그러니까 당신들 이름은 모두 히파티아라는 말이구려.」

「물론이지요. 히파티아들의 이름은 모두 히파티아예요. 아무도 다른 사람과 다르지 않아요. 그렇지 않다면 히파티아가 아니겠지요.」

「그렇지만 만약 어떤 히파티아가 당신이 그 자리에 없어서 당신을 찾고 있고 다른 히파티아에게, 아카치오라는 유니콘과 함께 산책을 나간 히파티아를 보았느냐고 물어보려면 어떻게 말하나요?」

「당신이 말한 대로 말하지요. 아카치오라는 유니콘과 같이 간 히파티아를 찾는다고 말이에요.」

만약 가바가이가 그렇게 대답을 했다면 바우돌리노는 틀림없이 그의 뺨을 몇 대 때리고 말았을 것이다. 히파티아에게는 그러지 않았다. 바우돌리노는 벌써 모든 히파티아들이 히파티아라는 이름으로 불리는 그곳이 얼마나 놀라운 곳일까 생각하고 있었다.

「히파티아들이 정말 어떤 사람들인지를 이해하는 데는 며칠이 더 필요했습니다…….」

「그 때문에 당신들은 다시 만났겠군요.」

「거의 매일 만났습니다. 나는 그녀를 보지 않고 그녀의 목소리를 듣지 않으면 견딜 수가 없었습니다. 그녀 역시 나를 만나고 내 이야기를 듣는 것을 행복해 한다는 것을 알게 되어서 난 너무나 놀랐습니다. 당신이야 별로 놀랄 일이 아니겠지요. 그 사실은 내게 한없는 자부심을 갖게 했습니다. 나는…… 나는 어머니의 가슴을 찾는 어린아이로 되돌아가 있었습니다. 어머니가 자리에 없으면 다시 어머니가 돌아오지 않을까 봐 겁이 나서 우는 어린아이로 말입니다.」

「주인을 섬기는 개들도 그렇습니다. 그런데 이 히파티아들의 이야기는 정말 흥미진진하군요. 당신이 알지 모를지 모르겠는데 히파티아는 실제 생존했던 인물이랍니다. 수천 년 전은 아니지만 말입니다. 거의 8세기 전에 이집트의 알렉산드리아에 살았습니다. 그 당시 이집트 제국은 테오도시오스가 다스리고 있었고 그 후에는 아르카디오스가 다스렸지요. 소문대로라면 그녀는 아주 지혜로워서 철학, 수학, 천문학에 정통했다고 합니다. 남자들도 그녀의 이야기에 귀를 기울였어요. 신성한 우리의 종교가 제국의 각 지역을 지배하게 되었을 때도 여전히, 위대한 플라톤 같은 이교도 철학자들의 사상을 그대로 살리려는 고집스러운 사람들이 몇몇 있었습니다. 나는 우리 기독교도들에게도 플라톤의 지식을 전할 수 있게 한 것은 아주 잘한 일이라고 인정합니다. 그렇지 않았다면 그 지식은 사라져 버리고 말았을 테니까요. 그런데 그 시대의 가장 위대한 기독교도 중의 하나이며 깊은 신앙심을 가졌지만 고집스러운 사람이기도 했으며 후에 교회의 성인이 된 키릴로스는 히파티아의 가르침이 복음서와 대립된다고 생각했지요. 그래서 무지하고 잔인한 수많은 기독교도들이 그녀에게 분노를 터뜨렸습니다. 그들은 그녀가 설파하려는 게 무엇인지조차 제대로 알지 못했지만 키릴로스와 다른 사람들이 증언했듯이 그녀가 거짓말쟁이고 방탕한 여자라고 이미 생각하고 있었습니다. 아마 그녀는 중상모략을 당했을 겁니다. 여자들이 신의 문제에 끼어들 수 없는 게 사실이기는 하지만 말입니다. 결국 그녀는 신전으로 끌려 나왔지요. 사람들은 그녀의 옷을 모두 벗겨 버리고 죽였습니다. 그리고 깨진 항아리의 날카로운 파편으로 그녀의 몸을 갈기갈기 찢어 놓았습니다. 그런 다음 그녀의 시체를 화형 기둥에 묶어 불태웠지요……. 그녀에 대한 전설들이 만발했습니다. 사람들은 그녀가 아주 아름다웠지만 순결을 지켰다고 말합니다. 한번은 그녀의 제자인 한 젊은이가 광적으로 그녀를 사랑했다고 합니다. 그러자 그녀는 생리 때 쓴 피 묻은 천을 보여 주면서 그가 욕망하는 대상은 아름다운 그녀가 아니라 겨우 그런 천에 불과하다고 말했다고 합니다……. 사실 그녀가 정확하게 무엇을 가르쳤는지는 아무도 모릅니다. 그녀의 글들은 모두 소실되어 버렸습니다. 그녀의 사상을 그녀에게 직접 전해 들었던 사람들은 이미 살해되어 버렸거나 자기들이 들었던 것을 잊어버리려고 애를 썼습니다. 우리가 그녀에 대해 알고 있는 것은 모두 그녀를 처형했던 교부들이 우리에게 전해 준 것뿐입니다. 그리고 솔직히 말해 나는 연대기 작가이자 역사가로서, 서로 적대 관계에 있던 사람들이 자기 적에 대해 한 말을 별로 믿지 않습니다.」

바우돌리노와 히파티아는 여러 번 만났고 많은 대화를 나누었다. 히파티아가 말을 할 때 바우돌리노는 그녀의 교리가 끝없이 넓고 광대해 그녀의 입에서 나오는 말들이 끊이지 않길 바랐다. 그녀는 바우돌리노가 묻는 말에 모두 대답을 했다. 얼굴을 붉히지도 않으면서 대담할 정도로 솔직하게 말했다. 그녀에게는 불결해서 금지되어 있는 주제는 아무것도 없었다. 모든 게 투명했다.

바우돌리노는 마침내 용기를 내어 히파티아들이 어떻게 그 오랜 세월 동안 지속되어 올 수 있었는지를 물었다. 그녀의 대답은 이랬다. 계절이 바뀔 때마다 어머니가 출산을 할 사람을 몇 사람 선발해서 그녀들을 데리고 씨내리들에게 간다. 히파티아들은 그 사람들에 대해서 분명히 아는 것이 없고 물론 그들을 한 번도 본 적이 없다. 씨내리들 역시 의식을 치르게 될 히파티아들을 절대 보지 못한다. 히파티아들은 밤중에 그곳으로 안내되어서 자신들을 취하게 만들어 기절시키는 물약을 마시고 수태를 하게 된다. 그런 다음 그들의 공동체로 돌아오는 것이다. 그리고 임신을 한 히파티아들은 출산을 할 때까지 동료들이 돌봐 준다. 그녀들이 낳은 아기가 사내아이면 씨내리들에게 돌려주게 된다. 그러면 씨내리들은 그 아기를 자신들의 일원이 되게 교육을 시킨다. 만약 여자아기가 태어나면 공동체에 머물면서 히파티아로 성장을 하게 되는 것이다.

「영혼이 없는 동물들처럼……」 히파티아가 말했다. 「육체적으로 결합하는 것은 단지 창조의 실수를 확산시키는 일밖에 되지 않지요. 씨내리들에게 보내지는 히파티아들이 그런 굴욕을 견디는 것은 창조의 실수로부터 세상을 구원하기 위해서는 우리가 계속 존재해야 하기 때문이에요. 우리들 중 어떤 사람이 곧 수태를 하게 되면 수태를 하게 한 행동에 대해서는 전혀 기억을 하지 못하는 거예요. 만약 희생 정신으로 치러지지 않았다면 우리들의 아파테이아[109]를 불순하게 만들었을 그런 행동을 말이에요……」

「아파테이아가 뭐요?」

「모든 히파티아들이 살면서 행복을 느끼는 상태이지요.」

「왜 창조의 실수라고 말하는 거요?」

「이봐요, 바우돌리노.」 그녀가 정말 놀라서 웃으며 말했다. 「이 세상이 완벽해 보이지 않아요? 이 꽃을 보세요. 이 가냘픈 줄기를 봐요. 그 한가운데서 뽐내고 있는 구멍이 송송 난 이 눈 좀 봐요. 꽃잎들이 얼마나 똑같이 생겼는지, 그리고 마치 대야처럼 아침에 이슬을 모아 두기 위해 조금 구부러진 이 모습 한번 보세요. 수액을 빨아먹고 있는 이 곤충에게 얼마나 큰 즐거움을 제공하고 있는지 보세요……. 아름답지 않아요?」

「정말 아름답소. 그러니까 바로 아름다운 것이 아름다운 게 아니오? 이건 하느님의 기적 같은 게 아니오?」

「바우돌리노, 내일 아침이면 이 꽃은 시들어 버려요. 이틀

---

109) *apatheia*. 스토아 철학에서 말하는 무정념(無情念)의 상태. 감정이나 정열, 특히 고통, 공포, 욕망, 쾌락 등에서 완전히 해방된 상태.

후면 썩어 버리지요. 저와 함께 가보세요.」 그녀는 그를 숲속으로 데리고 갔다. 그러더니 그에게 노란 불꽃 같은 줄무늬가 들어간 빨간 버섯을 보여 주었다.

「아름답지요?」 그녀가 말했다.

「아름답소.」

「독이 있어요. 이 버섯을 먹은 사람은 죽어요. 죽음이 잠복해 있는 창조물이 당신에게는 완벽해 보이나요? 내가 신의 구원에 전념하지 않는다면 나 역시 어느 날엔가 죽게 되고 나 역시 썩어 없어지게 될 텐데 그 사실을 아세요?」

「신의 구원이라니? 알아듣게 이야기를 좀 해주구려…….」

「바우돌리노, 당신도 역시 푼다페침에 사는 괴물들처럼 기독교도인가요? 히파티아를 살해한 기독교도들은 이 세계를 창조했다고 하는 그 잔인한 신을 믿고 있어요. 그 신은 이 세계뿐만 아니라 죽음, 고통 그리고 그보다 더 나쁜 신체적인 고통과 영혼의 병을 창조했다고 해요. 창조된 인간들은 증오할 수 있고 살인할 수 있고 자기와 비슷한 사람에게 고통을 줄 수 있어요. 올바른 신이라면 자기 자식들을 이런 불행에 빠뜨리지는 않을 거라고 생각하지 않으세요…….」

「하지만 그런 일을 하는 것은 옳지 않은 인간들이오. 하느님께서는 그들을 벌주고 착한 사람들을 구해 준다오.」

「그렇다면 대체 무엇 때문에 신은 우리를 창조한 건가요? 나중에 천벌을 받을 위험에 노출시키기 위해서인가요?」

「최고의 선은 선행이나 악행을 하는 자유에 있기 때문이오. 그리고 이런 선을 자식들에게 전해 주기 위해 하느님은 그들 중의 몇 명이 그것을 나쁘게 이용하는 것을 받아들여야만 했소.」

「왜 자유가 선이라고 말씀하시는 건가요?」

「당신에게서 자유를 빼앗는다면, 당신을 쇠사슬로 묶어 놓고 당신이 원하는 것을 하지 못하게 한다면, 당신은 괴로울 것이고 그러면 자유가 없다는 게 악이 되기 때문이오.」

「당신은 고개를 돌려 당신의 바로 뒤쪽을 바라볼 수 있어요. 하지만 완전히 고개를 돌려 정말 당신 등을 볼 수 있나요? 당신은 저 호수에 들어가서 저녁까지 그 호수 밑에 있을 수 있어요? 호수 밑이라고 했어요. 하지만 고개를 밖으로 한 번도 내밀지 않고 그럴 수 있어요?」 그녀는 이렇게 말하고 웃었다.

「할 수 없소. 완전히 고개를 돌리면 내 목이 부러지기 때문이오. 물속에 들어가 있으면 물 때문에 숨을 쉴 수 없을 거요. 하느님께서는 내 몸이 상하는 것을 막을 수 있게 내게 이런 제약을 주어 창조하셨소.」

「그러면 선을 위해 당신에게서 몇 가지 자유를 빼앗아 갔단 말이에요, 맞아요?」

「내가 고통을 받지 않도록 빼앗아 가신 것이지요.」

「그렇다면 무엇 때문에 선과 악을 선택할 수 있는 자유를 주었지요? 나중에 당신이 영원한 형벌로 고통을 받을 위험에 처하도록 하려고요?」

「하느님께서는 우리가 자유를 잘 사용하리라고 생각하고서 우리에게 자유를 주었소. 그런데 천사들의 반역이 있었소. 그로 인해 악이 이 세상 속으로 들어오게 된 것이오. 이브를 유혹한 뱀이 있었소. 우리는 그 때문에 모두 원죄로 고통을 받고 있는 것이지요. 하느님 탓이 아니라오.」

「그런데 반역을 한 천사들과 뱀은 누가 창조했나요?」

「물론 하느님이시오. 하지만 그들은 반역을 하기 전에는 하느님이 만들어 놓으신 대로 착한 존재들이었소.」

「그러면 그들이 악을 창조한 게 아니었잖아요?」

「아니오. 그들은 악을 범했소. 하지만 그 이전에는 존재하지 않았다오. 하느님에게 반역을 할 가능성 역시 마찬가지였소.」

「그러면 악은 하느님이 창조한 것인가요?」

「히파티아, 당신은 예리하고 감각이 뛰어나고 총명하구려. 당신은 파리에서 공부한 나보다 훨씬 더 훌륭하게 *disputatio* (논쟁)를 끌어 나갈 줄 아오. 훌륭하신 하느님에 대해서는 이러쿵저러쿵 하지 말아요. 하느님께서 악을 좋아하실 리가 없소!」

「물론 그러실 수 없어요. 악을 원하는 신은 신과 반대되는 것이지요.」

「그런데?」

「신은 원하지도 않았는데 자기 옆에서 악을 발견한 것이지요. 그것은 신의 어두운 부분과도 같은 것이에요.」

「그러나 하느님은 너무나 완벽하신 존재라오!」

「물론이에요, 바우돌리노. 하느님은 존재할 수 있는 것들 중 가장 완벽하세요. 그런데 완벽하다는 게 얼마나 힘든 일인지 당신이 아셨으면 좋겠네요! 이제, 바우돌리노, 내가 당신에게 신이 누구인지, 좀 더 정확히 말하면 신이 아닌 것이 무엇인지 말해 줄게요.」

그녀는 정말 아무것도 두려워하지 않았다. 그녀가 말했다. 「하느님은 유일하신 분이세요. 존재하는 그 어떤 것과도 비슷하지 않고 존재하지 않는 그 어떤 것과도 비슷하지 않을 정도로 완벽한 분이세요. 당신은 당신의 인간적인 지능을 이용해서 하느님을 묘사할 수 없어요. 당신이 악하게 행동하면 분노하고, 선의로 당신을 보살피는 어떤 사람, 입과 귀, 얼굴 날개가 있는 어떤 사람, 영(靈)이고 아버지이거나 아들이며 그 자체로는 아무것도 아닌 어떤 사람을 묘사할 수 없는 것과 마찬가지지요. 유일자가 존재하는지 존재하지 않는지 당신은 말할 수 없어요. 그는 모든 것을 포용하지만 아무것도 아니지요. 당신은 차이를 통해서만 그분을 부를 수 있어요. 선, 아름다움, 지혜, 사랑스러움, 힘, 정의 같은 이름으로 불러 보는 건 아무 소용이 없기 때문이지요. 곰, 표범, 뱀, 용이나 독수리라고 부르는 것도 마찬가지지요. 당신이 그 무엇이라고 말해도 하느님을 표현할 수 없을 테니까요. 하느님은 몸체가 없어요. 모습도 형체도 없어요. 양도 질도 무거움이나 가벼움도 없어요. 보지 못하고 듣지 못하고 무질서와 혼란을 몰라요. 하느님은 영혼, 지성, 상상력, 의견, 생각, 언어, 숫자, 질서, 위대함이 아니에요. 평등한 것도 아니고 불평등한 것도 아니에요. 시간도 아니고 영원도 아니에요. 목적이 없는 의지일 뿐이지요. 이해를 해보도록 하세요, 바우돌리노, 하느님은 불꽃 없는 등불이고 불꽃 없는 불이고 온기 없는 불꽃이에요. 캄캄한 빛이고 소리 없는 굉음이고 빛이 없는 번개이고 너무나 밝은 안개이고 어둠의 광선이고 확장되어 나가면서 결국은 자기 중심으로 수축되는 원이고 고독한 다수이고, 또, 또…….」 그녀는 스승인 자신과 학생인 바우돌리노 두 사람 모두가 납득할 수 있는 본보기를 찾기 위해 잠시 머뭇거렸다. 「존재하지 않는 공간이에요. 그 속에서 당신과 나는 똑같은 존재가 되는 거예요. 마치 오늘 흐르지 않은

이 시간 속에 있는 것처럼 말이에요.」

그녀의 뺨이 약간 발그레해졌다. 그녀는 자신이 부적절한 예를 든 데에 놀라서 입을 다물었다. 하지만 이미 부적절한 목록이 정해져 있는데 거기에 또 다른 부적절한 예를 집어넣는다고 해서 그게 부적절하다고 할 수 있는 것일까? 바우돌리노는 그녀의 뺨에 감돈 불꽃이 자기 가슴을 관통하는 것을 느꼈다. 하지만 당황하고 있는 그녀 때문에 걱정이 되었다. 그는 몸이 굳어 버려서 얼굴 근육 하나 제대로 움직일 수 없었다. 그래서 속마음을 감출 수가 없었다. 목소리까지 떨렸다. 그래서 그가 신학적으로 의연하게 물었다. 「그러면 창조는 무엇이오? 악은?」

히파티아의 얼굴이 다시 엷은 장밋빛을 되찾았다. 「유일자는 자신의 완벽성 때문에, 자기 자신에게서 나오는 관대함 때문에, 자신의 완벽성을 더욱더 넓은 지역으로 보급하고 확산시키려는 경향이 있어요. 널리 빛을 퍼뜨리는 촛불과 같은 것이지요. 촛불이 빛나면 빛날수록 초는 사라져 버리는 거지요. 자, 보세요. 하느님은 자기 자신의 그림자로 녹아서 수많은 신의 전령, 즉 대부분은 신과 같은 힘을 지니고 있지만 훨씬 더 약한 형태의 아이온[110]들이 되는 거지요. 이들은 수많은 신, 다이몬, 아르콘,[111] 티라노스, 능품(能品) 천사, 불꽃, 성기체(星氣體)들이고, 또 기독교도들이 천사니 대천사니 …… 하고 부르는 존재들이지요. 하지만 그들은 유일자에 의해 창조된 것이 아니에요. 유일자의 발산물이지요.」

---

110) *aion.* 영지주의에서 말하는 천사.
111) *archon.* 영지주의에서 세상을 지배하는 수많은 세력들을 일컫는 말.

「발산물?」

「저 새가 보이시죠? 조만간 새는 알을 낳아 다른 새를 만들 거예요. 히파티아가 배 아파 가며 아들을 낳는 것과 똑같지요. 그렇지만 생물은 일단 한 번 이 세상에 태어나면 히파티아든 새끼 새든 마찬가지로 자기 나름대로 살아가요. 어미가 죽어도 살아남지요. 이제 반대로 불을 한번 생각해 보도록 해요. 불은 열을 낳지 않아요. 그것을 방사하지요. 열은 불과 똑같아요. 당신이 불을 끄면 열기도 사라져 버려요. 불의 열기는 불을 피운 곳에서는 아주 강하지요. 불꽃이 연기가 되어 감에 따라 차츰차츰 열기는 더 약해지는 거예요. 하느님도 이와 마찬가지지요. 어두운 자신의 중심에서 먼 곳으로 차츰차츰 발산되어 나가면서 어떤 식으로든 힘을 잃게 되는 거예요. 그렇게 점점 더 힘을 잃다가 점착성이 있고 무딘 물질이 되는 거예요. 초가 녹으면 생기는 밀랍처럼 말이에요. 유일자는 그 정도로 멀리까지 발산하려고는 하지 않겠지만, 자신이 다양성과 무질서로까지 용해되는 것을 막지는 못합니다.」

「당신의 하느님은 그러니까…… 그러니까 주위에 만들어져 있는 악을 일소시킬 수 없다는 거요?」

「오, 아니요, 그분은 할 수 있어요. 유일자는 독이 될 수도 있는 그런 숨결을 다시 빨아들이려고 끊임없이 애를 쓰니까요. 그리고 칠십 곱하기 칠천 년 동안 계속해서, 자신에게서 떨어져 나온 쓸모없는 것들을 무(無) 속으로 다시 들어가게 만들 수 있었지요. 하느님의 삶은 규칙적인 숨결이에요. 그분은 힘을 들이지 않고 숨을 쉬시는 거예요. 그러니까, 느껴 보세요.」 그녀는 아름다운 그 코로 공기를 빨아들이더니 잠시 후 숨을 내뱉었다. 「하지만 언젠가는 그분의 힘을 중간에서 매개하는 존재들 중의 하나를 통제할 수 없는 날이 올 거예요. 우리가 데미우르고스[112]라고 부르는 존재지요. 어쩌면 사바오트[113]나 얄다바오트일 수도 있고 기독교도들이 믿는 가짜 신일 수도 있지요. 이 가짜 신은 실수로, 자만심 때문에, 어리석음 때문에 시간을 창조했어요. 처음에는 그 시간 속에 영원만이 존재했지요. 시간과 함께 불과 물과 흙과 공기가 창조되었어요. 불은 온기를 주지만 또 모든 것을 불태워 버릴 수 있는 위험이 있어요. 물은 갈증을 풀어 주지만 또 물에 빠질 수도 있지요. 흙은 식물들을 자라게 하지만 사태가 나서 식물들을 질식시켜 버릴 수 있어요. 공기는 우리에게 숨을 쉴 수 있게 해주지만 돌풍으로 변할 수 있지요. 데미우르고스는 모든 것을 다 잘못 만들었어요, 불쌍한 데미우르고스 같으니라고. 그는 태양과 달과 다른 천체들을 만들었어요. 태양은 빛을 주지만 들판을 메마르게 할 수 있어요. 달은 불과 며칠 동안밖에 밤을 지배할 수 없어요. 그 후에는 차츰차츰 작아져서 사라져 버리지요. 그 밖의 다른 천체들은 밝게 빛나지만 불길한 영향력을 발산할 수 있어요. 그리고 지성을 부여받았지만 중요한 수수께끼들을 이해하지 못하는 우리 같은 인간들, 인간에게 충실하다가 우리를 위협하기도 하는 동물들, 우리에게 먹을 것을 주지만 그 생명이 아주 짧은 식물들, 생명과 영혼과 지능이 없고 아무것도 이해할 수 없게

---

112) 그리스 어로 〈장인(匠人)〉이라는 뜻. 플라톤의 대화편에 나오는 세계의 창조자. 영지주의에서는 물질 세계의 창조주.

113) 영지주의에서 얄다바오트(데미우르고스)가 만들어 낸 양성(兩性)을 구비한 자식(아르콘)들 중의 하나.

선고받은 광물들을 만들었어요. 데미우르고스는 아름다운 유니콘을 흉내 내서 만들려고 찰흙을 주물럭거리다가 쥐와 비슷한 것을 만들어 내는 어린 아이 같아요.」

「그러니까 이 세계는 하느님의 병든 모습이라는 거요?」

「당신이 완벽하다면 당신은 발산을 할 필요가 없어요. 당신이 발산을 한다면 당신은 병이 들게 돼요. 충만함 가운데 계시는 하느님은 모든 대립들이 뒤섞이는 장소이기도 하고 비(非)장소이기도 하다는 것을 이해해 보도록 하세요. 안 그래요?」

「대립들이요?」

「그래요, 우리는 더위와 추위, 빛과 어둠을 느끼고 서로 대립되는 것들을 모두 느낄 수 있어요. 어떤 때는 더위에 비해 추위가 싫기도 하지만 때로 너무 더울 때는 시원한 것을 바라기도 하지요. 대립들 앞에서 변덕과 기호에 따라 그들 중 어떤 게 좋고 어떤 게 나쁘다고 생각하는 것은 바로 우리예요. 하느님 속에서는 대립들이 서로 화해하고 조화를 찾으려고 하지요. 하지만 하느님이 발산을 시작하면 더 이상 대립들 사이의 조화를 통제할 수 없게 되지요. 대립들은 서로 갈라져서 싸우게 되는 것이지요. 데미우르고스는 이 대립들을 통제할 힘을 잃어버린 거예요. 그는 침묵과 소음, 긍정과 부정, 서로 대립하는 두 가지 선이 싸우는 세상을 만들어 낸 거예요. 이것이 바로 우리가 악으로 느끼는 것이지요.」

히파티아는 흥분을 해서 어린 소녀처럼 두 손을 움직였다. 쥐에 대해서 말할 때는 두 손으로 쥐 모양을 만들었고 폭풍우를 언급할 때는 공중에 소용돌이를 그렸다.

「당신은 창조의 실수, 악에 대해서 말하고 있소, 히파티아.

하지만 그런 것들이 당신과는 아무 관련이 없는 듯이 말하고 있소. 당신은 이 숲의 모든 게 마치 당신처럼 아름답다고 생각하며 숲에서 살고 있어요.」

「비록 악이 하느님에게서 우리에게 온다 해도 악 속에도 선한 무엇인가가 들어 있는 거예요. 내 말을 좀 들어 보세요. 당신이 인간이기 때문에 그런 거예요. 인간들은 존재하는 모든 것에 대해 올바르게 생각하는 데 길들여 있지 않아요.」

「알고 있소. 나 역시 나쁜 생각을 하지요.」

「아니에요. 당신은 생각만 할 뿐이지요. 그런데 생각하는 것으로는 충분하지가 않아요. 이것은 옳은 방법이 아니에요. 자, 샘물을 하나 상상해 보도록 하세요. 이 샘물은 다른 원천을 갖지 않으며 수천 개의 강물로 확장되어 갑니다. 결코 마르는 법 없이 말이에요. 샘물은 항상 고요하고 신선하고 맑아요. 반면 강물들은 여러 지점으로 흘러가게 되지요. 모래 때문에 물이 흐려지기도 하고, 바위들 때문에 강물이 막히기도 하고, 목이 졸려 기침을 하기도 하고, 종종 메말라 버리기도 하지요. 강물들은 고난을 많이 겪게 돼요, 아세요? 하지만 강물의 물도 진흙탕인 급류의 물도 물은 물이에요. 이 호수가 시작된 것과 똑같은 샘물에서 시작되었지요. 이 호수는 강물보다 훨씬 고통을 덜 받아요. 투명한 호수 물속에서 이 물이 태어난 샘물을 훨씬 더 잘 기억할 수 있기 때문이지요. 벌레들로 가득한 늪은 호수보다 급류보다 더 많은 고통을 많이 당하게 되어 있어요. 하지만 모든 것들은 어떤 식으로든 고통을 받게 되지요. 모두 자신이 출발한 곳으로 돌아가고 싶어하기 때문에 그리고 어떻게 해야 하는지를 잊어버렸기 때문이에요.」

히파티아가 바우돌리노의 팔짱을 끼었다. 그리고 그의 몸을 숲 쪽으로 돌렸다. 그러다가 그녀의 머리가 그의 머리에 닿을 뻔했다. 그는 그 머리카락에서 식물의 향기를 맡았다. 「저 나무를 좀 보세요. 저 나무의 뿌리에서 마지막 이파리까지, 그 속에 흐르고 있는 것은 똑같은 생명력이에요. 하지만 뿌리는 땅속에서 힘이 강화되었고 몸통은 튼튼해져 사계절을 견딜 수 있어요. 하지만 나뭇가지들은 마르고 부러지는 성질이 있지요. 나뭇잎들은 불과 몇 달 살다가 떨어져 버리지요. 새싹들은 불과 몇 주밖에 살 수 없어요. 몸통보다는 나뭇잎들 사이에 악이 더 많은 거예요. 나무는 하나예요. 하지만 확장을 하면서 더 많은 것들이 되어 가고 늘어나면서 허약해지기 때문에 고통을 받는 거예요.」

「그렇지만 나뭇잎들은 아름답소. 당신 역시 나무의 그늘을 즐기고 있고…….」

「당신도 지혜로워질 수 있다는 것을 알아요, 바우돌리노? 이런 나뭇잎들이 없다면 우리는 앉아서 하느님에 대해서 이야기할 수 없을 거예요. 이 숲이 없었다면 우리는 만나지도 않았을 거예요. 이 숲은 악 중에서도 가장 나쁜 악일 수 있어요.」

그녀는 분명한 진실을 말하듯 그렇게 말했다. 하지만 바우돌리노는 다시 한번 가슴을 찌르는 것 같은 통증을 느꼈다. 그는 떨리는 마음을 보여 줄 수도 없었고 보여 주고 싶지도 않았다.

「내게 설명을 좀 해줘요. 인간들이 유일자의 병든 모습이라면, 어떤 기준에서만 보더라도, 어떻게 착한 사람들이 그렇게 많을 수 있는 거요?」

「당신도 지혜로워질 수 있다는 것을 알아요, 바우돌리노?

당신은 어떤 기준이라고 말했어요. 실수를 하긴 했지만 유일자의 일부분은 생각하는 창조물인 우리들 각자에게, 그리고 다른 창조물들, 그러니까 동물들에서 시작해서 죽은 육체에게까지 다 남아 있어요. 우리를 둘러싼 모든 것에는 신들이 살고 있어요. 식물들, 씨앗들, 꽃들, 뿌리들, 샘물들 모두 말이에요. 그들 각자는 비록 하느님의 생각을 제대로 모방하지 못했기 때문에 고통을 받기는 하지만 그들은 무엇보다 하느님과 다시 결합하기를 바랄 거예요. 우리는 대립들 사이의 조화를 다시 찾아야만 해요. 신들을 도와주어야만 해요. 이 불꽃들에, 우리의 영혼 속에 그리고 사물들 자체에 아직도 묻혀 있는 유일자에 대한 이 기억들에 다시 생명을 불어넣어 주어야만 해요.」

꼭 두 번 히파티아는 바우돌리노와 함께 있는 게 좋다는 뜻을 내비쳤다. 이 때문에 바우돌리노는 용기를 내서 다시 숲을 찾을 수 있었다.

어느 날 히파티아가 그에게 그녀들이 어떻게 모든 사물들 속에 있는 신성한 불꽃을 되살려 내는지를 설명했다. 그녀들이 무엇 때문에 자신들보다 더 완벽한 무엇인가에게, 하느님에게가 아니라 그보다 덜 지쳐 있는 그의 발산물들에게 호의를 보이는지 설명을 했다. 그녀는 바우돌리노를 데리고 해바라기들이 자라고 있는 호수 쪽의 어떤 지점으로 갔다. 호수 위에는 연꽃들이 펼쳐져 있었다.

「해바라기가 어떻게 하는지 보셨지요? 해바라기는 해를 따라서 움직여요. 해를 찾고 해에게 기도를 하지요. 해바라기가 하루 종일 원으로 순환하는 동안 공기 중에 울려 퍼지

는 시끄러운 소리를 당신이 아직 들을 수 없어서 유감이에
요. 당신도 해바라기가 해를 향해 부르는 찬가를 들을 수 있
을 거예요. 이제 연꽃을 보세요. 연꽃은 해가 뜰 때 피기 시작
하다가 정오에 완전히 벌어지고 해가 지면 닫혀 버리지요.
연꽃은 꽃잎을 열었다가 닫으면서 해를 찬양해요. 우리가 기
도를 할 때 입을 열고 닫는 것처럼 말이에요. 이런 꽃들은 해
에 대한 사랑으로 살아간답니다. 그러니까 해의 힘의 일부분
을 간직하는 것이지요. 당신이 꽃에 작용을 할 수 있다면 태
양에 작용할 수 있을 것이고 태양에 작용을 할 줄 안다면 태
양의 행동에 영향을 줄 수 있을 거예요. 태양으로부터 당신
은, 태양에 대한 사랑으로 살아가는 어떤 것들과, 태양보다
훨씬 완벽한 어떤 것들과 다시 연결이 될 수 있을 거예요. 그
렇지만 꽃들을 통해서만 이런 일을 할 수 있는 것은 아니에
요. 돌에도 동물에도 똑같은 일이 일어나지요. 그들 각각에
는 더 큰 힘들을 통해 공통의 기원에 도달하려고 애쓰는 힘
이 약한 신이 살고 있어요. 우리는 어린 시절부터 더 큰 신들
에게 작용할 수 있고 잃어버린 유대 관계를 다시 회복시킬
수 있는 기술을 사용할 수 있는 법을 배웠어요.」
　「그게 무슨 말이오?」
　「쉬워요. 우리는 돌과 풀, 완벽하고 신성한 향료들을 함께
섞어서…… 어떻게 말해야 할까요, 예쁜 항아리들을 만드는
법을 익히는 거지요. 많은 구성 요소들의 힘을 응축시켜 만
든 항아리들이지요. 들어 보세요. 꽃, 돌, 심지어 유니콘까지,
그들은 모두 신성한 성질을 지니고 있어요. 하지만 그것들
각자는 더 힘 있는 신들을 불러올 수 없어요. 우리가 혼합시
킨 것들은 우리들의 기술 덕택에 각각의 요소들의 힘을 배가

시키면서 바라던 본질을 재생산해 내는 것이지요.」

「그런데, 당신들은 언제 이 힘이 센 신들을 불러왔소?」

「그 단계는 단지 시작일 뿐이에요. 우리는 하늘에 있는 것과 땅에 있는 것의 사이를 연결하는 사절이 되는 법을 배운답니다. 우리는 하느님이 발산되는 강물이 뒤로 거슬러 흐를 수 있다는 것을 입증합니다. 별것은 아니지만 이게 가능하다는 것을 자연에 보여 주는 것이지요. 하지만 궁극적인 과제는 해바라기가 해와 재결합하는 게 아니라 우리들 자신이 우리의 기원과 결합하는 것이에요. 여기서 고행이 시작되지요. 처음에 우리는 고결하게 행동하는 법을 배운답니다. 살아 있는 생물들을 죽이지 않고 우리 주위의 존재들에게 조화를 퍼뜨리려고 애를 씁니다. 그렇게 하면서 우리는 벌써 사방에 숨어 있는 불꽃들을 되살아나게 할 수 있습니다. 이 식물의 줄기 보이시죠? 그것들은 벌써 말라 버려서 바닥으로 휘어지고 있어요. 나는 이 줄기들을 건드려서 다시 진동시킬 수 있고 그것들이 잊고 있었던 것을 느끼게 할 수 있어요. 보세요, 줄기들이 차츰차츰 생기를 되찾고 있어요. 이제 막 땅으로부터 올라오고 있는 것처럼 말이에요. 하지만 아직 다 된 것은 아니에요. 식물의 줄기에 생명을 불어넣어 주기 위해서는 자연의 힘을 실제로 사용하고 완벽한 시각과 청각, 활력에 넘치는 육체, 기억력과 학습 능력을 지니고 있기만 하면 돼요. 목욕 재계를 통해 얻을 수 있는 세밀한 방법들을 이용하고 정화의식과 찬가와 기도가 필요하지요. 지혜, 힘, 극기와 정의를 키워 나감으로써 앞으로 전진을 하는 거예요. 그러다가 마침내 정화를 해줄 수 있는 사람의 능력을 갖게 되는 것이지요. 우리는 육체에서 영혼을 분리시켜 보고 신들을 불러내는 법을 배우지요 — 다른 철학자들이 말하는 것처럼 신들에 대해서 말하는 것이 아니라 그들에게 작용을 해서 마법의 구역을 매개로 비가 오게 하고, 지진을 막는 액막이들을 놓아두고 삼각대의 예언력을 실험해 보고 신탁을 얻기 위해 모든 상(像)들에 혼을 불어넣고 환자들을 치료하기 위해 아스클레피오스[114]를 불러오는 거예요. 하지만 주의를 해야 해요. 이런 일을 하는 동안 우리는 항상 신에게 소리가 들리는 것을 피해야만 하지요. 만약 신에게 소리가 들리게 되면 우리는 혼란에 휩싸이고 동요하게 돼요. 그러면 하느님에게서 멀어지게 되지요. 완벽한 평온 속에서 이런 일을 배워야 할 필요가 있어요.」

히파티아가 바우돌리노의 손을 잡았다. 바우돌리노는 그런 따스한 느낌이 사라지지 않도록 손을 잡고 가만히 있었다. 「바우돌리노, 아마 우리 언니들처럼 내가 이미 높은 수준의 고행에 이르렀다는 것을 당신에게 믿게 하려고 하는 것 같아요……. 그렇지만 난 내가 아직 얼마나 불완전한지 잘 알고 있답니다. 아직도 나는 장미를 그것과 친밀한 높은 힘과 접촉시킬 때 당황해요……. 그리고 또 보세요. 나는 아직도 말을 너무 많이 하잖아요. 이건 내가 지혜롭지 못하다는 증거예요. 왜냐하면 능력은 침묵 속에서 얻어지는 거니까요. 당신이 여기 계시기 때문에 내가 말을 하는 거예요. 당신이 알아야 하니까요. 제가 해바라기도 교육시키는데 당신이라고 못할 게 없지 않아요? 우리는 아무 말도 하지 않고 함께 있음으로써 가장 완벽한 상태에 도달할 수 있을 거예요. 만

---

114) 그리스 신화에 나오는 의술의 신.

져 보기만 해도 당신을 알 수 있을 거예요. 해바라기처럼 말이에요.」 그녀는 말없이 해바라기를 쓰다듬었다. 그리고 아무 말 없이 바우돌리노의 손을 쓰다듬었다. 마지막에 이렇게 말했을 뿐이다. 「느껴져요?」

다음날은 히파티아들의 침묵 수련에 대해 말해 주었다. 그녀의 말에 따르면 그도 그런 수련을 할 수 있게 하기 위해서였다. 「주위를 완전한 평온 상태로 만들어야 해요. 그러면 우리가 생각한, 생각해 낸, 느낀 것과 마주하고 있는 아득한 고독 속으로 들어가게 되는 거지요. 평화와 고요가 자리하고 있다고 상상하고 느껴 보세요. 그러면 분노나 욕망, 고통이나 행복을 더 이상 느끼지 않을 수 있어요. 우리 자신으로부터 벗어나 완전한 고독과 깊은 고요 속으로 들어갈 수 있을 거예요. 우리는 더 아름답고 즐거운 것들을 보게 될 거고, 아름다움 그 자체 너머에, 덕성의 천사 계급 그 너머에 있게 될 거예요. 꼭 신상들을 뒤로 하고 신전의 가장 안쪽으로 들어간 사람과 같은 거예요. 그의 눈에는 이제 신상들이 보이는 게 아니라 바로 신이 보이는 거지요. 우리는 더 이상 중간적인 힘을 부를 수 없을 거예요. 그 힘을 뛰어넘음으로써 그것의 결함을 이겨 낼 수 있지요. 그런 후미진 곳에서, 아무도 접근할 수 없는 신성한 그런 장소에서 우리는 신들의 족속 너머에, 아이온의 계급 너머에 도착할 수 있어요. 이 모든 것들은 우리로부터 존재의 악을 치료받은 그 무엇에 대한 기억으로만 존재하게 될 거예요. 이것은 길의 끝이고, 자유이고, 모든 구속으로부터의 해방이고, 유일자를 향해 혼자 가는 사람의 도주예요. 이렇게 절대적인 단순함 속으로 귀환할 때는 어둠의 영광 이외에는 아무것도 볼 수 없을 거예요. 영혼과 지성을 비워 버리고 나면 우리는 정신의 왕국 너머에 도착하게 될 거예요. 숭배를 하며 그 위에서 쉴 수 있겠지요. 떠오르는 태양이 된 것처럼 말이에요. 두 눈을 감고 우리는 눈이 부신 해를 바라볼 거예요. 우리는 불이 될 거예요. 어둠 속에 있는 어두운 불 말이에요. 이 불 덕택에 우리는 우리의 길을 끝까지 다 갈 수 있게 되는 것이지요. 바로 그때가 되면 강의 흐름을 거슬러 올라가고 우리에게만이 아니라, 신들에게도, 하느님에게도 강물이 거슬러 올라갈 수도 있다는 것을 보여 줌으로써 우리는 세상을 치료하고 악을 죽이고 죽음을 죽게 만드는 거예요. 우리는 데미우르고스가 손가락으로 복잡하게 묶어 놓은 매듭을 풀 수 있을 거예요. 우리는, 바우돌리노, 하느님을 치료하도록 운명 지어져 있어요. 바로 우리가 하느님을 구원할 임무를 맡은 거예요. 우리는 무아의 상태를 통해 유일자의 심장으로 모든 창조물들을 돌아가게 할 거예요. 우리는 유일자에게 그가 뱉어 놓은 악을 다시 스스로 빨아들일 수 있을 정도로 큰 호흡을 할 수 있는 힘을 주게 될 거예요.」

「당신들이 그렇게 해요? 당신들 중의 누군가가 그렇게 한 적이 있나요?」

「우리는 그렇게 할 수 있기를 기다리고 있어요. 우리는 우리들 중의 누군가가 그 일을 할 수 있도록 수세기 전부터 준비를 해왔어요. 우리가 어린 시절부터 배운 것은 우리 모두가 이런 기적을 이룰 필요가 없다는 거예요. 어느 날엔가, 그것이 몇 천 년 뒤라도 우리들 중의 단 한 사람, 선택받은 사람이 최고의 완벽에 도달하는 순간이 찾아올 거예요. 그때 그녀는 자신의 아득한 기원과 단 하나가 된 것을 느끼겠지요.

그때 기적은 완성될 거예요. 그러니까 고통을 받는 세상의 다양성으로부터 유일자에게로 돌아갈 수 있음을 보여 줌으로써 우리는 하느님에게 평화와 신뢰, 자신의 중심에서 자제심을 되찾을 수 있는 힘, 자신의 호흡의 리듬을 다시 되찾을 에너지를 주게 되는 거예요.」

그녀의 눈이 반짝였다. 얼굴은 열이 나는 것 같았다. 손은 거의 떨리고 있었고 목소리는 비장했다. 마치 자신이 밝힌 비밀을 믿어 달라고 간청을 하는 것 같았다. 바우돌리노는 어쩌면 데미우르고스가 많은 실수를 저질렀을 수도 있을 것이라고 생각했다. 하지만 그 존재가 세상을 완벽함에 취하고 완벽함으로 빛나는 장소로 만들었을 것이라고 생각했다.

그는 참을 수가 없었다. 그는 대담하게 그녀의 손을 잡고 그 손에 가볍게 입을 맞추었다. 그녀는 몸을 떠는 것 같았다. 전혀 모르는 어떤 경험을 한 것 같았다. 처음에 그녀는 이렇게 말했다. 「당신에게도 하느님이 살고 계시는군요.」 그러더니 두 손으로 얼굴을 가렸다. 바우돌리노는 그녀가 넋을 잃고 이렇게 중얼거리는 소리를 들었다. 「잃어버렸어……. 아파테이아를 잃어버렸어…….」

그녀는 몸을 휙 돌려 숲 쪽으로 달려갔다. 아무 말도 하지 않았고 뒤를 돌아보지도 않았다.

「니케타스 씨, 그 순간 나는 마치 한 번도 사랑을 해보지 못한 사람처럼 사랑에 빠졌다는 것을, 그러나 또다시 나의 것이 될 수 없는 특별한 여인을 사랑하게 되었다는 것을 알게 되었습니다. 한 여인은 그 고귀한 신분 때문에 나의 것이 될 수 없었고, 또 한 여인은 죽음이라는 불행 때문에 나를 떠

낳는데, 이제 세 번째 여자는 이미 하느님을 구원하기로 서원했기 때문에 나의 것이 될 수 없었습니다. 나는 숲을 떠났습니다. 도시로 돌아가면서 이제 다시는 숲을 찾아와서는 안 될지도 모른다는 생각을 했습니다. 다음날 프락세아스로부터 픈다페침의 주민들이 나를 가장 권위 있는 동방 박사로 생각하고 있다는 말을 듣자 기분이 아주 가벼워지는 것 같았습니다. 나는 부제의 신뢰를 즐겼습니다. 부제는 시인이 그렇게 잘 훈련을 시켜 가고 있는 그 군대의 지휘를 바로 나에게 맡기고 싶어했습니다. 나는 그 권유를 피할 수가 없었습니다. 동방 박사들 내에서 분열이 생기면 모두들 우리를 믿고 따르지 않을 겁니다. 이미 모두 열광을 하며 전쟁 준비에 몰두했습니다. 그래서 나는 그 제안을 수락했습니다 ─ 스키아푸스들, 귀큰이들, 블레미에스들, 그리고 이미 내가 아주 좋아하게 된 다른 선량한 사람들을 실망시키지 않기 위해서이기도 했습니다. 무엇보다도 나는 그런 새로운 모험에 몰두함으로써 숲속에 두고 온 것을 잊어버릴 수 있을 것이라고 생각했습니다. 나는 이틀 동안 수없이 많은 일들에 묶여 있어야 했습니다. 하지만 나는 산란한 마음 때문에 고통을 받았습니다. 히파티아가 다시 호수에 왔을지도 모르고 나를 발견하지 못하면 그녀는 자기가 달아나서 내가 상처를 받아 다시는 자신을 만나지 않기로 결정했다고 생각할 수도 있다고 상상하면 끔찍했습니다. 나는 그녀가 괴로워하다가 다시는 나를 만나지 않을까 봐 괴로웠습니다. 만약 그렇다면 나는 그녀의 흔적을 쫓아갈 것이고 말을 타고 히파티아들이 사는 곳으로 갔을 것입니다. 내가 어떻게 할 수 있을까요? 나는 그녀를 납치해서 그 공동체의 평화를 파괴시키고 그녀가 이해해서는 안 되는 것들을 그녀에게 이해시킴으로써 그녀의 순진 무구함을 흐려 놓을 수 있을까요? 그렇지 않으면 그녀가 자신의 사명을 이해하고 있다고, 극히 짧은 순간의 지상의 사랑에서 이미 자유로워졌다고 보아야 할까요? 그런데 그 순간이 있지 않았습니까? 그녀의 말과 몸짓 하나하나가 모두 기억이 납니다. 하느님이 어떠한지를 이야기하기 위해 그녀는 두 번이나 우리들의 만남을 예로 들었지요. 하지만 어쩌면 그녀가 한 말을 내가 이해할 수 있었던 것은 오로지 어린 소녀같이 완전히 천진무구한 그 태도 때문이었을 겁니다. 내가 그녀의 손에 입을 맞추어 그녀를 떨게 만들었을 겁니다. 알고 있습니다. 그러나 그것은 자연스러운 일이었습니다. 인간의 입이라고는 단 한 번도 그녀를 스치고 지나간 적이 없었습니다. 그녀에게 그 일은 나무뿌리에 발이 걸려 넘어져서 순식간에 그녀가 가르침을 받았던 평정을 잃어버린 것과 같았습니다. 그 순간은 지나갔습니다. 이제 그녀는 더 이상 그 순간을 생각하지 않을 겁니다……. 나는 친구들과 전투 문제에 대해 토론을 했습니다. 나는 누비아 인들을 어디에 배치시켜야 할지를 결정해야만 했습니다. 나는 그녀가 어느 곳에 있는지조차 알 수 없었습니다. 나는 그 고뇌에서 벗어나야만 했습니다. 알아야만 했습니다. 그렇게 하기 위해서는 내 목숨과 그녀의 목숨을 우리와 관련이 있는 누군가의 손에 맡겨야만 했습니다. 나는 가바가이가 내게 충실하다는 것을 여러 가지 증거를 통해 이미 알고 있었습니다. 나는 가바가이에게 수많은 맹세를 받고 난 뒤에 몰래 그에게 말을 했습니다. 가능한 한 적게 이야기를 했지만 그가 호수로 가서 기다리게 할 수 있을 정도는 되게 이야기를 해주었습니다. 그 선량한 스키아푸스는 정말 마음이 넓고 영리하고 분별력이 있었습니다. 그는 내게 별로 많은 것을 물어보지 않았습니다. 그는 많은 것을 이해하고 있었을 겁니다. 이틀 동안 그는 다른 사람의 눈에 띄어서는 안 된다고 말하면서 해질 녘에 돌아왔습니다. 그는 창백해지는 나를 보자 후회의 빛을 보였습니다. 사흘째 되는 날에는 그가 항상 보여 주던 초승달 같은 미소를 지으며 돌아왔습니다. 그리고 그가 자기 발 우산 아래에 느긋하게 누워서 기다리고 있을 때 그 여자가 나타났다고 말해 주었습니다. 그녀는 마치 누군가를 기다리기라도 한 것처럼 친근하게 그리고 재빠르게 다가왔다고 합니다. 그녀는 내 편지를 받고 감격을 했습니다(「그 여자 너 아주 보고 싶어하는 것 같았다.」 가바가이가 약간 악의가 담긴 어투로 말했습니다). 그리고 그녀가 날마다, 날마다(「그 여자 이 말 두 번 했다」) 호수를 찾아왔다고 내게 알려 주었습니다. 가바가이는 엉큼하게도 그녀 역시 오래전부터 동방 박사들을 기다려 왔다고 덧붙였습니다. 나는 그 다음날도 푼다페침에 있어야만 했습니다. 그러나 나는 지휘관으로서, 시인도 놀랄 정도로 열심히 내가 맡은 일에 열중했습니다. 시인은 내가 무기를 별로 좋아하지 않는다는 것을 알고 있었습니다. 그래서 나의 군대를 보고 열광했습니다. 나는 내가 세상의 주인이 된 것 같았습니다. 나는 아무런 두려움 없이 1백 명의 훈 족과도 맞서 싸울 수 있었습니다. 이틀 후 나는 두려움에 떨면서 운명적인 장소로 다시 갔습니다.」

34
바우돌리노 진정한 사랑을 찾다

「그 기다림의 나날 동안, 니케타스 씨, 나는 상반되는 감정들을 맛보았습니다. 그녀를 보고 싶어하는 열망으로 가슴을 태웠습니다. 그녀를 다시 만나지 못할까 봐 두려웠습니다. 수천 가지 위험에 노출된 그녀를 상상해 보았습니다. 간단히 말해 나는 사랑하는 사람이 느낄 수 있는 모든 감정들을 느낀 겁니다.」

「바로 그 무렵 혹시 어머니가 그녀를 씨내리들에게 보냈을 수도 있으리라고는 생각하지 않았습니까?」

「그런 생각은 눈곱만큼도 해보지 않았습니다. 아마도 내가 이미 그녀의 것이 되었다는 것을 알고 있었기 때문에 그녀도 다른 사람들의 접촉을 거부할 수 있을 정도로 나의 것이 되어 있으리라고 생각했던 것 같습니다. 나는 그 후 오랫동안 깊이 생각을 했습니다. 그리고 완벽한 사랑은 질투가 들어설

틈을 남겨 두지 않는다고 확신했습니다. 질투는 의심이고, 두려움이고 사랑하는 남녀 사이의 중상모략이지요. 성 요한은 완벽한 사랑이 모든 두려움을 쫓아 버린다고 말했습니다. 나는 질투심을 느끼지 않았습니다. 그렇지만 매순간마다 그녀의 얼굴을 떠올려 보려고 애를 썼습니다. 그런데 더 이상 그녀의 얼굴을 떠올릴 수가 없었습니다. 그녀를 바라보며 느꼈던 감정과 생각은 기억이 났지만 그녀의 모습을 상상할 수는 없었습니다. 우리가 만나는 동안 나는 그녀의 얼굴을 뚫어지게 쳐다보기만 했어요. 다른 일은 하지 않았지요…….」

「뜨겁게 사랑하는 사람에게 어떤 일들이 일어나는지 적어 놓은 글을 읽은 적이 있습니다…….」 니케타스가 그렇게 저항할 수 없는 열정을 경험해 보지 못한 사람이 쩔쩔매듯 말했다. 「베아트릭스와 콜란드리나에게서는 느낄 수 없었던 감정인가요?」

「그렇습니다. 그렇게 나를 고통스럽게 할 정도는 아니었습니다. 나는 베아트릭스에게는 사랑에 대한 이상(理想) 그 자체를 가꾸어 왔다고 믿습니다. 그 사랑에는 얼굴이 필요 없지요. 그리고 베아트릭스의 육체적인 모습을 상상하려고 애를 쓴다는 게 신성 모독처럼 보였습니다. 콜란드리나에게서 느낀 것은 ― 나는 히파티아를 만나고 나서야 깨달았습니다 ― 열정이 아니라 오히려 즐거움, 부드러움, 한없이 강렬한 친밀함이었습니다. 딸이나 여동생에게 느낄 수 있는 감정이지요. 주님, 저를 용서해 주십시오. 나는 사랑에 빠진 사람들은 모두 그렇다고 생각했습니다. 하지만 그 무렵 나는 히파티아를 내가 정말로 사랑한 최초의 여자라고 확신했습니다. 물론 그건 사실입니다. 지금도 그렇고 영원히 그럴 겁니다.

그러다가 나는 진정한 사랑은 마음의 가장 깊은 곳에 주거를 정한다는 것을 알게 되었습니다. 거기서 평온을 찾고 자신의 가장 고귀한 비밀들에 주의를 기울이지요. 상상의 방으로 돌아가는 일은 아주 드뭅니다. 이 때문에 부재하는 연인의 육체적인 형상을 재생해 낼 수가 없는 겁니다. 심장의 가장 안쪽으로 들어갈 수 없는 것은 간음의 사랑일 뿐입니다. 그것은 단지 육욕적인 환상으로만 영양을 섭취하게 되지요. 그래서 그렇고 그런 이미지들을 만들어 낼 수 있습니다.」

니케타스는 질투심을 겨우 억누르며 입을 다물었다.

그들의 재회는 수줍고도 감동적이었다. 그녀의 눈은 행복으로 빛났다. 그러나 수줍어하면서 곧 시선을 떨구었다. 그들은 풀밭에 앉았다. 아카치오는 조금 떨어진 곳에서 조용히 풀을 뜯었다. 주변의 꽃들은 평상시보다 더 향기로운 것 같았다. 바우돌리노는 금방 부르크를 입술에 갖다 댄 것 같은 기분이었다. 그는 말을 할 수가 없었다. 하지만 이렇게 침묵이 깊어지면 그가 당황스러운 행동을 할지도 모르기 때문에 말을 하기로 결정했다.

그는 그때서야 진짜 사랑하는 사람들은 처음 사랑의 대화를 나눌 때 얼굴이 창백해지고 몸이 떨리고 말을 못한다는 말을 이해할 수 있었다. 사랑은 자연의 세계와 영혼의 세계를 모두 지배해서 어느 곳으로 움직이든 모든 힘을 자신에게 끌어들이기 때문이었다. 그렇게 해서 진짜 연인들이 은밀히 만나게 되면 사랑은 연인들을 당황스럽게 하고 신체의 모든 기능을, 육체적인 것이든 정신적인 것이든 모두 마비시켜 버리게 된다. 이 때문에 혀는 말하기를 거부하고 눈은 바라보기를 거부하고 귀는 듣기를 거부한다. 온몸이 자신의 의무를 회피해 버리는 것이다. 그래서 사랑이 너무 오랫동안 마음 깊은 곳에 머물러 있게 되면 육체에 힘이 빠져 쇠약해지는 일이 생긴다. 하지만 그때 갑자기 육체는 자신이 경험하는 그 초조한 열기 때문에 자신의 열정을 밖으로 던져 버려 다시 제 기능을 되찾게 된다. 그러면 그때 연인은 말을 한다.

「그러니까,」 바우돌리노가 자신이 느낀 것과 깨달아 가고 있는 것을 설명하지 않은 채 말했다. 「당신이 내게 들려준 아름다운 이야기나 끔찍한 이야기는 모두 히파티아가 당신들에게 전해 주었던 것이고…….」

「오, 아니에요.」 그녀가 말했다. 「당신에게 말했듯이 우리 조상들은 히파티아가 자기들에게 가르쳐 주었던 것을 모두 잊어버린 채 달아났어요. 그들이 기억하는 것은 지식에 대한 의무밖에 없었어요. 우리가 점점 더 진실을 발견해 가게 된 것은 바로 명상을 통해서였어요. 수천 년 동안 우리 각자는 우리를 둘러싼 세계에 대해, 그리고 우리의 영혼 속에서 느낄 수 있는 것에 대해 깊이 생각했어요. 그리고 우리의 의식은 하루가 다르게 풍부해졌지요. 작업은 아직 끝나지 않았어요. 어쩌면 당신에게 말한 것 속에는 아직 내 친구들은 이해하지 못했는데 나는 이해를 해서 내 친구들에게 설명을 해보려고 하는 게 들어 있을지도 몰라요. 그렇게 우리들 각자는 자기가 느낀 것을 동료들에게 가르치면서 지혜로워지는 거예요. 그리고 스스로 교사가 됨으로써 배우는 거지요. 만약 당신이 나와 함께 여기에 있지 않았다면 나는 몇 가지 사실들을 내 자신에게 분명하게 설명할 수 없었을 거예요. 당신은 나의 정신이에요. 나의 훌륭한 아르콘이에요, 바우돌리노.」

「당신의 동료들도 당신처럼 그렇게 명석하고 말을 잘하오, 나의 사랑스러운 히파티아?」

「오, 난 친구들 중에서 꼴찌예요. 가끔 친구들은 내가 경험한 것을 표현할 줄 모른다고 나를 놀려요. 나는 더 성장해야만 해요, 당신 알아요? 하지만 요즘은 난 내 자신이 자랑스러워요. 내 친구들은 모르는 비밀을 간직하고 있는 것 같거든요. 나는 내게 무슨 일이 일어났는지 잘 모르겠어요. 꼭……꼭 친구들보다는 당신에게 이야기를 하고 싶어요. 내가 나쁘다고 생각해요? 내가 친구들을 소홀히 한다고 생각해요?」

「당신은 나를 잘 대해 주잖소.」

「당신과 함께 있으면 편해요. 나는 당신에게 내 마음속에 떠오르는 생각들을 모두 말할 수 있어요. 비록 그게 옳은지는 아직 확신할 수 없지만 말이에요. 요 근래에 내게 무슨 일이 일어났는지 알아요, 바우돌리노? 당신 꿈을 꾸었어요. 아침에 잠에서 깨면 나는 당신이 어느 곳엔가 계실 테니 오늘은 좋은 하루가 되겠구나, 이렇게 생각해요. 그러다가 당신을 볼 수 없기 때문에 끔찍한 하루가 될 거라고도 생각하지요. 이상한 일이에요. 보통 즐거우면 웃고 슬프면 울지요. 나는 지금 동시에 웃고 울고 있어요. 혹시 병에 걸린 걸까요? 그렇다고 해도 이건 너무나 아름다운 병이에요. 자기 병을 사랑하는 게 옳은 일이에요?」

「선생은 당신이라오, 사랑스러운 내 친구여.」 바우돌리노가 미소를 지었다. 「나에게 물어보아서는 안 돼요. 나 역시 당신과 똑같은 병에 걸린 것 같기 때문이오.」

히파티아가 한 손을 뻗었다. 그리고 다시 그의 상처를 어루만졌다. 「당신은 아주 훌륭한 사람이 틀림없어요, 바우돌리노. 내가 아카치오를 만질 때처럼 당신을 만지는 게 기분이 좋으니까요. 당신도 나를 만져 보세요. 어쩌면 아직 내 안에 남아 있지만 내가 알지 못하는 어떤 불꽃을 당신이 일깨울 수도 있어요.」

「아니오, 내 사랑, 당신을 아프게 할까 봐 겁이 나는구려.」

「여기 이 귀 뒤를 만져 보세요. 그래요, 그렇게 다시요……. 어쩌면 당신을 통해서 신을 불러올 수 있을지도 모르겠어요. 당신은 다른 그 무엇과 당신을 연결해 주는 표식을 어디선가 찾을 수도 있을 거예요…….」

그녀는 두 손을 그의 옷 속으로 집어넣어서 가슴에 난 털들을 손가락으로 만졌다. 그리고 그에게 가까이 다가와서 그의 냄새를 맡았다. 「당신 몸에는 풀이 많이 났군요. 좋은 풀이에요. 당신은 젊은 건가요? 난 인간의 나이를 알 수가 없어요. 당신은 젊은 건가요?」

그는 이제 거의 격렬하게 그녀의 머리카락을 어루만지고 있었다. 그녀가 두 손을 그의 목덜미에 올려놓았다. 그러더니 혀로 그의 얼굴을 가볍게 핥기 시작했다. 마치 어린양이 얼굴을 핥듯이 그렇게 핥았다. 그러다가 가까이에서 그의 눈을 보며 웃었다. 그리고 바우돌리노에게서 소금 맛이 난다고 말했다. 바우돌리노는 성인이 아니었다. 그는 그녀를 꼭 껴안았다. 그리고 자기 입술로 그녀의 입술을 찾았다. 그녀가 겁에 질리기도 하고 놀라기도 해서 신음소리를 냈다. 그녀는 뒤로 물러나려고 해보다가 단념을 했다. 그녀의 입은 복숭아와 살구 맛이 났다. 그녀가 처음으로 맛본 그의 혀를 자기 혀로 조금씩 쳤다.

바우돌리노는 그녀를 뒤로 밀었다. 착한 마음 때문에서가

아니라, 자신을 가리는 것으로부터 자유로워지기 위해서였
다. 그녀가 그의 몸을 바라보았다. 그녀는 손가락으로 그의
몸을 만졌다. 그녀는 그가 살아 있음을 느꼈다. 그녀는 그를
원한다고 말했다. 어떻게 그리고 무엇 때문에 그를 원하는지
는 모르지만 숲속의 어떤 힘이나 샘물의 어떤 힘이 그녀에게
어떻게 해야만 한다는 것을 암시해 주고 있는 게 분명했다.
바우돌리노는 다시 그녀의 입술에서 목, 그리고 어깨를 애무
하기 시작했다. 그러면서 서서히 그녀의 옷을 벗겼다. 그녀
의 가슴을 발견하고 거기에 얼굴을 묻었다. 그리고 손으로는
계속 옷을 엉덩이 쪽으로 흘러내리게 했다. 그는 작고 팽팽
한 그녀의 배를 느꼈다. 배꼽을 어루만졌다. 그런데 그녀의
가장 은밀한 부분을 가려 줄 음모들이 나타나리라고 기대를
하기도 전에 털이 느껴졌다. 그녀가 그를 속삭여 불렀다. 나
의 아이온, 나의 티라노스, 나의 심연, 나의 옥도아스,[115] 나
의 플레로마[116]…….

　바우돌리노는 아직 그녀의 몸 위에 남아 있는 옷 속으로
두 손을 밀어 넣었다. 불두덩이 시작되는 부분을 알려 주는
그 털들이 무성한 것이 느껴졌다. 그 털은 다리가 시작되는
부분, 허벅지 안쪽을 뒤덮고 있었고 엉덩이 쪽으로도 뻗어
나갔다…….

　「니케타스 씨, 나는 그녀의 옷을 찢어 버렸습니다. 그리고
보았지요. 히파티아의 배 아래쪽은 어린 염소와 똑같았습니

---

115) 8번째 천계(天界).
116) 아이온들이 거주하는 빛의 왕국.

다. 그녀의 두 다리는 상앗빛 양 발굽으로 갈라져 있었습니다. 갑자기 나는 그녀가 왜 땅에까지 닿는 긴 옷을 입고 다니는지를 알게 되었습니다. 그녀는 발을 땅에 대고 걷는 사람처럼 걷는 게 아니라 거의 땅을 밟지 않고 가볍게 스치듯 지나갔습니다. 그래서 나는 그녀들의 씨내리들이 누구인지 알게 되었습니다. 그들은 뿔이 난 인간의 머리에 염소 몸을 한 절대 모습을 보이지 않는 사티로스였습니다. 그들은 오래전부터 히파티아들에게 여자 히파티아를 낳게 해주고 남자 히파티오스들을 키워 주면서 그녀들에게 봉사하며 살고 있는 사티로스들이었습니다. 남자들은 사티로스들처럼 끔찍한 얼굴이었고 여자들은 아직도 아름다운, 그 옛날의 히파티아와 그녀의 첫 제자들이 지닌 이집트의 매력을 간직하고 있었습니다.」

「정말 끔찍하군요!」 니케타스가 말했다.

「끔찍하다고요? 아니요. 내가 그때 느낀 감정은 그게 아니었습니다. 물론 놀랐습니다. 하지만 그건 잠시뿐이었습니다. 나는 결정했습니다. 내 육체가 내 영혼을 위해 결정했는지, 내 영혼이 내 육체를 위해 결정했는지는 모릅니다. 내가 만지고 내가 본 것은 너무나 아름다웠습니다. 그게 히파티아였기 때문입니다. 그녀가 지닌 동물의 성질도 그 아름다움의 일부분이었습니다. 그 곱슬곱슬하고 부드러운 털은 내가 갈망해 왔던 것보다 훨씬 더 매혹적이었습니다. 그녀에게서는 사향 냄새가 났습니다. 옷에 가려져 있던 그녀의 팔다리는 예술가의 손으로 빚은 것 같았습니다. 나는 그 숲속의 향내가 나는 그 생명을 사랑했고 원했습니다. 나는 히파티아가 키메라나 이크네우몬이나 뿔살모사의 형상을 지니고 있었다고 해도 그녀를 사랑했을 겁니다.」

그렇게 해서 히파티아와 바우돌리노는 해 질 녘까지 사랑을 나누었다. 거의 힘이 다 빠져 더 이상 버틸 수 없을 때 그들은 나란히 누워 서로를 애무하고 그들을 둘러싼 모든 것을 잊게 하는, 너무나 부드러운 이름으로 서로를 불렀다.

히파티아가 말했다. 「내 영혼은 불길처럼 사라져 버렸어요……. 별이 뜬 하늘의 일부분이 된 것 같아요…….」 그녀는 사랑하는 남자의 몸을 끊임없이 탐색했다. 「당신은 너무나 잘생겼어요, 바우돌리노. 하지만 당신 인간들도 괴물들이에요.」 그녀가 장난스럽게 말했다. 「당신은 털도 없고 하얀 다리를 가지고 있고 두 스키아푸스의 발만큼이나 큰 발을 가지고 있군요! 그래도 당신은 멋있어요, 그런데…….」 그가 말없이 그녀의 두 눈에 입을 맞추었다.

「인간의 여자들도 당신 같은 다리를 가지고 있나요?」 그녀가 화가 나서 물었다. 「당신은…… 당신과 같은 다리를 가진 생명 옆에서 황홀한 기분을 느껴 보았어요?」

「당신이 존재한다는 것을 몰랐으니까, 내 사랑.」

「난 당신이 앞으로는 절대 인간 여자들의 다리를 보지 않았으면 좋겠어요.」 그가 아무 말 없이 그녀의 발굽에 입을 맞추었다.

날이 저물어 가고 있었기 때문에 그들은 헤어져야만 했다. 「난,」 히파티아가 그의 입술에 다시 살짝 입을 맞추면서 속삭였다. 「내 친구들에게 아무 말도 하지 않을 거예요. 어쩌면 그 애들은 이해하지 못할 수도 있어요. 그 애들은 보다 높이 올라가기 위한 방법 가운데 이런 방법도 있다는 것을 모르거든요. 내일 만나요, 내 사랑. 들었어요? 당신이 나를 부를 때처럼 당신을 부르는 거 들었지요? 기다릴게요.」

「그렇게 몇 달이 흘렀습니다. 내 인생에서 가장 달콤했고 순수했던 몇 달이었습니다. 나는 매일 그녀를 만나러 갔습니다. 갈 수 없을 때는 믿음직한 가바가이가 사랑의 전령으로 그곳에 갔습니다. 나는 훈 족들이 영원히 오지 않기를 기다렸습니다. 그리고 픈다페침에서 기다리는 시간이 죽을 때까지 그리고 그 이상으로 계속되기를 바랐습니다. 나는 마치 내가 죽음을 이긴 것 같은 생각이 들었지요.」

몇 달이 흐른 어느 날까지는 그랬다. 그날 보통때처럼 뜨겁게 사랑을 나누고 흥분이 가라앉자마자 히파티아가 바우돌리노에게 말했다. 「제게 일이 하나 생겼어요. 그게 무슨 일인지 알아요. 씨내리와 밤을 보내고 온 내 친구들이 비밀을 털어놓는 것을 들어 본 적이 있기 때문이에요. 뱃속에 아기가 있는 것 같아요.」

그 순간 바우돌리노는 말로 표현할 수 없는 기쁨이 스며드는 것을 느꼈다. 그는 그 축복받은 배에 입을 맞추었다. 주님의 축복을 받았는지 아르콘들의 축복을 받았는지를 따지는 것은 별로 중요하지 않았다. 그러다가 걱정스러워지기 시작했다. 히파티아는 공동체에 임신을 했다는 것을 숨길 수 없을 것이다. 어떻게 해야 할까?

「어머니에게 사실대로 고백할 거예요.」 히파티아가 말했다. 「어머니는 이해하실 거예요. 누군가가, 무엇인가가, 다른 친구들이 씨내리들과 하는 일을 내가 당신과 하기를 원했던 거예요. 그건 자연의 대부분을 따른 옳은 일이었어요. 날 비난할 수 없을 거예요.」

「그러면 당신은 공동체에서 아홉 달 동안 보호를 받아야 해. 그러고 나면 난 태어날 생명을 절대 볼 수 없을 거야!」

「아직은 오랫동안 이곳으로 더 올 수 있어요. 다른 사람들이 모두 알아차릴 수 있을 정도로 배가 부르려면 아직도 멀었어요. 우리는 마지막 몇 달 동안만 만나지 못하는 거예요. 그때가 되면 어머니에게 모두 다 말씀드릴 거예요. 그리고 태어날 생명은 남자면 당신이 맡아야 할 거예요. 여자아이면 당신과는 아무런 상관이 없어요. 자연이 그렇게 원하는 걸요.」

「당신의 그 데미우르고스와, 당신과 사는 그 반(半)양들이 그렇게 원하겠지!」 바우돌리노는 이성을 잃고 소리쳤다. 「새 생명이 여자든 남자든 내 거야!」

「당신은 화를 낼 때도 멋있어요. 물론 절대 화를 내서는 안 되는데 말이에요.」 그녀가 그의 코에 입을 맞추며 말했다.

「당신이 출산을 하고 나면 나를 만나러 오게 내버려 두지 않을 거라는 사실을 알고 있소? 당신 친구들이 그 씨내리들을 한 번도 보지 못한 것처럼 말이야. 당신들 말대로 자연이 원하는 게 그렇지 않을까?」

그녀는 바로 그 순간에서야 사태를 짐작했다. 그녀는 자기 남자의 가슴에 머리를 기대고 사랑을 나눌 때처럼 작은 신음 소리를 내며 울기 시작했다. 그사이 그는 그녀의 팔을 잡았다. 그녀의 가슴이 뛰고 있는 것을 느꼈다. 바우돌리노는 그녀를 쓰다듬으며 그녀의 귀에 대고 아주 부드러운 말을 했다. 그리고 그가 보기에 가장 현명할 것 같은 제안을 했다. 방법은 그것밖에 없었다. 히파티아가 그와 함께 달아나는 것이었다. 그녀의 놀란 눈을 보며 그는, 그렇게 하는 것이 공동체를 배신하는 것은 아니라고 말했다. 그저 그녀에게는 다른 히파티아들과 다른 특권이 부여되어 있을 뿐이었다. 그녀의 의무는 다르게 되는 것이었다. 그는 그녀를 데리고 먼 곳에 있는 왕국으로 갈 것이다. 그곳에서 그녀는 새로운 히파티아의 거주지를 만들 수 있다. 그 옛날 그들의 조상이었던 히파티아의 씨를 더욱 풍요롭게 만들 수 있고 그녀의 메시지를 다른 곳으로 전할 수도 있는 것이다. 그리고 바우돌리노는 그녀의 옆에서 살 것이고 그녀는 새로운 씨내리들의 거주지를 찾을 수 있을 것이다. 그 씨내리들은 인간의 형상을 하고 있을 거고 그들의 씨 역시 그럴 것이다. 「도망치는 게 잘못은 아니야,」 그가 그녀에게 말했다. 「오히려 선을 확산시키는 거지……」

「그러려면 어머니에게 허락을 받아야 해요.」

「잠깐만. 난 아직도 그 어머니라는 게 대체 뭔지 모르겠어. 우리 함께 그녀에게 가도록 하지. 그녀를 설득시킬 수 있을 거야. 적당한 방법을 찾을 수 있도록 며칠만 시간을 줘.」

「내 사랑, 난 다시 당신을 못 보고는 살 수 없어요.」 이제 히파티아는 흐느껴 울었다. 「당신이 원하는 대로 할 거예요. 난 인간의 여자가 될 거예요. 당신과 함께 당신이 말한 도시로 갈 거예요. 다른 기독교도들처럼 행동을 할 거고요. 하느님의 아들이 십자가에서 죽었다고 말할 거예요. 당신이 이곳에 없다면 난 더 이상 히파티아로 살고 싶지 않아요!」

「진정해, 히파티아. 해결책을 찾을 수 있을 테니 두고 봐. 난 카롤루스 대제를 성인으로 만들었어. 동방 박사들을 찾기도 했지. 내 신부를 보호할 수 있을 거야!」

「신부? 그게 뭐예요?」

「나중에 당신에게 가르쳐 줄게. 이제 가야지. 너무 늦었어. 내일 만나지.」

「더 이상 내일은 없었습니다, 니케타스 씨. 픈다페침으로 돌아오자 사람들이 모두 내게로 왔습니다. 모두들 몇 시간 전부터 나를 찾고 있었던 겁니다. 의심의 여지가 없었습니다. 훈 족들이 오고 있었던 것이지요. 지평선 끝으로 훈 족이 탄 말들이 일으키는 흙먼지 구름을 볼 수 있었습니다. 첫새벽 빛이 비치기 전에 고사리 평야 끝에 도착할 것 같았습니다. 그러니까 방어를 준비할 시간이 불과 몇 시간밖에 남지 않은 것이지요. 나는 곧 부제에게 갔습니다. 내가 그의 백성들의 지휘를 맡았다는 것을 알리기 위해서지요. 너무 늦었습니다. 애타게 전투를 기다린 그 몇 달이, 두 다리로 서서 모험에 참가하기 위해 그가 바쳤던 노력이, 또 어쩌면 내 이야기로 그의 혈관에 투입해 준 그 새로운 수액까지 그의 최후를 앞당긴 것 같았습니다. 나는 그가 마지막 숨을 거두는 동안 그의 곁을 지킨다는 게 전혀 두렵지 않았습니다. 뿐만 아니라 그가 내게 인사를 하고 승리를 기원해 줄 때 그의 손을 잡기까지 했습니다. 그는 내게 만약 승리를 하면 자기 아버지의 왕국에 갈 수 있을 것이라고 말했습니다. 그러더니 나에게 마지막 봉사를 해달라고 부탁을 했습니다. 그가 숨을 거두면 곧바로 그의 두 시종이 그의 시체가 사제의 시체라도 되는 것처럼 염을 할 준비를 한 후 온몸에 기름을 바르고 그의 몸을 감쌀 리넨에 그의 모습이 찍히도록 할 거라고 했습니다. 그의 그 초상을 사제에게 가져가 달라고 했습니다. 그의 모습이 리넨에 창백하게 나타날 테니까 평상시의 그보다는 훨씬 덜 불행한 모습을 양아버지가 볼 것이라고 했습니다. 잠시 후 그는 숨을 거두었습니다. 두 명의 시종은 해야 할 일을 했습니다. 그들은 그의 초상이 찍히려면 몇 시간 동안 천을 덮어 놓아야 하며 다 찍히면 천을 말아서 상자에 넣어야 한다고 말했습니다. 그리고 수줍은 듯이 환관들에게 부제의 죽음을 알려야 한다고 내게 조언했습니다. 나는 그렇게 하지 않기로 결심했습니다. 부제는 내게 지휘권을 맡겼습니다. 그리고 오로지 그 이유 때문에 환관들은 감히 내 명령에 따르지 않을 수 없는 겁니다. 환관들도 도시에서 부상자들을 맞을 준비를 하며 이번 전투에 어떤 식으로든 협력해 주어야 할 필요가 있었습니다. 만약 부제가 죽었다는 것을 금방 알게 되면, 최소한 이런 슬픈 소식이 퍼져서 전사들의 정신을 동요하게 할 것이고 장례 의식으로 그들을 산만하게 할 겁니다. 최대한으로 치자면 언제나 그렇듯이 불충한 환관들이 곧 최고 권력을 차지하고 시인의 방어 계획을 모두 엉망으로 만들어 놓을 겁니다. 우린 전쟁을 해야 해. 난 혼자 말했습니다. 내가 언제나 평화를 사랑하는 남자였지만 이제 전쟁은 앞으로 태어날 새 생명을 방어하는 일이 되었어, 라고요.」

35
바우돌리노 백인 훈 족들과 싸우다

작전 계획은 몇 달 전부터 아주 세세히 연구되었다. 시인이 자신의 부대를 훈련시키면서 훌륭한 대장의 자질을 보여 주었다면 바우돌리노는 전략가의 재능을 드러냈다. 바로 시내 외곽에는 그들이 처음 도착했을 때 보았던 그 생크림 더미 같은 언덕들 가운데에 가장 높은 언덕이 솟아 있었다. 그 위에서는 평야를 모두 다 내려다볼 수 있었고 한쪽에 있는 산들과 고사리 평야 너머까지 볼 수 있었다. 거기서 바우돌리노와 시인은 자신들의 전사들이 움직이는 것을 지휘하려고 했다. 가바가이에게 교육을 받은 스키아푸스 선발 분대가 그들의 옆에서 여러 부대들과 아주 빠르게 연락을 주고받을 수 있게 했다.

퐁크들은 평야의 여러 지점에 퍼져서 자신들의 배에 달린 그 민감한 성기로 적들의 움직임을 포착할 준비를 하고 약속한 대로 연기로 신호를 보내게 되어 있었다.

스키아푸스들은 모든 전사들의 선두에 서서, 고사리 평야의 가장 끝 부분에서 포르첼리의 지휘를 받으며 피리와 독을 묻힌 화살로 무장을 한 채 적들 앞에 불시에 나타날 준비를 하고 있었다. 적의 대열이 이 첫번째 충돌로 혼란에 빠져 어쩔 줄 모르는 사이에 스키아푸스들의 뒤를 이어 출라라고 불리는 알레라모 스카카바로치가 지휘하는 거인들이 튀어나와 훈족의 말들을 죽이게 되어 있었다. 하지만 작전에 들어가라는 명령을 받기 전에는 기어다녀야만 한다고 시인이 부탁했다.

만약 적의 일부가 이 거인들의 방어벽을 돌파하면 바로 그때 평야의 반대편에서, 한쪽에서는 보이디가 지휘하는 피그미들이, 다른 편에서는 쿠티카가 지휘하는 블레미에스들이 작전에 들어가야만 했다. 피그미들이 구름같이 쏘아 대는 화살들에 밀려 반대쪽으로 가게 되는 훈 족들은 블레미에스들이 있는 곳으로 움직이게 될 것이고 수풀 사이에서 블레미에스들을 발견하기도 전에 벌써 자신들이 탄 말 밑으로 떨어져 버릴 것이다.

하지만 지나치게 위험한 행동을 해서는 안 되었다. 적에게는 심각한 상처를 입혀야 하지만 그들에게 최대한 부상을 당하지 않도록 해야 했다. 사실 정예 부대 역할을 할 사람들은 누비아 인들이었다. 그들은 평야 한가운데서 기다려야만 했다. 훈 족들은 분명 첫번째 충돌을 무사히 넘길 것이다. 하지만 누비아 인들 앞에 도착했을 때는 이미 전사의 수가 줄어든 상태일 것이다. 그리고 그들의 말은 그 키 큰 풀들을 헤치고 그렇게 빨리 달릴 수는 없을 것이다. 이 지점에 치명적인 곤봉으로 무장을 한 데다가 믿을 수 없을 정도로 위험을 무시하는 호전적인 키르쿰켈리오 파들이 준비를 하고 있게 될 것이다.

「좋아, 치고 달아나는 거지.」 보이디가 말했다. 「진짜 넘을 수 없는 방어벽은 저 용감한 키르쿰켈리오 파들일 거야.」

「그리고 자네들은…….」 시인이 부탁했다. 「훈 족들이 지나간 후에 곧 다시 뭉쳐야 하네. 그리고 적어도 반 마일 정도의 긴 반원 형태로 정열을 해야 해. 그렇게 해서, 만약 적들이 도망가는 척하다가 나중에 추적자들을 원으로 포위하는 유치한 전술을 쓴다면, 바로 그때 자네들은 품안으로 달려드는 적들을 양쪽에서 조여 낚아채는 거야. 무엇보다 중요한 것은 그자들을 단 한 명도 살려 두어서는 안 된다는 걸세. 패배한 적이 살아남을 경우 조만간 복수를 계획하니까. 후에 만약 어떤 생존자가 자네들과 누비아 인들을 피해서 도시 쪽으로 달려갈 경우를 대비해서 바로 여기에서 귀큰이들이 날아갈 준비를 하고 있어야 해. 그렇게 놀라운 공격 앞에서는 그 어떤 적도 저항할 수 없겠지.」

작전 계획은 만일의 사태에 완벽하게 대비해서 짜여졌기 때문에 밤이 되자, 보병대들은 도시 한가운데에 모여 그때 막 뜬 별빛을 받으며 평야 쪽으로 행군을 했다. 각자 자기들의 사제를 앞세웠고 각자의 언어로 하늘에 계신 우리 아버지를 노래했다. 로마에서 엄숙한 행진을 할 때에도 한 번도 들어 본 적이 없을 정도로 그 노랫소리는 장엄하게 울려 퍼졌다.

Mael nio, kui vai o les zeal, aepseno lezai tio mita. Veze lezai tio tsaeleda.

O fat obas, binol in süs, paisalidumöz nemola.

Komömöd monargän ola.

Pa isel, ka bi ni sieloes. Nom al zi bi santed. Klol alzi komi.

O baderus noderus, ki du esso in seluma, fakdade sankadus hanominanda duus.

Amy Pornio dan chin Orhnio viey, gnayjorhe sai lory, eyfodere sai bagalin, johre dai domion.

Hai coba ggia rild dad, ha babi io sgymta, ha salta io velca...

마지막으로 블레미에스들이 열을 지어 전진하는 동안 바우돌리노와 시인은 블레미에스들이 이렇게 늦어진 이유를 서로에게 물어보았다. 블레미에스들은 각자 어깨라고 할 수 있는 부분에 갈대로 만든 구조물을 얹은 후 끈으로 겨드랑이에 묶은 채 도착을 했다. 그 구조물 맨 위에는 새머리가 얹혀져 있었다. 아르즈루니는 그게 자신의 가장 최신 발명품이라고 자랑스럽게 말했다. 훈 족들은 블레미에스의 머리를 보고 거기를 겨냥할 것이다. 그러면 블레미에스들은 상처 하나 입지 않은 채 눈 깜짝할 사이에 그들을 공격하게 될 것이다. 바우돌리노는 훌륭한 생각이라고 말했다. 하지만 그들의 위치까지 가려면 시간이 얼마 남지 않았으므로 서둘러야 한다고 말했다. 블레미에스들은 머리를 얹은 게 전혀 불편하지 않은 것 같았다. 오히려 깃털 달린 투구를 쓰기라도 한 것처럼 자랑스러워했다.

바우돌리노와 시인은 아르즈루니와 함께 전투를 지휘하기 위해 언덕 위로 올라갔다. 그리고 동이 터오기를 기다렸다. 그들은 가바가이를 최전방에 보냈다. 그는 벌어지는 일을 그들에게 알릴 준비를 하고 있었다. 그 선량한 스키아푸스는 〈성스러우신 동방 박사 만세, 픈다페침 만세〉라고 외치며 자신의 전투 위치로 달려갔다.

동쪽의 산들은 이미 그때 막 비치기 시작한 햇살을 받아 환하게 빛났다. 망을 보던 퐁크가 한줄기 연기를 피워 훈 족이 지평선에 나타났다는 것을 알렸다.

그리고 실제로 훈 족들은 길게 전선을 형성해서 나타났다. 그 열이 어찌나 길던지 멀리서 보면 그들은 전진하는 게 아니라 넘실거리는 것 같기도 했고 흔들리는 것처럼 보이기도 했다. 그것은 아주 잠깐 동안이었는데 모두에게는 그 순간이 너무나 길게 느껴졌다. 차츰차츰 훈 족이 탄 말들의 다리가 보이기 시작할 때에서야 그들은 적이 전진하고 있다는 것을 알 수 있었다. 적의 말들은 멀리서 보기에도 고사리로 뒤덮여 있었다. 그들은 첫번째로 배치되어 있던 스키아푸스들이 숨어 있는 곳에서 멀리 떨어지지 않은 곳까지 그렇게 전진했다. 그래서 바우돌리노는 금방 그 용감한 외다리들이 나타나기를 기다렸다. 하지만 시간이 지나가고 말았다. 훈 족들은 초원으로 들어오고 있었다. 그리고 그 아래쪽에서 뭔가 이상한 게 보였다.

훈 족들의 모습은 너무나 뚜렷하게 보이고 스키아푸스들은 감감무소식일 때 거인들이 나타나는 것 같았다. 거인들은 예상치도 않게 일어서서 수풀 사이로 우뚝 솟아났다. 하지만 적들과 맞서는 게 아니라 수풀 사이로 몸을 던져 스키아푸스들이 틀림없는 이들과 격렬하게 싸웠다. 멀리서 보고 있던 바우돌리노와 시인은 대체 무슨 일이 벌어진 것인지 알 수가 없었다. 하지만 번개처럼 빨리 평원의 끝에서 끝을 왕래한 용감한 가바가이 때문에 조금 전 벌어진 전투가 어떻게 된 것인지 재구성해 볼 수 있었다. 해가 뜨자 그 스키아푸스는 조상 대대로 전해져 온 본능에 따라 바닥에 드러누웠고 외다리로 머리를 가렸다. 그러자 공격 부대의 스키아푸스 전사들도 그렇게 했다. 거인들은 눈치가 아주 빠른 편은 아니었지만 뭔가 제대로 진행되지 않고 있다는 것을 알아차리고는 그들에게 싸우라고 재촉했다. 하지만 그러면서 거인들이 자신들의 이교적인 관습에 따라 스키아푸스들을 더러운 *homoiousios*, 아리우스의 똥들이라고 부른 것이었다.

「우리 스키아푸스 착하고 충성스러워.」 가바가이는 절망적으로 그런 소식을 전했다. 「용기 있어. 안 비겁해. 그러나 그 치즈 뜯어먹는 이단자들의 욕설 우리 못 참는다. 너 그거 이해해야 돼!」 간단히 말하면, 처음에는 재빠르게 격렬한 신학 논쟁이 벌어졌다. 그러더니 주먹질이 오가기 시작했다. 거인들은 곧바로 그들을 제압해 버렸다. 출라라고 불리는 알레라모 스카카바로치는 자신의 휘하에 있는 그 외눈박이들의 어리석은 대결을 그만두게 하려고 했다. 하지만 그들은 이성을 잃어버리고 말았다. 그들은 스카카바로치를 뿌리치기 위해 손바닥으로 몇 번 쳤는데 그 힘이 워낙 세서 스카카바로치는 10미터 이상을 날아가고 말았다.

그러는 사이 훈 족들이 그들에게로 달려들었고 대학살이

뒤를 이었다. 스키아푸스들이 쓰러졌고, 거인들도 쓰러졌다. 거인들 중에서 마지막까지 살아남은 몇몇이 스키아푸스의 한쪽 다리를 잡아서 그들을 곤봉으로 이용해 방어를 해보려고 했지만 허사였다. 포르첼리와 스카카바로치가 자기 부대의 그 누구라도 살려 보려고 격투에 뛰어들었다. 그러나 훈족들에게 포위를 당하고 말았다. 두 사람은 검을 휘두르며 훌륭하게 방어를 했지만 곧 1백여 개의 화살을 맞고 말았다.

이제 훈 족들이 풀을 짓밟으며 그들이 학살한 희생자들 사이를 뚫고 지나가는 모습이 보였다. 평야의 양측에 있던 보이디와 쿠티카는 그 사태에 대해 전혀 모르고 있었다. 그래서 가바가이를 그쪽에 보내 블레미에스와 피그미들의 측면 개입을 앞당기도록 연락해야 할 필요가 있었다. 훈 족들은 양쪽 방향에서 협공을 당하는 상황에 처했다. 그런데 훈 족들이 정말 엄청난 꾀를 냈다. 훈 족의 전초 부대는 쓰러진 스키아푸스와 거인들의 대열 너머로 전진했고 후위 부대는 퇴각을 했다. 그랬기 때문에 서로 마주보고 있던 피그미들과 블레미에스들은 서로를 향해 달려들었다. 피그미들은 수풀 위에 나타나는 새 머리를 보았고 그게 아르즈루니의 발명품이라는 것을 모르고 고함을 치기 시작했다. 「학이다, 학이다!」 그러더니 수천 년 된 자신들의 적과 싸워야 한다고 믿었기 때문에 훈 족들에 대해서는 까마득하게 잊어버리고 블레미에스 대열을 향해 구름처럼 화살을 쏘기 시작했다. 블레미에스들은 이제 피그미들로부터 몸을 보호해야 했다. 그들은 피그미들이 배신을 했다고 생각하고서 외쳤다. 「이단자에게 죽음을!」 피그미들은 블레미에스들이 배신했다고 믿었다. 그래서 이단자라고 오명을 뒤집어씌우는 소리를 듣자 진정한 신앙을 보호할 사람들은 자신들뿐이라고 믿고서 이번에는 그들에게 소리쳤다. 「환영론자를 죽여라!」 훈 족들이 그 난투의 현장으로 뛰어들어 자신들의 적을 차례차례 죽였다. 그 동안에도 피그미들과 블레미에스들은 서로를 공격했다. 가바가이는 지금 쿠티카가 혼자서 적들을 저지시키려고 애쓰고 있는 것을 보았다고 보고했다. 그런데 적들의 공격을 받은 쿠티카는 적들의 말에 휩쓸려 질질 끌려갔다.

죽어 가는 친구의 모습을 본 보이디는 두 부대가 모두 패했다는 판단을 내렸다. 그는 말에 뛰어올라 누비아 인들을 지원하기 위해 그들의 방어선 쪽으로 옮겨 가보려고 했다. 하지만 고사리들 때문에 달려나갈 수가 없었다. 보이디뿐만 아니라 적들도 고사리 때문에 전진하기가 매우 어려웠다. 보이디는 겨우 누비아 인들이 있는 곳으로 갔다. 그는 그들의 후위에 섰다. 그리고 훈 족을 향해 밀집 대형으로 움직이라고 격려했다. 하지만 피에 굶주린 그 적들과 대치를 하게 되자 저주받아 마땅한 키르쿰켈리오 파들은 자신들의 천성을 그대로 드러냈다. 그러니까 좀 더 정확히 말해 순교를 최고로 아는 그들의 본성을 그대로 드러낸 것이다. 그들은 희생을 해야 할 가장 숭고한 순간에 이르렀다고 생각했고 그 순간을 앞당기는 게 좋으리라고 생각했다. 그들은 차례차례 무릎을 꿇으며 이렇게 간청했다. 「저를 죽여 주세요, 죽여 주세요!」 훈 족들은 이런 상황이 꿈만 같았다. 그들은 예리한 단검을 꺼내서 키르쿰켈리오 파들의 목을 베기 시작했다. 키르쿰켈리오 파는 훈 족들 주위로 몰려들어 목을 길게 빼면서 정화 의식을 애원했다.

보이디는 하늘을 향해 주먹질을 하며 도망을 치기로 결심을 하고 언덕 쪽으로 달렸다. 그는 평야가 불타기 바로 전에 겨우 언덕에 도착할 수 있었다.

사실은, 도시에 남아 있다가 이런 위험한 사태를 알게 된 키오트와 보롱은 아르즈루니가 자기 나름대로의 전략을 위해 하루 종일 쓸데없이 준비해 두었던 염소들을 이용해야겠다고 생각했다. 그들은 혀 없는 이들에게 뿔에 횃불을 단 1백여 마리의 염소들을 평야 쪽으로 내몰게 했다. 계절은 늦가을이었다. 풀은 이미 마를 대로 말라서 순식간에 평야에 불이 번졌다. 풀 바다가 불바다로 바뀌어 가고 있었다. 아마 보롱과 키오트는 불길이 차단 벽을 만들어 내는 데 그칠 수도 있겠고 아니면 적의 기병대를 후퇴시킬 수도 있을 거라고 생각했을 것이다. 하지만 그들은 바람의 방향을 계산에 넣지 않았다. 불길은 점점 더 거세져 갔지만 도시 쪽으로만 번졌다. 이것은 말할 것도 없이 훈 족들에게 유리한 상황이었다. 훈 족들은 풀들이 다 타버리고 뜨거운 재들이 식기만을 기다리면 되었다. 그러고 나면 그들은 자유롭게 길을 달리게 될 것이다. 하지만 어찌 되었든 훈 족들이 전진을 하려면 적어도 한 시간 정도는 그 자리에 서 있어야 했다. 그러나 훈 족들은 시간을 이용할 줄 아는 사람들이었다. 그들은 화재가 난 풀밭의 가장자리에 정렬해서 서 있기만 할 뿐이었다. 그러더니 하늘을 향해 활을 들어 올려 하늘이 깜깜해질 정도로 많은 화살을 쏘아 그 화살들이 불의 장벽 너머로 날아가게 만들었다. 그들은 아직 또 다른 적들이 그들을 기다리고 있는지 어떤지를 모르는 상황에서 그렇게 화살을 쏘아 댔다.

화살 하나가 하늘에서 쉬익 소리를 내며 떨어졌다. 그 화살은 아르즈루니의 목에 와서 박혔다. 그는 목이 졸린 것 같은 신음소리를 내면서 땅바닥에 쓰러졌다. 입에서는 피가 흘러나왔다. 그는 화살을 빼내기 위해 두 손을 목으로 가져가려고 하다가 하얀 얼룩들이 두 손을 덮어 가고 있는 것을 보았다. 바우돌리노와 시인이 아르즈루니 쪽으로 몸을 숙였다. 두 사람은 아르즈루니에게 얼굴도 손과 똑같이 되고 있다고 조그맣게 말했다. 「솔로몬의 말이 맞았지 않나?」 시인이 그에게 말했다. 「치료약이 있었어. 아마 훈 족들이 화살 끝에 독을 묻혔나 보네. 그 독이 자네에게는 특효약이 된 거야. 검은 돌들의 효과를 사라지게 한 거지.」

「백인으로 죽든 흑인으로 죽든 뭐가 중요하겠나.」 아르즈루니가 숨을 헐떡였다. 그리고 아직 흰색 피부로 완전히 돌아오지 않은 상태에서 숨을 거두었다. 이제 다른 화살들이 비 오듯 쏟아지기 시작했다. 언덕을 떠나야만 했다. 그들은 도시 쪽으로 후퇴했다. 시인이 돌처럼 굳어서 이렇게 말했다. 「끝났어. 난 왕국을 잃었어. 귀큰이들의 저항에 별 기대를 걸어서는 안 될 거야. 우리가 희망을 걸 건 저 불길이 우리에게 허락해 준 시간뿐이야. 물건을 챙겨서 도망쳐야 해. 서쪽 길은 아직 안전해.」

그 순간 바우돌리노는 단 한 가지 생각밖에 하지 않았다. 훈 족들은 픈다페침에 들어올 것이다. 그들은 도시를 파괴하겠지만 그들의 미친 질주는 거기서 멈추지 않을 것이다. 그들은 호수 쪽으로 밀고 나갈 것이고 히파티아들이 사는 숲을 공격할 수도 있다. 바우돌리노는 훈 족들보다 먼저 숲에 가야만 했다. 하지만 그는 친구들을 떠날 수가 없었다. 친구들을 다시 만나 그들의 물건들을 챙기고 약간의 식량을 준비한 후 긴 도주를 준비해야 했다. 「가바가이, 가바가이!」 그가 소리쳤다. 그러자 곧 그의 충직한 가바가이가 그의 옆에 나타났다. 「숲으로 달려가서 히파티아를 찾아. 어떻게 해야 할지는 모르지만 찾아야 해. 그녀에게 준비를 하고 있으라고 말하게. 내가 구하러 가겠다고 말이야!」

「어떻게 해야 할지 모른다. 그렇지만 그녀 찾는다.」스키아푸스가 말했다. 그리고 화살처럼 날아갔다.

바우돌리노와 시인은 도시로 돌아왔다. 패했다는 소문이 이미 도시에 퍼져 있었다. 모든 부족의 여자들은 자기 아이들을 품에 안고 목적지도 없이 길거리를 뛰어다녔다. 공포에 질린 귀큰이들은 자신들이 날 수 있다는 것을 생각하고 허공으로 몸을 던졌다. 하지만 그들은 하늘에서 자유롭게 나는 법이 아니라 아래쪽으로 하강하는 법을 교육받았기 때문에 금방 다시 땅에 내려와 있었다. 공중에서 날아 보기 위해 절망적으로 귀를 움직여 보던 귀큰이들은 기운을 잃고 떨어지면서 바위에 부딪혀 산산조각이 나고 말았다. 바우돌리노와 시인은 훈련이 실패로 돌아가 절망하고 있는 콜란드리노와 솔로몬, 보롱과 키오트를 만났다. 그들은 다른 사람들의 소식을 물었다. 「죽었어, 그들의 영혼에 평화가 깃들기를.」시인이 분노하며 말했다. 「빨리, 숙소로 가.」바우돌리노가 외쳤다. 「그리고 서쪽으로 가는 거야!」

숙소에 도착한 그들은 할 수 있는 한 모든 물건들을 챙겼다. 서둘러 밑으로 내려오던 그들은 탑 앞에서 환관들이 분주하게 움직이는 것을 보았다. 환관들은 작은 노새에 자신들의 재산을 싣고 있었다. 납빛이 된 프락세아스가 그들과 맞닥뜨렸다. 「부제께서 돌아가셨소. 당신은 알고 있었소.」프락세아스가 바우돌리노에게 말했다.

「부제가 죽었든 살았든 당신들은 어쨌든 도망을 갔을 거요.」

「우리는 갈 거요. 협로에 도착하면 우리는 산사태를 나게 할 거요. 사제님의 왕국으로 가는 길은 영원히 끊기게 되는 거요. 당신들 우리와 갈 거요? 그러나 그러려면 먼저 우리 계약을 지켜야만 할 거요.」

바우돌리노는 계약이란 게 대체 무엇인지조차 물어보지 않았다. 「당신의 그 염병할 요한 사제인지 뭔지가 나와 무슨 상관이란 말이야!」 바우돌리노가 울부짖었다. 「난 그 따위 건 생각할 틈도 없어! 가세나, 친구들!」

다른 친구들은 어안이 벙벙했다. 그러다가 보롱과 키오트는 자신들의 진짜 목표는 성배를 가지고 있는 조시모스를 찾는 일이며, 조시모스는 아직 왕국에 도착하지 못한 게 틀림없으며 앞으로도 절대 갈 수 없으리라는 점을 인정했다. 콜란드리노나 보이디는 바우돌리노와 함께 왔으니 그와 함께 떠날 것이라고 말했다. 솔로몬은 자신의 사라진 열 지파는 저 산 너머에 있을 수도 있고 산 이쪽에 있을 수도 있으므로 그로서는 어느 쪽으로 가도 좋다고 말했다. 시인은 아무 말도 하지 않았다. 그는 모든 의욕을 상실한 것 같았다. 그는 누군가를 쳐서 자기 말고삐를 잡아 말을 끌고 가게 했다.

그들이 막 도주하려고 할 때 바우돌리노는 부제의 시중을 들던 베일 쓴 시종 중의 한 사람이 그들 쪽으로 오고 있는 것을 보았다. 그는 상자를 가지고 왔다. 「부제님의 모습이 찍힌 시트입니다.」 시종이 말했다. 「부제님께서는 이것을 당신이 가지시길 원하셨습니다. 잘 사용하십시오.」

「자네들도 도망가나?」

베일 쓴 시종이 말했다. 「이곳이든 산 너머든, 산 너머가 있다면 말이지만, 우리에게는 똑같습니다. 우리를 기다리는 것은 우리 주인님과 똑같은 운명뿐입니다. 우리는 여기 남아서 훈 족들에게 병을 옮길 겁니다.」

도시를 벗어나자마자 바우돌리노는 끔찍한 광경을 보았다. 푸른 언덕들 쪽에서 불길이 번득였다. 어쩌면 훈 족의 일부가 아침부터 몇 시간에 걸쳐 전투 지역을 우회해서 이미 호수에 이른 것인지도 몰랐다.

「빨리……」 바우돌리노가 절망적으로 외쳤다. 「모두 저 호수 쪽으로 가야 해, 말을 달려!」 다른 친구들은 영문을 알 수 없었다. 「적들이 벌써 그곳에 가 있을 텐데, 왜 저 아래쪽으로 가자는 건가?」 보이디가 물었다. 「이곳보다는, 어쩌면 우리가 빠져나갈 수 있는 길은 남쪽밖에 없을지도 몰라.」

「자네들은 자네들 좋을 대로 해, 나는 가겠네.」 바우돌리노가 미친 듯이 외쳤다. 「바우돌리노는 제정신이 아닌 것 같아요. 다치게 하지 않으려면 바우돌리노를 쫓아가야 해요.」 콜란드리노가 간청을 했다.

하지만 이미 바우돌리노는 그들과 멀리 떨어져 가고 있었다. 그는 히파티아의 이름을 부르면서 죽음이 확실한 곳을 향해 달려갔다.

그는 30여 분 정도를 그렇게 정신없이 달리다가 그를 향해 빠르게 달려오는 어떤 물체를 보고 말을 멈추었다. 가바가이였다.

「침착해라.」 가바가이가 그에게 말했다. 「나 그 여자 보았다. 이제 그 여자 무사하다.」 이렇게 좋은 소식은 금방 절망을 불러오는 이유가 되었다. 바로 가바가이가 한 말 때문이었다. 히파티아들은 훈 족이 오고 있다는 소식을 제때에 알게 되었다. 그러자 바로 사티로스들이 자신들이 살던 언덕에서 내려와 그녀들을 데려갔다. 가바가이가 도착했을 때는 이미 사티로스들이 그녀들을 숲 위쪽 산 너머로 데려가고 있었다. 사티로스들이 사는 곳에 가려면 어떻게 해야 하는지는 그들만이 알았다. 훈 족들은 절대 그곳에 갈 수 없었다. 히파티아는 바우돌리노의 소식을 듣기 위해 마지막까지 기다리고 있었다. 친구들은 그녀의 팔을 잡아끌었다. 그녀는 바우돌리노가 어떻게 되었는지를 알기 전에는 떠나려고 하지 않았다. 가바가이에게서 소식을 전해 듣자 그녀는 진정이 되었다. 그녀는 눈물 속에서도 미소를 지으면서 바우돌리노에게 인사를 전해 달라고 말했다. 그녀는 몸을 떨면서 가바가이에게 바우돌리노의 목숨이 위태로우니 도망가라고 전해 달라는 임무를 맡겼다. 그녀는 흐느껴 울면서 바우돌리노에게 마지막으로 전하는 말을 남겼다. 그를 사랑하고 있으며 다시는 만날 수 없으리라는 것이었다.

바우돌리노는 가바가이에게 미친 것이 아니냐고 물었다. 바우돌리노는 히파티아를 산 위로 가게 내버려 둘 수 없었다. 그녀를 데려오고 싶었다. 하지만 가바가이가 이미 너무 늦었다고 말했다. 바우돌리노가 호수 쪽에 도착하기도 전에 히파티아들은 벌써 어딘지 모를 곳으로 떠나 버렸을 것이며 게다가 숲에는 이미 훈 족들이 침입했을 것이다. 가바가이는 동방 박사들 중의 한 사람인 바우돌리노를 존경하는 마음을 억누르며 그의 팔에 한 손을 갖다 대고서 히파티아의 마지막 말을 전해 주었다. 그녀는 그를 기다릴 수도 있겠지만 그녀가 제일 먼저 해야 할 일은 그들의 생명을 지키는 것이라고 말했다.「그 여자 이렇게 말했다. 〈나는 바우돌리노를 잊지 않게 해줄 생명과 영원히 함께할 거예요.〉」잠시 후 가바가이는 바우돌리노를 위아래로 훑어보았다.「너 그 여자에게 생명 만들어 주었나?」

「그건 네가 상관할 일이 아니야.」바우돌리노는 불쾌한 듯 그에게 말했다. 가바가이는 입을 다물었다.

바우돌리노는 친구들이 자기 곁으로 왔을 때도 망설이고 있었다. 그는 그들에게 아무것도 설명할 수가 없고 그들이 이해할 수 있는 것이 아무것도 없다는 것을 알게 되었다. 그래서 그는 자신을 설득시켜 보려고 애썼다. 모든 게 다 사리에 맞게 된 일이야. 숲은 이제 정복된 땅이 되었어. 히파티아들은 천만다행으로 자신들이 안전하게 지낼 수 있는 절벽에 도착했어. 히파티아는 사려 깊게도 내가 자기에게 준, 곧 태어날 생명에 대한 사랑 때문에 나에 대한 사랑을 희생한 거야. 모든 것은 고통스러울 정도로 그렇게 합당하게 진행되었어. 다른 선택의 가능성은 없었어.

「제가 또 배운 게 있습니다, 니케타스 씨. 데미우르고스가 만물을 창조할 때 절반까지만 만들고 내버려 두었다는 걸 말입니다.」

36
바우돌리노와 로크새

　「불행한 바우돌리노, 가엾기도 해라.」 니케타스가 말했다. 그는 너무나 감동을 해서 소금과 양파, 마늘을 넣어 삶은 돼지 머리를 맛보는 것도 잊어버렸다. 그 돼지 머리는 테오필라토스가 지난 겨우내 바닷물을 넣어 보관해 둔 것이었다. 「또다시 운명이 당신에게 형벌을 가했군요. 당신이 진실한 어떤 것에 빠져 들려고 할 때마다 그랬듯이 말입니다.」

　「그날 밤부터 우리는 사흘 낮 사흘 밤 동안을 단 한 순간도 멈추지 않고 먹거나 마시지도 않고 계속 말을 타고 달렸습니다. 나중에 나는 내 친구들이 기적에 가까울 정도로 현명하게 훈 족들을 피했다는 것을 알았습니다. 수천 마일을 달리는 동안 사방에서 훈 족들과 부딪칠 수 있었습니다. 나는 친구들이 이끄는 대로 따라갔습니다. 그들을 따라가면서 히파티아만 생각했습니다. 맞아, 나는 속으로 말했습니다, 그렇게 떠난 게 옳아. 나는 정말 그녀를 데리고 갈 수 있었을까요? 숲속에서 그렇게 순진 무구한 생활을 하던 그녀가 그 생활을 벗어나서, 훈훈한 가족애를 느낄 수 있는 그 의식들과 자매들의 공동체를 떠나서 낯선 세계에 적응할 수 있었을까요? 신성을 구원하라는 소명을 받은, 선택받은 여자가 되는 것을 포기할 수 있었을까요? 나는 그녀를 노예로, 불행한 여자로 만들었을 겁니다. 게다가 난 히파티아에게 나이를 물어 본 적이 없었습니다. 그렇기는 해도 아마 내 손녀딸이 될 정도의 나이였을 겁니다. 내가 푼다페침을 떠났을 때 내 생각으로는 내 나이가 쉰다섯이었던 것 같습니다. 그녀에게는 내가 젊고 활력 있어 보였겠지요. 그녀 생애에서 처음 본 인간이 나였으니까요. 사실 난 노년에 접어들고 있었습니다. 내가 그녀에게 줄 수 있는 것은 아주 적었고 그 대신에 나는 그녀의 모든 것을 다 빼앗을 수 있었습니다. 나는 순리대로 일이 진행된 것이라고 믿으려고 애를 썼습니다. 일이 그렇게 되어서 난 영원히 불행해지게 된 것이지요. 이 사실을 받아들인다면 나는 아마도 평화를 찾을 수 있었을 겁니다.」

「되돌아가 보려는 시도는 하지 않았습니까?」

「처음 사흘을 그렇게 아무 기억 없이 보낸 뒤에는 매순간 시도해 보았습니다. 하지만 우리는 길을 잃고 말았습니다. 우리가 접어든 길은 예전에 우리가 왔던 길이 아니었습니다. 우리는 끝도 없이 돌고 돌았습니다. 똑같은 산을 세 번이나 넘었습니다. 아니 어쩌면 세 개의 다른 산이었는지도 모릅니다. 하지만 우리는 그 산들을 구별할 수도 없었습니다. 우리는 해를 보고 방향을 잡을 수밖에 없었지요. 우리에게는 아르즈루니도 그의 지도도 없었습니다. 아마 우리는 감실의 반을 차지하고 있는 그 거대한 산을 넘었던 것 같습니다. 우리는 지구의 다른 편에 가 있었던 겁니다. 그러다가 말들을 잃게 되었습니다. 그 가엾은 짐승들은 여행을 시작할 때부터 우리와 함께 했었습니다. 그리고 우리와 함께 늙어 갔던 것이지요. 우리는 말들이 늙어 간다는 것을 알아차리지 못했습니다. 픈다페침에는 말이 없었기 때문에 우리들의 말이 얼마나 나이가 들었는지 비교할 수 없었으니까요. 그 마지막 사흘 동안 너무나 격렬하게 달렸기 때문에 말들은 기진맥진하고 말았던 겁니다. 말들은 차츰차츰 죽어 가기 시작했습니다. 우리에게는 거의 은총에 가까웠습니다. 말들은 지혜롭게도 음식을 구할 수 없는 곳에서 차례차례 죽어 갔으니까요. 우리는 말고기를 먹었습니다. 고기라고 해보아야 뼈에 달라붙어 있는 약간의 살점뿐이었습니다. 우리는 상처투성이의 발로 걸어서 갔습니다. 불평을 하지 않는 사람은 가바가이뿐이었습니다. 그에게는 말 같은 건 필요 없었습니다. 가바가이의 발바닥에는 손가락 두 개 높이의 티눈이 박혀 있었습니다. 우리는 정말 메뚜기를 잡아먹었습니다. 광야의 선지자들과 달리 꿀도 없이 말입니다. 그러다가 콜란드리노를 잃고 말았습니다.」

「가장 젊었을 텐데…….」

「우리들 중 가장 경험이 없기도 했지요. 그는 먹을 것을 찾아 바위틈을 헤치고 다녔습니다. 그러다가 수상한 동굴에 손을 집어넣은 겁니다. 뱀에 물리고 만 것이지요. 콜란드리노는 내게 작별 인사를 겨우 하더니 사랑하는 누나, 그러니까 내 기억 속에서만 살아갈 수 있는 내 사랑스러운 아내 콜란드리나에 대한 추억을 간직해 달라고 속삭였습니다. 그래서 나는 다시 한번 내가 불륜을 저질렀고 콜란드리나와 콜란드리노를 배신했다고 생각했습니다.」

「그러고는요?」

「그 뒤로는 모든 게 깜깜합니다. 니케타스 씨, 내 계산대로라면 난 서기 1197년 여름에 픈다페침을 떠났습니다. 내가 여기 콘스탄티노플에 도착한 것은 지난 1월입니다. 그러니까 그사이의 공백 기간이 6년 반인데 그건 내 정신의, 그리고 어쩌면 세상의 공백 기간인 셈입니다.」

「6년 동안 사막을 떠돌아다닌 셈인가요?」

「1~2년은 그랬을 겁니다. 그 이후에는 누가 시간을 계산할 수 있었겠습니까? 콜란드리노가 죽고 나서, 아마도 몇 달 뒤인 것 같은데 우리는 어느 산 밑에 도착하게 되었습니다. 우리는 그 산을 어떻게 올라가야 할지 알 수가 없었습니다. 출발할 때 열두 명이던 인원은 여섯 명으로 줄어 버렸습니다. 여섯 명의 남자와 한 명의 스키아푸스였지요. 우리의 옷은 다 찢어져 누더기가 되어 버렸고 몸은 햇볕에 그을려 뼈만 앙상하게 남았습니다. 우리에게 남은 것이라고는 무기와 여행 자루밖에 없었습니다. 우리는 이제 우리 여행의 끝에 도달했고 여기서 죽어야 할 것 같다고 말했습니다. 그런데 갑자기 한 무리의 인간들이 말을 타고 우리 쪽으로 오고 있는 게 보였습니다. 그들은 화려하게 옷을 입고 있었고 번쩍이는 무기들을 들고 있었습니다. 인간의 몸에 머리는 개였습니다.」

「키노케팔로스들이군요. 그러니까 진짜 존재했군요!」

「하느님이 진짜 계시듯이 그들도 그렇죠. 그들은 개 짖는 소리로 우리에게 뭔가를 물어보았습니다. 우리는 무슨 말인지 알아들을 수가 없었습니다. 대장 같아 보이는 자가 미소를 지었습니다 ― 미소일 수도 있지만 으르렁대는 것일 수도 있었습니다. 날카로운 이빨을 다 드러냈으니까요. 그자가 부하들에게 명령을 했습니다. 부하들이 우리를 한 줄로 묶었습니다. 그리고 자기들이 잘 아는 오솔길을 따라 산을 넘게 했지요. 그렇게 몇 시간을 걷고 난 뒤 우리는 계곡으로 내려갔습니다. 계곡은 사방으로 기암절벽이 솟아 있는 높은 산에 에워싸여 있었습니다. 멀리서 보기에도 어마어마해 보이는 맹금류들이 그 절벽 위를 맴돌고 있었습니다. 난 압둘이 예전에 들려주었던 이야기를 생각해 냈습니다. 그래서 난 거기가 알로아딘의 요새라는 것을 알게 되었습니다.」

그랬다. 키노케팔로스들은 돌에 파놓은 몹시 굴곡이 심한 계단으로 그들을 올라가게 했다. 계단은 난공불락의 은거지로까지 이어졌다. 키노케팔로스들은 그들을 성 안으로 데리고 갔다. 한 도시만큼이나 큰 성이었다. 탑들과 망루들 사이로 공중 정원이 언뜻 보였고 튼튼한 철책이 닫혀 있는 연락 참호들이 보였다. 그들은 긴 가죽끈으로 무장한 다른 키노케팔로스들에게 넘겨졌다. 복도를 지나면서 바우돌리노는 아주 높은 성벽 사이에 있는, 일종의 정원 같은 것을 창문으로 얼핏 보았다. 그 정원에서는 아주 많은 젊은이들이 쇠사슬에 묶여 생기를 잃어 가고 있었다. 바우돌리노는 알로아딘이 어떻게 초록색 꿀로 젊은이들을 현혹시켜 범죄를 저지를 자객으로 교육시키는지를 떠올렸다. 호화로운 방으로 안내된 그들은 수놓은 방석들 위에 앉아 있는 노인을 보았다. 백 살 정도 되어 보이는 노인은 흰 수염에 검은 눈썹을 하고 있었고 눈길은 음울했다. 거의 반세기 전 압둘이 납치를 당했을 때도 살아 있었고 강력한 힘을 지니고 있던 알로아딘은 아직도 거기서 자신의 노예들을 통치하고 있었다.

알로아딘은 경멸 어린 눈초리로 그들을 보았다. 물론 그는 젊은 자객 부대에 이 불행한 사람들을 집어넣기에는 적당하지 않다는 것을 알고 있었다. 그는 말 한 마디 하지 않았다. 그의 시종 한 사람에게 귀찮다는 듯한 몸짓을 했다. 마치 이렇게 말하는 것 같았다. 너희들 좋을 대로 해라. 다만 그들 뒤에 서 있는 스키아푸스에게는 호기심을 보였다. 그는 스키아푸스를 움직이게 해보았다. 그리고 다리를 머리 위로 들어올리는 행동을 해보라고 권했고 그 모습을 보자 웃었다. 여섯 명의 인간들은 끌려 나갔고 가바가이는 알로아딘의 곁에 남았다.

그렇게 바우돌리노, 보롱, 키오트, 라비 솔로몬, 보이디와 시인의 길고긴 포로 생활이 시작되었다. 돌덩어리가 묶인 쇠사슬에 그들의 발은 계속 묶여 있었다. 그들은 육체 노동을 했는데 어떤 때는 바닥이나 벽의 타일을 닦기도 하고 맷돌과 착유기를 돌리기도 했으며 또 로크라는 새들에게 네 토막 낸 양의 고깃덩어리들을 가져다 주는 임무를 맡기도 했다.

「로크는,」 바우돌리노가 니케타스에게 설명했다. 「독수리 열 마리를 모두 합한 것처럼 큰 날짐승입니다. 주둥이는 갈고리 모양으로 아주 날카로워 그 주둥이로 순식간에 황소 한 마리를 다 쪼아 먹을 수 있습니다. 그 새의 다리에는 전함의 선수(船首)처럼 보이는 발톱들이 달려 있었습니다. 그 새들은 큰 탑 위에 마련된 넓은 우리에서 불안하게 빙글빙글 돌았지요. 그 새들은 언제든지 누구라도 공격할 준비가 되어 있었습니다. 환관 한 사람만을 제외하고 말입니다. 그 환관은 그 새들의 말을 알아듣는 것처럼 보였고 마치 자기 닭장의 닭 사이를 걸어 다니듯이 새장 안을 돌아다니며 새들을 감시했습니다. 그 환관은 그 새들을 알로아딘의 사절로 날려 보낼 수 있는 유일한 사람이기도 했습니다. 그러니까 그 새들 중의 한 마리를 골라 목과 등에 튼튼한 가죽 띠를 둘러 그 끈을 날개 밑에서 묶는 겁니다. 이 혁대에 바구니나 다른 무게 나가는 것을 다는 겁니다. 그런 다음 우리의 빗장을 열고 명령을 하는 겁니다. 그러면 그렇게 무장을 한 새는 탑 밖으로 날아가 하늘로 사라집니다. 오로지 그 새만 그렇게 할 수 있는 겁니다. 새들이 돌아오는 것도 보았습니다. 환관은 새들을 새장 안으로 다시 들어오게 해서 그 새들의 가슴에서 자루나 금속 원통을 떼어 냈습니다. 분명 그 안에는 다른 지역의 왕이 보내는 메시지가 들어 있었을 겁니다.」

포로들은 때로 한가하게 시간을 보내기도 했다. 할 일이 아무것도 없기 때문이었다. 이따금 쇠사슬에 묶인 젊은이들에게 초록색 꿀을 가져가는 환관의 시중을 들기도 했다. 그들은 자신들을 쇠약하게 만드는 꿈에 젖어 있는 젊은이들의 그 황폐한 얼굴들을 보면서 소름 끼쳐 했다. 젊은이들 같은 꿈이 아니라 미세하게 파고드는 권태로움이 우리의 포로들을 황폐하게 만들어 가고 있었다. 그들은 지난날의 사건들을 계속 이야기하면서 시간을 보냈다. 그들은 파리, 알레산드리아, 칼리우폴리스의 활기 찬 시장, 김노소퍼스테스들의 마을에서 평온하게 머물던 일을 떠올렸다. 사제의 편지에 대해서 이야기하기도 했다. 하루가 다르게 깊은 우울에 잠기던 시인은 부제가 했던 말을 직접 듣기라도 한 사람처럼 부제의 말을 똑같이 되풀이했다. 「나를 괴롭히는 의심은 왕국이 존재하지 않을지도 모른다는 거야. 픈다페침에서 그 왕국에 대해서 말했던 사람들이 누구였지? 환관들이었네. 그들이 사제에게 보냈던 사절들은 누구에게 돌아왔지? 바로 그들, 환관들에게야. 그런데 그 환관들은 정말 사제의 왕국으로 떠나기나 했던 것일까? 정말 돌아왔던 것일까? 부제는 자기 아버지를 한번도 본 적이 없었어. 우리가 알고 있는 모든 것은 환관들을 통해서 알게 된 것뿐이야. 어쩌면 모든 게 환관들의 계략이었는지도 몰라. 환관들이 부제를, 우리를 그리고 최후의 누비아 인이나 스키아푸스를 놀렸던 거야. 가끔 나는 혼자 훈 족도 정말 존재했는지 자문해 보곤 한다네……」 바우돌리노는 그에게 전투 중에 죽은 동료들을 생각해 보라고 말했다. 하지만 시인은 고개를 저었다. 자신이 실패를 한 것이라고 스스로에게 되풀이해서 말하는 것보다는 마법의 희생자였다고 믿는 게 더 나았다.

그들은 프리드리히가 죽던 날로 되돌아갔다. 그리고 매번 그 설명할 수 없는 죽음을 납득하기 위해 새로운 설명을 생각해 내곤 했다. 조시모스가 있었다. 그것은 분명했다. 아니야, 조시모스가 성배를 훔쳐 갔지. 하지만 그건 프리드리히가 죽고 나서일 뿐이야. 누군가가 성배를 손에 넣고 싶어서 미리 행동을 했던 거야. 아르즈루니? 그것을 누가 알겠나? 죽은 동료들 중의 한 사람? 그건 너무나 잔인한 생각이었다. 생존자 중의 한 사람? 서로 의심을 하면서 고통마저 견뎌야 한다면 너무 불행하지 않은가? 바우돌리노가 물었다.

「사제의 왕국을 찾으러 간다는 사실에 흥분해서 여행을 하는 동안 우리는 이런 의심에 사로잡히지 않았습니다. 우리들 각자는 우정의 정신으로 서로를 도왔습니다. 바로 사악함 때문에 우리는 서로 으르렁거리게 되었습니다. 우리는 서로의 얼굴을 볼 수 없었습니다. 우리는 몇 년 동안 서로를 증오했습니다. 나는 내 자신 속에 갇혀서 살았습니다. 나는 히파티아를 생각했습니다. 하지만 그 얼굴을 떠올릴 수가 없었습니다. 그저 그녀가 내게 준 기쁨만을 생각했습니다. 밤이 되면 두 손이 불안하게 내 음모 위에서 움직이는 일이 벌어졌습니다. 나는 사향 냄새가 나는 양털을 만지는 꿈을 꾸었습니다. 나는 혼자 흥분을 할 수 있었습니다. 정신이 기운을 잃고 헛소리를 하게 되면 우리의 육체는 점차 우리의 방황의 결과로 기운을 회복하기 때문입니다. 그 탑 위에서 우리는 나쁘지 않게 영양 섭취를 할 수 있었습니다. 하루에 두 번 풍성한 음식을 먹을 수 있었습니다. 아마도 이것은 초록색 꿀의 신비를 맛보도록 허락되지 않은 우리를 조용히 다스리기 위한 알로아딘의 방법인 것 같았습니다. 실제로 우리는 활력을 되찾았습니다. 하지만 우리가 힘겨운 노동을 했음에도 불구하고 우리는 살이 쪄갔습니다. 나는 자꾸 나오는 배를 보면서 혼자 말하곤 했습니다. 바우돌리노, 당신은 잘생겼어요. 인간들이 모두 당신처럼 잘생겼나요? 그러고 나서 바보처럼 웃었습니다.」

그들이 위안을 받는 유일한 순간은 가바가이의 방문을 받을 때였다. 그들의 최고의 친구는 알로아딘의 광대가 되어 있었다. 그는 돌발적인 동작으로 알로아딘을 즐겁게 해주었다. 그리고 여러 개의 방과 복도로 알로아딘의 명령을 전하러 날 듯이 뛰어다니며 알로아딘에게 봉사를 조금 했다. 그는 사라센 말을 배웠고 많은 자유를 누렸다. 그는 알로아딘의 부엌에서 맛있는 것들을 친구들에게 가져다 줄 수 있었다. 요새에서 벌어지고 있는 사건들, 주인의 총애를 확실히 받기 위해 환관들끼리 벌이는 맹목적인 암투, 환각 상태에 빠진 젊은이들에게 맡겨지는 살인 임무에 대한 것들을 그들에게 알려 주었다.

어느 날 그는 바우돌리노에게 초록색 꿀을 가져다 주었다. 아주 조금이었다. 너무 많이 주면 저 살인 짐승들처럼 된다, 그가 말했다. 바우돌리노는 그 꿀을 먹었다. 그는 히파티아와 사랑의 하룻밤을 보냈다. 하지만 꿈이 깰 무렵 젊은 처녀는 모습이 바뀌었다. 그녀의 다리는 인간의 다리처럼 날씬하고 하얗고 우아했는데 머리는 양 머리였다.

가바가이는 그들의 무기와 짐은 구석 방에 던져져 있다고 알려 주었다. 그리고 그들이 도망치려고 할 때 자기가 그것들을 찾아 줄 수 있다고 말했다. 「가바가이, 정말 자네는 우리가 언젠가 도망칠 수 있다고 생각하나?」 바우돌리노가 그에게 물었다. 「나 그렇게 생각한다. 도망칠 수 있는 좋은 방법들 많다고 생각한다. 나 혼자서 가장 좋은 방법 찾을 수 있다. 하지만 너 환관처럼 뚱뚱해졌다. 뚱뚱해지면 도망치기 힘들다. 너 나처럼 몸을 움직여야 한다. 다리 하나 머리 위로 올려 보라. 훨씬 민첩해질 것이다.」

다리를 머리 위로 올리는 일은 할 수 없었지만 바우돌리노는 도주를 할 수 있다는 희망이, 그것이 비록 헛된 것이라 해도, 미치지 않고 포로 생활을 견딜 수 있도록 도와줄 것이라는 것을 알게 되었다. 그래서 두 팔을 움직이고 둥그스름한 뱃살이 빠지도록 수십 번씩 앉았다 일어서면서 사태를 준비했다. 그는 친구들에게도 그렇게 하라고 부탁을 했다. 시인에게는 전투가 벌어질 낌새가 있는 것처럼 꾸몄다. 어떤 때는 오후 내내 땅바닥에 몸을 던져 보려고 애를 쓰면서 시간을 보냈다. 발에 쇠사슬이 묶여 있었기 때문에 쉬운 일은 아니었다. 그들은 예전의 그 민첩함을 잃어버렸다. 포로 생활 때문만은 아니었다. 나이가 있었다. 하지만 잘해냈다.

육체를 완전히 잊은 사람은 라비 솔로몬뿐이었다. 그는 소식을 해왔고, 너무나 허약해 여러 가지 일을 할 수가 없었다. 그래서 친구들은 그가 맡은 일을 해주었다. 그에게는 읽을 만한 두루마리도 없었고 글을 쓸 수 있는 도구도 없었다. 그는 오로지 하느님의 이름만을 부르며 시간을 보냈다. 그 소리는 매번 달랐다. 한쪽에 남아 있던 이빨마저 모두 빠져 버려 오른쪽 왼쪽 모두 잇몸만 남아 있었다. 그는 우물우물 음식을 먹었고 말을 할 때는 바람 빠지는 소리를 냈다. 그는, 유대 인들이 보기에도 마리아라는 그 훌륭한 여인이 그 어떤 신이든 신을 낳았다고 볼 수 없기 때문에, 아직은 참고 봐줄 만한 네스토리우스 파들이 반이고, 자기들 마음대로 신격(神格)의 수를 늘였다 줄였다 하는 우상 숭배자들이 반인 그런 왕국에 사라진 열 지파가 남아 있을 리는 없다고 확신을 했다. 아니야, 그는 절망적으로 말했다. 어쩌면 열 지파는 왕국을 지나갔는지도 몰라. 그러다가 다시 방랑 생활을 하게 된 거야. 우리 유대 인들은, 그곳이 어느 곳이든 항상 약속의 땅을 찾고 있다네. 지금 그들은 대체 어디에 가 있을까? 어쩌면 내가 지금 내 인생을 마치고 있는 이곳에서 별로 떨어지지 않은 곳에 있을지도 몰라. 하지만 나는 그들을 만날 수 있다는 희망을 모두 버렸다네. 우리는, 성인께서 항상 축복을 내려 주시길, 여호와께서 우리에게 주신 시련을 견뎌야만 해. 욥은 이보다 훨씬 더 나쁜 상황에서도 살았다네.

「라비 솔로몬은 이성을 잃어 가고 있었습니다. 눈으로도 그게 보였습니다. 내가 보기에는 키오트와 보롱도 마찬가지였습니다. 그들은 계속해서 자신들이 찾아야 할 성배에 대해서 점을 쳤습니다. 뿐만 아니라 이제 그들은 성배를 발견할 수 있는 것은 자신들뿐이라고 생각했습니다. 성배에 대해서 이야기하면 할수록 이미 기적적인 힘을 지니고 있는 것으로 간주되던 성배는 갈수록 놀라운 효력을 지닌 것이 되어 갔습니다. 그래서 그것을 손에 넣기를 더욱더 꿈꾸게 되었습니다. 시인은 계속 말했습니다. 내가 조시모스를 잡을 테니 내버려 둬. 그런 다음 내가 세계의 주인이 될 거야. 자네들, 조시모스에 대해서는 잊어버리게. 내가 말했습니다. 조시모스는 픈다페침에 올 수도 없었어. 길을 잃어버렸을 수도 있네. 그의 뼈는 어떤 흙먼지 많은 곳에서 흙으로 변해 가고 있는 중일 수도 있어. 그가 가진 성배는 이교도 유목민들이 가져가서 요강으로 사용할 수도 있다네. 입 다물어, 조용히 해, 보롱이 하얗게 질려서 말했습니다.」

「당신들은 어떻게 그 지옥 같은 곳을 벗어날 수 있었나요?」니케타스가 물었다.

「어느 날 가바가이가 와서 도망갈 수 있는 방법을 발견했다고 우리에게 말해 주었습니다. 불쌍한 가바가이, 그사이 가바가이도 늙어 버렸습니다. 나는 스키아푸스의 수명이 얼마인지 몰랐습니다. 하지만 이제 가바가이는 번개처럼 저를 앞질러 달리지도 못했습니다. 그는 천둥처럼, 그러니까 조금 뒤처져 왔는데 달려온 뒤에는 숨을 헐떡거렸습니다.」

계획은 이랬다. 그들이 무장을 하고 로크새들을 지키는 환관을 급습하는 것이다. 그리고 환관이 보통때처럼 새를 돌보게 만들어야만 했다. 그러면서 환관이 새에게 짐을 단단하게 묶어 줄 때 사용하는 그 가죽 띠를 새들에게 묶은 다음 도망자들의 허리띠에 연결하게 만들어야 했다. 그러고 나면 환관이 새들에게 콘스탄티노플까지 날아가라는 명령을 해야만 했다. 가바가이가 환관과 이야기를 나누어 본 적이 있었다. 그래서 환관이 종종 로크새를 콘스탄티노플로, 페라 근처의 언덕에 살고 있는 그들의 첩자에게로 날려 보낸다는 것을 알게 되었다. 바우돌리노와 가바가이 모두 사라센 말을 알고 있었다. 그렇기 때문에 환관이 명령을 제대로 내리는지를 감시할 수 있었다. 목적지에 도착한 뒤에 새들은 사람들만을 내려놓게 될 것이다. 「왜 이런 생각 진작 못했지?」 가바가이가 장난스럽게 주먹으로 머리를 쥐어박으며 물었다.

「맞아.」 바우돌리노가 말했다. 「하지만 쇠사슬에 다리가 묶여 있는데 어떻게 날아갈 수 있단 말인가?」

「내가 줄칼 찾는다.」 가바가이가 말했다.

밤중에 가바가이는 그들의 무기와 짐 꾸러미를 다시 찾아서 그들이 함께 묵고 있는 곳으로 왔다. 검과 단검은 녹이 슬고 무디어져 있었다. 하지만 밤마다 검을 닦고 돌 벽에다가 갈아서 날카롭게 만들었다. 그들에게는 줄칼이 있었다. 크게 도움이 되지는 않았다. 그들은 몇 주일에 걸쳐, 발목에 채워진 고리를 잘라 냈다. 그들은 성공을 했고 잘려진 고리 밑으로 끈을 통과시켜서 그 끈을 쇠사슬과 연결시켰다. 그래서 그들은 여전히 쇠사슬에 묶인 채 성을 돌아다니고 있는 것처럼 보였다. 자세히 살펴보면 속임수를 금방 발견할 수 있었지만 그들은 이미 오래전부터 그곳에 있었기 때문에 그 누구도 그들을 주의 깊게 보지 않았다. 키노케팔로스들은 이미 그들을 가축으로 생각하고 있었다.

어느 날 밤 그들은 다음날 썩은 고기 자루들을 부엌에서 꺼내 새들에게 가져다 주어야 한다는 것을 알게 되었다. 가바가이는 이번이 바로 그들이 기다리던 기회라고 알려 주었다.

아침에 마지못해 일을 하는 사람들 같은 분위기로 고기 자루를 가지러 갔다. 자루를 들고 자신들의 숙소에 들러 고기들 속에다가 무기를 찔러 넣었다. 그들은 새장이 있는 곳에 도착했다. 가바가이는 이미 그곳에 와 있었다. 가바가이는 재주넘기를 하면서 보초를 서는 환관을 즐겁게 해주고 있었다. 나머지는 쉬웠다. 그들은 자루를 열어 단검을 꺼냈다. 여섯 사람이 보초의 목에 단검을 갖다 댔다(솔로몬은 마치 지금 벌어지고 있는 일이 자신과는 아무 관련도 없다는 듯이 그들을 쳐다보기만 했다). 바우돌리노는 환관이 해야 할 일을 설명했다. 가죽 띠가 충분한 것 같지 않았다. 하지만 시인이 귀를 자르려는 시늉을 하자 잘리는 일이라면 이미 충분히 경험을 한 환관이 협조할 준비가 되었다고 밝혔다. 일곱 마리의 새가 일곱 명의 남자, 좀 더 정확히 말하면 여섯 명의 사람과 한 명의 스키아푸스의 몸을 지탱할 수 있게 준비가 되었다. 「난 좀 더 힘센 새가 필요해.」 시인이 말했다. 「왜냐하면 너는,」 그러더니 환관에게 말했다. 「안됐지만 여기 머물러 있으면 안 되겠다. 네가 급보를 울리거나 네 새들에게 되돌아오라고 소리를 칠 수도 있을 테니까 말이야. 내 허리띠에 다른 끈을 하나 더 묶어서 이 끈에 너를 매달 거야. 그러니까 내 새는 두 사람의 무게를 지탱해야 한다.」

바우돌리노는 시인의 말을 통역해 주었다. 환관은 자신이 체포한 사람들을 따라 세상 끝까지 가는 게 행복하다고 말했다. 하지만 그곳에 도착한 뒤 자기를 어떻게 할 것이냐고 물었다. 그들은 환관을 안심시켜 주었다. 콘스탄티노플에 도착하면 자기 갈 길을 갈 수 있게 해주겠다고 했다. 「서두르도록 하세.」 시인이 명령했다. 「이 새장의 악취를 더 이상 참을 수가 없어.」

하지만 모든 것을 제대로 준비하기 위해서는 거의 한 시간 정도가 필요했다. 각자 자기를 데려다 줄 새에게 단단히 매달렸다. 시인은 자기 허리띠에 환관을 매달 끈을 꽉 잡아맸다. 아직까지 새에 묶이지 않은 사람은 가바가이뿐이었다. 가바가이는, 혹시 누군가가 나타나서 다 된 죽에 코를 빠뜨리지는 않을지 걱정하며 복도 끝을 지켜보고 있었다.

누군가가 왔다. 새들에게 먹이를 갖다 주라고 포로들을 보낸 뒤에 한참의 시간이 흘렀는데도 돌아오지 않자 수비대가 몹시 놀란 것이다. 한 무리의 키노케팔로스들이 걱정스럽게 짖어 대며 복도 끝에 도착해 있었다. 「개머리들이 나타난다!」 가바가이가 소리쳤다. 「너희들 빨리 떠나라!」

「우리 금방 안 떠난다.」 바우돌리노가 외쳤다. 「어서 와, 빨리 준비를 시켜 줄 테니까!」

그럴 수는 없었다. 가바가이는 그것을 알았다. 만약 가바가이가 도망을 가면 키노케팔로스들은 환관이 새장 문을 열어 새를 날려 보내기 전에 새장에 도착할 것이다. 가바가이는 다른 사람들에게 새장 문을 열고 떠나라고 소리쳤다. 그는 자신의 화살 피리도 고기 자루 속에 집어넣어 두었다. 그는 화살 세 개가 남아 있는 피리를 잡았다. 「스키아푸스 죽는다. 그러나 성자인 동방 박사들에게 언제나 충실하다.」 그가 말했다. 그는 땅에 누웠다. 다리를 머리 위로 들어 올리고 머리를 숙여 피리를 입으로 가져갔다. 그리고 피리를 불었다. 제일 먼저 나오던 키노케팔로스가 죽어서 쓰러졌다. 다른 키노케팔로스들이 뒤로 물러서는 사이 가바가이는 두 놈을 더 쓰러뜨릴 수 있었다. 그러고 나자 화살이 없었다. 그는 공격자들을 막기 위해서 그는 마치 아직도 피리 안에 아직도 화살이 남아 있어 불 수 있는 것처럼 피리를 겨누고 있었다. 하지만 그런 속임수가 통한 것은 잠깐뿐이었다. 그 괴물들이 가바가이에게 달려들어 들고 있는 검으로 그를 마구 찔러 댔다.

그사이 시인은 단검으로 환관의 턱을 조금 베었다. 피를 보자 환관은 그들이 자기에게 요구하는 게 무엇인지를 알게 되었다. 그는 묶여 있어서 몸이 불편하기는 했지만 새장의 덧문을 열 수 있었다. 가바가이가 쓰러지는 것을 본 시인이 소리쳤다. 「끝났어, 가세, 가세!」 환관이 로크들에게 명령을 내렸다. 로크들은 새장 밖으로 몸을 던져 날아올랐다. 바로 그 순간 키노케팔로스들이 새장 안으로 들어왔다. 하지만 그들은 남아 있던 새들 때문에 더 이상 돌격을 할 수 없었다. 그런 대혼란 때문에 성이 난 새들이 키노케팔로스들을 쪼기 시작했기 때문이었다.

여섯 명 모두 하늘 높이 날고 있었다. 「이자가 콘스탄티노플로 가라고 분명하게 명령을 내렸나?」 시인이 바우돌리노에게 큰 소리로 물었다. 바우돌리노는 그렇다는 시늉을 했다. 「그러면 이제 더 이상 우리에게 쓸모가 없겠군.」 시인이 말했다. 그러더니 단칼에 환관을 묶은 띠를 베어 버렸다. 환관은 허공 속으로 떨어졌다. 「훨씬 더 잘 나는군.」 시인이 말했다. 「가바가이의 복수를 했어.」

「니케타스 씨, 우리는, 대체 언제부터인지 알 수 없게 메말라 있는 강들의 흔적만이 새겨진 황량한 평야 위를, 잘 경작된 밭 위를, 호수, 숲 위를 날아갔습니다. 새 다리를 꽉 붙잡은 채 말입니다. 새들이 우리의 무게를 지탱해 내지 못할까 봐 걱정이 되었기 때문입니다. 오랫동안 날았는데 난 그 시간을 계산할 수도 없습니다. 우리 손바닥은 살갗이 다 벗겨졌습니다. 우리 밑으로 넓은 사막이 펼쳐지는 것을 보았고 비옥한 땅과 초원과 기암절벽들이 지나가는 보았습니다. 우리는 태양 바로 밑으로 날아갔지만 우리 머리 위에서 날갯짓하는 커다란 날개들이 그늘을 만들어 주었습니다. 얼마나 날았는지 알 수가 없습니다. 밤에도 날았고, 분명 천사들도 날지 않을 높은 곳을 날았습니다. 갑자기 우리는 우리 밑의 황량한 평야에서 사람들이(혹시 개미 아니었을까요?) 열 개의 대열을 이루어 ─ 우리에게는 그렇게 보였습니다 ─ 나란히 어딘지 모를 곳으로 가고 있는 것을 보았습니다. 라비 솔로몬은 사라진 열 지파가 틀림없다고, 그들이 있는 곳으로 가고 싶다고 소리를 지르기 시작했습니다. 그는 자기가 매달린 새의 다리를 잡아끌며 밑으로 내려가 보려고 애를 썼습니다. 돛의 밧줄이나 키를 잡고 방향을 조종하듯이 새의 비행 방향을 돌려보려고 애를 썼습니다. 하지만 새는 성을 냈지요. 새는 솔로몬의 손아귀에서 자유로워져 솔로몬의 머리를 할퀴려고 했습니다. 솔로몬, 바보같이 굴지마, 저 사람들은 자네 부족이 아니야. 목적지도 모르고 길을 가는 유목민들일 뿐이라고! 보이디가 솔로몬에게 소리쳤습니다. 헛수고였지요. 불가사의한 광기에 휩싸인 솔로몬은 몸부림을 쳐댔습니다. 그의 상체가 끈에서 풀려 날 정도로, 그래서 밑으로 떨어져 버릴 정도로 심하게 말입니다. 아니, 그게 아닙니다. 그는 두 팔을 벌리고 날아서 가장 높은 곳에 계신 하느님의 천사처럼 하늘을 지나갔습니다. 성인께서 항상 축복을 내려 주시길. 하지만 그는 약속된 땅에 매혹된 천사였습니다. 우리는 그가 아주 작아져 그의 모습이 까마득한 그 밑의 개미 같은 사람들과 뒤섞일 때까지 그를 지켜보았습니다.」

한참을 더 날아간 뒤 로크새들은 자신들이 받은 명령에 너무나 충실히 콘스탄티노플이 보이는 곳에, 햇빛을 받아 눈부시게 빛나는 돔들이 보이는 곳에 도착을 했다. 새들은 자기들이 내려야 하는 곳에 내렸고 우리 친구들은 새에게 묶여 있던 끈을 풀었다. 알로아딘의 첩자인 게 분명한 어떤 사람이 그들을 맞으러 왔다. 그는 너무나 많은 사절들이 내리는 것을 보고 깜짝 놀랐다. 시인이 그에게 미소를 지었다. 그리고 검을 들어 그의 머리를 내리쳤다. 「알로아딘의 이름으로 네게 축복을 내리노라.」 시인이 엄숙하게 말했다. 그 남자는 자루처럼 쓰러졌다. 「훠이, 훠이!」 잠시 후 시인이 새들에게 외쳤다. 새들은 그 목소리의 억양을 알아듣는 것 같았다. 새들은 날아올라서 지평선으로 사라졌다.

「이제 집에 왔어.」 보이디가 기쁘게 말했다. 그의 집은 수

천 마일이나 떨어진 곳에 있기는 했지만 말이다.

「우리 친구인 제노바 인들이 아직 어느 곳엔가 살고 있기를 바라자고.」 바우돌리노가 말했다. 「그들을 찾아야 해.」

「우리가 가지고 있는 세례자 요한의 머리가 좋은 결과를 가져올 테니 두고 봐.」 갑자기 젊어진 것 같은 시인이 말했다. 「우리는 기독교도들의 세계로 돌아왔어. 픈다페침은 잃었지만 콘스탄티노플을 정복할 수 있어.」

「다른 기독교도들이 이미 콘스탄티노플을 정복해 버렸다는 것을 모르고 있었군요.」 니케타스가 쓸쓸히 미소를 지으며 말했다.

37
바우돌리노 비잔틴의 보물을 늘리다

「우리는 황금뿔 바다를 건너서 시내로 들어가려고 시도하다가 곧 한 번도 경험해 본 적이 없는 아주 이상한 상황에 처해 있다는 것을 알게 되었습니다. 도시가 포위 공격을 당한 것은 아니었습니다. 적들의 배가 정박해 있기는 해도 적들은 페라에 진을 치고 있었고 대부분의 적들은 시내를 돌아다녔기 때문입니다. 그렇다고 정복된 도시도 아니었습니다. 황제의 병사들도 가슴에 십자가를 단 공격자들 옆으로 돌아다녔으니까요. 간단히 말해서 십자군들이 콘스탄티노플에 있었지만 콘스탄티노플은 그들의 것이 아니었습니다. 그래서 우리가 우리 친구인 제노바 인들을 만났을 때 — 그 제노바 인들은 당신이 살았던 그 집 사람들이었습니다 — 그들조차 무슨 일이 일어났는지, 바야흐로 무슨 일이 일어나려고 하는지 제대로 설명을 할 수가 없었습니다.」

「우리에게도 이해하기 어려운 일이었습니다.」 니케타스가 체념한 듯 한숨을 쉬며 말했다. 「하지만 나는 언젠가 이 시기의 역사를 써야 할 겁니다. 당신의 프리드리히와 프랑스 왕과 영국 왕이 예루살렘을 재정복하기 위해 시도했던 원정이 불행하게 끝난 뒤, 10여 년이 훨씬 지나서 라틴 인들은 플랑드르 백작 보두앵이나 몬페라토의 보니파치오 같은 위대한 제후의 지휘 아래 다시 한번 예루살렘 정복을 시도해 보려고 했습니다. 하지만 그들은 함대가 필요했고 베네치아 인들에게 그것을 만들게 했습니다. 나는 당신이, 제노바 인들이 탐욕스럽다고 비웃듯이 이야기하는 것을 들었는데, 베네치아 인들의 탐욕과 비교해 보면 제노바 인들은 걸어 다니는 관대함이라고 할 수 있죠. 라틴 인들은 자신들의 배를 갖게 되었지만 배 값을 지불할 돈은 없었습니다. 그래서 베네치아의 통령인 단돌로(그 역시 운명에 의해 장님이 되었지만, 이 역사의 수많은 눈먼 자들 가운데서 그래도 유일하게 멀리 볼 줄 아는 인물이었습니다)는 라틴 인들의 빚을 갚아 주는 대신 성지로 떠나기 전에 자신을 도와 자라[117]를 굴복시켜 줄 것을 요구했습니다. 순례자들은 그 요구를 받아들였습니다. 그렇게 최초의 범죄를 저지른 겁니다. 십자가를 들지 않은 채 베네치아 인들을 위해 도시를 정복해 주러 갔으니까요. 한편 권력을 차지하기 위해 안드로니코스를 폐위시킨 이사키오스 앙겔로스의 동생인 알렉시오스는 이사키오스의 눈을 뽑아 버리고 그를 바닷가로 추방한 뒤 자기가 바실레우스가

---

117) 제4차 십자군 원정 당시 헝가리 왕이 지배하던 달마치아 해안의 기독교 도시. 자다르라고도 함.

되었다고 선포했습니다.」

「제네바 인들이 그 이야기들을 제게 전해 주었습니다. 아주 복잡한 이야기였지요. 이사키오스의 동생이 알렉시오스 3세가 되었지만 이사키오스의 아들인 알렉시오스도 있었으니까요. 이사키오스의 아들 알렉시오스는 탈출에 성공했고 이미 베네치아 인들의 손에 넘어간 자라로 갔습니다. 그는 라틴 순례자들에게 자신이 아버지의 왕위를 되찾을 수 있도록 도와달라고 청했습니다. 대신 성지를 정복할 수 있게 도와주겠다고 약속을 했지요.」

「누구나 아직 가지고 있지 않은 것을 약속하기는 쉬우니까요. 한편, 알렉시오스 3세는 자신의 왕국이 위험에 처해 있다는 것을 알았어야 했습니다. 그런데 그는 아직 두 눈을 멀쩡히 뜨고 있었음에도 불구하고 게으름과 그를 둘러싼 부패 때문에 눈이 멀어 있었습니다. 생각을 좀 해보시지요. 갑자기 그는 병선(兵船)을 더 만들고 싶어했습니다. 하지만 황제의 숲을 관리하는 관리인은 나무 자르는 것을 허락하지 않았습니다. 게다가 제독인 미카엘 스트리프노스는 사고(私庫)를 채우기 위해 이미 돛과 닻줄, 키와 선박의 다른 부품들을 다 팔아먹은 뒤였습니다. 한편 젊은 알렉시오스는 자라에서 그 백성들에 의해 황제에 추대되었습니다. 그리고 지난해 6월에 라틴 인들이 이곳에, 도시 앞에 도착했습니다. 갤리 선 1백10척과 70척의 배들이 방패를 든 1천여 명의 무장병과 3만 명의 병사, 바람에 휘날리는 깃발, 갑판에 나부끼는 문장을 싣고 행렬을 이뤄 성 게오르게 지류를 통과했습니다. 나팔을 요란하게 불고 북을 치면서 말입니다. 우리 도시 사람들은 성벽에서 그 장관을 구경했습니다. 몇몇 사람들만이 돌을 던졌는데 그들을 다치게 하려는 생각에서가 아니라 요란한 소리를 만들어 내기 위해서였습니다. 라틴 인들이 페라 앞에 정박을 한 다음에서야 비로소 그 사리 분별 못하는 알렉시오스 3세는 황제군을 출정시켰습니다. 하지만 황제군 역시 과시용에 불과했는데 콘스탄티노플에서 그들은 나른함에 빠져 살았습니다. 해안 양쪽을 이어 주는 긴 쇠사슬이 황금뿔 바다 입구를 방어해 준다는 것을 알고 계시는지 모르겠군요. 그러나 우리들은 그 쇠사슬을 제대로 방어하지 못했습니다. 라틴 인들은 쇠사슬을 끊어 버리고 항구로 들어왔습니다. 그리고 블라케르나이 왕궁 앞에서 병사들을 상륙시켰습니다. 우리 군은 황제의 지휘 하에 성 밖으로 나왔지요. 성벽 위에 있던 귀부인들은 그 광경을 보며 우리 병사들이 천사 같다고 말했습니다. 그들이 입은 훌륭한 갑옷들이 햇빛을 받아 눈부시게 빛났기 때문이었습니다. 황제가 공격을 하지 않고 다시 도시로 들어오는 것을 보고서야 뭔가 잘못되어 가고 있다는 것을 깨달았습니다. 그리고 며칠이 지난 후에 베네치아 인들이 바다에서 성벽을 공격하고 몇몇 라틴 인들이 성벽을 기어 올라 와서 성벽 근처에 있는 집에 불을 붙이게 되자 사람들은 뭔가 정말 잘못 되어 가고 있다는 것을 더욱 분명히 알게 되었습니다. 우리 도시 사람들은 이 첫번째 화재가 나고서야 이해하기 시작한 겁니다. 그런데 알렉시오스 3세는 어떻게 했는지 아십니까? 그는 한밤중에 금화 만 냥을 배에 싣고 도시를 떠났습니다.」

「그래서 이사키오스가 다시 왕위를 차지했겠군요.」

「그렇습니다. 하지만 이사키오스는 이미 너무 늙었고 거기다 눈까지 멀었습니다. 그래서 라틴 인들은 그에게 알렉시오스 4세가 되어 있는 그의 아들과 제국을 분할해야 한다는 사실을 상기시켰습니다. 라틴 인들은 이 젊은이와 조약을 맺었는데 그들이 맺은 조약이 무엇인지는 아직까지 우리도 모르고 있습니다. 비잔틴 제국은 로마 가톨릭에 다시 복종하게 되었습니다. 바실레우스는 은화 20만 마르크와 1년 동안 먹을 수 있는 식량, 예루살렘으로 행군할 1만 명의 기사, 성지에 주둔할 주둔 부대의 기사 5백 명을 라틴 인들에게 제공해 주었습니다. 이사키오스는 제국의 금고에 돈이 별로 없다는 것을 알게 되었습니다. 그리고 성직자와 백성들에게 가서 갑자기 로마의 교황에게 복종하기로 했다고 말할 수는 없었습니다……. 그렇게 해서 어릿광대 극이 시작되었고 그게 몇 달 동안 지속되었습니다. 이사키오스와 그의 아들은 필요한 돈을 넉넉히 모으기 위해 교회를 약탈했고 도끼로 그리스도 상들을 떼어 냈습니다. 장식들을 강탈해서 불 속에 집어던졌습니다. 금과 은이 될 수 있는 것은 모두 녹였습니다. 또 다른 한편에서는 페라에 정박한 라틴 인들이 황금뿔 바다의 이쪽 편에까지 손을 댔습니다. 이사키오스와 식사를 같이 했고 사방에서 주인 노릇을 했습니다. 그리고 출발을 연기하기 위해 별의별 짓을 다했지요. 그들은 빚이 완전히 청산되길 기다리고 있으며 가장 압박을 하는 사람은 베네치아 인들을 거느리고 있는 통령 단돌로라고 말했습니다. 하지만 내 생각에 사실 그들은 이곳에서 지상 낙원을 발견한 것 같았습니다. 그들은 우리가 대주는 돈으로 행복하게 살았으니까요. 기독교도들에게서 돈을 뜯어내는 것으로도 성이 차지 않은 라틴 인들은 여기 이 콘스탄티노플에서 평화롭게 살고 있는 사라센 인들의 집을 약탈하러 갔습니다. 이 충돌에서 두 번째 화재가 발생한 것이지요. 이 화재로 나는 내가 가진 집들 중 가장 아름다운 집을 잃어버렸습니다.」

「두 바실레우스가 동맹군들에게 항의하지 않았나요?」

「그들은 이미 라틴 인들의 손아귀에 들어 있는 두 명의 인질과 같았습니다. 그들은 알렉시오스 4세를 자신들의 노리개로 만들었어요. 그가 다른 군인처럼 자신들의 병영에서 놀고 있을 때 그의 황금빛 모자를 벗겨 내 자기들 머리에 썼답니다. 비잔틴의 바실레우스는 그 정도까지 굴욕을 당하지는 않았어요! 이사키오스의 경우는 먹보 수도사들 속에서 바보가 되어 있었습니다. 그는 자기가 전세계의 황제가 될 것이고 시력을 되찾게 될 것이라고 헛소리를 해댔습니다……. 시민들이 봉기해서 니콜라오스 카나보스를 새로운 바실레우스로 뽑을 때까지 그런 상황은 계속되었습니다. 니콜라오스 카나보스는 훌륭한 사람이었지만 이미 알렉시오스 두카스 무르추플로스가 군대 지휘관들의 지지를 얻어 강자가 되었습니다. 그랬기 때문에 권력을 장악하기는 아주 쉬웠지요. 이사키오스는 절망에 빠져 죽었습니다. 무르추플로스는 카나보스의 목을 잘랐고 알렉시오스 4세를 목 졸라 죽이고 알렉시오스 5세가 되었습니다.」

「바로 그겁니다. 우리는 바로 그 무렵에 그러니까 콘스탄티노플을 지배하는 게 누구인지, 이사키오스인지, 알렉시오스인지, 카나보스인지, 무르추플로스인지, 아니면 순례자들인지 모르는 상황일 때 도착했습니다. 그리고 우리는 사람들이 알렉시오스라고 말하면 그게 3세인지 4세인지 아니면 5세인지 알 수가 없었습니다. 우리는 당신도 만나 봤던 그 제노바 인들을 찾아냈습니다. 베네치아 인들과 피사 인들의 집은 두 번째 화재로 불타 버리고 없었고 그 사람들은 페라로 피신을 해 있었습니다. 시인은 이 불행한 도시에서 우리가 다시 행운을 찾아야 한다고 생각했습니다.」

무정부 상태가 지배할 때는 누구든 왕이 될 수 있다고 시인이 말했다. 우선은 돈을 마련해야만 했다. 살아남은 우리의 다섯 친구들은 누더기를 걸치고 있었고 더러웠으며 수중에는 돈이 한 푼도 없었다. 제노바 인들은 그들을 진심으로 맞아 주었지만 손님은 생선과 같은 것이어서 사흘이 지나면 썩은 냄새가 난다고 말했다. 시인은 정성 들여 몸을 씻고 머리와 수염을 깎고 주인들에게 점잖은 옷을 빌려 입었다. 그리고 아침 일찍 정보를 수집하러 시내로 나갔다.

시인이 저녁에 돌아와서 말했다. 「오늘부터 무르추플로스가 바실레우스가 되었어. 그는 사람들을 모두 밖으로 내쫓아 버렸다네. 백성들의 환심을 사기 위해 라틴 인들을 자극하려는 것 같더군. 그런데 라틴 인들은 무르추플로스를 왕위 찬탈자로 생각하고 있어. 그들이 죽은 알렉시오스 4세와 조약을 맺었기 때문이라네. 젊은 나이에 죽은 이의 영혼에 평화가 깃들길. 알렉시오스 4세는 정말 잘못된 운명을 타고난 게 분명하다네. 라틴 인들은 무르추플로스가 엉뚱한 짓을 하기를 기다리고 있다네. 지금 라틴 인들은 선술집에서 계속 술을 마시며 취해 있어. 하지만 그들이 조만간 무르추플로스를 걷어차 버리고 도시를 약탈하게 되리라는 것은 모두 다 잘 알고 있어. 그들은 이미 어느 교회에 황금이 얼마만큼 있는지 다 알고 있고 숨겨져 있는 성물들이 이 도시에 가득하다는 것도 알고 있다네. 그러나 성물을 가지고 장난을 할 수 없

738

다는 것도 너무나 잘 알고 있지. 그들의 대장들은 성물을 손에 넣어 자기 도시로 가져가고 싶어할 걸세. 하지만 이 동로마 인들이 라틴 인들보다 나은 사람들은 아니기 때문에 순례자들이 지금 이 사람 저 사람에게 비위를 맞추는 거야. 적은 돈으로 가장 중요한 성물들을 확실히 손에 넣기 위해서지. 지금의 도덕은 이렇네. 이 도시에서 한 재산을 모으고 싶은 사람은 성물들을 팔 것이고 고향으로 돌아가서 부자가 되고 싶은 사람은 성물들을 살 걸세.」

「그러니까 우리가 가지고 있는 세례자 요한의 두상을 꺼낼 시간이 된 거군!」 보이디가 희망에 부풀어 말했다.

「보이디, 자네는 입에서 나오는 대로 말하는군.」 시인이 말했다. 「첫째, 한 도시에서는 세례자 요한의 두상을 기껏해야 하나밖에 팔 수 없어. 곧 소문이 퍼지기 때문이야. 둘째, 여기 콘스탄티노플에 세례자 요한의 두상이 하나 있다는 이야기를 들었네. 어쩌면 두 개일 수도 있어. 이미 다른 사람이 두 개를 팔았는데 우리가 세 번째 것을 가지고 나타난다고 생각해 봐. 사람들은 우리 목을 잘라 버리고 말 걸세. 그러니까 세례자 요한의 두상으로는 아무것도 할 수 없어. 그러나 성물들을 찾는다는 건 시간 낭비일세. 문제는 유물을 찾는 게 아니라 이미 이 도시에 있었지만 아직 아무도 발굴해 내지 못한 성물들과 똑같은 것을 만들어 내는 거라네. 난 여기저기 돌아다니면서 여러 가지 성물에 대해 이야기하는 것을 들었네. 주님의 자줏빛 망토, 태형에 쓰인 갈대와 기둥, 이제는 다 말라 버렸겠지만 쓸개즙과 식초를 적셔 주님께 드렸던 해면, 가시 면류관, 최후의 만찬에서 축성된 빵 한 조각이 담긴 상자, 십자가에 못 박힌 주님의 수염, 병사들이 주사위를 던져 차지할 사람을 정했던 혼솔 없이 통으로 짠 예수의 옷, 성모 마리아의 성의……」

「다시 만들기 쉬운 게 어떤 건지 살펴봐야 한다네.」 바우돌리노가 생각에 잠겨서 말했다.

「맞아.」 시인이 말했다. 「갈대는 도처에서 찾아볼 수 있다네. 기둥은 생각하지 않는 게 더 나아. 그걸 은밀히 팔 수는 없을 테니까.」

「무엇 때문에 복제품을 만들어 위험을 감수하려는 건가? 그러다가 누군가가 나중에 진품을 발견하게 되면 우리에게 모조품을 샀던 사람들이 돈을 되돌려 달라고 하지 않을까?」 보롱이 사려 깊게 말했다. 「성물이 얼마나 많을지 한번 생각해 보게. 빵과 물고기의 기적이 담긴 열두 개의 바구니를 생각해 보게. 바구니는 어디서든 찾을 수 있어. 바구니를 조금 더럽게 만들어 오래된 것처럼 보이게 하기만 하면 되지. 노아가 방주를 만들었던 도끼를 생각해 보게나. 우리 제노바인들이 날이 무뎌져서 집어던진 게 하나쯤 있을 걸세.」

「나쁘지 않은 생각이야.」 보이디가 말했다. 「묘지로 가서 성 바울로의 턱뼈를 찾는 거야. 세례자 요한의 머리가 아니라 왼쪽 팔을 찾고 뭐 그렇게 하는 거지. 성녀 아가타, 성 라자로의 유해, 선지자인 다니엘, 사무엘, 이사야의 유해, 성녀 엘레나의 두개골, 열두 제자 중 한 분인 성 빌립보의 두개골 일부분 등 이런 것을 찾는 거야.」

「그렇게 하려면……」 근사한 미래에 매료당한 페베레가 말했다. 「저기 저 밑바닥부터 구석구석 뒤지기만 하면 돼. 어디서 온지도 알 수 없을 정도로 아주 작은 베들레헴의 구유를 찾기는 식은 죽 먹기지.」

「우리는 한 번도 본 적이 없는 성물들을 만들어야 해.」 시인이 말했다. 「하지만 이미 있는 것들도 다시 만들어야 하네. 소문에 떠도는 성물들이니까. 하루가 다르게 그 값이 오를 거야.」

제노바 인들의 집은 일주일 동안 분주한 제작소가 되었다. 보이디는 톱밥 위에 넘어지면서 십자가의 못을 발견했다. 보이아몬도는 밤새 지독한 통증에 시달리고 나서 썩은 앞니에 실을 묶어 아무렇지도 않게 이를 뺐다. 이게 바로 성 안나의 치아가 되었다. 그릴로는 빵을 햇빛에 말리게 했고 타라부를로가 오래된 나무로 방금 만들어 놓은 몇 개의 작은 상자 속에 그 빵 조각들을 넣었다. 페베레는 빵과 물고기의 바구니는 단념하라고 그들을 설득했다. 그가 말하기를 그와 같은 기적이 일어난 뒤 군중들이 분명 그 바구니들을 나누었을 것이고 콘스탄티누스조차 그것들을 다시 모을 수 없었을 것이기 때문이다. 그런 바구니들 가운데 단 하나만 판다는 것은 좋은 인상을 주지 못하며, 그리고 무엇보다도 주님이 그렇게 수많은 사람들의 배를 채우셨다면 그때 쓰인 바구니가 망토 밑에 숨길 만큼 작은 바구니일 리가 없기 때문에 사람의 손과 손을 거쳐 은밀하게 전달되기 어려웠을 거라고 했다. 좋아, 바구니는 그만두자, 시인이 말했다. 하지만 노아의 도끼는 찾을 수 있겠지. 물론이지요, 페베레가 대답했다. 그러자 이제는 날이 톱니처럼 무뎌진 데다가 손잡이가 완전히 검게 그을린 도끼 하나가 나타났다.

그러고 나서 우리의 친구들은 아르메니아 상인들로 변장을 했다(그때 제노바 인들은 기꺼이 이 사업에 자금을 댈 준비가 되어 있었다). 친구들은 은밀하게 선술집과 기독교도 병영을 돌아다니기 시작했다. 그러면서 은근히 말을 흘렸고 자기들이 하는 일이 얼마나 어려운 일인지를 넌지시 비추기도 하고 목숨이 달려 있는 일이기 때문에 가격을 올려야 한다는 말을 하기도 했다.

어느 날 밤, 보이디가 돌아와서 노아의 도끼를 사고 싶어 하는 몬페라토의 기사를 만났다고 말했다. 하지만 그 기사는 그 도끼가 진짜라는 것을 확인하고 싶어했다. 「아, 그래.」 바우돌리노가 말했다. 「우리 노아에게 가서 서명이 있는 확인서를 한 장 써달라고 하자고.」

「그런데 노아가 글을 쓸 줄 알았나?」 보롱이 물었다.

「노아는 술만 잘 마실 줄 알았어.」 보이디가 말했다. 「방주에 동물들을 실었을 때 틀림없이 벌써 술에 취해 있었던 게 틀림없어. 모기에게는 호들갑을 떨어 놓고 정작 유니콘은 잊어버렸으니까. 그래서 지금 유니콘을 볼 수 없는 거라고.」

「볼 수 있어. 지금도 볼 수 있어……..」 바우돌리노가 중얼거렸다. 그는 갑자기 기분이 울적해졌다.

페베레가 그들이 여행을 하는 동안 유대 인들의 글쓰기를 조금 배웠다고 말했다. 그래서 그 구불구불한 글씨를 한두 개 정도 도끼 손잡이에 칼로 새겨 넣을 수 있었다. 「노아는 유대 인이었어, 안 그런가?」 유대 인이었지, 유대 인이었지, 친구들이 확인해 주었다. 가엾은 솔로몬, 그가 이곳에 없는 게 천만다행이야. 안 그랬으면 얼마나 괴로워했겠는가. 그렇지만 보이디는 그렇게 해서 도끼를 팔 수가 있었다.

얼마 동안은 구매자들을 찾기가 쉽지 않았다. 도시가 소요에 휩싸여서 순례자들이 갑자기 병영으로 소집되어 경계 태세에 들어갔기 때문이었다. 예를 들면 무르추플로스가 해안 저 아래쪽에 있는 필레아를 공격할 것이라는 소문이 돌았다. 순례자들은 밀집 대형으로 정렬을 했고 전투가 벌어졌다. 어쩌면 소규모 충돌이었는지도 모른다. 그러나 무르추플로스는 운이 아주 좋지 않았다. 순례자들은 무르추플로스로부터 그의 군대가 군기(軍旗)로 앞세우고 다니는, 동정녀가 그려진 깃발을 빼앗았다. 무르추플로스는 콘스탄티노플로 돌아왔다. 그러나 그는 자기 부하들에게 이 수치스러운 일을 아무에게도 말하지 말라고 명령했다. 라틴 인들은 무르추플로스가 이렇게 그 일에 대해 쉬쉬한다는 것을 알게 되었다. 바로 이 때문에 그들은 어느 날 아침 군기를 눈에 가장 잘 띄는 곳에 꽂은 갤리 선을 성벽 앞으로 띄워 보냈다. 갤리 선에 탄 순례자들은 동로마 인들에게 엉덩이를 보인다거나 왼손을 오른팔 위로 문지르는 것처럼 음탕한 동작을 해보였다. 무르추플로스는 꼴사납게 되었고 동로마 인들은 길거리에서 그를 놀리는 노래를 불렀다.

간단히 말해 우리의 친구들은 1월부터 3월까지의 시간이 흐르는 동안 그럴듯한 성물을 만들어 그 성물을 살 적당한 얼간이를 찾아다녔고, 오늘은 성 에오반의 턱, 내일은 성녀 쿠네군다의 정강이뼈를 찾아 파는 동안 엄청난 돈을 벌어들여 제노바 인들에게 꾼 돈을 갚았다. 살림 형편이 좋아진 것은 두말할 나위도 없었다.

「니케타스 씨, 제가 설명드린 이 일 때문에 콘스탄티노플에 수많은 성물들이 이중으로 나타나게 된 겁니다. 이제 어느 게 진품인지는 하느님만 아실 수 있게 되었습니다. 그렇기는 하지만 우리 입장이 한번 되어 보십시오. 우리는 약탈 태세를 갖춘 라틴 인들과 그 라틴 인들을 속일 준비가 된 당신네 그리스 인들, 죄송합니다, 당신네 동로마 인들 사이에서 살아남아야만 했습니다. 결국 우리는 사기꾼들에게 사기를 친 거지요.」

「그렇지만,」 니케타스가 체념한 듯 말했다. 「어쩌면 그 많은 성물들이 라틴 인들의 그 한없이 야만적인 교회에 안치되어 야만스러운 라틴 인들에게 성스러운 생각을 불어넣어 줄지도 모르지요. 생각이 성스러우면 유물도 성스러운 법이지요. 주님에게 이르는 길은 끝없이 많습니다.」

이제 그들은 안정을 되찾을 수 있었고 자기들 고향으로 돌아갈 수 있었다. 키오트와 보롱은 별다른 생각이 없었다. 이미 그들은 성배를, 그리고 그 성배를 가지고 있는 조시모스를 찾는 일을 단념했다. 보이디는 그 돈으로 알레산드리아에서 포도밭을 살 수 있을 것이며 지주로서 여생을 마칠 수 있을 것이라고 말했다. 바우돌리노는 다른 누구보다도 생각이 별로 없었다. 요한 사제에 대한 탐색도 끝나 버렸고 히파티아와도 헤어졌으니 이제 살아 있는 것이나 죽는 게 그에게는 별 차이가 없었다. 하지만 시인은 그렇지 않았다. 그는 절대적인 힘을 가질 수 있다는 환상에 빠져 있었다. 그는 주님의 물건들을 온 세계로 퍼뜨리고 있었다. 최하층의 순례자들이 아니라 그들을 지휘하는 권력자들에게 무엇이든 제공하기 시작하면 그들의 호의를 얻을 수 있을 거라고 생각했다.

어느 날 콘스탄티노플에 〈에데사의 얼굴〉인 만딜리온이, 그러니까 값을 따질 수 없을 정도로 귀한 성물이 있다는 소식이 전해졌다.

「대체 만딜리온이라는 게 뭐지?」 보이아몬도가 물었다.

「얼굴을 닦는 작은 천일세.」 시인이 설명했다. 「그런데 주님의 얼굴 자국이 남겨져 있다네. 그런 게 아니라 자연적으로 자국이 남은 거야. 인간의 손으로 만든 도상이 아니라고 해서 *archeiropoieton*이라고도 하지. 에데사의 왕인 아브가르 5세는 나병 환자였네. 그래서 문서 보관원이었던 하난을 보내 주님을 초대하도록 했네. 자기 병을 고쳐 줄 수 있게 말일세.[118] 주님께서는 갈 수가 없었어. 그래서 그 천에다가 거기에 얼굴을 닦으셨네. 그래서 주님의 형상을 그 천에 남긴 것이지. 물론 이 천을 받은 왕은 병이 다 나았다네. 그래서 진심으로 개종을 했다네. 수세기 전 페르시아 인들이 에데사를 포위 공격했을 때 만딜리온은 도시 성벽에 꽂혀졌고 그 도시를 구했지. 그러다가 콘스탄티누스 황제가 이 천을 손에 넣게 되어 이곳으로 가져왔지. 처음에는 블라케르나이 성당에 있다가 성 소피아 성당, 그리고 나중에는 파로스 예배당으로 옮겨졌네. 어떤 사람들은 카파도키아의 카물리아에, 이집트의 멤피스에, 그리고 예루살렘 근처의 아나블라타에 다른 게 있다고 하지만 이게 진짜 만딜리온이야. 여러 개의 만딜리온이 있다는 게 불가능한 이야기는 아니야. 주님께서는 일생동안 여러 번 얼굴을 닦으셨을 테니까. 하지만 이건 분명 그

---

118) 이 아브가르 5세의 전설은 초기 기독교에 나타난 가장 인기 있는 전설 가운데 하나이다. 이 전설은 여러 가지 변형을 가지고 있는데, 왕의 편지를 받은 예수는 아쉽게도 자신은 에데사를 방문할 수 없으나 뒷날 자신의 제자가 왕을 방문하여 병을 고쳐 줄 것이라고 답장을 하였다고 한다. 이 편지들은 시리아 어 문서로 남아서 — 곧 가짜임이 드러났음에도 불구하고 — 당시의 그리스 어, 라틴 어, 아르메니아 어, 아랍어 등 여러 언어로 번역되었다.

어떤 만딜리온보다 놀라운 것일세. 부활절에는 하루의 시간에 따라 얼굴 모습이 변하니까 말이야. 해 뜰 무렵에는 아기 예수의 모습을 보이고 제3시경[119]에는 소년 예수의 모습을 보이다가 마침내 제9시경[120]에는 수난을 당하시던 성인 예수의 모습으로 바뀐다네.」

「이런 이야기를 모두 어디서 듣게 되었나?」 보이디가 물었다.

「어느 수도사가 내게 이야기 해주었네. 이제 진짜 성물이야. 그런 물건을 가지면 우리는 우리 고향으로 들어가서 명예와 재산을 얻을 수 있어. 바우돌리노가 라이날트와 동방 박사 셋을 만들었듯이 적당한 주교를 찾기만 하면 되는 거야. 지금까지 우린 성물들을 팔아 왔어. 이제 그 성물 하나를 사야 할 시간이 온 거야. 그렇지만 그건 우리에게 한 재산을 만들어 줄 걸세.」

「만딜리온을 대체 누구에게서 산단 말인가?」 바우돌리노가 짜증 나는 듯이 물었다. 이미 그는 이 모든 성물 판매에 진저리를 치고 있었다.

「어느 날 밤, 나하고 같이 술을 마셨던 시리아 인한테서 벌써 사놓았네. 그는 아테네의 공작을 위해 일하고 있네. 그런데 그자가 말하기를 대체 무슨 이유인지는 알 수 없지만 이 공작은 만딜리온을 주고 시도이네스를 갖고 싶어한다는군.」

「이제 시도이네스가 무엇인지 말해 보게나.」 보이디가 말했다.

---

119) 오전 9시.
120) 오후 3시.

「블라케르나이 궁의 성 마리아 교회에 있다고들 하지. 이건 예수님의 전신상이 나타나 있는 성스러운 수의야. 자네가 이 도시에서 시도이네스에 대해 말을 하면, 이 도시 사람들에게서 들은 이야기로는 예루살렘의 왕 아말릭이 마누엘 콤네노스를 방문했을 때 그것을 보여 주었다고 말할 걸세. 또 다른 사람이 내게 말하기로는 그것이 부콜레온 궁의 축복받은 처녀 교회에 보관되어 있다고 하네. 하지만 그것을 본 사람은 아무도 없어. 존재하기는 했지만 언제인지도 모르게 사라져 버린 거야.」

「난 자네 의도가 뭔지 알 수 없군 그래.」 바우돌리노가 말했다. 「어떤 사람이 만딜리온을 가지고 있다. 그리고 그 사람은 시도이네스를 준다면 그 대신 만딜리온을 주겠다. 좋아. 하지만 자네는 시도이네스를 가지고 있지 않아. 자네가 여기 우리 집에서 주님의 상을 만든다면 난 정말 놀라지 않을 수 없을 걸세. 어떻게 할 생각인가?」

「난 시도이네스를 가지고 있지 않아.」 시인이 말했다. 「그렇지만 자네가 가지고 있지 않나?」

「내가?」

「푼다페침에서 달아나기 전, 부제의 시종들이 자네에게 맡긴 그 상자 속에 뭐가 들어 있냐고 자네에게 물어 보았던 것을 기억하나? 그때 자네는 내게 그 불행한 부제의 상이, 그러니까 죽자마자 장례용 시트에 자국을 남긴 그의 모습이 담겨 있다고 말했네. 그걸 내게 보여 주게.」

「자네 미쳤군. 그건 신성한 유물이야. 부제는 요한 사제에게 전해 주라고 그걸 내게 맡긴 거야!」

「바우돌리노, 자넨 이제 예순을 훌쩍 넘겼어. 그런데 아직도 요한 사제를 믿고 있단 말인가? 우리는 사제가 존재하지 않는다는 것을 직접 확인하지 않았나. 그 물건을 내게 보여 주게.」

바우돌리노는 마지못해 자기 자루에서 상자를 꺼냈다. 상자에서 두루마리를 꺼내 펼치니 크기가 아주 큰 천이 되었다. 그러면서 다른 친구들에게 탁자와 의자를 치우라는 시늉을 했다. 그 천을 땅에 완전히 다 펴놓으려면 넓은 공간이 필요했기 때문이다.

그것은 정말 사람의 모습이 이중으로 새겨진 어마어마하게 큰 시트였다. 그 천에 쌓였던 육체가 두 번의 흔적, 즉 가슴 쪽으로 한 번, 등 쪽으로 한 번 흔적을 남겨 놓은 것 같았다. 얼굴과 어깨까지 흘러내리는 머리카락, 콧수염과 수염, 감겨진 눈을 금방 알아볼 수 있었다. 죽음의 은총을 입은 불쌍한 부제는 그 천 위에 평온한 얼굴, 힘 있는 육체의 모습을 남겨 놓았다. 천에 새겨진 그 모습에서는 상처라든가, 멍이 든 흔적이나 헐었던 상처 자국, 그를 죽음에 이르게 한 나병의 흔적 같은 것을 찾아보기는 힘들었다.

바우돌리노는 다시 가슴이 뭉클해졌다. 그는 고인이 그 천 위에서 고통스러운 위엄의 흔적을 남겨 놓았다는 것을 알게 되었다. 그래서 바우돌리노는 이렇게 중얼거렸다. 「나병 환자에다가 네스토리우스 파인 사람의 모습을 주님의 것이라고 팔 수는 없어.」

「첫째, 아테네 공은 그 사실을 몰라.」 시인이 대답했다. 「우리가 속여 먹을 사람은 자네가 아니라 아테네 공이야. 우리는 이것을 파는 게 아니라 바꾸는 거야. 그러니까 이건 성물 매매가 아닐세. 난 시리아 인에게 가겠네.」

「시리아 인은 자네에게 이걸 왜 바꾸려고 하냐고 묻게 될 거야. 시도이네스가 만딜리온과는 비교도 할 수 없을 정도로 귀중하잖아.」 바우돌리노가 말했다.

「콘스탄티노플 밖으로 몰래 숨겨 가지고 나가기가 훨씬 어렵기 때문일세. 너무나 값비싼 것이어서 이걸 살 수 있는 사람은 왕밖에 없어. 하지만 얼굴의 경우는 왕처럼 중요한 위치에 있지 않지만 당장 돈을 내고 사게 될 구입자들을 찾을 수 있을 거야. 만약 우리가 기독교 군주에게 시도이네스를 바친다면 그는 우리가 그걸 훔쳤다고 말할 수도 있어. 그래서 우리 목을 매달아 버릴 수도 있지. 하지만 에데사의 얼굴의 경우는 카물리아, 멤피스, 아나블라타의 것일 수 있지. 시리아 인은 내 말뜻을 알아들었네. 우리는 같은 족속이기 때문이지.」

「좋네.」 바우돌리노가 말했다. 「자네가 이 천을 아테네 공에게 넘겨서 그가 진짜 주님의 상이 아닌 것을 집으로 가져가든 말든 나하고는 아무 상관이 없네. 하지만 자네가 알아 둬야 할 것은, 이게 내게는 주님의 것보다 훨씬 귀중한 상이라는 걸세. 자네는 내가 이것을 보면서 어떤 추억을 떠올리는지 알겠지. 이렇게 존경해야 할 만한 것을 자네가 암거래할 수는 없어……」

「바우돌리노.」 시인이 말했다. 「우리는 저 위, 우리 고향에 돌아갔을 때 어떻게 될지 모르네. 에데사의 얼굴을 가지고 가면 우리는 고향에서 주교의 자리에 오르게 될 거야. 그러면 우리는 다시 행운을 잡게 되는 거야. 그런데 바우돌리노, 우리가 만약 이 수의를 푼다페침에서 가지고 오지 않았다면 지금쯤 훈 족들이 이것을 똥걸레로 사용하고 있을걸. 자네는 그 남자를 좋아했지. 우리가 사막에 있을 때, 포로로 잡혀 있을 때 자네가 이야기해 주지 않았나. 그리고 그의 죽음을 슬퍼했지. 그런데 자, 그의 마지막 모습은 어느 곳에선가 주님의 모습으로 경배를 받을 거야. 자네가 사랑했던 고인에게 이보다 더 훌륭한 무덤을 만들어 줄 수 있겠나? 우리는 그의 시신에 대한 기억을 모욕하려는 것이 아니라…… 뭐라고 해야 하지, 보롱?」

「그것을 성스럽게 변용(變容)시킨다…….」

「바로 그거야.」

「아마 그런 혼돈의 기간 동안 옳고 그름에 대한 감각을 잃어버렸기 때문일 겁니다. 시인은 우리들의, 나의, 아니 부제의 상을 만딜리온과 바꾸기 위해 떠났습니다.」

바우돌리노가 웃기 시작했다. 니케타스는 그 이유를 알 수 없었다.

「속은 겁니다. 우리는 그걸 그날 밤에 알게 되었습니다. 시인은 그가 알고 있는 선술집으로 갔습니다. 그는 그 파렴치한 장사를 했습니다. 시리아 인을 취하게 만들려고 자기도 취했습니다. 그리고 선술집 밖으로 나왔습니다. 그들의 음모를 알고 있는 누군가가 시인의 뒤를 미행했습니다. 어쩌면 시리아 인 그자가 직접 미행한 것인지도 모르지요 — 시인의 말대로 두 사람은 같은 족속이니까요. 그는 골목에서 공격을 당했고 죽을 지경으로 매를 맞았습니다. 그는 노아보다 더 취한 데다가 피투성이가 되고 온몸에 멍이 든 채 빈손으로 집에 돌아왔습니다. 나는 그를 발로 차서 죽여 버리고 싶었습니다. 하지만 그는 폐인이었습니다. 그는 두 번째로 왕국을 잃었습니다. 그 뒤로는 그에게 억지로 음식을 먹여야 했습니다. 좌절된 야망이 한 인간을 그런 상태로 만들어 놓는 것이라면 지나친 야망을 갖지 않았던 게 다행이라고 말했습니다.」

4월 초에 우리의 친구들은 콘스탄티노플이 최후의 날을 맞았다는 것을 알게 되었다. 베네치아 통령 단돌로와 무르추플로스 사이의 대립이 극심해졌다. 단돌로는 갤리 선의 뱃머리에 서 있었고 무르추플로스는 육지에서 라틴 인들에게 이 땅을 떠나라고 소리쳤다. 무르추플로스가 미친 게 틀림없었다. 라틴 인들은 원하기만 한다면 그를 한 입에 먹어 치울 수 있었다. 황금뿔 바다 너머, 순례자들의 병영에서 전투 준비를 하는 게 보였다. 해병들과 무장을 한 병사들이 닻을 내린 배의 갑판 위에서 분주하게 움직이고 있었다.

보이디와 바우돌리노는 돈을 웬만큼 가지고 있으니까 이제 콘스탄티노플을 떠나야 한다고 말했다. 이미 그들은 정복된 도시라면 볼 만큼 보았기 때문이었다. 보롱과 키오트는 동의를 했다. 하지만 시인이 다시 며칠을 더 요구했다. 그는 이전의 실패를 딛고 기운을 되찾았다. 그는 최후의 시간들을 이용해서 최종 공격을 하려는 것 같았다. 그 공격이 무엇인지는 그 자신도 몰랐다. 이미 그의 눈은 광기를 띠어 가기 시작했기 때문에 그와 의논을 할 수가 없었다. 그들은 배들을 주시하다가 내륙으로 떠날 시기를 정하면 된다고 말해 시인을 기쁘게 해주었다.

시인은 이틀 동안 밖에 나가 있었다. 너무 긴 시간이었다. 부활절 직전의 일요일을 앞둔 금요일 아침에도 시인은 돌아오지 않았다. 순례자들은 블라케르나이 궁과 에우에르게테스 수도원 사이를, 곧 콘스탄티누스 성벽 북쪽에 있는 페트리아라고 불리는 지역을 바다로부터 공격하기 시작했다.

이미 너무 늦어 성 밖으로 나갈 수는 없었다. 사방이 포위되었기 때문이었다. 바우돌리노와 친구들은 떠돌아다니는 친구에게 저주를 퍼부으면서 제노바 인들의 집에 숨어 있는 것이 더 낫겠다는 결정을 내렸다. 그 지역은 아직 위험한 것 같아 보이지 않았기 때문이었다. 그들은 기다렸다. 그리고 시시각각 페트리아에서 들려오는 소식들을 들었다.

순례자들의 배들에는 공격탑들이 빽빽이 들어차 하늘을 찌르고 있었다. 무르추플로스는 자신의 수뇌부들과 궁정 사람들, 깃발과 나팔수들을 거느리고 성벽 뒤의 작은 언덕에 있었다. 그런 방어 태세에도 불구하고 황제군은 잘 싸웠다. 라틴 인들은 다양하게 공격을 했지만 계속 격퇴당했고 성에 있던 동로마 인들은 의기양양해져서 패배자들에게 엉덩이를 드러내 보였다. 그사이 무르추플로스는 이 모든 일을 자기가 해낸 듯이 우쭐해져서 승리의 나팔을 불라고 명령을 했다.

단돌로와 그의 장군들은 도시 공략을 포기한 것 같아 보였다. 토요일과 일요일은, 모두들 긴장 상태에 있기는 했지만, 조용히 지나갔다. 바우돌리노는 그 기회를 이용해 시인을 찾으려고 콘스탄티노플을 샅샅이 뒤지고 다녔다. 하지만 허탕이었다

그들의 친구는 일요일 밤이 되어서야 돌아왔다. 그의 눈은 전보다 더 광기로 번득였다. 그는 아무 말도 하지 않았다. 그리고 다음날 아침까지 말없이 술을 마셨다.

순례자들이 다시 공격을 개시한 것은 월요일 날이 밝아 올

무렵이었다. 공격은 하루 종일 계속되었다. 베네치아 인들이 배의 사다리들을 성벽의 탑 몇 개에 연결시키자, 십자군들이 그 안으로 들어갔다. 아니, 성 안에 들어온 것은 꼭 한 사람이었다. 도시의 수호 여신이 쓰는 탑 모양의 왕관 같은 투구를 쓴 거인을 보고 방어하던 병사들은 놀라서 달아났다. 어떤 병사들은 배에서 내려 성벽 입구를 찾아내 곡괭이로 성벽을 내리쳐서는 벽에 구멍을 만들었다. 물론 그들은 격퇴당했다. 하지만 이미 몇 개의 탑이 점령된 상태였다.

시인은 우리 안에 갇힌 짐승처럼 방 안을 이리저리 왔다 갔다 했다. 어떤 식으로 전투가 끝이 날지를 걱정하는 것 같았다. 그는 뭔가 할 말이 있는 것처럼 바우돌리노를 보다가 그만두곤 했다. 그리고 섬뜩한 눈으로 다른 세 친구의 움직임을 주의 깊게 살펴보았다. 갑자기 무르추플로스가 군대를 버리고 달아났다는 소식이 들려왔다. 방어자들은 자신들에게 남아 있던 얼마 되지 않은 용기마저 잃어버렸다. 순례자들은 성벽을 파괴하고 벽을 넘었다. 날이 어두워졌기 때문에 대담하게 도시로 들어갈 수는 없었다. 그들은 혹시 방어하는 병사들이 숨어 있을지도 모를 성벽 초입의 집들에 불을 질렀다. 「불과 며칠 사이에 세 번째 화재가 발생했습니다.」 제노바 인들이 불평을 했다. 「이제 이곳은 더 이상 도시가 아닙니다. 너무 많으면 태워 버려야 하는 쓰레기 더미가 되었습니다!」

「염병할 네놈 때문이야.」 보이디가 시인에게 소리쳤다. 「너만 아니었으면 우리는 벌써 이 쓰레기 더미를 벗어나 있었을 거야! 이제 어떻게 할 거지?」

「이제 입 닥치고 있어. 이유를 너무나 잘 알고 있는 사람은 바로 나야.」 시인이 그에게 쉿 소리를 냈다.

한밤중에 화재의 불길이 처음 보였다. 새벽녘에 잠을 자고 있는 것 같던 바우돌리노는 사실 이미 잠이 깬 상태에서, 시인이 보이디에게 다가갔다가 그 다음에는 보롱에게 그리고 마지막으로 키오트에게 가서 그들의 귀에 대고 뭐라고 소곤거리는 것을 보았다. 잠시 후 시인은 사라졌다. 조금 뒤 바우돌리노는 키오트와 보롱이 수군거리다가 그들의 짐꾸러미에서 무엇인가를 꺼내더니 바우돌리노를 깨우지 않으려고 조심하면서 집을 떠나는 것을 보았다.

조금 뒤 보이디가 바우돌리노에게 왔다. 보이디가 그의 팔을 잡아 흔들었다. 그는 당황하고 있었다. 「바우돌리노.」 그가 말했다. 「무슨 일인지 난 모르겠네. 그런데 모두들 이곳에서 미쳐 가고 있는 것 같아. 시인이 내게 와서 분명히 이런 말을 했다네. 조시모스를 찾았어. 이제 난 성배가 어디 있는지 알게 되었어. 잔머리 굴리지 말고 세례자 요한의 두상을 가지고 카타바테로 오게. 예전에 조시모스가 바실레우스를 영접하던 곳이지. 오후에 오게. 길은 알겠지? 그런데 대체 카타바테가 무엇인가? 바실레우스라니 어떤 바실레우스를 말하는 거지? 자네에게는 아무 말도 하지 않았나?」

「말하지 않았네.」 바우돌리노가 말했다. 「그뿐만이 아니라 내게는 모든 것을 비밀로 하고 싶어하는 것 같군. 시인은 너무나 정신이 없어서 오래전 우리가 카타바테로 조시모스를 잡으러 갔을 때 자네는 그 자리에 없었고 보롱과 키오트가 함께 갔다는 것을 잊어버린 것일세. 이제 무슨 일인지 분명히 알아야겠어.」

그는 보이아몬도를 찾았다. 「이보게.」 그가 말했다. 「자네 오래전에 카타바테라는 낡은 수도원 밑에 있는 그 지하 납골당으로 우리를 안내해 주었던 날 밤을 기억하나? 이제 그곳으로 다시 가야 하네.」

「문제없어요. 사도들의 교회 근방에 있는 그 가설 건축물까지 가야 합니다. 아마 거기서는 순례자들을 만나지 않을 겁니다. 아직 거기까지 도착하지는 않았을 테니 말입니다. 당신이 돌아오면 내 말이 맞는 게 되겠지요.」

「그래, 그렇지만 그곳에 들르지 않고 가야 하네. 그러니까 자네에게 설명할 수는 없지만 똑같은 길을 가게 될 어떤 사람을 따라잡거나 그 사람보다 앞서 가야 한다네. 그래서 난 눈에 띄고 싶지 않아. 그 밑에 터널들이 아주 많이 있었던 것 같은 기억이 나는데. 그 터널을 이용해서도 갈 수 있지 않나?」

보이아몬도가 웃기 시작했다. 「당신이 죽은 사람들을 무서워하지 않는다면요……. 경마장 근처에 있는 다른 가건물을 통해서도 그곳으로 들어갈 수 있습니다. 제 생각에는 아직 그곳으로 갈 수 있을 것 같습니다. 그러니까 지하로 조금 직진하다 보면 카타바테 수도사들의 묘지에 도착하게 될 겁니다. 그곳에 무덤이 있다는 것을 아무도 모르지만 무덤은 언제나 그곳에 있습니다. 묘지의 터널들은 지하 납골당까지 이어집니다. 하지만 당신이 원하면 그전에 걸음을 멈출 수 있습니다.」

「자네가 우리를 데려다 주지 않을 텐가?」

「바우돌리노, 우정은 신성한 겁니다. 그렇기는 해도 목숨만이야 하겠습니까. 내가 자세히 설명을 해드리지요. 당신은 똑똑한 분이니 혼자서도 길을 찾을 수 있을 겁니다. 어떤가요?」

보이아몬도는 그에게 가야 할 길을 잘 설명해 주었다. 그리고 송진을 잔뜩 묻힌 장작 두 개도 주었다. 바우돌리노가 보이디에게 돌아와서 혹시 죽은 사람들을 무서워하느냐고 물었다. 대체 무슨 소리냐, 나는 살아 있는 사람들이 무서울 뿐이다라고 보이디가 말했다. 「이렇게 하지.」 바우돌리노가 말했다. 「세례자 요한의 머리를 가지고 가게. 내가 자네를 그 곳까지 데려다 줌세. 자네는 약속 장소에 가고 나는 저 미치광이가 대체 무슨 생각을 하는 건지를 알아내야 하니 잠시 숨어 있도록 하겠네.」

「가도록 하세나.」 보이디가 말했다.

바우돌리노는 밖으로 나가려다가 잠깐 생각을 하고 다시 돌아와서 자기가 가지고 있던 세례자 요한의 머리를 집어 들었다. 그것을 낡은 천으로 싸서 겨드랑이에 끼었다. 그런 다음 다시 생각을 해보았다. 그리고 칼리우폴리스에서 샀던 아랍 인들의 단검 두 자루를 허리춤에 찔러 넣었다.

38
바우돌리노 결산을 하다

바우돌리노와 보이디는 경마장 지역에 도착했다. 그사이 이미 화재의 불길이 공포에 질린 동로마 인들 사이를 헤집으며 번지고 있었다. 사람들은 어디로 피해야 할지 우왕좌왕하고 있었다. 순례자가 이쪽에서 온다고 말하는 사람이 있는가 하면 저쪽에서 온다고 말하는 사람도 있었기 때문이다. 바우돌리노와 보이디는 가건물을 찾았다. 약한 줄에 묶인 문을 겨우 열고 지하도로 들어가서 보이아몬도가 준 횃불에 불을 붙였다.

그들은 오랫동안 걸었다. 지하도가 경마장에서 콘스탄티누스 성벽으로 이어지는 게 분명하기 때문이었다. 그리고 그들은 축축하게 젖은 계단으로 올라갔다. 죽음의 악취가 나기 시작했다. 죽은 지 얼마 되지 않는 시체에서 나는 악취가 아니라, 말하자면, 악취 중의 악취로, 썩었다가 말라 가고 있는 시체에서 나는 악취였다.

그들은 복도로 들어갔다(그리고 그 복도가 뻗어 있는 오른쪽, 왼쪽으로 또 다른 복도들이 보였다). 복도의 벽에는 거의 산 사람 같은 지하의 주민이 사는 벽감들이 촘촘히 파여 있었다. 아마도 등을 고정시켜 주는 쇠못 덕택인 듯, 자기들의 벽감 속에 똑바로 서 있는 그 존재들은 두말할 나위도 없이 죽은 존재들이었다. 그렇지만 시간이 자신의 파괴 작업을 제대로 수행하지 못한 것 같았다. 안이 텅 빈 두 눈, 그리고 종종 이가 하나도 없는 입으로 조소를 보내고 있는 것 같기도 한 말라비틀어진 얼굴과 가죽 같은 피부가 살아 있는 것 같은 인상을 주기 때문이었다. 그들은 마치 어떤 힘이 내부에서 그들의 내장을 빨아들여 가루로 만들어 버린 뒤, 뼈대와 피부, 그리고 어쩌면 근육의 일부분까지 고스란히 남겨 놓은 육체들 같았다.

「니케타스 씨, 우리는 그물망 같은 지하 무덤에 도착했습니다. 수세기 동안 카타바테의 수도사들이 그들의 동료들을 매장하지 않고 안치시켜 두었던 곳이지요. 흙과 공기, 그리고 석회 벽에서 떨어지는 몇 가지 물질이 기이하게 결합해서 그 시신들은 거의 원래 형태 그대로 보존되어 있었습니다.」

「그 무덤은 이제 사용하지 않는 것으로 알고 있습니다. 난 카타바테의 무덤에 대해서는 아무것도 모릅니다. 그 무덤은 이 도시가, 이 도시에 사는 우리들 그 누구도 알 수 없는 비밀들을 아직도 간직하고 있다는 표시입니다. 그렇기는 하지만 예전에 일부 수도사들이 자연의 일을 돕기 위해, 죽은 동료 수도사들의 시체를 부석(浮石) 가루를 갠 물 속에 여덟 달 동안 넣어 둔다는 이야기는 들어 보았습니다. 여덟 달이 지난 뒤 시체를 꺼내 식초로 닦아 공기 중에서 며칠 동안 말리는 겁니다. 그런 다음 다시 옷을 입히고 벽감에 안치를 시키는 거지요. 벽감 내부의 향기로운 공기가 그 시신들에게 메마른 불멸성을 전해 줄 수 있도록 말입니다.」

바우돌리노와 보이디는 죽은 수도사들의 행렬을 따라 걸었다. 각자 미사복을 입고 납빛이 된 그 입술로 아직도 눈부신 성상에 입을 맞추며 미사를 거행하기라도 하듯, 길게 늘어서 있는 죽은 수도사들의 얼굴에서 금욕적이고도 억지스런 미소를 볼 수 있었다. 살아 있는 사람들의 신앙심으로 인해 수염과 콧수염이 붙여진 것도 있었다. 그것들 때문에 시체들은 살아 있을 때처럼 사제로 보였는데 눈이 감겨져 있어 자고 있는 사람처럼 보였다. 머리는 이미 완전히 해골로 변했지만 광대뼈에 가죽 조각 같은 피부가 붙어 있는 시체도 있었다. 어떤 사람은 수세기에 걸쳐 변형되어 자연의 기적처럼, 어머니의 배에서 잘못 태어난 태아처럼, 인간이 아닌 것처럼 보였다. 그들의 오그라든 모습은 색 바랜 아라베스크 무늬의 사제복을, 수가 놓여 있었지만 세월의 작용과 지하 무덤의 벌레들에게 갉아 먹힌 달마티카를 부자연스러울 정도로 눈에 두드러져 보이게 했다. 다른 사람들의 옷도 이미 세월에 좀먹어 떨어져 나가 버렸고 누더기 같은 미사복들 밑으로 말라비틀어진 몸을 드러냈다. 큰북의 가죽처럼 팽팽한 피부가 그 보잘것없는 몸의 갈빗대를 덮어 주었다.

「만약 신앙심이 그런 성스러운 전시물을 만들어 냈다면……」

바우돌리노가 니케타스에게 말했다. 「살아 있는 사람들과 죽음을 화해시키려는 의도가 전혀 없이, 죽은 자들에 대한 기억을 절박하게 닥쳐오는 지속적인 위협으로 만들어 놓은 산 사람들이 무정한 것이지요. 나는 여기서 절대 움직이지 않을 것이다, 라고 당신에게 말하며 사방의 벽에서 당신을 지켜보고 있는 누군가의 영혼을 위해서 어떻게 기도를 할 수 있겠습니까? 만약 그 육체들이 아직도 거기 있으면서 하루가 다르게 흉물스럽게 되어 간다면, 육체의 부활을 그리고 최후의 심판 후에 있을 지상의 육체의 변용을 어떻게 바랄 수 있겠습니까? 나는 불행하게도 평생토록 시체들을 많이 보아 왔지만 적어도 그 시체들이 땅에서 분해되어 어느 날엔가 장미처럼 붉고 아름답게 빛날 것이라고 기대했습니다. 나는 혼자 이렇게 생각했습니다. 만약 그들이 이 땅에서의 시간을 다하고 하늘에서 이 지하의 사람들처럼 떠돌아야 한다면 여기서 불타고 저기가 찢겨지는 지옥이 훨씬 나을 것이라고 말입니다. 적어도 지옥은 여기 이 땅에서 일어나는 일과 비슷한 일이 일어날 게 분명하니 말입니다. 새로운 것에 대해 나보다 훨씬 덜 민감한 보이디는 성기가 어떻게 되어 있는지를 보려고 그 옷을 벗겨 보려고 애를 썼습니다.」

그물망 같은 복도가 끝나기 전에 그들은 원형으로 된 구역에 도착을 했다. 그곳의 둥근 지붕은 굴뚝 같은 것에 의해 구멍이 뚫려 있었다. 그 구멍으로는 높은 오후의 하늘이 보였다. 땅 높이에 있는 게 분명한 그 구멍은 이곳에 공기를 통하게 하는 데 사용되는 것이었다. 그들은 횃불을 껐다. 이제 불빛 때문이 아니라 벽감 사이에 퍼져 있는 푸르스름한 그 빛 때문에 수도사들의 몸은 더욱 불안해 보였다. 햇빛에 닿아 금방이라도 일어날 것 같았다. 보이디가 성호를 그었다. 마침내 그들이 들어섰던 복도는 회랑으로 이어졌다. 회랑은 그들이 처음으로 조시모스를 만났던 납골당을 둥글게 에워싼 원주들 뒤에 있었다. 벌써 빛이 보였기 때문에 그들은 발끝으로 살금살금 걸어갔다. 그날 밤처럼 두 개의 삼각대에 켜진 불이 납골당을 환히 비춰 주고 있었다. 그날 밤과 다른 것이라고는 조시모스가 점을 치기 위해 사용했던 둥근 대야가 없는 것뿐이었다. 보롱과 키오트는 벌써 초조하게 성상 칸막이 앞에서 기다리고 있었다. 바우돌리노는 보이디에게 자기는 몸을 숨기고 있을 테니, 성상 칸막이 옆에 있는 두 개의 벽을 이용해서 보롱과 키오트가 있는 곳으로 가라고 일러 주었다. 마치 그들과 똑같은 길로 온 것처럼 말이다.

보이디는 그렇게 했고 다른 두 사람은 놀라지도 않고 그를 맞았다. 「그러니까 시인이 자네에게도 이곳으로 오는 길을 가르쳐 주었군 그래.」 보롱이 말했다. 「바우돌리노에게는 말하지 않은 것 같군. 그렇지 않다면 왜 그렇게 조심을 했겠나? 자네 생각에는 왜 우리를 이곳으로 부른 것 같은가?」

「조시모스 이야기와 성배 이야기를 하더군. 내게 이상하게 위협을 했어.」 보이디가 말했다.

「우리에게도 마찬가지였어.」 키오트와 보롱이 말했다.

어떤 목소리가 들려왔다. 성상 칸막이에 있는 전능하신 하느님의 입에서 나오는 것 같았다. 바우돌리노는 그리스도의 눈이 두 개의 편도 같다는 것을 알아차렸다. 이것은 누군가가 성상 칸막이 뒤에서 지금 납골당에서 벌어지고 있는 일을 지켜보고 있다는 표시였다. 목소리를 바꾸었지만 누구의 목소리인지는 알아들을 수 있었다. 바로 시인의 목소리였다. 「잘 왔네.」 목소리가 말했다. 「자네들은 나를 볼 수 없지만 난 자네들을 볼 수 있어. 난 활을 가지고 있어. 자네들이 달아나기 전에 난 내가 원하면 활을 쏠 수 있어.」

「그런데 왜 이러는 거야, 시인. 대체 우리가 자네에게 어떻게 했다고 이러는 거지?」 보롱이 놀라서 물었다.

「너희들이 무슨 짓을 했는지는 나보다 너희들이 더 잘 알 텐데. 본론부터 말하자. 들어와라, 가엾은 인간아.」 질식할 듯한 신음소리가 들리더니 성상 칸막이 뒤에서 한 인물이 손으로 더듬거리며 나타났다.

시간이 그렇게 흘렀지만, 불구가 된 그 남자는 몸을 질질 끌고 등이 다 구부러져 있었지만, 머리와 수염이 이미 백발이 되어 버렸지만, 그들은 그 남자가 조시모스라는 것을 한눈에 알았다.

「그래, 조시모스야.」 시인이 말했다. 「난 어제 저자를 정말 우연히 만났어. 저자는 골목에서 구걸을 하고 있었지. 장님에다가 병신이 되어 버렸지만 조시모스가 분명했어. 조시모스, 우리 친구들에게 아르즈루니 성에서 달아난 뒤로 어떤 일이 벌어졌는지 이야기해 보게.」

조시모스가 슬픈 목소리로 말하기 시작했다. 그는 성배를 숨겨 놓았던 머리를 훔쳤다. 그리고 부리나케 달아났다. 하지만 그는 코스마스의 지도를 가지고 있지 않을 뿐만 아니라 그런 지도를 본 적도 없었다. 그래서 대체 어디로 가야 할지 알 수가 없었다. 여기저기 돌아다니는 사이 노새가 죽었다. 이 세상에서 가장 살기 나쁜 지역으로 빠져 들어갔다. 태양 때문에 두 눈이 다 타버릴 것 같아서 이미 동서남북을 구별할 수도 없었다. 그는 기독교도들이 사는 도시에 도착하게 되었다. 주민들이 그를 구해 주었다. 그는 자신이 마지막 남은 동방 박사라고 말했다. 다른 동방 박사들은 벌써 평화로운 하느님께 도착했고 서쪽에 멀리 떨어진 교회에 누워 있다고 했다. 그는 사제와 같은 목소리로 자신이 가지고 있는 성물 상자에 요한 사제에게 전할 성배가 있다고 말했다. 그를 맞이해 준 사람들은 어디서든 성배와 요한 사제에 대한 이야기를 들었기 때문에 조시모스 앞에 엎드렸다. 그들은 엄숙한 행렬을 이뤄 조시모스를 그들의 교회로 들어오게 했다. 교회에서 그는 여러 사람들의 존경을 받으며 주교 자리에 앉게 되어 매일 하느님의 말씀을 전하고 이런 저런 일들의 진행에 관한 충고를 해주고 마음껏 먹고 마셨다.

간단히 말해 마지막 동방 박사로서, 그리고 성스러운 성배의 관리자로서 그는 그 공동체에서 최고의 영적인 권위를 갖게 되었다. 그는 아침마다 미사를 거행했고 성체 거양을 할 때 빵과 포도주 외에도 자기가 가지고 있는 성물 상자도 보여 주었다. 그러면 신도들은 천상의 향내가 난다고 말하면서 무릎을 꿇었다.

신도들은 또 창녀들을 데려오기도 했는데, 그 여자들을 올바른 길로 인도하게 하기 위해서였다. 그는 그 여자들에게 하느님의 자비는 무한하다고 말했다. 그리고 해가 질 무렵에 그녀들을 교회로 불렀다. 그녀들과 함께 철야 기도를 하며 밤을 보내기 위해서라고 그가 말했다. 그가 그 창녀들을 수많은 막달레나로 바꾸어 놓았다는 소문이 퍼졌다. 그리고 그 여자들은 온몸을 바쳐 그의 시중을 들었다. 낮에는 맛있는 음식들을 만들고 맛 좋은 포도주를 가져다 주었다. 향유를 그의 몸에 발라 주었다. 조시모스의 말로는, 그들이 자신과 함께 제대 앞으로 가서 밤을 새운 다음날 아침이면 그들은 참회의 눈빛이 역력한 모습으로 나타났다. 조시모스는 드디어 자신의 천국을 찾은 것이었다. 그는 그 축복받은 땅을 절대 떠나지 않으리라고 마음먹었다.

조시모스는 한숨을 길게 쉬었다. 그러더니 앞이 보이지 않는데도 다시 괴로운 장면이 눈앞에 나타나듯 두 손으로 눈을 문질렀다. 「친구들,」 그가 말했다. 「자네들은 어떤 생각이 떠오를 때마다 그 생각에게 항상 묻지. 너는 우리 편이냐, 적에게서 왔느냐? 이렇게 말일세. 난 이 성스러운 격언을 잊고 있었네. 그래서 부활절에 성물 상자를 열어 성스러운 성배를 보여 주겠다고 온 도시 사람들에게 약속을 했지. 부활절 전의 금요일에 나는 혼자 상자를 열어 보았네. 그리고 그 안에서 아르즈루니가 넣어 두었던 구역질 나는 죽은 자의 머리를 발견했지. 맹세하지만 나는 왼쪽에서 첫번째 상자에 성배를 숨겨 두었네. 그리고 달아나기 전에 그것을 가지고 왔지. 그런데 누군가가, 누군가가 상자들의 순서를 바꾸어 놓았어. 분명 자네들 중의 한 사람이 그런 거지. 내가 가지고 온 상자에는 성배가 들어 있지 않았어. 쇳덩이를 때리는 사람은 먼저 그것으로 무얼 만들 것인지를 생각한다네. 낫인지, 검인지, 아니면 도끼인지 말일세. 나는 침묵하기로 결심했어. 교부인 아가톤은 침묵을 실천할 수 있도록 3년 동안 입에 돌을 물고 살았네. 그래서 나는 모두에게 내가 천사의 방문을 받았다고 말했네. 그리고 그 천사가 말하기를 이 도시에는 아직 죄인이 너무 많아서 그 성물을 볼 자격이 있는 사람이 아무도 없다고 했다고 전한 거지. 나는 부활절 전 토요일 밤을 정직한 수도사라면 당연히 그렇듯이 철저히 금욕을 하며 보냈네. 생각해 보니 바로 이 때문에 다음날 아침, 마치 술에 취해 간음을 하며 밤을 보낸 사람처럼 — 주님, 생각뿐이었으니 저를 용서해 주소서 — 완전히 기진맥진했다네. 나는 비틀거리며 의식을 거행했는데 신도들에게 상자를 보여 줘야 하는 가장 엄숙한 순간에 제대의 제일 높은 계단에서 발이 걸려 넘어져 밑으로 굴러 떨어졌네. 상자는 내 손에서 떨어져 나가 바닥에 부딪혀 열렸지. 모두들 그 안에 성배가 아니라 말라비틀어진 두상이 하나 들어 있는 것을 보았네. 정직한 사람이 지은 죄를 벌주는 것보다 더 부당한 일은 세상에 없을 걸세, 친구들. 극악무도한 사람의 마지막 죄는 용서하지만 정직한 사람이 처음 저지른 잘못은 용서를 하지 않기 때문일세. 그 신앙심 깊은 사람들은 내게 속았다고 생각했어. 사흘 전까지 난 정말 완벽한 신앙심으로 행동했네. 주님이 증인이시네. 사람들은 내게 달려들어 내 옷을 찢었네. 그리고 몽둥이로 내 온몸을 두들겨 팼지. 다리, 팔 등의 뼈가 완전히 부러져 다시 쓸 수 없을 정도로 말이야. 그런 다음 나를 그들의 법정으로 끌고 갔어. 그곳에서 내 두 눈을 뽑아 버리기로 결정을 했네. 그들은 나를 옴에 걸린 개처럼 성문 밖으로 내쫓아 버렸지. 내가 얼마나 고통스러웠는지 자네들은 모를 걸세. 나는 눈이 먼 절름발이가 되어 구걸을 하며 떠돌았네. 절름발이에다가 눈이 먼 나는 몇 년 동안을 떠돌아다니다가 콘스탄티노플로 오는 사라센 상인들의 카라반을 만나게 되었네. 내가 꼭 한번 동정을 받은 것은 이교도들에게서였다네. 하느님께서 그들에게 벌을 내리는 것을 피하고 합당한 보상을 해주시기를. 나는 여기 이 내 고향 도시로 돌아와서 구걸로 연명을 하며 살았네. 천만다행으로 어느 날 착한 사람이 내 손을 잡고서는 폐허가 된 이 수도원으로 데려다 주었다네. 나는 손을 더듬어서 이곳이 어느 곳인지 알 수 있게 되었네. 그때부터 나는 추위와 더위와 비로 고생을 하지 않고 밤을 보낼 수 있게 되었어.」

「이게 조시모스의 이야기야.」 시인의 목소리가 말했다. 「그의 상태를 보면 적어도 이번 한 번만은 그가 솔직하게 이야기하고 있다는 게 증명된다. 그러니까 우리들 중의 한 사람은 조시모스가 성배를 숨기는 것을 보고 머리의 위치를 바꿔 놓아서 조시모스를 파멸을 향해 달려가게 했고, 모든 의심을 그에게 돌린 거야. 그러나 진짜 성배가 들어 있는 머리 상자를 가져간 사람이 바로 프리드리히를 살해한 거야. 난 그게 누군지 알고 있어.」

「시인,」 키오트가 소리쳤다. 「대체 왜 이런 말을 하는 거지? 왜 우리 세 사람만 부른 거야, 왜 바우돌리노를 부르지 않았나? 왜 저 아래 제노바 인들의 집에서는 아무 말도 하지 않은 거야?」

「이 인간 쓰레기를 적들이 침입한 도시로 끌고 갈 수 없었기 때문에 자네들을 이곳으로 부른 것이네. 또 제노바 인들 앞에서 이야기를 하고 싶지가 않았기 때문이지. 특히 바우돌리노 앞에서 말이야. 바우돌리노는 우리 이야기와 아무 상관이 없어. 우리들 중의 한 사람이 내게 성배를 줄 것이고 내 볼일은 그것밖에 없어.」

「왜 바우돌리노가 성배를 가져갔을 것이라고 생각하지 않는 거지?」

「바우돌리노는 프리드리히를 죽일 수 없었어. 그를 사랑했으니까. 바우돌리노는 성배를 훔치는 일에는 관심이 없었어. 우리들 중에서, 황제의 이름으로 그 성배를 정말 요한 사제에게 가져다 주고 싶어했던 사람은 바우돌리노뿐이었지. 마지막으로 조시모스가 달아나고 난 뒤 남아 있던 여섯 개의 머리에 무슨 일이 벌어졌는지 한번 생각해 보도록 해. 우리는 각자, 그러니까 나, 보롱, 키오트, 보이디, 압둘 그리고 바우돌리노가 머리를 하나씩 가졌어. 나는 어제 조시모스를 만난 뒤 내 것을 열었네. 그 안에는 연기에 그을린 두개골이 들어 있었어. 자네들도 기억하겠지만 압둘의 것은 바로 압둘이 죽을 때 아르즈루니가 부적처럼 그의 손에 쥐어 주었어. 지금은 그의 무덤 속에 같이 묻혀 있을 거야. 바우돌리노의 것은 프락세아스에게 주었지. 그는 우리 앞에서 그것을 열어 보았는데 두개골이 들어 있었어. 그러니까 상자는 세 개가 남아. 바로 자네들 것이지. 자네들 세 사람의 것이야. 나는 이미 자네들 중 누가 성배를 가지고 있는지 알고 있어. 그리고 그가 그것을 알고 있다는 것을 아네. 그리고 나는 또 그가 우연히 그렇게 한 것이 아니라는 것을 알고 있어. 프리드리히를 살해했던 순간부터 모든 것을 준비했기 때문이지. 하지만 나는 그가 용기를 내서 고백하기를 바라고 있네. 우리를 그 오랜 세월 동안 속여 왔다는 것을 모두에게 고백하길 바라네. 고백을 하고 나면 내가 그자를 죽일 거야. 그러니까 결정을 해. 자백할 사람은 자백하게. 우리는 우리 여행의 종착지에 도착했어.」

「여기서 이상한 어떤 일이 벌어졌습니다, 니케타스 씨. 나는 내가 숨어 있던 곳에서 세 친구의 입장이 되어 보려고 애를 썼습니다. 그들 중의 한 사람이 — 그 사람을 에고*Ego*라고 부르도록 하지요 — 성배에 대해 알고 있고 뭔가 죄를 지었다는 것을 알고 있다고 가정합니다. 그때에는 죽기 아니면 살기로 모든 걸 걸고, 검이나 단검을 잡고 자기가 온 방향으로 몸을 던져 수조에 도착할 때까지, 그리고 햇빛이 비추는 곳까지 달아나는 게 옳다고 말할 수 있을 겁니다. 시인이 기다린 것이 이것이라고 생각합니다. 아마 그는 아직 셋 중의 누가 성배를 가져갔는지 모를 수도 있었습니다. 하지만 그렇게 누군가가 도주를 하면 사실이 밝혀지는 것이지요. 그런데 에고가 자신의 성물함을 한 번도 열어 본 적이 없기 때문에 자기가 성배를 가지고 있는지를 확실히 모르고 있지만 그러면서도 프리드리히의 죽음과 관련하여 양심에 뭔가 걸리는 것을 가지고 있다고 가정합시다. 그러니까 에고는 스스로 성배를 가지고 있다고 알고 있는 누군가가 자기보다 먼저 달아나기를 기다려야 할 겁니다. 에고는 꼼짝도 하지 않고 기다립니다. 그런데 다른 두 사람 역시 움직이지 않는 것을 봅니다. 그래서 그들 중의 그 누구도 성배를 가져가지 않았고 그 누구도 자신이 의심을 받을 만하다고는 전혀 생각지 않는다는 겁니다. 그러니까 에고는 거기서 결론을 내야만 했습니다. 시인이 생각하는 사람은 자기라고 자기가 도망을 가야만 한다고 말입니다. 당황한 에고는 검이나 단검에 손을 가져갔습니다. 그리고 발을 떼려고 했지요. 하지만 다른 두 사람도 똑같이 하는 것을 보았습니다. 그래서 다른 두 사람이 자기보다 더 죄의식을 느끼는 것이라고 생각하면서 다시 그 자리에 가만히 서 있었습니다. 그러니까 납골당에서 바로 그런 일이 벌어진 겁니다. 그들 세 사람 모두 각자, 내가 에고라고 불렀던 사람이 생각한 것처럼 생각하면서 처음에는 가만히 있다가 발을 떼었다가 또다시 제자리에 선 겁니다. 이것은 분명 그 누구도 성배를 가지고 있지 않지만 세 사람 모두 죄책감을 느끼고 있다는 분명한 표시였습니다. 시인은 그것을 너무나 잘 알고 있었습니다. 그는 내가 이해했고 지금 당신에게 설명했던 그대로를 그들에게 설명했습니다.」

그때 성상 칸막이 뒤의 시인이 말했다.「세 사람 모두 정말 불쌍하군. 너희들은 모두 자기에게 죄가 있다는 것을 알고 있어. 나는 알았어 — 늘 알고 있었지. 세 사람 모두 프리드리히를 죽이려고 했다는 걸 말이야. 어쩌면 세 사람 모두 그를 죽였는지 모르지. 그래서 그 사람은 세 번 죽게 된 거야. 나는 그날 밤 일찌감치 보초를 서던 방에서 나왔지. 그리고 맨 마지막에 방에 들어갔지. 난 잠을 이룰 수가 없었어. 아마 술을 너무 많이 마셨기 때문일 거야. 나는 뜰에서 세 번 소변을 보았지. 나는 너희들을 깨우지 않으려고 밖에 머물러 있었지. 내가 밖에 있을 때 보롱이 나오는 소리를 들었어. 보롱, 너는 아래층으로 내려가는 계단으로 갔지. 난 네 뒤를 따랐어. 넌 기계들을 보관해 두는 방으로 갔어. 그리고 진공을 만들어 내는 그 실린더에 다가갔어. 그리고 지렛대를 여러 번 움직였어. 난 네가 무엇을 할 생각인지 알 수가 없었지. 하지만 다음날 그것을 알게 되었어. 아르즈루니가 네게 뭔가를 털어놓았거나 스스로 알게 되었을 거야. 하지만 분명한 것은 실린더가 진공 상태를 만들어 낸 방, 닭이 죽었다던 그 방이 바로 프리드리히가 잠을 잔 방이란 말이야. 아르즈루니는 적들을 손님으로 여기는 듯하고는 자기 집에 맞아들여 그 적들

에게서 자유로워지기 위해 그 방을 사용한 것이야. 보롱, 너
는 황제가 묵고 있는 방 안에 진공 상태가 만들어질 때까지
지렛대를 움직였어. 아니 적어도 촛불을 꺼지게 만들고 동물
들을 숨 막혀 죽게 한다고 네가 알고 있는 그런 탁 하고 무거
운 공기가 허공에 있다고 생각될 때까지 그렇게 했을 거야.
프리드리히는 공기가 부족한 것을 느꼈어. 처음에는 독약을
먹었다고 생각하고 성배에 담겨 있는 해독제를 마시려고 성
배를 붙잡았어. 그런데 더 이상 숨을 쉬지 못하고 땅에 쓰러
져 버린 거지. 다음날 아침에 너는 혼란을 이용해서 성배를
빼내 가려고 했던 거야. 그렇지만 조시모스가 선수를 쳤지.
너는 조시모스를 보았어. 그리고 그가 성배를 숨겨 놓는 것
을 보았지. 머리의 자리를 바꾸는 것은 정말 쉬운 일이었지.
출발하는 순간에 너는 그 원래의 것을 가져갔어.」

　보롱은 식은땀으로 흠뻑 젖어 있었다. 「이것 봐,」 그가 말
했다. 「자네가 잘 봤어. 나는 펌프가 있는 방에 들어갔어. 아
르즈루니와의 논쟁에 호기심이 동했거든. 난 지렛대를 움직
여 봤어. 맹세하지만 그게 어느 방에 작용을 하는지는 몰랐
네. 게다가 나는 지렛대가 작용을 할 수 없으리라고 믿었지.
난 그저 실험을 해본 거야. 사실이야. 그저 실험을 해본 것뿐
이라고. 살해를 한 의도는 전혀 없었어. 그리고 만약 내가 자
네 말처럼 했다면 프리드리히의 방 벽난로의 장작이 모두 다
탄 것은 어떻게 설명을 할 텐가? 사람을 죽일 수 있을 정도의
진공이 만들어졌다면 그런 진공 속에서는 그 어떤 불길도 타
오를 수 없어……..」

　「벽난로 문제는 신경 쓸 것 없네.」 시인이 말했다. 「그 문
제에 대해서는 또 다른 설명이 있으니까. 자네가 성물 상자

속에 성배를 정말 보관해 두지 않았다면 성물 상자를 열어 보는 게 어떻겠나.」

보롱은 만약 자기가 성배를 가질 생각을 했다면 하느님이 자기에게 벼락을 내릴 거라고 중얼거리며 화가 나서는 단검으로 성물 상자의 봉인을 풀었다. 그러자 상자에서 두개골이 바닥으로 굴러 떨어졌다. 두개골은 그때까지 우리가 보아 왔던 것보다 훨씬 작았다. 아마 아르즈루니가 어린 아이들의 무덤에서도 주저 없이 불경스러운 짓을 했기 때문이리라.

「너는 성배를 가지고 있지 않아, 됐어.」 시인이 말했다. 「그렇다고 해서 네가 저지른 짓을 용서받을 수는 없어. 이제 너, 키오트에게로 가보자. 너는 공기가 조금 필요한 것 같은 사람의 분위기로 곧 나갔어. 하지만 넌 공기가 아주 많이 필요했지. 성벽까지 갔으니까 말이야. 거기에 아르키메데스의 거울들이 있었지. 난 네 뒤를 쫓아갔고 너를 보았어. 너는 거울들을 손으로 만졌지. 그리고 얼마 떨어지지 않은 곳에 있던 것을 움직였어. 아르즈루니가 설명해 준 대로 말이야. 넌 그것을 아무렇게나 기울인 것은 아니었어. 아주 주의를 기울였으니까 말이야. 너는 해가 뜨면서 처음 비치는 빛이 프리드리히 방의 창문에 모일 수 있게 거울을 준비해 놓았어. 그렇게 되었지. 그래서 그 빛이 벽난로의 장작에 불을 붙였던 거야. 이미 보롱이 만든 진공은, 오랜 시간이 흐른 뒤라 새로운 공기에게 자리를 양보했지. 그래서 불이 붙을 수 있었던 거지. 자네는 벽난로에서 나온 연기에 반쯤 질식해서 잠이 깬 프리드리히가 어떻게 할지를 알고 있었어. 프리드리히는 자기가 독약을 먹었다고 생각하고 성배의 해독제를 마실 거야. 물론 알고 있어. 그날 밤 너도 그 성배의 해독제를 마셨지. 하지만 우리는 네가 성배를 상자에 다시 넣는 동안 너를 관찰하지 않았어. 여하튼 너는 칼리우폴리스의 시장에서 독을 샀어. 그리고 그 독을 잔에 몇 방울 떨어뜨려 놓은 것이지. 계획은 완벽했어. 다만 너는 보롱이 무슨 짓을 했는지 몰랐지. 프리드리히는 네가 독을 넣어 둔 잔 속의 것을 들이켰어. 하지만 그것은 불이 붙었을 때가 아니라 오히려 훨씬 그 이전, 보롱이 공기를 다 없애 버렸을 때지.」

「넌 미쳤어.」 키오트가 시체처럼 하얗게 질려서 소리쳤다. 「난 성배에 대해서는 아무것도 몰라, 봐, 이제 내 것을 열어 보겠어…… 자, 봐, 두개골이 있잖아!」

「넌 성배를 가지고 있지 않아. 좋아.」 시인의 목소리가 말했다. 「하지만 거울들을 움직였다는 것은 부정하지 않겠지?」

「네 말대로, 난 몸이 좋지 않았어. 한 밤의 공기를 좀 마시고 싶었지. 거울들을 가지고 장난을 했어. 하지만 그 거울들이 그 방에 불을 붙였을 것이라는 사실을 내가 알았다면 하느님께서 지금 이 순간 내게 벼락을 치실 거야! 그 오랜 세월 동안 그때의 나의 경솔한 행동에 대해 한 번도 생각하지 않았다고 생각하지는 말아 줘. 혹시 나 때문에 불이 붙었던 게 아닌지, 혹시 그것이 황제의 죽음과 무슨 관련은 없는 것인지 자문을 해보았지. 지독한 의심에 시달린 세월이었어. 어쨌든 넌 지금 내게 위안을 주었어. 어찌 되었든 그때 프리드리히는 이미 죽어 있었다고 네가 말했으니까! 그런데 독약 문제는, 어떻게 그렇게 파렴치한 생각을 할 수가 있지? 나는 그날 밤 정말 충성심에서 그걸 마셨던 거야. 난 정말 희생자가 된 것 같은 기분이었어…….」

「너희들 모두 죄 없는 어린양들이라는 건가, 그런가? 거의

15년 동안이나 프리드리히를 죽였을지도 모른다는 의심 속에서 살아온 죄 없는 어린양들이라는 거지. 너도 그렇지 않나, 보롱? 어쨌든 우리의 보이디에게로 가보도록 하지. 이제 성배를 가지고 있을 만한 사람은 너밖에 없어. 넌 그날 밤 그 방에서 나가지 않았지. 넌 다른 사람들과 마찬가지로 다음날 아침 프리드리히가 방 안에 누워 있는 것을 발견했어. 넌 기대도 하지 않았던 일이었지만 기회를 잡았어. 오래전부터 넌 기회를 기다려 왔어. 게다가 프리드리히를 증오할 만한 타당한 이유를 가진 사람은 너 한 사람뿐이야. 프리드리히는 알레산드리아의 성벽 밑에서 수많은 네 동료들을 죽어 가게 만들었으니까. 칼리우폴리스에서 넌 강장제가 담긴 반지를 샀다고 말했지. 하지만 네가 상인과 거래하는 것을 본 사람은 아무도 없어. 정말 강장제가 들어 있었다고 누가 말할 수 있지? 넌 오래전부터 네가 가진 독약으로 준비를 해온 거야. 넌 그때가 적당한 때라는 것을 알았어. 어쩌면 프리드리히는 그냥 정신을 잃기만 한 것인지도 몰라, 넌 이렇게 생각했겠지. 넌 프리드리히가 깨어났으면 좋겠다고 말하면서 그의 입에 독약을 들이부은 거야. 잘 들어. 잠시 후에 솔로몬은 프리드리히가 죽었다는 것을 알게 되었어.」

「이보게,」 보이디가 무릎을 꿇으면서 말했다. 「이 긴 세월 동안 나는 혹시 그 강장제가 독약이 아니었을지 정말 수없이 자문(自問)했다는 것을 자네가 어떻게 알겠나. 하지만 자네는 지금, 프리드리히는 이 두 사람 중의 한 사람 때문에, 아니면 두 사람 모두 때문에 이미 죽어 있었다고 말했어. 하느님, 감사합니다.」

「그런 건 중요하지 않아.」 시인의 목소리가 말했다. 「의도가 중요한 것이지. 내 생각을 말하면 네 의도가 어떤 것이었는지는 하느님께나 보고하게 될 거야. 난 성배만 가지면 돼. 상자를 열어.」

보이디는 몸을 떨며 성물 상자를 열어 보려고 했다. 세 번을 시도했는데 봉랍은 끄덕도 하지 않았다. 보롱과 키오트는 성배를 숨겨 둔 운명적인 상자에 몸을 숙이고 있는 보이디에게서 떨어져 있었다. 마치 보이디가 희생자로 정해지기라도 한 것처럼. 네 번째 시도를 하자 상자가 열렸다. 그리고 다시 한번 두개골이 나타났다.

「빌어먹을!」

시인이 성상 칸막이 뒤에서 뛰어나오면서 울부짖었다.

「그 모습은 분노와 광기의 화신 그 자체였습니다, 니케타스 씨. 나는 더 이상 죽마고우의 모습을 알아볼 수 없었습니다. 하지만 바로 그 순간 나는 성물 상자들을 보러 갔던 그날이 생각났습니다. 아르즈루니가 그것을 가지고 가자고 제안하고 난 뒤, 그러니까 조시모스가 벌써 우리들 몰래 그 성물 상자 어느 곳에 성배를 숨기고 난 뒤였죠. 나는 한 손으로 머리를 집어 들었지요. 잘 기억해 보니 왼쪽에서 첫번째 놓여 있던 것을 들었던 겁니다. 그리고 그것을 자세히 살펴보았지요. 그리고 다시 제자리에 두었습니다. 이제 거의 15년 전의 일이 생생하게 되살아났는데 집어 들었던 그 머리를 오른쪽에, 일곱 개 중의 맨 마지막 자리에 내려놓고 있는 내 모습이 보였습니다. 조시모스는 자기가 왼쪽 첫번째 머릿속에 성배를 넣어 두었다고 생각하고 성배를 가지고 도망가기 위해 내려왔을 때 그는 원래 있던 첫번째 것이 아니라 두 번째 머리를 집은 겁니다. 우리는 떠날 때 머리를 나누었는데 난 마지막에 있는 머리를 가졌습니다. 그게 틀림없는 조시모스의 것이었습니다. 내가 압둘이 죽은 뒤 아무에게도 말하지 않고 압둘의 머리를 간직하고 있었다는 것을 기억하실 겁니다. 그리고 프락세아스에게 두 개 중의 하나의 머리를 선물했을 때 난 분명히 압둘의 것을 주었습니다. 나는 그때 벌써 그 사실을 알고 있었는데 봉합이 쉽게 열렸기 때문이지요. 그건 봉인을 아르즈루니가 이미 뜯었기 때문입니다. 그러니까 나는 거의 15년 동안 나 자신도 모르는 성배를 가지고 다녔던 겁니다. 그 사실이 이제 너무나 분명해져서 내가 가진 머리를 열어 볼 필요조차 없었습니다. 하지만 난 소리를 내지 않으려고 애쓰며 머리를 열어 보았습니다. 기둥들 뒤가 어둡기는 했지만 난 성배가 거기에 있는 걸 볼 수 있었습니다. 주둥이가 앞을 향해 있고 바닥은 두개골처럼 둥글게 튀어나온 채 상자 속에 들어 있었습니다.」

시인은 이제 세 사람의 옷을 잡아당기며 욕을 퍼붓고 자기를 놀리지 말라고 고래고래 소리치고 있었다. 마치 귀신이 들린 사람 같았다. 그래서 바우돌리노는 기둥 뒤에 성물함을 놓아두고 숨어 있던 곳에서 나왔다. 「성배를 가지고 있는 사람은 바로 날세.」 바우돌리노가 말했다.

시인은 너무나 놀라 충격을 받았다. 그는 사납게 얼굴을 붉히며 말했다. 「이 오랜 세월 동안 우리를 속였어. 나는 네가 우리들 중 가장 순수하다고 믿었는데 말이야!」

「난 속이지 않았어. 오늘 밤에서야 겨우 이 사실을 알았으니까. 머리를 잘못 계산한 것은 바로 자네라고.」

시인이 친구 쪽으로 두 손을 뻗었다. 그리고 입에 거품을 물고 말했다. 「내게 줘!」

「왜 자네에게 줘야 하지?」 바우돌리노가 물었다.

「여행은 여기서 끝이야.」 시인이 되풀이해서 말했다. 「불행한 여행이었어. 이게 내 마지막 기회야. 내게 줘. 안 그러면 널 죽여 버리겠어.」

바우돌리노는 두 개의 아랍 단검의 손잡이를 꼭 쥐며 한 발자국 뒤로 물러섰다. 「만약 이것 때문에 프리드리히를 죽였다면 그렇게 할 수 있겠지.」

「바보 같은 소리하지 마.」 시인이 말했다. 「이 세 사람이 자백하는 것을 들었을 텐데.」

「한 번의 살인에 세 사람의 자백은 너무 많아.」 바우돌리노가 말했다. 「말하자면 이 세 사람이 각자 그런 일을 했다고 한다면 자네는 이들이 그런 일을 하게 방조했지. 보롱이 진공 지렛대를 움직이려고 하고 있을 때 자네가 그를 막기만 하면 되었어. 키오트가 거울을 움직였을 때 자네가 해가 뜨기 전에 프리드리히에게 알리기만 하면 되었지. 그런데 자네는 그렇게 하지 않았어. 자네는 누군가가 프리드리히를 죽여 주기를 원했지. 나중에 거기서 이득을 챙기려고 말이야. 하지만 나는 이 가엾은 세 친구들 중 그 누구도 황제의 죽음을 야기했다고 생각하지는 않네. 성상 칸막이 뒤에서 자네의 이야기를 들으면서 메두사의 머리가 생각났네. 밑에 달팽이 같은 것이 있는 곳에서 속삭이는 소리를 프리드리히의 방에서 들을 수 있게 해주는 것이지. 예루살렘으로 원정을 떠나기 전부터 자네는 내키지 않아 했지. 자네는 자네가 직접 성배를 가지고 사제의 왕국으로 가고 싶어했어. 자네는 황제를 제거할 기회만을 기다리고 있었어. 그리고 물론 우린 자네와 같이 갔지만 분명 우린 자네에 대해 걱정을 하지 않았어. 어쩌면 자네는 자네를 앞질러 조시모스가 한 짓을 할 생각이었는지도 몰라. 난 그건 모르겠어. 하지만 나는 이미 자네가 자네 자신을 위해 꿈을 꾸고 있다는 것을 오래전에 알아차렸어야 해. 우정 때문에 나의 이런 예리함이 흐려지지만 않았다면 말이지.」

「계속해 보시지.」 시인이 비웃었다.

「계속하지. 솔로몬이 칼리우폴리스에서 해독제를 샀을 때 그 상인이 우리에게 다른 물병 하나를 권했던 것을 난 또렷이 기억하고 있네. 그건 솔로몬이 산 물병과 똑같았지만 안에는 독약이 들어 있었어. 우리는 시장의 천막에서 나온 뒤 잠시 시야에서 자네를 놓쳐 버렸어. 그러다가 자네가 다시 나타났지. 하지만 자네는 돈이 한 푼도 없었어. 도둑을 맞았다고 자네는 말했네. 하지만 자네는 우리가 시장을 돌아보고 있는 동안 다시 그 천막으로 돌아가서 독약을 샀던 거야. 술탄의 땅인 이코니온을 가로지르는 긴 여행 동안 솔로몬의 약병과 자네 약병을 바꿔 놓는 건 어려운 일이 아니었어. 프리드리히가 죽기 전날 큰 소리로 해독제를 준비하라고 솔로몬에게 일러 준 사람은 바로 자네였어. 그렇게 해서 자네는 착한 솔로몬에게 어떤 생각을 하게 해주었고 솔로몬은 자기 약을 — 그러니까 자네의 독약을 — 바친 거지. 키오트가 그 약을 맛보겠다고 했을 때가 자네에게는 공포의 순간이었을 걸세. 하지만 어쩌면 자네는 이미 그 약을 조금만 마실 경우 아무런 약효도 나타나지 않는다는 것을 알고 있었을지도 몰라. 그것을 다 먹어야만 죽는 것이었지. 내 생각에 키오트가 밤중에 공기가 필요했던 건 그 약이 조금이기는 했어도 그를 괴롭혔기 때문일 거야. 이 점에 대해서는 확신이 없어.」

「그럼 네가 확신하는 건 뭔데?」 시인이 여전히 빈정거리며 물었다.

「내가 확신하는 건 보롱과 키오트가 어떤 행동을 하는 것을 보기 전에 이미 네 머릿속에 계획이 다 서 있었다는 거지. 너는 달팽이가 있는 방으로 갔어. 그리고 그 중앙의 구멍에 대고 프리드리히의 방에서 들릴 수 있게 말을 했지. 이런 놀이를 네가 좋아한다는 건 오늘 밤에도 증명되었지. 저 뒤에서 말하는 네 목소리를 듣는 순간부터 난 사태를 이해하기 시작했어. 너는 디오니시오스의 귀에 가까이 다가가서는 프리드리히를 불렀지. 내 생각에는 목소리가 한 층에서 다른 층으로 전달될 때는 변한다는 사실을 믿고 내가 말하는 것처럼 말했을 거야. 더 믿을 수 있게 하려고 나라고 말했겠지. 너는 프리드리히에게 저녁에 먹은 음식에 누군가가 독을 넣었다는 게 밝혀졌다고 알렸어. 아마 우리들 중의 한 사람이 심한 통증으로 고생하고 있고 아르즈루니는 이미 자기 자객들을 풀었다고 말했을 수도 있어. 상자를 열어 솔로몬의 해독제를 마시라고 말했을 거야. 내 불쌍한 아버지는 네 말을 믿고 해독제를 마시고 돌아가셨지.」

「그럴듯한 이야기야.」 시인이 말했다. 「그렇다면 벽난로는 어떻게 된 거지?」

「아마 정말 거울에 비친 햇빛이 불을 붙였을 수도 있어. 하지만 이미 프리드리히가 시체가 되고 난 후지. 벽난로는 아무 상관이 없어. 그것은 자네 계획의 일부분이 아니었으니까. 우리의 생각들을 혼동시켜 너를 도와준 꼴이 되었지. 네가 프리드리히를 죽였어. 오늘에서야 그 사실을 이해할 수 있게 네가 나를 도와주었어. 염병할 놈. 어떻게 이런 짓을 할 수 있지? 네게 은혜를 베풀어 준 분께, 어떻게 영광에 눈이 멀어 존속 살해 같은 일을 할 수 있지? 내 시를 이용했던 것처럼 다시 한번 다른 사람의 영광을 이용했다는 것을 넌 모르겠지.」

「이거 굉장한데.」 보이디가 웃으면서 말했다. 그는 이미 두려움을 벗어 버리고 기운을 되찾았다. 「위대하신 시인께서 다른 사람에게 시를 쓰게 했다는 거지!」

그간의 수많은 좌절을 겪은 뒤 성배를 가지려는 절망적인 노력에 굴욕감이 보태져서 시인은 극도로 흥분을 했다. 그는 칼집에서 칼을 꺼내 바우돌리노에게 달려들면서 소리쳤다. 「널 죽여 버리겠어, 죽여 버리겠어!」

「니케타스 씨, 내가 당신에게 계속 말했지만 나는 평화를 사랑하는 남자였습니다. 난 내 자신에게 너그러웠습니다. 그러나 실제로 난 비열한 인간이었습니다. 그 당시 프리드리히의 말이 옳았습니다. 그 순간 나는 정말 시인을 증오했습니다. 난 시인이 죽기를 바랐습니다. 하지만 그를 죽일 생각은 하지 않았지요. 나는 다만 그가 날 죽이지 않기만을 바랐습니다. 난 주랑 쪽으로 물러나서 뛰었습니다. 그리고 내가 왔던 복도로 들어갔습니다. 난 어두운 곳으로 달아났습니다. 시인이 나를 뒤쫓아 오면서 위협하는 소리가 들렸습니다. 복도에는 불이 없었습니다. 벽을 손으로 더듬거리며 걷는다는 것은 벽에 있는 시체들을 손으로 만진다는 소리나 마찬가지였습니다. 왼쪽에서 통로를 찾아냈을 때 난 그쪽 방향으로 몸을 던졌습니다. 시인은 내 발자국 소리를 뒤쫓았습니다. 마침내 희미한 빛이 보였습니다. 나는 위쪽을 향해 열려진 구멍 밑에 와 있었습니다. 이곳으로 들어올 때 이용한 구멍이었습니다. 이미 밤이 되어 있었습니다. 그런데 거의 기적적으로 난 내 머리 위에 떠 있는 달을 보았습니다. 그 달은 내가 있는 곳을 비춰 주고 있었고 죽은 자들의 얼굴에 은색의 빛을 비춰 주고 있었습니다. 죽음이 네 발꿈치 뒤에 와 있을 때 죽음을 속일 수는 없는 일이라고 말해 준 것은 아마 그들이었을 겁니다. 난 걸음을 멈추었습니다. 시인이 오고 있는 것을 보았습니다. 그는 불청객들을 보지 않기 위해서 두 손으로 눈을 가리고 있었습니다. 난 그 시체들의 삭은 옷을 붙잡아 있는 힘껏 잡아당겼습니다. 시체는 바로 나와 시인 사이에 떨어지면서 먼지 구름을 만들어 냈고 시체가 땅바닥에 닿으며 바스러져 버린 옷들이 미세한 조각들로 구름처럼 날렸습니다. 그 시체의 머리가 몸통에서 떨어져 나와 내 추적자의 발치로, 바로 달빛 아래로 굴러가 그에게 잔인한 미소를 보냈습니다. 시인은 잠시 동안 공포에 질려 그 자리에 멈춰 섰습니다. 그러다가 해골을 발길로 찼습니다. 난 반대편에서 다른 시체 두 구를 그의 얼굴 쪽으로 밀어붙였습니다. 마른 살가죽 조각들이 그의 머리 주위를 날고 있을 때, 이 시체 좀 치워 줘, 하고 시인이 소리쳤습니다. 난 그런 놀이를 끝없이 계속할 수는 없었습니다. 난 밝은 원 밖으로 달려 나갈 수도 있었고 어둠 속으로 다시 떨어질 수도 있었습니다. 난 내가 가지고 있던 두 개의 아라비아 단검을 손에 쥐었습니다. 그리고 부리처럼 칼날을 앞쪽으로 내세웠습니다. 시인은 두 손으로 검을 움켜쥐고 그것을 높이 쳐든 채 내게 덤벼들었습니다. 내 머리를 둘로 갈라놓기 위해서였지요. 그렇지만 그는 발 밑에 굴러가 있던 두 번째 해골에 발이 걸려 내 쪽으로 쓰러지고 말았습니다. 나는 땅에 쓰러졌으나 팔꿈치를 땅에 대고 몸을 지탱했습니다. 시인은 내 몸 위로 쓰러졌고 그 사이에 검을 놓치고 말았습니다……. 난 내 얼굴 바로 위에 있는 그의 얼굴을 보았습니다. 충혈된 그의 두 눈이 내 눈앞에 있었습니다. 난 분노의 냄새를 맡았습니다. 사냥감에게 달려드는 짐승의 악취를 맡았습니다. 그의 손이 내 목을 조르는 게 느껴졌고 그의 이 가는 소리가 들렸습니다……. 나는 본능적으로 반응했습니다. 팔꿈치를 들었지요. 난 떨면서 그의 옆구리를 양쪽으로 두 번 찔렀습니다. 옷이 찢어지는 소리가 들렸습니다. 시인의 몸 한가운데서 내 칼날이 부딪히는 소리를 들은 것 같은 기분이었습니다. 잠시 후 나는 하얗게 질린 그의 얼굴을 보았습니다. 그의 입에서는 피가 시냇물처럼 흘러나왔습니다. 그의 이마가 내 이마에 닿았고 그의 피가 내 입으로 뚝뚝 떨어졌습니다. 내 몸을 부둥켜안고 있는 그에게서 어떻게 벗어났는지 기억이 나지 않습니다. 난 그의 몸에 단검을 그대로 찔러 둔 채 있는 힘을 다해 그의 몸을 움직여 보았습니다. 그가 내 옆으로 미끄러졌습니다. 부릅뜬 두 눈은 그 위, 하늘에 뜬 달을 보고 있었습니다. 그는 죽었습니다.」

「당신 생애에서 처음으로 사람을 죽였군요.」

「마지막이 되길 하느님께 기도합니다. 시인은 40년이 넘게 수천 가지 모험을 함께한 내 젊은 날의 친구였습니다. 난 울고 싶었습니다. 그런데 시인이 한 일이 떠올랐습니다. 그러자 다시 한번 그를 죽이고 싶었습니다. 나는 겨우 다시 자리에서 일어났습니다. 한창 혈기 왕성하던 때의 민첩함을 잃어버린 나이에 살인을 했기 때문이었어요. 나는 숨을 헐떡이며 손을 더듬어 복도 끝까지 나갔습니다. 다시 납골당으로 들어가 새하얗게 질려 공포에 떨고 있는 다른 세 사람을 보았습니다. 난 대신으로서의 권위와 프리드리히의 양아들로서의 권위를 부여받은 기분이었습니다. 절대 나약한 모습을 보여 주어서는 안 되었습니다. 나는 마치 내가 대천사 중의 대천사라도 되는 듯이 성상 칸막이를 등지고 똑바로 서서 말했습니다. 심판은 내려졌다. 내가 신성 로마 제국 황제의 암살범을 처형했다.」

바우돌리노는 자기 성물 상자를 집어 들어 성배를 꺼냈다. 그리고 성체를 들어 보이듯이 다른 사람들에게 성배를 보였다. 「달리 할 말 있는 사람 있나?」 바우돌리노는 이 말밖에 하지 않았다.

「바우돌리노,」 보롱이 여전히 손을 떨면서 말했다. 「내게는 오늘 밤이 우리가 함께 보낸 그 긴 세월보다 더 길었네. 물론 이건 자네 탓이 아니야. 하지만 우리들 사이에, 나와 자네, 나와 키오트, 나와 보이디 사이에 무엇인가가 깨져 버리고 말았어. 조금 전 아주 짧은 시간에 불과하기는 했지만 우리는 모두 다른 사람이 범인이어서 어서 빨리 이 악몽을 끝내길 간절히 바랐네. 이건 우정이 아니야. 픈다페침이 몰락한 뒤, 우리는 우연히 한데 뭉쳐 있었을 뿐이야. 우리를 결합시켜 준 것은 자네가 들고 있는 그 물건을 찾는 일이었어. 다시 말하지만 그 물건 자체가 아니라 그 물건을 찾는 일이었네. 이제야 난 알았어. 그 물건은 우리와 함께 있었는데 이게 수 없이 우리가 파멸로 향해 가는 것을 막아 주지는 않았다는 것을 말일세. 난 오늘 밤 내가 성배를 가지고 있어서도 안 되고 누군가에게 주어서도 안 되고 그것을 찾으려는 열정만 생생히 간직해야 한다는 것을 알게 되었어. 그러니 그 그릇은 자네가 갖게나. 그것은 사람들이 발견하지 못할 때에만 사람들을 끌어들이는 힘을 가지고 있는 거라네. 난 떠나겠네. 도시에서 나갈 수 있으면 가능한 한 빨리 나갈 거야. 그리고 성배에 관한 이야기를 쓸 걸세.[121] 내 이야기 속에는 나만의 힘이 들어 있을 거야. 우리들보다 훨씬 더 나은 기사에 대해 쓸 수 있을 걸세. 내 글을 읽는 사람은 우리들의 불행이 아니라 순수를 꿈꾸게 될 걸세. 모두들 잘 있게. 살아남은 내 친구들. 자네들과 같이 꿈을 꿀 수 있어서 적잖이 행복했었네.」 보롱은 왔던 길로 사라졌다.

「바우돌리노,」 키오트가 말했다. 「보롱이 최선의 선택을 한 것 같군. 난 보롱같이 해박하지 못해. 성배에 대한 이야기를 쓸 수 있을지 모르겠군, 그렇지만 난 분명 그 이야기를 쓸 수 있는 사람을 찾아내서 이야기를 들려줄 걸세. 보롱의 말이 맞아. 난 내가 수십 년에 걸쳐 해온 탐색에 충실할 걸세. 다른 사람들이 성배를 열망하게 만들 수 있도록 말이야. 난 자네 손에 들려 있는 잔에 대해서는 한 마디도 하지 않을 걸세. 어쩌면 옛날에 내가 말했듯이 하늘에서 떨어진 돌이라고 할지도 모르겠네. 돌이든, 잔이든, 창이든, 그건 상관없어. 중요한 것은 아무도 그것을 찾을 수 없어야 한다는 거야. 그렇

---

121) 프랑스의 시인 로베르 드 보롱은 성배 전설에 관한 3부작을 남겼다. 성배의 전설을 아서 왕 이야기와 연결한 것이 특징.

지 않으면 다른 사람들이 성배 찾는 일을 그만둘 테니까. 자네가 내 말을 들으려거든 그것을 숨기게. 거기에 손을 댐으로써 자기 꿈을 죽이는 사람이 아무도 없게 말일세. 그리고 나 역시 자네들과 함께 움직이게 되면 불편할 것 같아. 너무나 고통스러운 기억들에 사로잡히게 될 것 같네. 바우돌리노, 자네는 복수의 천사가 되었어. 어쩌면 자네는 자네가 해야만 할 일을 한 것일 수도 있어. 하지만 난 다시는 자네를 보고 싶지 않네. 잘 있게.」 키오트 역시 납골당에서 나갔다.

그때 보이디가 말했다. 그는 아주 오랜만에 다시 프라스케타 사투리로 말을 시작했다. 「바우돌리노,」 그가 말했다. 「난 저 사람들처럼 뜬구름 잡는 사람이 아니야. 그리고 난 이야기 같은 건 할 줄 몰라. 사람들은 존재하지 않는 것을 찾아다닌다는 말이 내겐 웃기는 일일 뿐이야. 중요한 것은 존재하는 것들이야. 다만 자넨 그것들을 모두에게 보여 주어서는 안 되는 거야. 질투란 사나운 짐승이나 마찬가지니까. 거기 있는 그 성배는 성스러운 물건이야. 내 말을 믿게. 다른 성물들처럼 단순해 보이니까. 난 자네가 그 성배를 어디에 갖다 둘지 모른다네. 하지만 내가 지금 자네에게 말하는 곳이 아니라면, 그 어디에 가져다 놓든 제대로 가져다 놓은 것이라고 할 수 없을 걸세. 지금 내 머릿속에 떠오르는 생각이 있는데 한번 들어 보게나. 생각해 보게나, 선량하셨던 자네 선친 갈리아우도께서 돌아가신 뒤 알레산드리아 사람들은 모두 도시를 구하신 분께 상을 세워 드려야 한다고 말했네. 그 뒤 그 일이 어떻게 되었는지 잘 알 거야. 계속 말뿐이었지. 아무런 결과도 없었다네. 하지만 나는 밀을 팔러 이리저리 돌아다니다가 빌라 델 포로 근처에 있는 반쯤 무너져 내린 작은 교회에서 너무나 아름다운 상을 하나 발견했다네. 어디서 온 건지는 알 수 없지. 몸을 숙인 노인의 상이었는데 노인은 두 손으로 맷돌같이 생긴 것을, 벽돌을 머리 위로 들어 올리는 모습이었어. 벽돌이 아니라 커다란 치즈인지도 모르지. 가서 자네가 알아보도록 하게. 그런데 그 상은 돌을 위로 들어 올리느라 몸이 반으로 접힐 정도로 몸을 구부리고 있다네. 나는 그와 같은 모습은 뭔가를 말해 주기 위한 것일 거라고 혼자 말했어. 그게 뭔지는 몰랐지만 말일세. 하지만 자네는 그게 뭔지 알 거야. 자네가 어떤 모습을 취하면 다른 사람들은 그것에 대한 의미를 생각해 낼 거고 자네는 그걸 마음에 들어 하겠지. 그 당시 나는 이렇게 말했다네. 이 무슨 기막힌 조화인가. 이게 갈리아우도의 상이 될 수 있겠어. 이걸 성당의 문 위나 옆쪽에 기둥으로 박아 넣을 수 있겠어. 머리에 인 저 돌이 주두가 되어 줄 거야. 그러면 그 가련한 노인이 포위 공격의 무거운 짐을 모두 짊어지고 있게 되는 것이지. 난 그 상을 집으로 가져와서 건초장에 갖다 두었네. 내가 그 상에 대해 이야기하면 모두들 정말 좋은 생각이라고 말했다네. 그러다가 훌륭한 기독교도들이라면 예루살렘으로 떠나야 하는 사건이 벌어졌지. 그래서 대체 무엇인지도 모를 그 일에 참가하게 되었다네. 끝난 일일세. 이제 난 집으로 돌아갈 걸세. 이렇게 세월이 많이 흘렀는데도 아직 살아 있는 고향 사람들이 있다면 나를 보고 얼마나 기뻐하겠나. 젊은이들은 나를 황제를 따라 예루살렘에 갔던 사람으로 생각할 거야. 그리고 그 이야기를 통해 저녁이면 시성(詩聖) 베르길리우스보다 더 많은 사람들을 불 가로 불러 모으게 될 거야. 어쩌면 죽기 전에 날 집정관으로 만들어 줄지도 모르지. 난 집에 돌아가서 아무에게도 말하지 않은 채 건초장으로 갈 걸세. 상을 되찾아서 그 상의 머리 위에 있는 것에 구멍을 뚫어 그 안에 성배를 찔러 넣을 걸세. 그런 다음 모르타르로 그 구멍을 막고 그 위에 돌 조각들을 다시 얹어 틈이 보이지 않게 할 걸세. 그리고 그 상을 대성당으로 가져갈 거야. 벽을 잘 쌓은 다음 그 위에 상을 올려놓을 거야. 그러면 상은 그곳에 *per omnia saecula saeculorum*(세세에 영원히) 서 있게 될 것이고 그 누구도 밑으로 끌어내릴 수 없을 거야. 자네 아버지가 머리 위에 무얼 이고 있는지 볼 수 있는 사람은 아무도 없어. 우리 도시는 젊은 도시야. 그래서 머릿속에 근심도 많지 않아. 그러나 하늘의 축복은 그 누구에게도 해가 되지 않아. 난 죽을 걸세. 내 자식도 죽겠지. 그래도 성배는 영원히 도시를 지키고 있을 걸세. 아무도 모르게 말이야. 하느님께서만 아시면 되는 일이지. 어떻게 생각하나?」

「니케타스 씨, 그건 그 그릇에 딱 맞는 결말이었습니다. 내가 비록 오랫동안 잊은 척하고 있었지만 그 그릇이 어디서 왔는지 아는 사람은 나 혼자뿐이었으니까요. 난 방금 그런 일을 저지른 뒤에 내가 왜 이 세상에 태어났는지조차 알 수 없게 되었습니다. 좋은 일 한번 해본 적이 없었으니까요. 그 성배를 가지고 있으면 난 또 다른 바보 같은 짓을 할지도 몰랐습니다. 착한 보이디의 말이 맞았습니다. 나도 보이디와 같이 돌아가고 싶었습니다. 그렇지만 콜란드리나의 추억이 가득한 알레산드리아에서 매일 밤 히파티아를 꿈꿀 수 있겠습니까? 난 그렇게 좋은 생각을 해낸 보이디에게 감사했습니다. 난 성배를 내가 가지고 있던 누더기 천에 쌌습니다. 그러나 성물 상자에는 넣지 않았습니다. 자네가 여행을 하다가 혹시 강도를 만날 경우 값비싸 보이는 성물 상자를 가지고 있으면 강도들이 그 당장에 그것을 빼앗아 갈 걸세. 내가 보이디에게 말했습니다. 하지만 흔하디흔한 그릇은 건드리지도 않을 거야. 하느님께서 함께해 주실 걸세. 보이디. 자네가 가는 길에 도움을 주실 거야. 날 여기 혼자 내버려 두게. 난 혼자 있어야 해. 그렇게 해서 그 역시 떠났습니다. 난 주위를 돌아보았습니다. 그러다가 조시모스가 있었다는 것을 떠올렸습니다. 그는 이미 그곳에 없었습니다. 언제 도망을 쳤는지는 알 수가 없었습니다. 한 사람이 또 한 사람을 죽이고 싶어한다는 말을 그가 들었던 것 같습니다. 그는 이미 삶을 통해 혼란을 피하는 방법을 터득했던 겁니다. 우리가 전혀 다른 일에 신경을 쓰고 있을 때 그곳을 잘 알고 있던 그는 손으로 더듬어 도망을 친 겁니다. 그는 여러 가지 나쁜 짓을 저질렀지만 벌을 받았습니다. 그는 길거리에서 구걸을 계속할 겁니다. 하느님께서 그에게 자비를 베푸시길. 니케타스 씨. 나는 그렇게 시인의 시체를 넘어 죽은 자들의 복도를 다시 지나 경마장 근처, 화재의 불길이 번지는 곳으로 다시 올라왔습니다. 그 뒤 곧 또 다른 일이 벌어졌지요. 당신도 알다시피 바로 당신을 만난 겁니다.」

39
기둥 위의 고행자 바우돌리노

니케타스는 아무 말도 하지 않았다. 바우돌리노도 입을 다물고 있었다. 그는 두 손을 무릎 위에 펴 보이고 있었는데 마치 이런 말을 하는 듯했다.「여기까지가 전부입니다.」

「당신 이야기 속에는 내가 납득하기 힘든 무엇인가가 담겨 있습니다.」갑자기 니케타스가 말했다.「시인은 당신 친구들에게 자기가 상상한 대로 비난을 퍼부었어요. 마치 그들 모두가 프리드리히를 죽인 것처럼 말입니다. 그런데 그건 사실이 아니었지요. 당신은 그날 밤 벌어졌던 일을 재구성했다고 생각하고 있어요. 그런데, 당신이 정말 내게 그날 밤 일을 하나도 빠짐없이 이야기했다고 해봅시다. 시인은 그날 밤 당신의 추측이 맞았다는 말을 한 마디도 하지 않았어요.」

「그자는 나를 죽이려고 했습니다!」

「그는 제정신이 아니었어요. 그건 분명해요. 그는 어떤 대가를 치르더라도 성배를 갖고 싶었던 겁니다. 그리고 그 성배를 갖기 위해서, 그 성배를 가지고 있는 사람이 범인이라고 믿었던 거지요. 그는 당신이 그 성배를 가지고 있었기 때문에 당신이 자기 몰래 성배를 숨겨 두었다고 생각할 수밖에 없었을 겁니다. 이 이유 하나만으로도 그는 당신을 죽이고도 남았지요. 그 잔을 당신에게서 빼앗아 가기 위해서 말입니다. 그러나 그는 결코 프리드리히를 죽였다고 제 입으로 말하지는 않았습니다.」

「그렇다면 대체 누가 그랬다는 겁니까?」

「당신들은 15년 동안 프리드리히가 단순히 사고로 죽었다고 생각하며 살지 않았습니까……」

「서로를 의심하지 않기 위해서 그럴 수밖에 없었습니다. 그리고 조시모스라는 환영이 있었습니다. 우리는 그를 범인으로 생각했었지요.」

「그랬을 겁니다. 그런데 내 말을 믿으십시오. 난 황제의 궁정에서 수많은 범죄를 목격했습니다. 우리 황제들이 외국에서 온 방문객들에게 놀라운 기계와 자동 인형들을 즐겨 자랑했지만 그 기계들로 사람을 죽이는 건 한 번도 보지 못했습니다. 내 말을 좀 들어 보십시오. 당신도 기억하겠지만 당신이 처음으로 아르즈루니 이야기를 했을 때 내가 콘스탄티노플에서 그를 만난 적이 있고 셀림브리아에 사는 내 친구들 가운데 한 사람이 아르즈루니의 성에 한두 번 가본 적이 있다고 말했었지요. 그 사람은 파프누티오스라는 사람인데 아르즈루니의 마술에 대해 아주 잘 알고 있습니다. 파프누티오스 자신이 황궁을 위해 그런 마술을 사용했기 때문입니다. 그리고 그는 또 마술의 한계에 대해서도 잘 알고 있습니다.

예전에 안드로니코스 시절에 그가 황제에게 자동 인형을 만들어 주겠다고 약속한 적이 있습니다. 저 혼자 저절로 돌다가 바실레우스가 박수를 치면 깃발을 흔드는 그런 인형이지요. 그는 그 인형을 만들었습니다. 안드로니코스는 그 인형을 연회 때 외국의 사절들에게 보여 주었습니다. 그리고 박수를 쳤는데 인형이 움직이지 않았지요. 파프누티오스는 두 눈이 뽑히고 말았습니다. 우리를 방문해 달라고 청해 볼 생각입니다. 사실 이곳 셀림브리아에서는 유형 생활이 지루하고 심심할 테니까요.」

　파프누티오스는 한 청년을 대동하고 왔다. 그는 자신이 겪은 그 불운한 일과 그 나이에도 불구하고 빈틈없고 예리했다. 그는 오랜만에 만난 니케타스와 이야기를 나눈 뒤 자기가 바우돌리노를 어떻게 도와주면 되는지를 물었다. 바우돌리노는 그에게 이야기를 들려주었다. 처음에는 간단하게 이야기하다가 칼리우폴리스의 시장에서부터 프리드리히가 죽었을 때까지는 아주 자세하게 이야기했다. 그는 아르즈루니의 이름을 언급하지 않을 수 없었다. 하지만 그는 양아버지의 신분을 속이고, 대신 굉장히 좋아했던 플랑드르의 백작이라고 말했다. 성배도 언급을 하지 않는 대신 죽은 사람이 몹시 아끼던 보석이 박힌 잔으로, 많은 이들이 탐낼 만한 것이라고만 했다. 바우돌리노가 이야기를 하는 동안 파프누티오스는 가끔 그의 말을 중단시켰다. 「당신은 프랑크 인이군요, 그렇소?」 이렇게 그에게 물었다. 그리고 바우돌리노가 그리스 어 단어를 발음하는 방식이 프로방스에서 살았던 사람의 전형적인 특징을 나타내기 때문이라고 설명했다. 혹은 이렇게 말하기도 했다.「당신은 왜 말을 하면서 계속 뺨의 상처를 쓰다듬는 건가요?」그러더니 이미 그를 장님이라고 생각하고 있는 바우돌리노에게, 손을 입에 가져다 대고 말할 때처럼 이따금 바우돌리노의 목소리가 울리지 않기 때문이라고 설명해 주었다. 만약 대부분의 사람들이 그렇듯이 수염을 쓰다듬었다면 입을 가리지 않았을 것이다. 그러니까 뺨을 만졌다는 이야기가 되는데 어떤 사람이 뺨을 만졌다면 그건 이가 아파서이거나 뺨에 사마귀나 흉터가 있기 때문이었다. 파프누티오스가 생각하기에 바우돌리노는 무인(武人)이었으므로 상처가 있다는 가정이 훨씬 더 논리적인 것 같았다.

바우돌리노는 이야기를 모두 마쳤다. 그러자 파프누티오스가 말했다.「지금 당신은 그 밀폐된 방 안에서 잠자던 프리드리히 황제에게 정말 무슨 일이 벌어졌는지 알고 싶은 거군요.」

「내가 프리드리히 황제 이야기를 한 걸 어떻게 아셨소?」

「자, 황제가 아르즈루니 성에서 얼마 떨어지지 않은 칼리카드노스 강에서 익사했다는 것은 모두 다 알고 있는 사실이오. 황제가 죽고 나서 아르즈루니가 사라져 버렸어요. 그의 왕 레오가 그렇게 귀한 손님을 제대로 보호하지 못한 책임을 물어 아르즈루니의 목을 베어 버리고 싶어했기 때문이지요. 당신네 황제가 강에서 헤엄치는 데 너무나 능숙하다는 소문을 들었는데 칼리카드노스같이 얕은 개울물에 빨려 들어갔다는 게 나로서는 항상 놀라운 일이었어요. 지금 당신의 설명을 듣고 나니 여러 가지 것들이 이해되는구려. 그러면 이제 상황을 분명하게 살펴보도록 합시다.」그는 빈정거리는 듯한 태도를 조금도 보이지 않고, 마치 보이지 않는 자기 눈앞에 전개되는 어떤 장면을 정말 바라보는 사람처럼 말했다.

「무엇보다 먼저 프리드리히가 진공을 만드는 그 기계 때문에 죽었다는 의심은 떨쳐 버려야 합니다. 난 그 기계를 알고 있습니다. 그 기계는 첫째, 위층에 창문이 전혀 없는 작은 방에서 작동합니다. 물론 벽난로의 굴뚝이 있고 수없이 많은 다른 틈들이 있어서 공기가 원하는 대로 들어올 수 있는 그 방, 황제가 묵었던 방에서는 작동할 수가 없습니다. 두 번째로 그 기계 자체가 작동을 하지 않는 기계입니다. 내가 실험을 해보았어요. 내부의 실린더가 외부의 실린더에 완벽하게 들어맞지 않아요. 거기서도 공기가 사방에서 들어오게 되어 있습니다. 아르즈루니보다 훨씬 더 유능한 기계공들이 수세기 전에 그와 같은 실험을 했지만 아무런 결과도 얻지 못했습니다. 중요한 건 돌아가는 공이나 열을 받아 열리는 문을 만들었다는 겁니다. 그건 우리가 크테시비오스[122]와 헤론[123]의 시대부터 알고 있던 놀이이니까요. 그렇지만 친구, 진공 상태는 절대 만들 수 없습니다. 아르즈루니는 허영심이 강했어요. 그는 자기 손님들을 놀라게 하는 것을 좋아했습니다. 거기선 그게 전부입니다. 그럼 이제 거울을 살펴보도록 하지요. 전설에 따르면 위대한 아르키메데스가 로마의 병선을 정말 불태웠다고 합니다. 그렇지만 우리는 그게 사실인지 알 수가 없습니다. 난 아르즈루니의 거울을 만져 보았습니다. 너무 작고 거칠게 만들어져 있었어요. 완벽하게 만들어졌다 해도 거울은 대낮에만 힘 있는 광선을 반사해 낼 수 있습니다. 햇살이 약한 아침에는 불가능한 일이지요, 태양 광선이

---

122) BC 2세기 전반에 활약하였던 것으로 추정되는 그리스의 수학자, 발명가.
123) 그리스의 기계학자, 물리학자, 수학자.

색 유리창을 통과했어야만 했다고 덧붙여 생각해 보십시오. 그러면 당신의 그 친구가 황제의 방 쪽으로 거울 하나를 맞추었다고 해도 아무 일도 일어나지 않았을 겁니다. 납득이 가십니까?」

「나머지 것들을 살펴봅시다.」

「독약과 해독제라…… 당신들 라틴 인들은 정말 순진하군요. 바실레우스조차 신뢰할 만한 연금술사들에게서 값비싼 돈을 주고서야 구입할 수 있는 그렇게 효력이 좋은 약들을 칼리우폴리스의 시장에서 팔 거라고 생각했나요? 거기서 파는 것은 모두 가짭니다. 이코니온이나 불가리아의 숲에서 오는 야만인들에게 파는 것이지요. 장사꾼들이 보여 주었던 두 약병에는 맑은 물이 들어 있었습니다. 프리드리히는 분명 그 약병에 담긴 물을 마셨을 겁니다. 당신의 유대 인 친구가 준 약병의 것이든, 당신이 시인이라고 부른 그 친구가 준 약병의 것이든, 똑같았을 겁니다. 기적의 물약에 대해서도 마찬가지로 생각할 수 있습니다. 그와 같은 물약이 존재했다면 모든 전략가들이 부상당한 병사들을 다시 기운 차리게 해서 전쟁터로 몰아넣기 위해 그 약을 독점해 버렸을 겁니다. 게다가 당신은 그 상인들이 얼마를 받고 그런 놀라운 물건들을 당신들에게 팔았는지 나에게 이야기해 주었는데, 그건 겨우 샘에서 물을 떠다 약병에 담는 품값 정도밖에 안 되는 우스운 액수입니다. 이제 디오니시오스의 귀에 대해 들어 보십시오. 아르즈루니의 그 기계가 기능을 했다는 말은 한 번도 들어본 적이 없습니다. 그와 같은 장난감은 말을 하는 구멍과 그 목소리가 들려오는 구멍 사이의 거리가 아주 짧을 때에만 가능한 겁니다. 당신의 목소리를 조금 멀리 떨어진 곳에 있

는 사람이 들을 수 있도록 손을 모아 입에 갖다 대고 말할 때
와 똑같은 거지요. 그러나 그 성에서, 층과 층을 연결해 주는
관은 복잡하고 구불구불합니다. 그리고 두꺼운 벽 사이로 나
있지요……. 아르즈루니가 혹시 그 도구들을 실험해 볼 수
있게 해주었나요?」

「아닙니다.」

「보셨지요? 그는 손님들에게 그걸 보여 주고 자랑했을 뿐
입니다. 시인이 프리드리히에게 말을 해보려고 했고 그때 프
리드리히가 깨어 있었다고 해도 기껏해야 메두사의 입에서
들려오는, 분명치 않은 중얼거리는 소리 같은 것을 들었을
겁니다. 아마 아르즈루니는 몇 번쯤 그 도구를 이용해서 그
방에서 자고 있는 사람을 놀라게 만들거나 그 방에 진짜 귀
신이 있다는 것을 믿게 했을 겁니다. 그 이상의 일은 할 수 없
습니다. 당신의 친구 시인은 프리드리히에게 아무런 메시지
도 보낼 수 없었을 겁니다.」

「그렇지만 빈 잔이 땅바닥에 있었고 벽난로에는 불이…….」

「당신은 그날 밤 프리드리히가 몸이 좋지 않다고 말했습니
다. 그는 작열하는 그 지역의 태양 아래서 하루 종일 말을 탔
어요. 그 햇빛은 거기에 길들여진 사람도 병이 나게 만들 정
도로 뜨거워요. 그리고 프리드리히는 오래전부터 여기저기
돌아다녔고 전투를 해왔고……. 그는 분명히 지쳐 있었을 것
이고 쇠약해졌을 겁니다. 아마 열이 났는지도 모르겠어요.
한밤중에 오한이 나면 어떻게 하나요? 이불을 덮으려고 할
거요. 그런데 열이 나면 이불을 덮고 있어도 몸이 떨리지요.
당신의 황제는 난로에 불을 붙였소. 그런데 처음보다 더 몸
이 아파 왔소. 그는 혹시 독이든 음식을 먹지나 않았나 걱정

이 되었어요. 그래서 효과도 없는 해독제를 마셨습니다.」

「그런데 왜 몸이 점점 더 아팠을까요?」

「그 점은 나도 분명히 모르겠습니다. 하지만 잘 생각해 보면 결론은 하나뿐이라는 것을 금방 알 수 있을 겁니다. 다시 한 번만 벽난로를 자세히 묘사해 주구려. 내가 잘 볼 수 있게 말입니다.」

「마른 나뭇가지들이 밑에 깔려 있었고 그 위에 장작이 놓여 있었습니다. 향기가 나는 열매가 달린 나뭇가지들도 있었지요. 그리고 시커먼 덩어리들도 있었는데 난 석탄이라고 생각했어요. 그러나 기름같이 끈적끈적한 게 덮여 있었고…….」

「나프타 혹은 역청이라고 부르는 겁니다. 예를 들면 팔레스타인에 있는, 죽음의 바다라고 불리는 곳에 엄청나게 많답니다. 그 바다에서는 당신이 물이라고 생각하는 것이 너무나 빽빽하고 무거워 당신이 바다에 들어가면 밑으로 가라앉지 않고 배처럼 떠 있게 됩니다. 플리니우스는 이 물질이 불과 아주 가까운 친화력이 있어서 그것을 가까이 대면 불타오르게 할 수 있다고 적고 있습니다. 석탄의 경우는 우리 모두가 그게 무엇인지 잘 알고 있습니다. 플리니우스가 계속 우리에게 말해 주듯이 그것은 참나무의 생가지들을 원뿔 모양으로 쌓아 놓고 거기에 축축이 젖은 진흙을 덮어 불태워서 만들어 내는 겁니다. 진흙에는 구멍을 뚫어 놓아 수분이 다 빠져나가게 해야 하지요. 그러나 가끔 다른 나무로도 그렇게 할 수가 있는데 그 효력들이 모두 다 알려져 있는 건 아닙니다. 많은 의사들이 역청 같은 물질과 결합을 해서 더욱 치명적이 될 수 있는 석탄 연기를 들이마신 사람에게 일어날 수 있는 일을 관찰해 왔습니다. 만약 일반적인 불길에서 흘러나오는 연기보다 훨씬 더 미세하고 눈에 보이지 않는 유해한 연기가 거기서 발산된다면, 그런 경우에 당신은 창문을 열어 그 연기를 밖으로 나가게 하려고 할 겁니다. 당신이 그 연기를 보지 못해도 그 연기는 방 안에 퍼질 것이고 그 장소가 밀폐되어 있다면 방 안에 연기가 고여 있게 될 겁니다. 이런 연기가 램프의 불꽃에 닿아 그 불꽃의 색이 푸른색으로 변하게 되면 그 사실을 알아차릴 수 있을 겁니다. 그러나 대개 사람들은 그 사실을 너무 늦게 알게 되지요. 그 유해 연기가 이미 사람들 주변의 맑은 공기를 모두 빨아들여 버리고 나서야 알게 되는 겁니다. 그 유해 공기를 들이마신 불행한 사람은 머리가 너무 무거워지고 귀에서 소리가 나는 것을 느끼게 될 겁니다. 숨을 쉬기가 어렵게 되고 눈앞이 어두워지게 되지요……. 자기가 독살을 당하게 되었다고 독약을 마셨다고 생각하기 딱 좋은 상황이 되는 겁니다. 당신의 황제도 그런 거지요. 그런데 이렇게 고통을 느낀 뒤 그 유독한 장소에서 금방 나오지 않거나 누군가가 그를 끌어내지 않으면 더 나쁜 일이 벌어지게 됩니다. 깊은 잠에 빠져 땅에 쓰러지게 되는 거지요. 그래서 나중에 그 사람을 발견하게 되는 사람은 그가 죽었다고 생각하는 겁니다. 숨도 쉬지 않고 온기도 느껴지지 않고 심장 뛰는 소리도 들리지 않고, 사지는 뻣뻣하게 굳어 있고, 얼굴은 백지장처럼 창백하니까요……. 아무리 유능한 의사일지라도 그를 시체라고 생각할 겁니다. 이런 상태에서 매장을 당한 사람들이 있다는 것은 잘 알려져 있지요. 반면 찬 물수건을 머리에 놓아 주고 발을 씻겨 주고 다시 기운을 차릴 수 있게 해주는 기름으로 온몸을 마사지하고 잘 간호를 해주면 충분히 살아날 수 있습니다.」

「지금,」 그때 바우돌리노가 말했다. 바우돌리노의 얼굴은 프리드리히가 죽던 날 프리드리히의 얼굴보다 더 창백했다. 「당신 말은 우리는 황제가 죽었다고 생각했는데 사실은 황제가 살아 있었다는 말입니까?」

「아마 거의 그럴 겁니다, 불쌍한 친구 양반. 그는 강물에 던져졌을 때 죽은 겁니다. 차가운 물 덕택에 그는 어느 정도는 다시 정신을 차리기 시작했을 겁니다. 차가운 물이 좋은 치료 방법이 될 수 있으니까요. 그러나 아직 정신이 돌아오기도 전에 숨을 쉬기 시작했고 물을 들이켜서 익사를 하게 된 겁니다. 당신들이 황제를 강가로 끌어 올렸을 때 황제의 모습은 물에 빠져 죽은 사람 같았을 게 틀림없어요……」

「부어 있었습니다. 나는 그렇게 될 수 없다는 것을 알고 있었습니다. 그래서 난 강 속의 돌에 긁힌 그 가엾은 시신을 눈앞에서 보자, 그런 느낌이 들었던 거라고 생각했습니다……」

「죽은 사람은 물속에 들어가도 몸이 붓지 않습니다. 물속에서 죽은 사람에게만 그런 일이 벌어지는 거지요.」

「그러면 프리드리히가 단지 어이없이 자기도 모르게 기절을 한 것뿐이었단 말인가요? 살해를 당한 게 아니었단 말입니까?」

「물론 그는 다른 사람 때문에 목숨을 잃었습니다. 그를 물에 던진 사람 때문에 말입니다.」

「물에 던진 건 바로 나였어요!」

「정말 안타깝군요. 당신은 흥분 상태요. 진정을 해보도록 해요. 당신은 그게 최선이라고 생각하고 그렇게 했습니다. 물론 프리드리히를 죽이려고 그런 게 아니지요.」

「그렇지만 내가 그렇게 해서 프리드리히가 죽었어요!」

「그래서 내가 살인이라는 말을 쓰지 않는 거요.」

「그렇지만 내가 그랬소.」 바우돌리노가 외쳤다. 「난 내가 너무나 사랑하는 아버지가 아직 살아 계실 때 그분을 물에 빠뜨렸습니다! 난…….」 그는 더욱 창백해졌다. 더듬더듬 몇 마디를 중얼거리다가 정신을 잃었다.

니케타스가 그의 이마에 찬 물수건을 얹어 주고 있을 때 그가 다시 정신을 차렸다. 파프누티오스는 떠나고 없었다. 그는 자신이 사실들을, 끔찍한 진실을 얼마나 잘 파악할 수 있는지를 보여 주기 위해 바우돌리노에게 모든 것을 밝힌 데 에 대해 죄책감 같은 것을 느끼는 것 같았다.

「이제 진정을 좀 해보도록 해요.」 니케타스가 그에게 말했다. 「당신이 고통스러워하는 건 당연해요. 그러나 그것은 숙 명이었습니다. 파프누티오스의 이야기를 당신도 듣지 않았 습니까. 누구든지 황제를 죽었다고 생각했을 겁니다. 겉으로 보기에 죽은 것 같아서 의사들도 다 속아 넘어가는 경우가 있다는 이야기를 나도 들은 적이 있어요.」

「난 내 아버지를 죽였습니다.」 바우돌리노가 열에 들떠 몸 을 떨며 흥분해서 계속 말했다. 「난 나도 모르는 사이에 그를 미워하고 있었어요. 그의 아내를, 내 양어머니를 갈망했기 때문입니다. 난 처음에는 간통자였고 다음에는 존속 살해자 가 되었어요. 이 세상에서 가장 순결한 처녀의 입에 내 입을 맞춰 근친상간자의 씨로 그녀를 더럽히면서 사람들이 그녀 에게 약속했던 황홀경이 그런 것이라고 믿게 만들었습니다. 난 살인자예요. 아무 죄도 없는 시인을 죽였으니까…….」

「시인이 죄가 없었던 것은 아닙니다. 한없는 욕심에 사로잡혀 있었으니까요. 그는 당신을 죽이려고 했어요. 당신은 정당방위였소.」

「내가 살인을 저질러 놓고 부당하게도 그를 비난했습니다. 내 자신이 벌을 받아야 한다는 것도 모르고 그를 죽였어요. 나는 평생을 거짓 속에서 살았어요. 죽고 싶습니다. 지옥에 빠져 영원히 형벌을 받고 싶어요……」

그를 진정시켜 보려고 했으나 소용이 없었다. 그를 치료하기 위해 할 수 있는 일이 아무것도 없었다. 니케타스는 테오필라토스에게 잠 오게 만드는 약초 물을 준비시켜 바우돌리노에게 그 물을 마시게 했다. 몇 분 뒤 바우돌리노는 자신의 인생에서 가장 불안한 잠을 잤다.

다음날 잠에서 깨었을 때 그는 수프 한 그릇도 먹지 않고 밖으로 나왔다. 나무 밑에 앉아서 아무 말 없이 두 손으로 머리를 움켜쥔 채 하루를 보냈다. 다음날 아침에도 그는 거기 있었다. 니케타스는 그런 경우 가장 좋은 치료약은 포도주라고 생각하고서 포도주가 약이라도 되는 듯이 포도주를 많이 마시라고 바우돌리노를 설득했다. 사흘 낮 사흘 밤 동안 바우돌리노는 그 나무 밑에서 계속 무감각한 상태에 빠져 있었다.

넷째 날 새벽에 니케타스는 바우돌리노를 찾아보러 갔다. 바우돌리노는 나무 밑에 없었다. 니케타스는 그가 극단적인 행동을 하기로 마음먹었을까 봐 걱정을 하면서 테오필라토스와 자기 아들들에게 셀림브리아를 다 뒤지고 주변의 들판까지 다 뒤져서 바우돌리노를 찾아보라고 했다. 두 시간 뒤 그들이 돌아와서 니케타스에게 함께 가자고 소리쳤다. 그들은 니케타스를 데리고 도시를 막 벗어난 곳에 있는 풀밭으로 데리고 갔다. 그 풀밭으로 들어가면서 그들은 예전에 고행자들이 사용하던 두리기둥을 보았다.

호기심에 가득 찬 사람들이 두리기둥 밑에 모여서 위쪽을 가리키고 있었다. 두리기둥은 흰 돌로 만들어진 것으로 이층집 높이만 했다. 그 위에는 기둥 끝 부분이 넓어져 사각형이 생겼는데 몸을 조그맣게 웅크리고 겨우 들어가 있을 만큼 아주 작았다. 바우돌리노는 두 다리를 밖으로 내민 채 그 위에 앉아 있었다. 벌레처럼 알몸으로 앉아 있는 게 보였다.

니케타스가 그를 불렀다. 그에게 내려오라고 소리쳤다. 그는 기둥 밑에 있는 작은 문을 열려고 애썼다. 그 문은 그와 같은 건축물이 모두 그렇듯이 나선형의 작은 계단과 통하고 계단은 발코니까지 이어져 있었다. 문은 이미 낡아 흔들거렸지만 안으로 빗장이 질러져 있었다.

「내려와요, 바우돌리노, 그 위에서 대체 뭘 하려는 겁니까?」 바우돌리노가 뭐라고 대답을 했다. 그러나 니케타스는 알아들을 수가 없었다. 그는 다른 사람들에게 아주 긴 사다리를 하나 구해 오라고 부탁했다. 사다리를 구해 오자 그는 아주 힘들게 올라갔다. 그는 바우돌리노의 다리가 자기 머리 위에 닿는 지점까지 올라갔다. 「뭘 하려는 겁니까?」 그가 다시 바우돌리노에게 물었다.

「난 여기 있을 겁니다. 이제 난 속죄를 시작했어요. 기도를 하고 명상을 하고 침묵 속에 나를 가라앉힐 겁니다. 모든 사고와 상상력에서 멀리 벗어나서 아득한 고독에 도달해 보려고 애를 쓸 겁니다. 이제 분노도 욕망도 느끼지 않으려고 애쓸 것이고 추리도 생각도 하지 않으려고 노력할 겁니다. 모든 관계로부터 자유로워지려고 애쓸 것이고 어둠의 영광 이외에는 아무것도 보지 않기 위해 완전히 단순한 상태로 돌아가 보려고 할 겁니다. 영혼과 지성을 비우고 정신의 왕국 너머에 도달할 겁니다. 어둠 속에서 나는 불의 길을 통해 내 갈 길을 마저 갈 겁니다……」

니케타스는 그가 히파티아에게서 들었던 말을 되풀이하고 있다는 것을 알아차렸다. 그 정도로까지 이 불행한 사람은 모든 열정에서 벗어나려고 하는구나. 여기 이 위에 고립되어서 아직도 사랑하고 있는 그 여자와 똑같이 되려고 애쓰는 거야. 니케타스는 이렇게 생각했다. 하지만 바우돌리노에게는 말하지 않았다. 그에게는 그저 어떻게 먹고 살 생각이냐고 물었다.

「당신이 말해 줬지요. 고행자들이 바구니를 밧줄에 매달아 밑으로 떨어뜨렸다고 말입니다.」 바우돌리노가 말했다. 「그러면 신자들은 그 바구니에다가 먹다 남은 음식을 동냥으로 넣어 준다고요. 가축들이 먹다 남은 것이라도 좋습니다. 그리고 약간의 물이 있으면 되지요. 갈증으로 괴로울 수도 있겠지만 가끔 비가 내리길 기다리면 되니까.」

니케타스는 한숨을 쉬었다. 그는 기둥에서 내려와 바구니를 찾아다 밧줄에 매달게 했다. 그는 빵과 삶은 야채, 올리브와 고기 몇 조각으로 바구니를 가득 채웠다. 테오필라토스의 아들 하나가 밧줄을 위로 던졌고 바우돌리노가 그 밧줄을 잡아 바구니를 끌어올렸다. 그는 빵과 올리브만 꺼낸 뒤 나머지는 돌려주었다. 「이제 날 그냥 내버려 둬요. 제발 부탁입니다.」 그가 니케타스에게 소리쳤다. 「당신에게 내 이야기를 하면서 나는 내가 알고 싶어했던 것을 다 알게 되었습니다. 이제 우리 사이에는 더 이상 할 말이 없어요. 내가 와 있는 이곳에 올 수 있게 도와주어서 고맙습니다.」

니케타스는 매일 바우돌리노를 찾아보러 갔다. 바우돌리노는 몸짓으로 인사를 했을 뿐 아무 말도 하지 않았다. 시간이 흐르면서 니케타스는 더 이상 바우돌리노에게 음식을 가져다 줄 필요가 없다는 것을 알게 되었다. 기둥에서 수행하던 고행자들이 사라지고 오랜 세월이 흐른 뒤 또 다른 성인 하나가 그 기둥 꼭대기에 고립되어 살고 있다는 소문이 온 셀림브리아에 퍼졌다. 사람들은 모두 기둥 밑으로 와서 성호를 그었고 바구니에 먹을 것과 마실 것을 담아 놓았다. 바우돌리노는 밧줄을 끌어 올려 그날 자기에게 필요한 약간의 음식만 가졌다. 나머지는 잘게 잘라 난간 위에 모여 앉아 있는 새들에게 나누어 주었다. 그가 관심을 기울인 것은 그 새들뿐이었다.

바우돌리노는 여름 내내 단 한 마디도 하지 않고, 햇빛에 그을리면서 그 위에 앉아 있었다. 자주 천막 안으로 들어가기는 했지만 더위로 고통을 받았다. 밤에는 난간 밖으로 볼일을 보는 게 분명했다. 기둥 밑에 염소 똥처럼 작은 그의 배설물이 쌓이는 게 보였다. 그의 수염과 머리카락이 자라고 있었고 그냥 보기에도 아주 더러워지고 있었다. 기둥 밑에서도 악취를 맡을 수 있을 정도가 되기 시작했다.

니케타스는 두 번 셀림브리아를 떠났다. 콘스탄티노플에서는 플랑드르의 보두앵이 바실레우스로 임명되었다. 라틴인들은 차츰차츰 전 제국을 침범하기 시작했다. 그러나 니케타스는 자기 재산에 신경을 써야 했다. 그사이 니케아에서는 비잔틴 제국의 마지막 요새가 건설되어 갔다. 그래서 니케타스는 그곳으로 옮겨 가야겠다고 생각했다. 그곳에서 자기와 같은 경험을 지닌 조언자가 필요할 것 같기 때문이었다. 그 때문에 니케타스는 그곳과 접촉을 한 후에 다시 몹시 위험한 여행을 떠날 준비를 해야 했다.

니케타스는 기둥을 찾아갈 때마다 그 밑에 사람들이 밀집해 있는 것을 보았다. 어떤 사람이, 바우돌리노처럼 그렇게 계속 수행을 하며 정화를 한 고행자라면 깊은 지혜를 갖지 않을 수 없을 것이라고 생각해서 계단으로 올라가 그에게 조언과 위로를 청했다. 바우돌리노에게 자신의 불행을 이야기하자 바우돌리노는 이를테면 이렇게 말했다. 「당신이 자부심을 느낀다면 당신은 악마요. 슬픔을 느낀다면 악마의 아들이오. 수천 가지 일에 신경을 써야 한다면 당신은 쉴 새 없이 일하는 악마의 종이오.」

또 다른 사람이 이웃과의 불화를 해결할 수 있는 방법을 물었다. 그러자 바우돌리노가 말했다. 「낙타처럼 행동하시오. 당신 죄의 짐을 지고 가시오. 그리고 주님의 길을 아는 사람의 발걸음을 쫓으시오.」

다시 다른 사람이 자기 며느리가 아들을 낳지 못한다고 그에게 말했다. 바우돌리노는 이렇게 말했다. 「사람이 하늘 위와 하늘 아래 있는 것을 생각할 수 있다 해도 그 모든 것은 다 헛된 것이오. 그리스도를 기억하며 인내하는 사람만이 진실 속에 있는 거요.」

「얼마나 지혜로운 분이신지!」 그 사람들이 말했다. 그리고 동전을 몇 닢 바구니에 넣어 두고 위안을 받으며 그 자리를 떠났다.

　겨울이 왔다. 그래서 바우돌리노는 거의 항상 천막 안에 웅크리고 앉아 있었다. 그를 찾아오는 사람들의 길고긴 이야기를 듣지 않기 위해서 그가 앞질러 이야기했다. 「당신은 어떤 사람을 진심으로 사랑하고 있구려. 그러나 때로는 그 사람이 당신처럼 당신을 사랑하지 않을지도 모른다는 의심에 사로잡히기도 하오.」 바우돌리노가 말했다. 그러자 그 사람이 말했다. 「정말 그렇습니다! 당신은 펴놓은 책을 읽듯이 내 마음을 읽으시는군요! 제가 어떻게 해야 하나요?」 그러자 바우돌리노가 말했다. 「입을 다무시오. 그리고 당신 스스로를 재지 마시오.」

　어떤 뚱뚱한 남자가 아주 힘들게 계단을 올라오는 것을 보자 바우돌리노가 말했다. 「당신은 매일 아침 목이 아파서 잠이 깨는구려. 신발을 신기조차 힘이 드는구려.」 「맞습니다.」 그 남자가 감탄을 하며 말했다. 그러자 바우돌리노가 말했다. 「사흘만 아무것도 먹지 마시오. 그러나 금식을 하는 동안 교만한 마음을 가져서는 안 돼요. 교만한 마음을 갖는 것보다는 차라리 고기를 먹는 게 낫소. 자만을 하는 것보다는 고기를 먹는 게 나아요. 당신의 죗값을 치른다고 생각하고 고통을 받아들여요.」

　한 아버지가 왔다. 그는 자기 아들의 온몸이 상처투성이로 몹시 고통을 받고 있다고 말했다. 바우돌리노가 그에게 대답했다. 「하루에 세 번 물과 소금으로 아들을 닦아 주시오. 그럴 때마다 이렇게 말하시오. 동정녀 히파티아시여, 당신의 아들을 낫게 해주십시오.」 그 남자는 떠난 뒤 일주일 만에 다시 돌아와 아들의 상처가 나아가고 있다고 말했다. 그 남자는 바우돌리노에게 동전과 비둘기와 포도주 한 병을 바쳤다. 모두들 기적이라고 외쳤다. 그래서 병이 든 사람들은 교회에 가서 이렇게 기도했다. 「동정녀 히파티아시여, 당신의 아들을 낫게 해주소서.」

아주 초라하게 차려입은 데다가 얼굴빛이 어두운 한 남자가 계단을 올라왔다. 바우돌리노가 그에게 말했다. 「당신에게 무슨 문제가 있는지 난 아오. 마음속에 누군가에 대한 분노를 품고 있구려.」

「모든 것을 다 알고 계시는군요.」 그 남자가 말했다.

바우돌리노가 그에게 말했다. 「만약 누군가가 악을 악으로 갚으려 한다면 몸짓 하나로도 형제에게 상처를 입힐 수 있소. 항상 두 손을 등 뒤에 갖다 두시오.」

슬픈 눈의 어떤 사람이 와서 말했다. 「저는 제가 어디가 아픈지 모르겠습니다.」

「난 알고 있소.」 바우돌리노가 말했다. 「당신은 무기력자요.」

「어떻게 치료해야 합니까?」

「무기력은 태양의 움직임이 아주 느리다는 것을 알아차리게 될 때 처음으로 나타난다오.」

「그러면?」

「절대 태양을 바라보지 마시오.」

「저분에게는 아무것도 숨길 수가 없어.」 셀림브리아의 사람들이 그렇게 말했다.

「어떻게 이렇게 지혜로우실 수가 있습니까?」 한 사람이 그에게 물었다. 바우돌리노가 대답했다. 「나를 감추기 때문이오.」

「어떻게 감출 수 있습니까?」

바우돌리노가 한 손을 펴서 그에게 손바닥을 보여 주었다. 「당신 앞에 보이는 게 뭐요?」 바우돌리노가 물었다. 「손입니다.」 남자가 대답했다.

「내가 얼마나 날 잘 숨기는지 보았지요.」 바우돌리노가 말했다.

봄이 되었다. 바우돌리노는 더욱 지저분해지고 털투성이가 되었다. 그는 새들에 뒤덮여 살았다. 새들은 그에게 떼를 지어 달려들어 그의 몸에 생기기 시작한 벌레들을 쪼아 먹었다. 이 새들까지 먹여 살려야 했기 때문에 사람들은 하루에 몇 번씩 그의 바구니를 채워 놓아야 했다.

어느 날 아침 한 남자가 먼지에 뒤덮인 채 숨가쁘게 말을 타고 달려왔다. 그 사람은 사냥 대회 중에 한 귀족이 화살을 잘못 쏘아서 누이의 아들 눈에 화살이 박히고 말았다고 바우돌리노에게 말했다. 화살은 한 눈으로 들어가서 목으로 나왔다. 소년은 아직 숨을 쉬고 있었다. 그 귀족은 바우돌리노에게 하느님의 사람으로서 할 수 있는 일을 모두 다 해달라고 청했다.

바우돌리노가 말했다. 「고행자의 임무는 자기 생각을 멀리까지 퍼뜨리는 거요. 난 당신이 올 줄 알았소. 하지만 당신이 여기까지 오는 데 시간이 너무 많이 걸렸소. 돌아가는 데도 마찬가지로 시간이 걸릴 거요. 이 세상의 일들은 흘러가는 대로 가게 되어 있소. 그 소년이 지금 이 순간 죽어 가고 있다는 것을 알아야 하오. 아니, 벌써 죽었구려. 하느님께서 그를 불쌍히 여기시길.」

기사는 돌아갔다. 소년은 이미 죽어 있었다. 이 소식이 알려지자 셀림브리아의 많은 사람들은 바우돌리노가 천리안을 가지고 있어서 천 리 밖에서 일어난 일도 볼 수 있다고 외쳤다. 그런데 기둥에서 그리 멀지 않은 곳에 성 마르도니오스 교회가 있었다. 그 교회의 신부는 바우돌리노를 몹시 미워했다. 몇 달 전부터 신도들의 봉헌물을 바우돌리노가 빼앗아 가기 때문이었다. 그 신부는 바우돌리노의 기적은 사실 대단치도 않은 기적이어서 그런 기적은 누구나 다 행할 수 있는 거라고 말하기 시작했다. 그는 기둥 밑으로 가서 고행자가 눈에서 화살 하나 뽑아낼 수 없다면 그건 그가 그 소년을 죽인 것이나 마찬가지라고 바우돌리노에게 소리쳤다.

바우돌리노가 대답했다. 「사람들의 마음에 들려고 애쓰다 보면 정신적인 건강을 모두 잃게 된다.」

신부가 돌을 던졌다. 곧 흥분한 다른 몇 사람이 신부에게 가세를 해서 발코니에 돌과 흙덩이를 집어던졌다. 그들은 하루 종일 그렇게 돌을 던져 댔고 바우돌리노는 두 손으로 얼굴을 가린 채 천막 안에 웅크리고 앉아 있었다. 그들은 밤이 되어서야 돌아갔다.

다음날 아침 니케타스는 친구에게 무슨 일이 일어나지나 않았는지 보러 갔다. 그런데 바우돌리노가 보이지 않았다. 기둥에는 아무도 없었다. 니케타스는 불안한 마음으로 집으로 돌아왔다. 그는 테오필라토스의 마구간에서 바우돌리노를 찾아냈다. 바우돌리노는 통에 물을 가득 채우고 그동안 몸에 끼여 있던 때를 칼로 긁어 내고 있었다. 그는 머리와 수염을 단정하게 잘랐다. 그는 햇빛과 바람에 검게 그을려 있었다. 그렇게 마른 것 같지는 않아 보였다. 다만 서 있는 게 힘든 것 같았고 등의 근육을 풀기 위해 팔과 어깨를 움직였다.

「봤지요. 내 생애 처음으로 진실을, 진실만을 말했는데 그들은 날 돌로 때려죽이려고 했어요.」

「사도들도 이런 일을 겪었습니다. 당신은 성인이 되었어요. 겨우 그런 일로 의기소침해 하는 건가요?」

「아마 하늘의 계시를 기다렸던 것 같습니다. 요 몇 달 동안 나는 적지 않은 돈을 모았어요. 테오필라토스의 아들에게 옷과 말과 노새를 사다 달라고 심부름을 보냈습니다. 집 안 어딘가에 내 무기들이 아직 있을 겁니다.」

「떠나시려고요?」 니케타스가 물었다.

「예.」 바우돌리노가 말했다. 「저 기둥 위에서 살면서 많은 것들을 알게 되었습니다. 내가 죄를 지었다는 것을 알게 되었지요. 그렇지만 권력과 부를 만들기 위해 죄를 지은 것은 절대 아닙니다. 난 내가 용서를 받으려면 세 가지 빚을 갚아야 한다는 것을 알게 되었어요. 첫번째 빚은 이겁니다. 난 압둘의 묘비를 세워 주겠다고 약속을 했습니다. 그래서 세례자 요한의 머리를 가지고 있었던 거지요. 돈은 다른 곳에서 생겼습니다. 이건 훨씬 더 잘된 일입니다. 성물을 팔아서 마련한 돈이 아니라 신심 깊은 기독교도들이 준 것이니까요. 난 우리가 압둘을 묻었던 곳을 다시 찾아갈 겁니다. 그곳에 작은 교회를 세울 거예요.」

「그렇지만 압둘이 어디서 죽었는지도 기억하지 못하잖습니까?」

「하느님께서 절 인도해 주실 겁니다. 난 코스마스의 지도를 그대로 기억하고 있어요. 두 번째 빚은 돌아가신 아버지

프리드리히와 내가 한 약속입니다. 오토 주교에 대해서는 두 말할 나위도 없고요. 지금까지 난 그 약속을 지키지 못했습니다. 난 요한 사제의 왕국에 가야만 합니다. 그렇지 않으면 난 내 인생을 헛되이 낭비한 게 됩니다.」

「그렇지만 그 왕국이 존재하지 않는다는 것을 직접 확인하지 않았습니까!」

「우리가 그곳에 도착하지 못했다는 것을 확인한 겁니다. 그건 다르지요.」

「그렇지만 환관들이 당신들을 속였다는 것은 알지 않았어요.」

「환관들이 거짓말을 했을 수도 있습니다. 그러나 오토 주교가 거짓말을 했을 리가 없습니다. 어느 곳엔가 사제가 있다고 한 전설이 거짓일 리가 없습니다.」

「그렇지만 당신은 처음 여행을 시도했을 때처럼 젊지 않아요!」

「더 지혜로워졌습니다. 세 번째 빚은 동쪽에 있는 내 아들, 아니 딸일지도 모릅니다. 그곳에 히파티아가 있습니다. 난 그들을 다시 만나 그들을 지켜 주는 내 의무를 다하고 싶습니다.」

「그렇지만 7년도 더 지났어요!」

「아이는 아마 여섯 살쯤 되었을 겁니다. 당신에게 여섯 살짜리 아이는 더 이상 아이가 아닌가요?」

「사내아이일 수도 있습니다. 그러니까 절대 모습을 보이지 않는 사티로스일 수 있다는 겁니다!」

「꼬마 히파티아일 수도 있습니다. 어쨌든 난 그 아이를 사랑할 겁니다.」

「그렇지만 그들이 피신한 산이 어디인지도 모르지 않습니까!」

「찾아야지요.」

「그렇지만 히파티아는 당신을 잊었을 수도 있습니다. 어쩌면 아파테이아(무정념의 상태)를 잃게 한 사람을 다시 만나고 싶지 않을지도 몰라요!」

「당신은 히파티아를 몰라요. 그녀는 나를 기다리고 있을 겁니다.」

「그렇지만 그녀가 당신을 사랑했을 때 이미 당신은 노인이었어요. 이제는 할아버지같이 보일 겁니다!」

「히파티아는 젊은 남자들을 본 적이 없어요.」

「그렇지만 그곳으로, 그 너머로 돌아가려면 몇 년이 걸릴지 모르잖습니까!」

「우리 프라스케타 사람들은 황소보다 더 고집이 세답니다.」

「그런데 당신이 여행을 마칠 때까지 살아 있으리라고 누가 장담합니까?」

「여행을 하면 젊어집니다.」

소용이 없었다. 다음날 바우돌리노는 니케타스와 그의 온 가족, 그리고 그가 묵었던 집 주인들과 포옹을 나누었다. 그는 조금 힘들게 말을 타고 식량을 가득 실은 노새를 끌었다. 칼은 안장에 걸어 두었다.

니케타스는 멀어져 가는 바우돌리노를 지켜보았다. 그는 손을 한번 들어 보였지만 뒤도 돌아보지 않은 채 요한 사제의 왕국을 향해 직진했다.

40
이제 바우돌리노는 없다

니케타스는 파프누티오스를 방문했다. 그는 파프누티오스에게 소피아 성당에서 바우돌리노를 만났던 일을 시작으로, 바우돌리노가 들려준 이야기를 하나도 남김없이 처음부터 끝까지 다 들려주었다.

「어떻게 해야 하나?」 니케타스가 파프누티오스에게 물었다.

「그를 위해서 말인가? 아무것도 해줄 게 없네. 그는 자기 운명과 마주하러 간 걸세.」

「그를 위해서가 아니라 나를 위해서 말일세. 난 역사를 쓰는 사람이야. 조만간 비잔틴에서 최근 벌어진 일에 대한 문서를 작성해야 할 걸세. 바우돌리노가 내게 들려준 이야기를 어디에다가 집어넣어야 할까?」

「아무 곳에도 집어넣지 말게. 그건 모두 그의 이야기야. 그리고, 자네는 그 이야기를 진짜라고 믿나?」

「아닐세. 내가 아는 것은 모두 그를 통해 알게 된 것들이야.

마찬가지로 그를 통해 그가 거짓말쟁이라는 것을 알게 되었지.」

「그러니까 보게.」 지혜로운 파프누티오스가 말했다. 「역사를 기록하는 사람은 그렇게 불확실한 증언을 믿을 수 없는 걸세. 자네 이야기에서 바우돌리노를 지워 버리게.」

「그렇지만 적어도 우리가 그 마지막 기간 동안 제노바 인들 집에서 함께 했던 이야기는 사실일세.」

「그 제노바 인들도 지워 버리게. 그렇지 않으면 성물을 만들었다는 이야기를 해야 할 걸세. 그렇게 되면 자네의 독자들은 가장 성스러운 물건에 대한 믿음을 잃게 될 거야. 약간 사건을 바꾸기만 하면 된다네. 내 말은 자네가 베네치아 인들의 도움을 받았다고 하라는 거야. 그래, 나도 알아. 이건 사실이 아니야. 그러나 위대한 역사에서 작은 사건들은 바꿔 넣을 수 있는 걸세. 그것을 통해 더 큰 진실이 나오게 말일세. 자네는 야만인들의 지방에서, 야만인들 속에서, 멀고먼 늪지에서 발생한 작은 사건이 아니라 동로마 제국의 진짜 역사를 이야기해야 하네. 게다가 미래의 자네 독자들에게 저 북쪽 눈과 얼음 사이에 성배가 존재하고 있고 태양에 검게 그을린 땅에 요한 사제의 왕국이 있다는 생각을 심어 주고 싶은가? 수세기 동안 얼마나 많은 미치광이들이 쉬지 않고 헤매고 다닐지 누가 알겠나.」

「정말 멋진 이야기였는데. 그 이야기를 아무도 알 수 없다는 게 안타까워.」

「이 세상에 이야기를 쓰는 작가가 하나뿐이라고 생각하지 말게나. 곧 누군가가, 바우돌리노보다 더한 거짓말쟁이가 그 이야기를 들려줄 걸세.」

〈끝〉

2000년 12월 『바우돌리노』를 처음 만났다. 526페이지에 이르는 부피가 부담스럽기도 했지만 움베르토 에코의 신작을 빨리 만날 수 있다는 사실이 기뻤고 언젠가 한번은 번역해 보고 싶었던 에코의 작품이었기에 흥분이 되기도 했다. 그때의 기분으로는 금방이라도 번역을 끝낼 수 있을 것만 같았다. 사실 에코는 『바우돌리노』가 출간된 직후 이탈리아의 일간지 「라 레푸블리카」와의 인터뷰에서 〈『장미의 이름』이 교양 있는 독자를 위한 소설이었다면 『바우돌리노』는 대중을 위한 소설〉이라고 밝혔다.

대중 소설이라니, 비록 어렵다고 소문난 에코의 문장이라 해도 별 어려움은 없으리라고 생각했다. 그러나 오산이었다. 무엇보다 애를 먹인 것은 에코가 사용한 방언이었다. 에코는 〈『장미의 이름』이 고상한 문체로 씌어졌다면 『바우돌리노』는 저급한 문체로 씌어졌다. 중세의 농부들과 파리의 도둑들이 쓰는 언어를 사용했고 라틴 어는 거의 사용하지 않았다〉고 했다. 많이 사용하지 않았다고 했지만, 라틴 어는 곳곳에 빠지지 않고 등장했고 문체는 〈저급〉할지 모르나(실제 그렇다는 생각은 들지 않았다) 그 속에 담긴 박학다식한 지식들은 고상한 문체 이상의 어려움을 내게 안겨 주었다. 이 소설의 주인공 바우돌리노는 에코의 고향 알레산드리아(이집트의 알렉산드리아가 아닌 이탈리아 북부 도시) 출신이다. 이름 또한 알레산드리아의 성인(聖人)인 바우돌리노와 똑같다. 소설의 1장에서는 그 알레산드리아의 방언을 그대로 사용하고 있으며 알레산드리아 인들의 대화는 거의가 방언 그대로여서, 이탈리아 어를 모국어로 사용하는 사람들이라면 그 감칠맛 나는 글들을 읽는 재미가 적지 않겠지만, 방언을 모르는 나로서는 그 뜻을 파악하기도 쉽지 않았으며 우리말로 옮겨 놓기도 힘들었다.

또 하나의 어려움은 이탈리아 식으로 표기되어 무엇을 가리키는지 짐작도 안 되는 인명과 지명이었다. 바우돌리노는 독일 황제 프리드리히 1세의 양자가 되어 독일과 이탈리아를 오가고 나중에는 비잔틴과 멀리 인도까지 여행을 하는데 그때마다 등장하는 실제 지명, 인명들은 내용 파악을 가로막는 걸림돌이 되곤 했다.

중세의 역사나 문화를 모른다는 것도 약점이 되었다. 소설의 중반을 넘어가면서 기기묘묘한 인물들과 푼다페침이라는 도시가 등장하는데 처음에는 그게 다 에코의 머릿속에서 만들어진 것인 줄 알았다. 그 상상력에 놀랐다기보다는 왜 에코답지 않게 이런 비약을 하게 되었을까 하는 의문이 생겼다. 이것 역시 나의 무지 때문이었다. 이 소설에 등장하는 에피소

드들, 기념물들, 환상적인 인물들은 모두 중세에 전설로 전해지던 것이거나 우화집에 실제 등장하는 것들이다. 외발 인간인 스키아푸스, 머리가 없는 블레미에스, 피그미, 사티로스 등등의 그림을 인터넷에 있는 중세 우화집에서 찾아냈을 때, 그리고 픈다페침의 모델이 된 터키 괴레메 마을의 사진을 보았을 때 〈역시 에코구나〉라는 생각을 하지 않을 수 없었다.

에코는 『바우돌리노』를 〈악한(惡漢)〉 소설이라 칭했다. 바우돌리노가 천하에 다시없는 거짓말쟁이, 사기꾼이기 때문이다. 바우돌리노가 비잔틴의 역사가 니케타스에게 자기의 모험을 이야기하는 내용으로 전개되는 소설 역시 니케타스로 대표되는 진실과 바우돌리노의 거짓말 사이에서 움직이고 있다. 이 작품은 프리드리히라는 역사적인 인물 뒤에 바우돌리노같이, 역사에 남지 않은 인물이 있었을지도 모른다는 가설을 토대로 전개된다. 프리드리히의 이야기는 증명된 역사이지만 바우돌리노의 이야기는 진짜일 수도 있고 허구일 수도 있다. 작품은 처음부터 끝까지 역사와 허구 사이를 왕래한다. 바우돌리노는 프리드리히의 양자가 되어 그의 곁에서 전투를 같이 하고 요한 사제의 편지를 가짜로 만들어 프리드리히가 사제의 왕국을 찾아 떠나게 한다. 프리드리히는 사제의 왕국에 도착하기 전 킬리키아의 강물에서 익사를 한다. 모두 프리드리히가 익사했다고 믿는 진실의 이면에는 암살이라는 거짓이 숨겨져 있다. 암살범에 대한 추리와 마지막 반전은 이 소설을 읽는 가장 큰 재미일 것이다. 과연 프리드리히는 암살된 것일까, 익사한 것일까? 암살당했다면 그 범인은?

니케타스는 비잔틴이 불타오르던 며칠 동안 바우돌리노의 이야기를 듣지만 그 이야기를 자기가 집필하는 역사에 기록

하지는 않는다. 그게 사실이라는 확신이 없기 때문이다. 책을 다 읽은 독자들 역시 니케타스처럼 바우돌리노의 말이 사실인지 거짓인지 확인을 할 수 없을 것이다. 그것을 알려면 모든 역사를 자세히 다시 살펴봐야 할 것이라고 에코는 말한다. 결국 바우돌리노의 이야기는 우리가 역사라고 믿는 그 사건들 틈새에 끼워 넣어 볼 수 있는 하나의 가정이라고도 할 수 있을 것이다.

이 소설이 〈거짓말에 대한 변명〉이냐고 묻는 기자에게 에코는 〈유토피아에 대한 변명〉이라고 대답한다. 〈콜럼버스는 지구가 아주 작다고 잘못 생각했기 때문에 실수로 아메리카 대륙을 발견했다. 상상을 따라갈 때에만 대륙을 정복할 수 있다〉고 말한다. 바우돌리노가 평생 찾아다녔고 나이 예순을 넘긴 다음에도 다시 길을 떠나게 만드는 요한 사제의 왕국은 결국 우리의 상상 속에 사는, 희망이나 꿈이라고 부르는 것의 다른 이름이 아닐까?

번역을 하면서 에코의 논리 정연하고 깔끔한 글쓰기에 놀란 적이 많았다. 그 문장들 속에 숨어 있는 장난기 어린 언어 유희에 혼자 웃기도 하고 감탄도 했지만, 그 세세한 느낌들을 우리말로 옮겨 놓기에는 역량이 부족했다. 번역할 때 느꼈던 어려움보다 즐거움과 재미가 독자들에게 조금이나마 전달되었으면 하는 바람이다.

마지막으로 이탈리아 어 방언과 라틴 어 해석에 도움을 주신 한국 외대 이태리어과 빈첸초 프라테리고 교수님과 독일어 판을 보며 꼼꼼한 지적과 조언을 해준 남편, 그리고 오래 기다려 주신 〈열린책들〉에 감사의 마음을 전한다.

이현경

『바우돌리노』연표

1111년 오토 폰 프라이징 출생

1118년 라이날트 폰 다셀 출생

1123년 프리드리히 황제 출생

1137(1138?)년 살라딘 출생

1141(?)년 바우돌리노 출생

1150년 니케타스 코니아테스 출생

1153년 프리드리히, 교황 에우게니우스 3세와 코스탄차 조약 체결. 교황은 프리드리히를 황제로 세울 것을 약속하고 프리드리히는 교황의 동의 없이는 이탈리아의 코무네와 평화 조약을 체결하지 않을 것을 약속함

1155년 3월 바우돌리노, 프리드리히를 만남. 6월 18일 프리드리히, 코스탄차 조약에 따라 신성 로마 제국 황제로 즉위. 12월 바우돌리노, 양피지에 최초의 기록을 남김

1156년 프리드리히, 부르고뉴의 베아트릭스와 결혼

1158년 오토 폰 프라이징 사망. 프리드리히의 제2차 이탈리아 원

정 시작. 롱칼리아 회의. 바우돌리노, 파리에 유학하여 시인, 압둘과 사귐

1159년 교황 빅토르 4세(친 프리드리히 파)와 알렉산데르 3세(반 프리드리히 파)가 비슷한 시기에 선출됨

1160년 황제가 소집한 파비아 회의는 빅토르 4세를 유일한 합법적인 교황으로 선언함. 교황 알렉산데르 3세, 프리드리히를 파문. 프랑스, 영국, 스페인, 헝가리, 롬바르디아, 시칠리아의 굴리엘모 1세, 비잔틴 황제 마누엘도 알렉산데르 3세를 지지

1162년 프리드리히, 밀라노 파괴. 바우돌리노, 거기서 〈동방 박사〉의 성유물 발견

1164년 교황 빅토르 4세 사망. 파스칼리스 3세가 라이날트의 조정에 의해 선출됨. 동방 박사의 성유물이 쾰른 대성당에 안치됨

1165년 요한 사제가 비잔틴 황제에게 보내는 서한이 나타남

1166년 시칠리아의 굴리엘모 1세 사망. 프리드리히, 제4차 이탈리아 원정. 롬바르디아 동맹이 황제에 대항

1167년 라이날트 폰 다셀 사망. 프리드리히, 교황 알렉산데르 3세에 대해 유화책으로 선회

1174년 프리드리히의 제5차 이탈리아 원정

1176년 바우돌리노, 레냐노 전투에서 프리드리히의 목숨을 구함

1177년 프리드리히, 알렉산데르 3세를 진정한 교황으로 인정. 알렉산드르 3세가 요한 사제에게 보내는 편지가 나타남

1183년 알레산드리아 시(市), 황제에 대한 충성의 표시로 체자레아로 개명(改名). 프리드리히와 롬바르디아 사이의 평화 조약 체결

1184년 11월 황후 부르고뉴의 베아트릭스 사망

1187년 살라딘, 기독교도들로부터 예루살렘 탈환

1189년 5월 프리드리히, 제3차 십자군 출병

1190년 6월 10일 프리드리히, 아르메니아 왕국에서 사망. 바우돌리노와 친구들(시인, 압둘, 보롱, 키오트, 솔로몬, 보이디, 쿠티카, 콜란드리노, 포르첼리, 스카카바로치, 아르즈루니), 요한 사제의 왕국을 찾아 출발

1193년 살라딘 사망

1197년 여름 바우돌리노와 친구들, 픈다페침을 떠남

1202년 제4차 십자군, 베네치아 인들의 요구에 따라 헝가리의 기독교 도시 자라를 점령

1203년 교황 인노켄티우스 3세, 베네치아 인들을 파문하고 십자군의 콘스탄티노플 공격을 금지함. 십자군, 콘스탄티노플 점령. 비잔틴 황제 알렉시오스 3세 폐위되고 알렉시오스 4세 즉위. 무르추플로스에 의해 알렉시오스 4세 살해됨. 베네치아 인들과 십자군이 비잔틴 제국을 접수함

1204년 1월 바우돌리노와 친구들(시인, 보롱, 키오트, 보이디), 알로아딘으로부터 탈출하여 콘스탄티노플에 도착. 4월 13일 콘스탄티노플에 사흘에 걸쳐 십자군에 의한 대학살과 화재, 약탈이 벌어짐. 이때 상당수의 문화재가 서유럽 특히 베네치아로 약탈됨. 4월 14일 바우돌리노, 니케타스와 만남

1205년 베네치아의 통령 엔리코 단돌로 사망

1213년 니케타스 사망

옮긴이 **이현경** 1966년 충남 논산에서 태어나 한국외국어대학교 이탈리아어과와 동대학원을 졸업했다. 이탈리아 대사관에서 주관하는 제1회 번역 문학상을 수상하였으며 현재 한국외국어대학교 이탈리아어 통번역학과 교수로 재직 중이다. 옮긴 책으로는 수산나 타마로의 『마음 가는 대로』, 에드몬도 데 아미치스의 『사랑의 학교』, 이탈로 칼비노의 『반쪼가리 자작』, 『나무 위의 남작』, 『존재하지 않는 기사』, 로베르토 칼라소의 『카드무스와 하르모니아의 결혼』, 파트리치아 캔디의 『싯다르타』, 마시모 만프레디의 『알렉산드로스』, 움베르토 에코의 『미의 역사』 등이 있다.

바우돌리노(하)

발행일 2002년 4월 30일 초판 1쇄
       2018년 2월 20일 초판 20쇄

지은이 움베르토 에코
옮긴이 이현경
발행인 홍지웅 · 홍예빈
발행처 주식회사 열린책들

경기도 파주시 문발로 253 파주출판도시
전화 031-955-4000 팩스 031-955-4004
www.openbooks.co.kr